中國現代文學史稀見史料2

文藝月旦

甲集

謝泳、蔡登山　編

「中國現代文學史稀見史料」前言

謝泳

這裡搜集的有關中國現代文學史研究的三種史料並不特別難見，但在事實和經驗中，它們的使用率並不高，有鑒於此，我和登山兄想到把它們集中重印出來，供從事中國現代文學史研究的學者使用。

《中國現代小說戲劇一千五百種》

第一本是英文《中國現代小說戲劇一千五百種》（ *1500 Modern Chinese Novels & Plays* ）。

本書是一九四八年輔仁大學印刷的，嚴格說不是正式出版物，所以可能流通不廣。夏志清寫《中國現代小說史》的時候，在前言裡專門提到宋淇送他的這本書非常有用。這本書的作者，通常都認為是善秉仁。關於此書的編輯情況是這樣的：當時「普愛堂出版社」計劃出版一套叢書，共有五個系列，第一個系列是「文藝批評叢書」，共有四本書，其中三本與中國新文學相關，一本是《文藝月旦》（甲集，原名《說部甄評》），一本是《中國現代小說戲劇一千五百種》，還有一本是《新文學運動史》。《中國現代小說戲劇一千五百種》由三部分組成：

第一部分是蘇雪林寫的「中國當代小說和戲劇」（ Present Day Fiction & Drama In China ）。

第二部分是趙燕聲寫的「作者小傳」（ Short Biographies Of Authors ）。

第三部分是善秉仁寫的「中國現代小說戲劇一千五百種」。

本書印刷的時間是一九四八年，大體上可以看成中國現代文學結束期的一個總結，作為一本工具性的書，因為是總結當代小說和戲劇以及相關的作家問題，它提供的材料準確性較高。特別是善秉仁編著的《中國現代小說戲劇一千五百種》，主要是一個書目提要，

雖然有作者的評價，如認為適合成年人、不適合任何人或者乾脆認為是壞書等，但這些評價現在看來並不是沒有價值，我們可以從他的評價中發現原書的意義，就是完全否定性的評價，對文學史研究來說也不是毫無意義。比如當時張愛玲出了三本書，分別是《傳奇》《流言》和《紅玫瑰》（原名如此），提要中都列出了。認為《流言》適於所有的人閱讀，而對《紅玫瑰》是否定的，建議不要推薦給任何人；對《傳奇》則認為雖然愛情故事比較危險和灰色，不合適推薦給任何人閱讀，但同時認為，小說敘述非常自由和具有現代風格，優美的敘述引人入勝且非常有趣。另外，本書對《圍城》的評價也不高。

本書的編纂有非常明確的宗教背景，前言開始就說明是向外國公眾介紹中國當代文學，但同時也有保護青年、反對危險和有害的閱讀。作為中國早期一本比較完善的現代文學研究著作，本書的價值可以說是相當高的，除了它豐富和準確的資料性外，蘇雪林的論文也有很重要的學術史意義。它基本梳理清了中國現代小說和戲劇的發展脈絡，而且評價比較客觀。她對魯迅在中國現代小說史上的開創性地位有正面的評價，對老舍、巴金的文學地位也有較高評價。對新興的都市文學作家群、鄉土作家群、北方作家群等等，都有專章敘述，中國現代文學史上有地位的小說家和劇作家基本都注意到了。本書敘述中國當代小說，蘇雪林第一個提到的就是魯迅，她說無論什麼時候提到中國當代小說，我們都必須承認魯迅的先鋒地位，這個見識體現了很遠大的文學史眼光。

《文藝月旦·甲集》

第二本是善秉仁的《說部甄評》。

本書原是用法文寫的一本書，後來譯成中文，名為《文藝月旦·甲集》，一九四七年六月初版，署景明譯，燕聲補傳。書前有一篇四萬餘字的〈導言〉，其中第三部分「現代中國小說的分析」，多有對中國現代文學的評價。本書除了善秉仁的〈導言〉外，還有趙燕聲編纂的「書評」和「作家小傳」，這些早期史料，對中國現代文學研究很有幫助，特別是其中一些史料線索很寶貴，比如善秉仁在《文藝月旦》的導言最後中提到：「文寶峰

神父的《中國新文學運動史》業已出版。一種《中法對照新文學辭典》已經編出，將作為『文藝批評叢書』的第三冊，第四冊又將是一批《文藝月旦》的續集。」

《新文學運動史》

第三本是文寶峰的《新文學運動史》(*Histoire de La Litterature chinoise modern by H.Van Boven Peiping*）

我最早是從常風先生那裡聽到這本書的。我查了一下印在《中國現代小說戲劇一千五百種》封面上的廣告目錄，提示英文正在計劃中，而法文本已經印出。本書列為「文藝批評叢書」的第二種。

常風先生在世的時候，我有時候去和他聊天，他常常告訴我一些上世紀三十年代文壇的舊事，有很多還是一般文學史中不太注意的。文寶峰（H.Van Boven）這個名字，我就是從他那裡聽到的。記得他還問過我，中國現代文學界對這個人有沒有研究，我說我不清楚。他說這個人對中國現代文學很有興趣，寫過一本《中國現代文學史》。聽常風先生說，文寶峰是比利時人。一九四四年春間，他曾和常風一起去看過周作人。常風先生後來寫了〈記周作人〉一文，交我在《黃河》雜誌發表，文章最後一段就寫這個經歷。他特別提到「見了文寶峰我才知道他們的教會一直在綏遠一帶傳教，因此他會說綏遠方言。文寶峰跟我交談是英文與漢語並用，他喜歡中國新文學，被日本侵略軍關進集中營後，他繼續閱讀新文學作品和有關書籍，我也把我手頭對他有用的書借給他。過了三四個月，文寶峰就開始用法文寫《中國現代文學史》，一九四四年七月底他已寫完。一九四五年日本帝國主義投降後不久文寶峰到我家找我，他告訴我說他們的教會領導認為他思想左傾要他回比利時，他在離開中國之前很希望能拜訪一次周作人。與文寶峰接觸近一年，我發現他對周作人和魯迅都很崇拜。」[1]

---

[1] 常風：《逝水集》（瀋陽：遼寧教育出版社，一九九五年），頁一〇六。

　　梁實秋在〈憶李長之〉一文中曾說：「照片中的善司鐸面部模糊不可辨識，我想不起他的風貌，不過我知道天主教神父中很多飽學之士，喜與文人往來。」[2]

　　梁實秋這篇回憶李長之的文章，就是由常風先生寄了一張一九四八年他們在一起吃飯時的合影照片引起的，這張照片上有當時北平懷仁學會的善秉仁，文寶峰當時可能也在這個機關服務。這張照片非常有名，主要是當時「京派」重要作家都出席了，此後他們大概再沒有這樣集中過，梁實秋此後也再沒有回過北平。記得好多年前，子善兄曾托我向常風先生複製過這張照片，我幫他辦了此事，還就此事給《老照片》寫過一篇短文。

　　文寶峰（H.Van Boven）是比利時人，曾在綏遠、北京一帶傳教，喜歡中國新文學，一九四四年，被日本侵略軍關進集中營後，他繼續閱讀新文學作品和有關書籍，用法文完成了《新文學運動史》（*Histoire de La Litterature chinoise moderne*），一九四六年作為「文藝批評叢書」的一種，由北平普愛堂印行。此書中國國家圖書館現在可以找到，希望以後能翻譯出來供研究者使用。關於文寶峰其人，我後來還在臺灣大學古偉瀛教授編輯的一本關於傳教士的名錄中見到了相關的介紹，印象中他後來到了日本傳教，二〇〇三年在日本姬鹿城去世。

　　《新文學運動史》正文共有十五章，除序言和導論外，分別是：

一、桐城派對新文學的影響

二、譯文和最早的文言論文

三、新文體的開始和白話小說的意義

四、最早的轉型小說——譯作和原創作品

五、新文學革命：

　　（一）文字解放運動

　　（二）重要人物胡適和陳獨秀

　　（三）反對和批評

　　（四）對胡適和陳獨秀作品的評價

　　（五）新潮

---

[2]　《梁實秋懷人叢錄》（北京：中國廣播電視出版社，一九八九年），頁三一八。

趙燕聲在〈現代中國文學研究書目〉一文中認為「西文的中國新文學史，此書現在是唯一本。內容偏重社團史料，作家傳記；敘事截止於一九三三、一九三四左右。錯誤的地方很多。」[3]

在以往中國現代文學史編纂史研究中，還沒有注意到這部著述。因為它完成於上世紀四十年代中期，大體是中國現代文學史的完整歷史，是一部非常有意義的著述。我們從它的目錄中可以看出，文寶峰敘述中國現代文學史的眼光很關注新文學和中國傳統文學的關係，特別是對轉型時期翻譯作品對新文學的影響有重要論述。本書的影印出版，對開拓中國現代文學史研究視野很有幫助，同時也促使學界用新眼光打量中國現代文學編纂史。由於文寶峰對周氏兄弟的新文學史地位評價很高，本書對魯迅研究、周作人研究的啟示意義也是顯而易見的。雖然作者有明顯的宗教背景，但他在評價新文學史的時候，還是保持了非常獨特的眼光。文寶峰在序言中，特別表達了對常風先生的感激之情，認為是常風先生幫助他完成了這部著作，文寶峰說，在集中營修改此書的漫長歲月裡，常風先生審看了他的稿子並給他帶來必要的信息和原始資料。

希望這三種史料的影印出版能推動中國現代文學史研究的發展。上世紀六十年代中期，香港龍門書局曾翻印過《中國現代小說戲劇一千五百種》，但大陸一般研究者也不易

---

[3]　《文潮》第五卷六期，民國三十七年。

見到，其它兩種就更少聽說了。現在秀威資訊科技出版公司將三種史料一併同時推出，對於加強兩岸中國現代文學研究的交流有非常重要的意義。至於另外一種《中法對照新文學辭典》，目前我們還沒有找到，希望以後能有機會發現並貢獻給研究者。

謝泳

二〇一〇年九月三十日於廈門大學人文學院

目　次

文藝批評叢著之一

文藝月旦

甲集

善 秉 仁 編

景　　明 譯

燕 聲 補 傳

普 愛 堂 出 版

1947

序

本書是法文原本說部甄評（JOS. SCHYNS：Romans à lire et Romans à proscrire）的中文版，曾經重新校訂增補（註1）。

我們得感謝一般人對本書法文版的歡迎。初版已經快要售缺，足見這書出得合時。

同時我們也謝謝若干位中外批評家，在書評裡對著者的獎掖。這些批評，各方面來的都有；而最有見解的，還是三十五年九月十三日天津益世報裡聶崇歧先生的賜教。

聶先生首先責備我們：這書名為說部甄評，而小說之外，又闌進去些個劇本，隨筆等，不倫不類的東西。我們承認，我們所以然西文本保留這個名稱，乃因它所代表的是全書的精神，而不是它的實際內容。現在這中文版，我們邀從這意見，把書名改為「文藝月旦」，似乎較為籠統些。

第二項意見，是關於所評各書的種數。當然像今古奇觀的篇目，大可用一個共同的總號。我們所以然把它們分成若干單位，是為使一般外國讀者，明瞭中國短篇小說的內容。

聶先生的第三項指摘，說有六種舊小說（第41, 160, 165, 226, 364, 505）被算進新小說裡面。這話很對，其實我們自己也發現了這錯誤。原因是排列書評片時，一時疏忽。但因為各書都是按作家姓名拚音順序定號的，牽一髮勢必動全身，改正回來很不容易。這中文版裏仍舊沒有改正，因為我們不得不保持西文版裏的原來次序。

其他可議之處，便是西文版裏漢字的訛誤。我們很樂意承認這項批評的確切，設法在以後各版裏，竭力避免。

我們把這甲集的中文譯本（不久還有一本包括一千種小說批評的乙集出來）敬獻給中國的教育家，請他們不吝賜教，以匡不逮。我們很明瞭我們是外行，也深知若干批評失之太嚴，或失之太寬。讀者有肯垂示他們的意見的，我們預先在這裏道謝。

此外，我們還想敬告一般負責指導青年的教育家，這書的編行，並非是專供公教讀者之用。我們知道有很多非公教的教育家對道德風化和我們懷着同樣的憂慮。我們最大的願望，就是和他們取得聯繫，大家共同創立一種維護青年德性的事業。（註2）

有一件我們必須聲明的事，就是我們對於評隲各書的標準，並非單純地基於公教倫理思想。我們的準繩，首先是約束一切人類的自然道德定律，亦即是祇看因作家們所辯護或認定的原理，是否對於社會及個人可能產生惡劣影響。

我們雖然不是生而為中國人，可是我們一生的最大部份，都在中國度過，中國就是我們的第二祖國。我們編印這書的目的，就是在重建中國道德的大業裡，以公教司鐸的資格略効棉薄。

但願創造人類亭毒彝倫的天主，降福我們的努力，並大量地賜福于這項復興工作。

著者 1947年3月19日 于北平

（註1）　主要的增補是燕疁先生的作家小傳，列為附錄。

（註2）　有些英文原本的淫書，在國外懸為屬禁的，現在在北平市場上公然陳列。同時還有些對青年人很有毒害的中文現代小說，幾乎到處都有發售。這不是教育家和家長們聯合起來迫使當道加以取締的時機了嗎？

文藝月旦導言

　　傳敎的生活，和輕浮的文藝作品，幾乎是南轅北轍風馬牛不相及的兩件事，可是讀者先不必大驚小怪，我們在這個總檢討的工作裡，雖說翻騰了不少的書，却仍然沒有失掉我們做傳敎士的本色。所謂圖書批判，實際上惟一的目的，只是藉閱覽指導來替人類心靈効點勞而已。

　　讀物的盲目涉獵，爲害人靈至深且鉅，這是多數傳敎士所已共同理會到的。但一般的因爲公務蝟集，沒有工夫去注意它，因而也未能設法去遏止這個危機。大戰期間，我們幸而不幸得到若干閒暇，能從事於這有相當規模的工作。現在終能以這點成果貢獻給一般人，這是我們非常快慰的一件事。

　　這書的西文原本祇注意到所審查各書的內容之道德價值，至於它們的文藝價值則略而不談。中文本爲求讀者便利，更由譯述者略加按語，順便替若干較爲著名的作家，補撰了幾條詳略不等的評傳。

　　可是在未開始個別批判之先，不妨先對若干有連帶關係的問題加以探討，並對中國現代文學的演進過程，加以簡略的介紹。

　　首先我們知道，一般作家和思想家要把自己的思想灌輸給大衆，要創造一種心理，要形成一種風氣，他們往往藉文藝作品——尤其小說，作爲一種有力的工具。那麼，不妨先談談一般的小說。

一、小說的影響

　　提到小說，個個人都有一種說不出的感覺，這感覺裡的內含，一部份是對小說作家的藐視，一部份是對他們的惋惜。可是儘管常人態度大致如此，而人類的絕大多數仍是愛看小說，拿它作日常工課！

　　先說，什麼是小說呢？巴貝，竇爾維理（ B. d' Aurevilly）給它下過一個很好的定義。他說：『小說的特質，尤在以社會風俗史料，演化爲故事或劇本，像一般史料往往被演化一樣，所不同的是前者（小說）敘述風俗時所用的人物是虛構的，而後者（歷史）所敘述的人物都是眞名實姓的。』（見一個女性的報復頁二七七）

　　平常，人說起小說，總以爲它只是「羌無故實」的東西，完全是文人的舞文弄墨。這樣看法，固然不錯，因爲大多數書中人物，都是出自揑造。然而，若認爲這類風俗故事決不會當眞地在人類心頭演出，那却不見得！

　　往往聽到實事求是的人追問：『小說到底有沒有「好」的？』若看起壞人心術的新作品風起雲湧，層出不窮的情形，大可答應一句「沒有」。可是較公允的人，便不能隨便附和這武斷的說法。譬如就大家頂熟悉的法國文學來說吧：在多得不可數計的不道德的作品裡，照樣會發見明珠似的佳作。試舉一個人名來，連最道學的人，也得佩服，連聖敎會都無間言地證明他一生從沒有寫過一字一句值得「易簣之際」想起追悔的。這不是別人，就是巴贊（Rene' Basin）！看過他的絕筆讚歌的人，誰不感動得落淚？若說這書不是一本「好的」小說，必是有意作違心之言。

　　我們並不想替一般小說作辯護。反之，個人首先宣佈這類讀物大多數有傷風敗俗的力量。甚至覺得有很多號稱「公敎作家」的問題小說家，在文壇上，頗有地位的，因爲他們對於自己要讚

責的思想或人物，描寫得過度細密，過度輕鬆，以致瑜不掩瑕流毒天下。可是既然好的小說不是不能寫，並且爲防止壞讀物的威脅，必須要用好的來抵制，而且不分地域，到處皆然，所以我們認爲在中國國內，聖敎會也應當逐漸發揮她的移風易俗的能力，設法取締禁止某一類的說部，同時鼓勵一種健全文藝的建立。

以上的原則旣經設定，那麼我們該提到中國的小說界了。以個人說，與文藝界素無往還；並且以外人立場，對中國人民內心情緒，多感隔膜，自難免對於小說影響中國社會的程度，有些地方認識不足。

因此，我們想讓一位中國思想界的權威 。一位深知自已同胞心理的大師 ，發表他個人的見解。他這希議論是在中國人民還不如今日這樣開通解放的時候發表的，我要引證的正是梁任公的話。他說：

『欲新一國之民，不可不先新一國之小說，故欲新道德必新小說；欲新宗敎必新小說；欲新政治必新小說；欲新風俗，必新小說；欲新學藝必新小說　乃至欲新人心 ，欲新人格，必新小說。何以故？小說有不可思議之力支配人道故』。

『吾今且發一問，人類之普通性何以嗜他書不如其嗜小說？吾冥思之，窮絪之，殆有兩因：凡人之性，常非能以現實界而自滿足者也，而此蠢蠢軀殼，其所能受之境界，又頑狹短局而至有限也。故常欲於其直接以觸，以受之外 ，而間接有所觸有所受，所謂身外之身 ，世界外之世界也。』

『……小說者，常導人游於他境界，而變換其常觸常受之空氣者也，此其一人之恒情，於其所懷抱之想像，所經閱之境界，往往有行之不知，習矣不察者，無論爲哀，爲樂，爲怨，爲怒，爲戀，爲駭，爲愛，爲慚，常若知其然，而不知其所以然……感人之深莫此爲甚。能極其妙而神其技者，莫小說若。故曰，小說爲文學之最上乘也。』

『抑小說之支配人道也，一曰熏：熏也者如入雲煙中而爲其所烘，不知不覺之間，而眼識爲之迷濛，而腦筋爲之搖颺，而神經爲之營注；二曰浸……三曰刺……禪宗之一棒一喝，皆利用此刺激力以度人者也……四曰提……此四力者可盧牟一世，亭毒群倫……有此四力而用之於惡，則可以毒萬千載…可愛哉小說！…可畏哉小說！』。

『……小說之在一群也，如空氣如菽粟，欲避不得避，欲屛不得屛，而日日相與呼吸之，餐嚼之矣。於此其空氣而苟含有穢質也，其菽粟而苟含有毒性也，則其人之食息於其間者，必憔悴，必萎病，必慘死，必墮落，……知此義則吾中國群治腐敗之總根原，可以識矣。吾中國人狀元宰相之思想，何自來乎？小說也。吾中國人佳人才子之思想，何自來乎？小說也。吾中國人江湖盜賊之思想，何自來乎？小說也。吾中國人妖巫狐兔之思想，何自來乎？小說也…今我國民惑堪輿惑相命，惑卜籤，惑祈禳，……廢時生事，消耗國力者，曰：惟小說之故也。今我國民綠林豪傑，徧地皆是，日日有桃園之拜，處處爲梁山之盟……曰：惟小說之故也。嗚呼！小說之陷溺人群，乃至如是！』（飲冰室文集：論小說與群治之關係）。

梁任公這一希話是針對着當時的情形，說的是一般歷史小說，或神怪小說，像三國演義，西遊記，水滸傳等；或是言情的，武俠的 ，諷刺的小說，像紅樓夢，三俠五義，儒林外史等。可怪的是，在當時一般人民都不怎麼識字，而這些小說的影響，却如此之深！ 那末這些舊式的文學作品，究竟怎樣會深入到那些文盲之群裡去的呢？多數是靠老年人和說書的講述，或藉戲劇的表演或由下文述及的其他原因。有了這些方法，一般的文藝作品，才能普及於大衆。

大槪個個傳敎士出外『下會』時，都有過這種經驗，都見過一個說書場子的情形。村鎭上的人圍着一個說書的，目不轉睛，凝神屛氣地在聽他比手畫脚地演述著名說部裡的故事。

　　到處如是，一有說書的，打好塲子，馬上就圍上一圈子人。那怕他說的書，已經陳舊得很呢，大家照樣聽得津津有味。冬末春初農閒的時候，更是趨之若鶩。

　　另一種傳播舊小說慣用的方法，就是中國戲劇，這是必須述及的，因為不但舊小說如此，連新小說也大量地利用這方法來傳播。

　　舊小說章回，被採用作戲劇脚本的多不勝計：演義小說有多至七十齣的，武俠小說像從水滸傳出來的就有十五齣；紅樓夢有五齣，其他神怪小說也不少，大概中國人民都肯好好坐在下邊聽：講台便是戲台了。而他最樂於領受的教訓，也就是戲裡的教訓。無須若何敏銳的觀察力，也可以覺察出這些擠擠擁擁的人群，接連幾小時站在這真理或謬妄的說法台前，樂而忘倦。表面看上去似乎這些觀衆的態度，並非全神貫注，好像他們不怎麼感興趣似的。其實不然：台上演的戲文，他們早已爛熟胸中；故事的進展瞭如指掌；個個脚色都一見如故，遇到扼要的地方，他們自會用敲笑，微笑，喝釆等，來表示他們一直在注意着台上。在西洋，每逢希弗萊（Maurice Chevalier）在音樂堂演唱過一個新調一般人私下在街頭巷尾都仿着他哼哼。在中國誰沒碰見過一群一夥的青年人，哼着一段二簧梆子，這些都是舞台的回憶，溫習着小說串演成戲文的老詞兒。舞台確已把小說普及到民間，灌輸到民衆的靈魂裡了。

　　還有一種方式，雖不及戲劇的普遍，而其影響却未必在戲劇以下的，便是城市裡的『落子館』。現代小說裡，住往叙述書中人約朋友去某處聽某歌姬所唱的一段一段的鼓兒詞，也大都是出自舊小說。這些捧揚的爺們，很多是熟主顧，那些妖嬈的姐兒們，大多數另操着副業，捧角兒的點戲唱，叫好；也有下了塲帶出去的。像這樣的日為常課，焉能毫無影響？聽完回家，短不了哼兩句，角兒私下裡自然也下苦功去學練了。

　　最後還有各種圖畫，大門上，屏風上，摺扇上，牆壁上，往往也都是小說人物的戲裝。所以連舊式閨閣裡女孩兒們，也直接間接，受到小說閒書的影響。

　　有的中國書裡的人物，往往以小說中某某人自況。這證明這類故事如何地深入人心。試舉林語堂著京華煙雲為例，書中所叙的小兒女，有把自己比做紅樓夢裡某人的，有的願像某人某人的…這些話都足見一般青年，已把紅樓夢反覆熟讀過，簡直拿它當作精神食糧了。

　　對於一本小說，中國人的態度和西洋各國人是兩樣的。歐洲一般讀者，急於知道的是它的情節，尤其是他的結局。因此在他看一本小說時，不像中國人那麼有耐性，而急於知道究竟。多少人看書的方法，不是取對角線式的，為了知道結局而跳過文字的細膩處，略過次要的描寫？中國人，除了少數例外，却另是一種看法。一本流行的現代小說裡（書名姑且不提它），作者曾對看小說一事，發表過一番見解。這位作者，談到紅樓夢一書的讀法，並且是對一個女孩子建議的！依他的意見，紅樓夢雖是一部好書（？？）…可是女孩子究竟不看的好。…然而，所說的這位少女，一定要看它的話，先得明白這部小說，不是可以草草看過，便能領略其中深意的。總得把它看過五六遍，才能領略到它的真味。這書經過仔細玩味之後，還得常反覆細看，並非是要看它的情節，而是為咀嚼每一回的意味。

　　實際一般中國人看小說，也確是這個辦法，決不著急。在未知情節結局之先，隨時可以放下來。並且可以分回去精讀，好像每回自成起訖似的。

　　正為了這個緣故，一般小說對他們，比對西洋人的紫害，更為重大。上文梁任公論小說之害的一篇話，也從而可知是實情。那麼現代小說的影響，更該是如何的深鉅呢！現在每日出版的新書，不勝縷舉；又何況一般人民智識程度，已較過去顯著進展得多了，大多數全都會看書了呢！

　　現代小說，確是一種很厲害的力量，雖不致說它能創造新的思想，可是作小說的人往往利用一切時髦的玩意兒，創造具有中外各種新思想的人物。這些人物固然是虛構的，但是看小說的

人，不由地想以書中人自况，想模仿他們的生活，採取他們的精神。一般地說，小說作家，不見得都是思想創造者，但他們會使已形成的思想，得以表現，得以具體，得了確定，從而使讀者逐漸養成一種新的人生觀。

青年人尤其愛看小說。可是青年人，却又正是一個國家，一個民族前途所寄託。在現代小說裡，青年人隨時可以遇到關於宗教的言論。不必很久，便接受了這些不健全的思想，他們眼前展開了一種新的人生觀念；漸漸感染上一種不嚴肅的習氣。書中所描寫的人物，成了這些男女讀者的理想人物；揀着書中人的生活方式，心理思想，乃至衣飾之類（這一點在現代中國小說裡常有冗長的叙述）合於自己脾味的去模倣！久而久之，這些青年人，亦卽新社會中的人物，逐被依樣葫蘆地塑成這種典型。

當眞小說裡描寫的人物，都是些好榜樣；當眞這些子虛烏有的人物的思想，都很健全；所主張的宗教觀和生活方式，都是正確的；也還罷了。可惜，完全不是那麼回事兒：現代小說裡所介紹的，多數是浪蕩浮華的生活，罪惡的生活，反對宗教的荒謬言論。那些人物，多數是些不重人格的傢伙！

二、中國小說史簡述

本書主要是給有指導屬下敎友選擇讀物之責的神職界人看的。所以這裡要特別聲明一句：

我們的編譯這本書的目的，首先是爲供移風易俗之用。在評選小說的狹小工作裡，原不預備扯到本格的文藝研究裡去；這類工作，另有其他高明同道，負責著成專冊，在這套『文藝批評叢書』裡陸續發表。

可是有好幾位同事以爲在這套書的第一集，先對中國小說作一個槪括的介紹，也很合適…這樣，一般讀者便可略明書中所示每一作品的歷史背景，爲滿足他們這個願望，我們設法在這第二章裡，對於中國新舊小說作一個簡短的叙述，深微處不及細說，不周到的地方，都是有意的。

甲　舊　小　說

在這專論中國舊小說的一章裡，我們爲避免武斷，祇須摘譯吳益泰氏所著法文本『中國小說研究』的精華。這本書編得相當完備（一九.三三巴黎 Vega 書局出版）。

『中國小說的起源，是很古的。它的位置遠在戲劇以前。但它在中國文學中取得獨立地位，却是在戲劇達到全盛時期以後。例如在莊子等哲學家著作裡，固然三有若干章節完全是純想像的文藝作品，可是大部頭的說部，像水滸傳，三國志演義，西遊記等書却直待元朝戲曲過了它們最燦爛的時期，亦卽所謂傳奇之類的長篇劇本出現之後，才相繼行世。可是這並非是說在水滸等書之前，中國並沒有過小說文學（吳書頁11）

現在我們追隨同作者，粗述一下歷代小說類作品的情況：

『並不像西洋那樣把各種文藝作品，分門別類，視其故事的長短定名爲：長篇，短篇，童話或軼事等。在中國則簡單總稱爲『小說』，再按所欲指出的種類，加上一個區別的名辭，例如，有所謂筆記小說，短篇小說，長篇小說等，後者一名章回小說，因爲舊時中國並沒有長篇而不分段落的作品。

『小說，這個名稱，始於宋代。仁宗朝（1023—1056），天下承平無事，皇帝燕居多暇，所以……有說書的人每天總說上一段新奇故事，一來替他解悶，二來使他明瞭些民間風俗，而這類閑談，便被叫做『小說』。這個名辭，雖是早就有的，可是原來意思不作此解。

『原本所謂小說，在中國古代，乃是正式談道德義理的正經文章以外的短小作品。公元第一世

紀漢書藝文志的作者班固，著錄了小說十五家，計一八三〇篇。可是這十五家，實際內容都是街談巷語道聽塗說，參以道家之言，沒有一種真正的所謂『小說』。（吳書頁11.12）

『中國小說的真正起源，應當像其他各國一樣，向神話故事之類裡面去搜尋。民間人遇見多多少少的現象，自已不明白…同時他的想像力，又非求得解釋不可…於是，這些臆造出來的故事，就成了後來其他一切想像故事的起源。

『這樣在中國便有了山海經一書，內中包藏着很多奇奇怪怪的故事，最著名的便是西王母傳（譯者按；經中似是地名）還有公元二七九年在魏襄王墓發見的穆天子傳。書內叙述穆王西征的事蹟。可是叙穆王時，却說他是個肉眼凡胎的人。

『以上這些著作也還不好算它真正小說，因為他們不見得純是荒唐東西。當時民間多少是信以為實的。

『第一個真正杜撰的故事是晉朝（公元第五世紀時）陶潛所著的桃花源記。

『六朝之際，佛教盛行中國，因而這一個時期的故事多是關於鬼，神，怪異的；還有些靈應的事跡。這時期最著名的書，有博物志（公元二三二至三〇〇間），干寶的搜神記，（公元第六世紀）和劉敬叔的異苑（三九〇至四七〇間）

『直到唐代（六一八至九〇七），才開始見到情文並茂的完善說部，名為「傳奇」，這些作品叙述悲歡離合，同時也有不少怪異的成份。理情並重。這類文字影響很大。元明兩代的作曲家，都大量採擷其本事，改作劇本。直到現代的舞台上，還留着餘跡。

『這些傳奇文字，可以分為三類：

其一是言情的，例如：

　　霍小玉傳（蔣防作）
　　　　元湯顯祖演成紫釵記，紫簫記二劇；
　　會真記（元稹作）
　　　　元王實甫演成名劇西廂記；
　　李娃傳（白行簡作）
　　　　明石君寶演成曲江池一劇；
　　長恨歌傳（陳洪作）
　　　　清洪昇演成長生殿一劇

其二是游俠的。例如：

　　紅線傳；
　　劉無雙傳，（薛調作）
　　　　明陸采演成明珠記一劇；
　　虬髯客傳（杜光庭作）
　　　　明張鳳翼演成紅拂記一劇，

其三是神異的，例如：

　　枕中記（沈既濟作）
　　　　湯顯祖演成邯鄲記；
　　南柯太守傳（李公佐作）
　　　　湯顯祖演成南柯夢。

『到了宋代，還有人仿唐人傳奇的作品，像太平廣記，和洪邁（1096—1175）夷堅志，都流布頗廣，可是宋人的作品，較之唐人小說內容和風格都有遜色。

　　『可是宋代，另有一種新的供獻，就是所謂「話本」。

　　『宋代統一中國後，就有所謂「說話人」游行民間，演述故事給人消閑解悶；有的演說前代英雄豪傑的事蹟；有的編造怪異傳說；有的說些才子佳人的風流佳話，此外，有的講述宗教故事的。大凡演述史實的，通稱「講史」；而言情的則稱爲小說。這些故事，都收入一種脚本，叫做「話本」。

　　『當時話本流傳到今日的有兩部，就是：五代史評話，屬於講史類，和京本通俗小說，屬於小說類。

　　『這些話本裡，用的是白話；一般的說法，從那時起，小說裡的文字便逐漸使用起白話來。

　　『元時（？）大作家東都施耐菴，著水滸傳，至今膾炙人口。

　　『明代有羅貫中著的三國演義。此後做作的小說，相繼大量產出。可是要找結撰完美的作品，可與前二種抗衡的，却不多見。

　　『在明代出世的，還有不少怪異小說，像：平妖傳，四遊記，西遊記，封神傳，三保太監下西洋等是。

　　『同時期的，還有一部描寫當時人情風俗的小說，叫做金瓶梅，內容多淫穢不堪的描寫。

　　『另外幾種才子佳人的小說，也於此時出現．像玉嬌梨，平山冷燕，好逑傳之類是。

　　到了明末，有些短篇小說集，類乎宋人筆記小說的，也於是時問世，卽所謂，三言二拍，（警士通言，喩世明言，醒世恒言，和初二刻拍案驚奇）這五種結集內，又被明抱甕老人選取四十篇，輯成著稱於世的，今古奇觀。

　　『有淸一代，中國小說在形式上幾乎完全未經變化。演義小說仍舊有人編造。言情小說，則出了一部傑作紅樓夢。這一部空前的著作，後來雖有仿作，續作，終難與它比肩。淸代初葉，也有人仿唐人傳奇的作品，或鬼神因果的故事，那都是晋宋時極受人歡迎的東西。這類小說，較著名的有兩部：便是蒲松齡的聊齋志異和紀昀的閱微草堂筆記。

　　『可是同一時代，也有幾種新形式的小說出現，就是諷刺小說和描寫優伶生活的社會小說，和武俠的小說，（吳書頁 23 ）。

　　諷世小說裡，主要的有：

　　　　　　　吳敬梓（1701—1754）的儒林外史；

　　　　　　　李寶嘉（1867—1906）的官場現形記；

　　　　　　　吳沃堯（1867—1910）的二十年目覩之怪現狀；

　　　　　　　劉　鶚（1880—1910）的老殘游記。

　　『以優伶爲題材的著作，遠在唐代已有成書。但那只是些零篇故事，權作隨筆之用；旣無情節，又無內容。淸代才有大部頭的出現，有的長至數十回。按時間先後說，最早的有陳森書的品花寶鑑，後出的有魏子安的花月痕和兪達（1887 年卒）的靑樓夢等（吳書，頁 24 ）。

　　『可是上列各書多屬故弄玄虛。到韓子雲的海上花列傳才率直描寫娼妓生活，和她們蠱惑嫖客的伎倆，以及妓院裡的一切黑幕（同書，頁 24 ）。

　　『武俠小說固以水滸爲濫觴，但中心思想已有轉變。水滸是一篇「綠林英雄」的列傳，在當時富有革命意味。而淸代武俠小說，雖亦講的好勇鬥狠，行俠作義，却有了效忠於君主或淸官的正途思想（吳書，頁 25 ）。

　　『這一時期主要的武俠小說，有：

　　　　　　文康的兒女英雄傳。

　　　　　　石玉昆的三俠五義。

無名氏的彭公案。

無名氏的施公案。

『此外還有一種小說，是清代出現的，便是所謂「顯才小說」。它的特點，便是作者利用小說的結構，賣弄自己的學識，或把些詩詞歌賦，硬嵌進去，（同書，頁 25 ）。

『這類小說可以舉出代表的，如：

　　夏敬渠的野叟曝言。

　　陳球的燕山外史。

　　李汝珍的鏡花緣等。

『自從民國改元以來，中國小說已完全改觀。現代作家多已採用語體文。小說的形式方面，也逐漸歐化。這類新小說還沒有脫離它的蛻變時期。很難說它的成績究竟如何。但照近時已產出的作品來說，似乎已可對它寄予極大的希望。

中國舊小說的分類：

這裡的分類，是依現代的方法，並且以本書內所介紹的小說為限：

一、神怪小說類，如：	西游記（明）
	封神演義（明）
	西洋記（明）
二、歷史小說類，如：	三國志演義（明）
三、言情小說類，如：	紅樓夢（清）
	金瓶梅（明）
	玉蜻蜓（明）
	玉嬌梨（明）
	二度梅（明）
	好逑傳（明）
	品花寶鑑（清）
四、狹邪小說類，如：	花月痕（清）
	青樓夢（清）
	海上花列傳（清）
五、顯才小說類，如：	鏡花緣（清）
	野叟曝言（清）
	燕山外史（清）
六、諷刺小說類，如：	儒林外史（清）
	官場現形記（清）
	老殘游記（清）
	二十年目覩之怪現狀（清）
七、俠義小說類，如：	三俠五義（清）
	兒女英雄傳（清）
	施公案（清）
八、短篇小說類，如：	今古奇觀（明）
	聊齋志異（清）
	閱微草堂筆記（清）

乙　中國戲曲

　　本文只是想把中國戲曲的起源，和歷代的變遷，作一個簡短的概述。有願對於它的技術方面，多知道一些的，可以參閱蒲貝葉 (Poupeye) 氏的中國戲曲 (Drame chinois) 尤其是阿靈登 (Arlington) 氏的 The Chinese Drama。

　　中國的眞正戲劇，從元朝 (1280—1368) 才興起。在這以前，所有的只是一段冗長而緩慢的準備時期，最早可以上溯到詩經時代。在詩經的篇什裡，本已有宗敎性的音樂和歌謠，漸漸的這種宗敎性，趨於消滅。於是在諸侯以及秦漢諸帝的宮庭裡，乃有受過專門訓練的伶工，在歌舞裡雜着演技和詼諧，來供君臣們的消遣。六朝時候 (220—588) 戲劇 (假使能這樣叫它的話) 已頗爲流行。伶人到處受着帝王的優遇。有足注意的一件事，在這些載歌載舞的表演裡，已開始舖叙些含有風世意味的史實，例如扮演鐵面戰士，衝鋒陷陣事迹的『蘭陵王舞』；扮演孝子殺虎報父仇故事的『撥頭舞』；飾醉漢舞蹈的『蘇中郎舞』皆是。六朝時代，以及後來的唐宋時代，中國和西域的交通，日漸繁密，因而戲劇裡摻入不少的異域資料，（撥頭舞和大多數的樂器，還有很多的曲牌，無疑的都是由西方傳入中土的）。

　　到了唐代 (618—906)，戲劇已很流行。當時已有歌舞和所謂滑稽戲之分。歌舞大受唐明皇 (713—756) 的獎勵。這位寵着楊貴妃的風流天子手創了一座戲劇學校，名爲『梨園敎坊』，召選大批男女伶工排練戲文。所以後世每稱伶人爲「梨園子弟」，而以明皇爲後台祖師爺。此種創制的影響所及，便是優伶一途也成爲專業。然而所謂歌舞，究竟仍難稱它爲眞正的戲劇。因爲顧名思義，它的組成不出乎歌與舞二項。而它所串演的故事，也非常簡單。至於滑稽戲，則旣無歌，亦無舞。至少這是名著宋元戲曲史作者王國維先生（一九二六年卒）的意見。胡適先生的意見則相反：他以爲界限未必那麼顯明，而滑稽戲並非與歌舞截然兩事，各不相犯（見文存一集，卷一，198 頁）。

　　宋人（960—1280）也是極嗜戲劇的。這一朝有一種新體韻文，突放異彩，就是『詞』。詞與詩的區別，就是前者斷句長短不齊，宜於披諸管絃。當時的詞，是可以彈唱的。北宋時代（960—1126）滑稽戲較爲盛行。南宋時代則歌舞特別發達。可是這時的歌舞，已與唐代的前期出品，有些異致；故事已較繁複，賓白的成份增加了，演員人數也較爲衆多了。

　　金代 (1114—1233) 的戲曲，也是如此，可惜宋金兩朝的劇本，現在一無遺存，除了金代的絃索西廂一種。

　　還有一件可以注意的事，便是唐宋兩代的傀儡戲和影戲，都非常流行，這對於純粹戲劇的發展，是不無影響的。

　　上文說過戲曲的全盛時期，是在元代 (1280—1368)。這一時期戲曲的突然發展，並非因了蒙古族的侵入，受了外來影響。照姚莘農先生的看法（天下月刊 1935 年 338 頁），元曲無論在本事方面，在結構方面，都是地道的中國產物，所有的蒙古方面的影響，只限於外來樂器的使用，和蒙古俗語的譯音。元曲是一種進化的產品，而不是外來的東西；它是唐宋戲劇的自然歸趣。元曲發達的原因，應當向因廢除科場而致傳統文學沒落一事裡去求解答。當時士大夫屈於末僚或隱居山林。旣不能靠經世文章作進身之階，便懶得去治實學。於是便選了這較輕鬆有趣，受平民與虜廷歡迎的文藝形式，來馳騁文壇。明人稱元曲名家有一百九十人之多。

　　他們頂喜歡演述的故事，通常是一個落拓的才子，向一個富室的千金小姐求愛。後來科場得意，終于有情人成了眷屬（元曲本事中有五分之二是屬於此類的）。其次孝親的故事，也佔相當主

要位置，可注意的是，元曲作家在異族統制之下，並沒有像宋末辛棄疾（一二〇七年卒），陸游（一二一〇年卒），及其他愛國詩人的忠君愛國之思，流露腕底。他們的題材範圍，不出乎個人，家庭，和士大夫階級；涉及廣大的群衆的，可以說很少。

元曲在中國文學史裡獨樹一幟。因爲它眞正可以稱爲一個時代的代表文學。曲之於元，猶之乎賦之於漢，詩之於唐，詞之于宋，所以可以說胡元一代是中國戲曲的黃金時代。後於此者雖說仍有不少可與元曲媲美，或且過之的作品；然而戲曲獨霸文壇風靡朝野的氣象已不可復見；明代復興科舉之後，又漸漸被人視爲小道末技，不足登大雅之堂了。

元曲的特點，便是「本色」。王靜安先生甚至說，這種「本色」，在元以後，中國文學裡一直沒有再達到過。元人作曲，純是信手拈來，寫自己所想的，寫身旁人物所想的，絕不勉強，絕不做作。然而劇本的構造，却又是非常嚴整：每劇四折，楔子有無不拘，每折用十幾個曲牌，聯成一套，同折中聲詞必須相近，每折中又祇有主角有唱。

拿元曲和唐宋戲劇來比，已大有進步，唱詞雖說仍佔主要地位，可是對於不唱的「白」，和表演的「科」，逐漸增加其重要性，口語開始採用，角色種類增多，旦角也較過去重要得多了。直至清高宗（乾隆帝）寵眷某女伶，選入披廷後，才禁止女子飾演旦角（據 Poupe'ye 著中國戲劇一書，頁 47 ）元曲作者多爲文人雅士，詞藻喬麗韻味雋永。可惜明人無以爲繼，又走回殭硬的舊文學的路子去了。

現在略舉元曲中的代表作如下：

1. 關漢卿（元初卒）著有竇娥寃與救風塵，以寫妓女情懷擅長；
2. 王實甫（元初卒）撰西廂記，爲元曲典型之作。寫張崔戀史，才氣橫溢，至今膾炙人口（參見本書524號）；
3. 白樸（元初卒）作梧桐雨，寫唐明皇與楊貴妃故事，清人洪昇據以改作長生殿亦得盛名（參見本書544號）；
4. 馬致遠（十四世紀初葉卒）作漢宮秋，演明妃出塞事。

元曲興起於北方，作者和樂譜也都是北派，所以也通稱北曲。漸漸地流行到南方，和南人接觸。南人不像北方的那麼遒勁粗豪，甚至連曲牌，因未受北來異族的影響，也比較柔和婉轉。所以北曲一到大江以南，就不免多少發生些變化，於是便有所謂南曲應運而生。這南北兩派，不僅在音調上互有差異，甚至在劇本結構上，也各有不同。南曲既興，漸脫北曲規範，每齣折數多寡不拘，同套曲牌也比較自由，唱詞不限每折一人，人人可唱。經過這番解放，南曲的氣韻，日趨活潑；場子也多了變化；人物的個性，也得到更多的發展機會。

南曲的示範作，是琵琶記，著者是高明（則誠，明初卒）。這曲本可與西廂媲美，描繪人物較爲具體，細密，而生動；動人的地方多不勝數。趙五娘的孝敬公婆，贏得多少人下淚（參見本書525號）。南曲中其他可以舉出的，還有朱權（1448年卒）的荊釵記，無名氏的白兔記。明初人的拜月亭（最佳，）徐畛（明初人）的殺狗記。

並且南曲的詞句，淺顯易解，因爲這些作曲的人，多數不是甚麼文壇宗匠，可是明中葉以後，（1368—1644）忽然出了幾位作家，頗負才名，也一變而較爲雕琢，較爲文雅，同時也較爲難解了，作家的着眼，不在做好劇本，而在做好文章了。

正當此際，一五五〇年左右，曲詞也經崑山梁白龍，魏良輔等人的改革，而頓易舊觀。一時稱之爲『崑腔』。於是南劇也稱爲『崑曲』，以清麗柔曼擅勝，所以非通音律的人，不能賞識。再加上詞句又力求典雅，所以後來漸與平民大衆脫離，而成了富貴人家的點綴了。

這一個時期中的傑作，公認無疑的是湯顯祖（1550—1617）的牡丹亭，眞是哀感頑艷，妙筆

生花，寫二八少女懷春之情，淒婉動人。娄江女子某竟因讀此而傷感夭逝，其魔力有如此者（參看本書 540 號）。

　　一直到明末，文藝的劇本仍不斷產生。甚至文筆越來越纖巧。寫傳奇成為文人墨客的消遣。成功之作，有阮大鋮（1646卒）的燕子箋。阮氏在政治上是個奸邪人物，但在製曲上確是一個高手，文筆清新，甚至流於夸飾。所演的是一對有情男女，經過多少悲歡離合，終成眷屬。

　　到了清朝（1644—1911）大家繼承着朱明遺風，此際的崑曲達到了全盛時代，名手輩出，名作如林。最著名的有孔尚任（1648，生，卒年不詳）的桃花扇，叙明末逸事；還有洪昇（？—1702年卒）的長生殿，叙明皇楊妃的故事。這幾種劇本的成功，一半靠了故事的饒有興趣，一半靠了作者妙筆傳神。筆調都異常生動，鮮潔，而高雅（參看本書 520，524 號）。此外，清人大作曲家，還可舉出李漁（1611—1676），李漁的修辭很和口語相近。他喜歡別闢蹊徑，道人所未道。連情節穿挿都如此。他是一個尖刻的諷刺家；製曲妥叶宮商，務求易於上口。所以他的劇本，都適於羼演。但因他久不為士大夫所齒，所以始終不能自成一家。他的作品裡，主要的有風箏誤，蜃中樓，比目魚等。

　　上文曾經略述崑曲的變化這裡可以再補加一句案語，就是它不大適於串演。這些劇本，大都過於冗長，多至十餘折，一天的工夫，決演不完，例如桃花扇一劇的上演，總要七八十小時；長生殿，也得四五十小時。所以通常演出時，僅選幾段比較精釆的節目。這些劇本的製作，好像一方面供人串演，一方面供人閱讀的。故事曲折近乎小說，所以叫做「傳奇」與唐人傳奇小說用意相同，至於元人劇本則通稱「雜劇」。

　　清高宗（乾隆）末年（1796）以後，崑曲開始衰微。上文曾說過這一派戲劇從來沒有普及到大衆，至此新腔雜興，都較崑曲簡明易解。場面也熱鬧，更合一般觀衆的脾胃。這些新興戲劇，不是文人墨客的消閒品，而是民間藝人的創作；所以樸野無華，但難登大雅之堂；士大夫看不起它，仍舊作他們的崑曲。可是因為風氣所趨，大家都喜歡「亂彈」，崑曲終因無人賞識，而一蹶不振。

　　代崑曲而興的舞台劇，大致可分二黃，西皮，梆子，和京戲。又因台詞和伴奏的音樂（場面）有密切關係，新樂興起之後，凡用這新樂譜製成的曲詞，都各自另成一派。而這流別之分，也純按編劇時所用譜子了。然而在一齣戲裡，也不妨使用各種不同調子。『二黃』和『西皮』都來自湖北，使用的樂器也相同。前者受徽調的影響，後者受梆子的影響，二者的分別就是西皮的調門高些。『梆子腔』是陝西土產，它所使用的特殊樂器就是梆子，一如其名。所謂『京戲』不外是二黃和西皮的混合物。慈禧后嗜之成癖，朝野蔚成風氣，至今不衰。

　　平民化戲劇脚本，都比較崑曲簡短。固然談不上文藝價值，可是有的却新鮮有趣；情節有時非常生動；日常生活的反映，也很耐人玩味。主旨和一般舊劇略同，大都以感化人心為目的：惡有惡報，善有善報；結局總是大團圓。若依現代劇的眼光，說它毫無藝術價值，也未免近乎武斷。凡細心加以研究的外人，肯於耐性地去熟諳它的別緻的做工和道具的，個個都讚不絕口。一想到它或有一天會完全漸滅，都覺得心裡難過。

　　最後，我們還要提一下現代戲劇，即所謂『新戲』或『話劇』（參見中國新文學大系第九卷）。由於中西交通日繁，改造和革命的思潮，一天比一天高漲；終於影響到整個的中國人民生活。文藝，尤其戲劇，也不例外。所謂「皮黃劇」（是西皮與二黃的混同體，因為二者的調門在一齣戲中可以兼用），雖然一直盛行不衰，可是已不能推陳出新；而另一方面，則有人不斷的苦幹，建立起一種模倣西洋的新型戲劇。舊劇和新劇的鬥爭，十分激烈，至今還沒有罷手。贊成舊劇的人，有的主張把皮黃改良，有的主張把崑曲革新。贊成新劇的人，有的主張模倣西洋，有的主張要適合國情，取人之長，補己之短，還有的想整個自己創造。聚訟紛紜，大家徒作理論之

爭，不想去付諸實行。胡適則主張戲詞要完全用白話，建議要向歐美劇作家去學習，把他們的作品翻譯過來，細加體味，然後再神而明之，從事創作。他本人也着手研究易卜生的名作，後來在中國新劇運動上，發生了若干影響。

依胡氏的意見，中國舊劇應該束置高閣，因為「皮黃」沒有什麼文藝價值；而『崑曲』已成廣陵散。時代已竟改變了，而每一時代旣有其獨特的文藝，就應有其獨特的戲劇；這是無可奈何的歷史進化律。舊劇中太偏重「曲」以致「科白」不得發展；結局永是美滿的；打出手，翻觔斗，和寫意的動作太多，不合於現實生活（文存，壹集，第一冊，頁196）贊成新劇者的理由之一，就是戲劇是教育性的，而不是娛樂性的；應該把人生的各種問題，表現在舞台上，要指出解決的方法，或至少要誘導群衆的思考，去設法覓得一個適當的解決。

戲劇革新的初度正式嘗試，在辛亥以後。那時一批留日學生，組成「春柳社」回國試演。其中基本推動者之一，便是鼎鼎大名，作新劇開路先鋒的歐陽予倩，於是便有所謂「文明戲」建立起來。因為注意現實，所以取銷了一切歌詞，採用歐化的技術和佈景。但是一九一七至一八年左右，該社爲了組織上的不健全和演技的趨於卑俗，終吿失敗。到了一九二一年，歐陽予倩得洪仲賢，陳大悲等之助，又創立民衆戲劇社，以振興新戲爲宗旨，他們辦了一個刊物就叫戲劇，同時現代劇運動者之一的田漢，也創了一個南國半月刊。這刊物在新劇的發展上，發生了很大的影響。此外，還有留美專攻西洋戲劇的洪深，在回國之後，也對於演技和道具的改善上，頗多致力，文人如郭沫若，葉紹鈞，郁達夫等，也都開始注意劇本的寫作，努力使之文藝化。另外還有人創辦了幾處戲劇學校，來培養優秀的班底，並提高演員的社會地位。各中學大學裡，也普遍地成立戲劇團體。總之，一般人都幹得很熱鬧，可是結果相當平凡，沒有什麼值得注意的成績。直至曹禺的雷雨和日出兩個劇本出現之後，現代劇才走入正常發展的階段（參看敎務叢刊，一九四四年一至四期，頁 174.G.de Boll 所著曹禺諸劇評介一文）。

現代劇的創始，不是沒有困難的。有的困難是外來的，如守舊者的反動，經濟的缺乏，電影的流行，戲院經理人的唯利是圖，觀衆戲場教育的完全缺乏（直至今日爲止，在北平最大的戲院裡，也難以要求觀衆的完全靜默；非坐在前排，很難聽淸楚演員的台詞；茶役和小販可以自由來往，小孩子亂嚷，觀衆怪聲叫好，不斷地起立，走出走進，簡直跟趕會一樣）。有的困難是內在的，例如：計畫的不確定，好脚本的饑荒，各劇團內部的人事糾紛，觀衆思想的不成熟，無從領略劇情等。這些新劇內所傳播的社會改革思想，本是編劇的核心，而人物個性的分析，却並不深刻。他們的鬥爭，並不是自身，內心的鬥爭；而是對外的，對周遭的一切頑固思想者的鬥爭。題旨旣然千篇一律，這種新戲很快地變成單調；往往有頂希奇古怪的時代錯誤發生出來，例如，有生活在幾百年前的歷史人物，竟會在劇中辯護着頂新穎的現代社會思想。有的時候，顯然是在死抄着西洋作家，和本國實地情形毫不調和。

以上所指陳的各種缺點是情有可原的。中國的現代劇，旣然需要整個創造，當然不能期望它一蹴而幾，平地湧現出傑作來。無論如何，新思潮已漸入人心。新劇和舊劇之爭，雖然還在相持不下，但是新劇的最後勝利，已可預卜；舊劇已經一蹶不振。老實說，眼看着舊劇的沒落，總令人不無傷感，好比昔年的兵士，脫下金碧輝煌的甲胄，換上一套平凡而實用的服裝的心理一樣。舊劇固有其缺點，可是也不無其鮮明，羣韻，和別致之處。我們所希望的是，中國現代劇，不僅是西洋劇的黯淡的粉本，而能一直的保有其個別風格；卽使採用西洋技術，仍舊是地地道道的中國東西。

丙　中國新文學概觀

這裡我們並不想作一個系統詳表，把每一位現代作家都給他一個相當地位。我們這概略所述的是短短三十幾年的一段時期，而且這些作家大多數還都健在着。像近年中國裡一切人物一樣轉變着，前進着。尤其自一九三〇年以後，沒有一位作家具備過一種一成不變的定型，允許我們把他列入某類某派，涇渭分明，各不相涉。可是我們仍想設法試爲分類，情願被人認爲誤解。因爲這樣似乎利多於弊，爲得也可以讓我們更容易了解目前文藝思潮的主流，和某一作家所受的各種影響。

在二十世紀的初期，中國文學有三種主潮，大家都以維新自居，事實上也各有千秋：一派是本土成長起來的，由十九世紀末期曾國藩，張之洞等有力人物所支持的。還有一股，也是中國土產的，它的勢力是潛伏的，但是成就却較大。另外一派是極端派，因而不能見容於國內，只有在東鄰日本醞釀着對於當時政權，和舊社會的基層，公然反抗。後一派思潮，所受的外來影響較爲澈底，理論重於實際，至少在文學方面所表現的是如此。

第一派，大體上是導源於公安派和桐城派，它的主張是保存國粹。對於西洋文化祇吸收它必要的成份，來應付當時的需求。這一派對於中國的傳統道德取保守態度；它的主張是『文卽是道』。這種空洞的衞道主義，就是日後一九一七年文學革命中受猛烈抨擊的目標。正爲它是尊孔的，衞道的，所以一直帶着貴族色彩。文體也是做古的，往往難以索解，言之無物。嚴復，尤其林紓，都可以列入這一派。

與這規模狹小，代表士大夫階層的維新思潮同時並起的，有所謂「白話文學」。它一向是在學校課程和文壇上，都沒有地位的。直到一九〇〇左右，才打開一條新的生路；不久便在文學領域裡，奠定了權威。古書的白話譯本，很快地流行起來。胡適在他一九一〇年以前的寫作裡，已經開始使用白話，後來由白話進化到國語，再進而爲語體文；一九一七年得了文學革命的助力，更加突飛猛進。從此以後，它一直走着個別的路線，它所探納的文學革命的原則和傾向，只是一部份（那些原則和傾向，是由胡適，陳獨秀他們，介紹到中國來的）。屬於這白話文學的範疇的，有作老殘遊記的劉鶚；蘇曼殊；尤其是曾樸和曾虛白父子等人。他們對一九一七年的文學革命，祇就使用白話一點上，表示讓步；其他方面的發展，仍彈着舊調。這精神在他們主辦的上海眞美善書店的出版品裡，充分顯示着。

以上兩派之外，有前進的文學革命派。固爲它根本上反抗舊禮敎，所以最初在國內無法立足。自一八九四年，它就在日本華橋所組成的同盟會裡發育着。同盟會的會員，在政治上以反帝國主義，至少是排滿主義相號召；在哲學上是自由主義，唯理主義的信徒；所以覺得左拉，勞倫斯，福樓拜爾等人的自然主義很合他們的傾向。他們提倡自由主義，個人主義的新道德，一如十九世紀西洋的思想主潮一樣。胡適在他當時的自由解放等理論裡和這些主義密切接近。

在林紓少數派與梁啓超極端派兩壁壘的中間，遠在一九一〇年以前，已有一個「準折衷派」崛起。周樹人（筆名魯迅，較爲人熟知）和周作人兩兄弟，是這一派的領導者和拓荒者。他們最初受的敎育，是在張之洞所創設的學校裡；在白話文學裡各自發展。他們對於舊文化，並不表示空泛的，過激的憤恨。他們在日本留學的時期，和急進主義，自由主義，自然主義，不斷的接觸；尤其在哲學思想方面，深受其影響，可是因爲多讀俄國作家（特別是托爾斯泰）和宣傳人道主義的德國作家的作品，所以在思想上得着些調劑，他們的參加中國改造運動，是以思想健全而稍帶些懷疑精神的人的保留態度。他們想覓取一種較合中國精神的西洋化運動。可以列入這個思想路線的，依時代先後說，有一九一九年的文學研究會，一九二四年的創造社和現代評論，一九二八

年的語絲和一九三三年巴金，靳以，諸人主編的文學季刊。

伴着這為文藝改革前驅的思想主流，先後產生了若干語言方面，社會方面，倫理方面，政治方面，國民愛國運動方面的事件或劇變。每一個事變，都在一般文藝思潮和每一位作家的思想上，留下一個清晰的印象。這類印象往往會加深作家彼此間的差異，可是時間終于會克服一切，而使這些差異日趨微薄。

首先是一九一七年陳獨秀，錢玄同等所倡導的文學革命。胡適實在是這一運動的創議者，主動者，和辯護者。一九二○年這運動獲得最後勝利，確定了新文學的最後形態。把舊體文，從文學領域裡驅逐出去。這一次勝利奠定了胡適在現代文學裡的永久光榮地位。可是這時期的作家們所做的，還只是掃蕩和準備的工作。當他們對一切舊傳統毫不留情的進攻時，好像並沒有預料到初步成就（無限制的自由）的遠大影響。更有甚者，因為要解決中國如何適應外來新文化的難題，他們只能達到一個武斷的空幻的解決。魯迅在吶喊和彷徨裡（1921—1925）描寫得很老到。

按着，便是五四運動－把文學革命的思潮，擴展到社會，政治，宗教道德各領域上去，這些思想被擴大後，以新青年雜誌為媒介，而四處播揚，北大教授們所主辦的覺悟，成了普遍號召的工具。

這次運動的激烈份子，組成所謂創造社（1921）。該社的姿態，顯露出深受十九世紀浪漫主義的影響；原因是社員大多數，在一九一○年後，留寧日本時期習染所致。其主張是激底屏除一切束縛文藝的道德觀念，亦卽藝術至上主義。同時在青年的易感的浪漫熱情之下，認為創世的工程太不完備，太多缺陷，而想激首激尾地重新創造一切。成仿吾，郭沫若，郁達夫和張資平是該社的領導人物，他們背後有着一群較為年青的作家，像以淦女士筆名著稱的馮淑蘭，像王獨青，周全平，劉大杰等，都是。這些人實際上未必全是真正社友，可是大致都追蹤着前輩的作風。

自一九二四年為始，這些懷着創造理想的作家們，開始碰撞上人生裡經濟方面，社會方面，倫理方面的種種殘酷的現實。在這以前，他們只是做着烏托邦的夢，未曾理會到而已。

青年期的煩悶，簡單的說，亦卽發動中的下意識，把這些作家中的一部份，尤其是郁達夫之流，帶領到頹唐的變態的感傷主義上去。像張資平，連和郁達夫相比的資格都不夠，他利用着一般青年的同樣苦悶心裡，自己先冷靜的，無恥的，鑽進感傷主義的髒泥裡去。他給人的印象，是在欺騙青年，是在有意地把無數的小說集中在一個主題的周圍，就是三角戀愛，和婚姻生活的不忠實。他在青年群中得到成功，自在意中；可是這並不能教人曲諒他過去和現在所為的害。我們要攻斥他，不但以宗教和風化的名義，並且也是以社會安全的名義。

創造社的另一部份作家，在民權主義者成仿吾和過激主義者郭沫若二人領導之下，轉向經濟問題的馬克思式的解決。由這樣一個令人幾乎難以置信的逆轉，他們把該社的謬妄主張，改變了目標；但對於該社開始就具有的特徵，亦卽浪漫主義的熱情，却保持完整。

在創造社壁壘的邊沿，顯露出蘇雪林，亦卽以筆名著稱的綠漪女士的面貌。她是主張為藝術而藝術者。因為帶有浪漫主義，藝術至上主義的氣息，她秉性雖然溫和，甚至幽靜，可是脾氣並不勻稱：樂觀起來，她會引人入勝；沉鬱起來，看得世界一切都不滿意。這種幻想渺茫的浪漫主義，像在郁達夫，郭沫若諸人的個性裡一樣，自當在現實生活的籠罩下發展下去。看她一九二二年，初露頭角時的樣子，很容易令人相信她一定會走上郭沫若所走上的路子。當時她確是鮮明的唯物主義者，反宗教者，破壞的革命者。可是，種種特殊的環境，竟把她領到一個完全出人意料的解脫。這是近年來追求解放的作者中，唯一的先例、正和郁達夫的悲觀主義，郭沫若的狹隘而簡略的觀念論相反，她在天主教義裡，找到了使她完全滿意的理想，終于在一九二七年受洗入教。

　　另外有一羣頭腦平衡的作家，一方面在新語文的使用上適應着文學革命的潮流，一方面却對於陳獨秀派荒謬理論，破壞精神，無限制的自由，抱着懷疑的態度。照這些人的看法，五四運動的意義，就是個人意識和社會意識的覺醒。這些作家從一九一九年起，已竟集合起來，成立了所謂文學研究會，會員裡面計有：周氏兄弟，葉紹鈞，朱希祖，耿濟之，孫伏園，許地山（別號落華生），尤其是鄭振鐸；他是發起人和主要的幹事之一。他們的特徵，是提倡文學裡的社會寫實主義和人文主義。他們同情社會的苦難，但好像還沒有自我與社會密切結合的意識。這是一九二七年以後，左翼作家指摘他們最狠的一個缺點。

　　同時在上海方面，另有一大羣作家活躍着。他們只是人數衆多，能力上倒沒有什麼了不得。這些人好像並沒有受到各種新運動的多大影響，這就是所謂『鴛鴦蝴蝶派』。他們的特點，就是對於個人，家族，社會，國家，整個生活，一貫地嘻皮笑臉，毫沒正經；不是冷譏熱嘲，便是厭世牢騷。他們的寫作，只是落個熱閙，出出風頭；所以廢話連篇，庸俗空洞。之後，迫於時勢，他們的作風，多少也有些改變；然而和文學研究會派所揭櫫的社會寫實主義，還是背道而馳。後來大家又叫他們爲「海派」，以與「京派」對比。現在大多數的連載小說，都可以入到這一派裡。中國的文藝批評家，看不起他們。甚至不肯把他們寫入文學領域。我們可以聊舉幾個例：像張恨水，劉雲若，顧明道，包天笑等都是。

　　這時已到了一九二五年。這年五月三十日，上海南京路發生所謂「五卅事件」，這次風波，成了一個新的社會生活，　文藝生活的出發點：　就是社會意識的覺醒和階級鬪爭。其結果是對上流布爾喬亞與中外工業資方的反抗革命，替被榨取的階級爭取權益。文學研究會裡若干本是社會寫實主義者的作家，突然改變態度，轉向較爲積極的革命思想者。就中尤其令人注意的是茅盾。但是他們中間的大多數，還沒有走向共產主義。他們對它自一九二〇年以來，始終抱着懷疑的態度。也正因爲這個，他們成了「後期的創造社」諸人的抨擊目標。這些人從一九二四年起，已狂熱地信奉着國際共產主義的理論。以成仿吾爲代表，他們一致主張把整個文藝壓扁成革命的宣傳工具。他們說：文學本身，卽是宣傳。而且，因爲文學旣應是我們所生活的時代的表現，所以凡是不能呼應，宣傳，現代革命意識的東西，都要從文學方案裡抹掉。這就是他們盲目的荒唐的辯證學的結論，馮乃超，李初黎，朱鏡我等人，是這派理論的熱烈擁護者。

　　這樣的偏固主義，遭到了魯迅（和語絲雜誌）的奮起反對。他辛辣地攻斥創造社諸人，尤其是他們的代言人成仿吾：說他們缺乏眞實，痛駁共產思想原則的不當，把整個社會人道問題，縮併爲一個簡單的經濟問題。

　　魯迅所主張的，無寧是一種社會領導階層間，個體的建設的革命；而不是一種完全由無產階級所發動所收穫的革命。他的筆調，辛辣，尖刻；在論戰裡對任何事，任何人，毫不留情，因而招致了不少的忌恨。其他還有替語絲寫文章的作家，或近或遠，都追隨着這位主將的踪跡。可以舉例的，有如：徐旭生（炳昶），劉半農（復），趙景深，鍾敬文，王統照，黃廬隱，林語堂，老舍，張天翼等人。後列三人，　祇在對現社會諷刺與懷疑，乃至鄙夷的冷譏熱嘲筆調上，與魯迅相似。至於像這位大師思想的深刻，建設的理想，尤其像他所獨具的情感眞摯，他們却未能亦步亦趨。還有幾位同派作家，例如丁玲，則對於魯迅的社會寫實主義，較具其批評性筆戰性的諷刺作風，更能深切領略。在一九三〇年後，這幾個人終于加入左翼共產作家的陣營，和後期的創造社人物，結成一氣。

　　魯迅本人也終於放下武器，自一九三〇年三月起，與左派作家講和。左派人物立刻把他捧作自已文壇的盟主。自此以後，魯迅似乎在他的新環境裡發生了一種良好作用。他在敵對裡所未能獲得的，現在反能在諒解與妥協裡，順利得到；最顯著的，便是左派文學，轉趣孟雪維克式的平

和主義和人道主義，從他自一九三○年至一九三六年逝世一段時期所翻譯的作品裡，便可看出他確實改變了策略，可是沒有改變往日的思路與理想。

我們再回溯到一九二八年吧：這一年成立了「新月社」；它所糾集的作家，頗為龐雜，但它的主張，則是單純從事文藝和研究人類文化。在這集團裡，胡適的地位尚屬次要；而梁實秋和徐志摩則代表着一種特殊的，精緻的，鮮明的傾向。這些作家，多數是一九二○年以後在外國大學裡經過思想訓練的人物，未曾參加過一九二○至一九二五年間的新文化運動，可是似乎深受了這些年頭裡風行歐美的各種哲學思潮的影響。在他們心目中，精神文化之本質，有其必須的價值；不像過去狹隘而簡陋的唯理主義，只能了解物質文明。這些作家，以科學方法治學，承認精神成份在任何文化裡都有其價值。聞一多，余上沅的思想路線，也具有此種趨勢。

他們的思想，在很多方面，和周作人（以開明或懤明等筆名）在語絲雜誌所辯護的人道主義理論，頗為接近。當梁實秋在一九二八至一九三○年，與魯迅，成仿吾等掀起文藝論戰時，他探取的可以說是貴族風度。但其他新月社青年社員，却逐漸地傾向了周作人式的人道觀念，以及社會的寫實主義；同時却並不放棄他們固有的，對於文化及其對於人世間的精神作用的信念，（清華大學，很有幾位名教授，把他們的影響印在一九三○年後若干大作家的思想上。日後曹禺在文藝上便成了這類最典型最成功的代表）。

以上這些作家，都在類似的思想範疇裡，從事文藝；並透過他們的作品，發出若干副作用，這裡不及細述。在他們的邊緣，一位青年女作家的面型，逐漸刻畫出來，那就是張秀亞。她是東北人，原籍黑龍江，流亡北平，就學於輔仁大學，她的文學天才可以說是在社會寫實主義的傷感氛圍裡發展着。早期似乎想追蹤丁玲的作風，後來終於在公教教義裡尋得心靈的安定，在以輔大為策源地的新興公教文學運動裡，奠定了她的地位。抗戰時期，她在大後方文壇相當活躍。

在女作家群裡，頗有幾位徐志摩型的人物。謝冰心，就是一個例子她與他的文藝素養，頗有相似的地方。她的『愛的哲學』給予她的一切作品一種特殊的格調。她為人有學養，情感豐富而深摯，喜愛描寫兒童，海，大自然，與倫理之愛。她以赤子的天真所謳歌的愛，並不是男女之愛，而是偉大的母愛。她很可慶幸地兼備着兩項特長：一是像文學研究會時代同人葉紹鈞的心理分析，一是像徐志摩的精湛詞華。她所有的著作，都具着很高的道德水準。

可是仍有好些人批評她過於偏重個人主義，缺乏社會意識。

另外，還有凌叔華，以翻譯著稱的沈性仁，和陳學昭等人。這些女作家，都以不同的材具，描寫動與靜的自然界，人類的心理與心境；一切都以寧靜深刻的手法，令人讀了心曠神怡，不禁和葉紹鈞的作品，等視齊觀。葉氏的作品，便是能在緊張的世界裡，普通人陷於眩惑的時候，獨能保持心神的泰然。

一九二七年政治劇變，蔣總司令北伐成功，武漢清黨，在當時的文壇，曾發生深刻的反應。那時的反共工作相當操切，國民黨的防止反動雷厲風行。一時頗激起共黨極端份子與語絲派文人，以及新月派作家等的普遍反對。連胡適也作了一批論文，即所謂人權論集（一九三○），以衛護自由的名義，抨擊當局的政策。這使他招致了不少麻煩。魯迅與其他作家也發表了若干類似的批評，却是藉了一種相當浮泛的人道主義的名義，在胡氏的主張，還不過限於理論；但在魯迅却情不自禁，更加具體，公然對於被迫害者表示憐惜與同情。還有執政政黨的太易激動，以及措施的過度嚴峻，也很易動輒以共產帽子加給並非共黨而祇對極權政治表示抗議的作家們。魯迅在這時期，所發表的反動言論，影響相當鉅大，他的著作前後散見於若干種刊物。每種刊物出世不數月就被迫停刊；再換一個新的，也不久遭到同一命運。這樣前仆後繼地，出版了莽原，奔流，萌芽，新地，未名，及其他；分別由韋叢蕪，韋素園，曹靖華，戴望舒，丁玲，臺靜農主編。逐漸被審

局取締之後，這些刊物殘存有限。乃於一九三二年，聯合組成所謂「自由作家大同盟」，正式地避談政治，努力向國內介紹俄國新文學。

這時期「中國左翼作家聯盟」業已成立（一九三〇年三月）它的組織裡，包括着前期創造社，阿英的太陽社，和語絲雜誌裡魯迅一派的社員；他們的宗旨是：直接參加社會鬥爭。上文已經說過魯迅當時在新月社極端派作家裡頗有勢力。成仿吾這時已落到次要地位。在這陣容裡，該列入『無產階段文學』，或名「普羅文學」有時叫做「車夫文學」但大體上統稱爲「革命的文學」（有人認爲普羅文學卽是新寫實主義的文學。前者本身卽是共產主義的，後者雖然本來不純是共產主義的，而却被共產主義所篡奪了）。趙平復（一名柔石），錢杏邨（一名阿英），謝冰瑩，張資平，茅盾等，都應列入這一派。

同一時期，執政黨，也發動了所謂『民族主義文學運動』，激勵愛國情緒之更新，和國家的復興。這一種文學與政治發生的聯繫過於密切，看上去簡直像黨內工作之一部。他們的機關刊物有兩個：一個是前鋒，一個是國民黨文藝月刊。屬於這一運動的作家有：黃震遐，姚庚奎（卽姚蘇鳳）和少珊等人。

自一九三一年，九一八東北事變之後，尤其在一九三二年，一二八閩北事變之後，一般的文藝界，特別是左派作家，都開始了努力於抗日意識的發揚。主要的工具是話劇，多數是把舊的故事，以新的手法來改編。主旨一貫地是振起愛國情緒，從事挽救危亡。這文藝在抗戰期間，日軍佔領的地區，仍能暗中持續，特別是在上海。

一九三六年文藝作家協會組成，以「國防文學」爲號召。這是在國內政治統一陣線成立，卽『西安事變』的工夫屬於中共方面的，似乎注重於黨的宣傳，用流動民衆劇團的方式，獲得很大的成功。

舒塵，夏衍，長江，田軍，以及一九三五年和鄭振鐸離平南下的端木蕻良，還有萬家寶（曹禺）等人，近年都有新作品問世。此外，茅盾在一九三九年又發起一個「邊疆文化促進會」來增強中蘇文化合作。同年在重慶，又有「中美文化協會」成立，以促進中美文化合作。

一九三八年，北平方面，在周作人主持之下，成立了所謂「東亞文化協議會」。那是一種敵人統制淪陷區的傀儡組織，毫無事工可言。華中方面的類似組織，張資平是假定的負責人。驟看他加入那一種集團，似乎出人意外。但若細想上文關於他的紀述，也就毫不足奇了。

三、現代中國小說的分析

這一章裡，我們打算——不太深入研討，那只可留待其他專書詳述——讓讀者大致明瞭一般作家在現代小說裡，所提示的都是什麽。我們決不是想藉此輕估了中國民族——不像梁啓超那麼嚴峻，或藉此和西洋文學作優劣的對比——我們不提西洋作家的文藝天才，祗指出他們對於讀其著作的人，可能發生的道德危害：西洋文學較之中國文學，所能產生的弊害，卽使不超過它，至少也可以說不相上下。

可是在色情粗野的文學之外，西洋文學裡還有一派「公敎文學」；有不少大作家，在聖敎會獎勉之下，爲社會善良風化，努力寫作。這在中國，可惜還不大普遍。希望中國天主敎徒能振作起來，創造出一種嶄新的「中國公敎文學」才好。

現在，再提到中國文壇在小說方面所作的供獻。爲淸晰起見，我們認爲必須分別敍述。首先略述眞正稱得起「文學家」者所描寫的人生，其次再談到稱不上文學的作家。

前者，特別在智識群裡，在思想界裡，有很大的影響，後者較直接地薰陶着平民大衆。可

是在智識份子間也不無影響。

　　生怕讀者看了下面的叙述，留下一個太悲觀的印象，我們不妨先舉一個比例，來說明我們的目的。

　　就法國說，人人都一致承認佛朗士（A.France）是一個大作家，文筆之簡鍊，世罕其匹；可是，無論他的文采如何出色，大凡自重的人，都沒一個不譴責他書中的不道德方面。又如，一役人都承認勒南（Renan）是一位辭章裴然的作家，一位天才卓越的人；可是任何公敎徒都因爲他的邪說理論而駁斥他。

甲　新文學作家

　　1.　在這些作家中，我們首先注意他們共同一致的「革命思想」，這是乍讀他們的作品，便能顯然看出的，

　　魯迅的願望是解放民衆，想讓他們擺脫傳統的政體；他要喚醒群衆，使他們能以適應新時代的需要。爲此目的，他攻擊帝國主義，資本主義，一切迷信和封建禮俗。他願大衆接受新的思想，他爲收到這類效果，顯示出偉大的戰鬥精神，以雄辯和譏嘲爲武器。他因民衆的愚昧墮落而氣憤，就在報紙，小說，故事裡，大逞其逼人的詞鋒，並自下注脚。

　　巴金是一個最受人愛讀的小說家，在靑年群裡，也有很大的影響；他鼓吹革命，想實現一個『夢境的人間世』（R.P.Monsterleet語）。他書裡的主人翁，一般都是令人同情的，可是生活都有點悽慘……個個都是心地善良的人物：他們要求一個新的人類社會；如此，他建議舊家庭革命，甚至反抗父母，他要求一個較好的社會，他的人物爲達到此種理想不惜以生命爲犧牲。

　　這些思想寧可說是義勇的，但是可慮的，是怕讀他書的靑年，忘却了必須的自我犧牲，而單記住必須摧毀舊社會，舊道德的構造。這一種革命信念，吹拂着他所有的著作，所有的三部曲。（關於巴金的詳細研究，請讀者參看 1944 年第 382 期的，上海光啓社彙報：R.P.O.Briere一文；又 1942 年敎務叢刊，頁 578 以下，RP.Monoterpeet一文）。

　　茅盾被其他處領導地位的作家，認爲是太溫和的。可是他的人物却並不見得缺乏革命精神，甚或適得其反。

　　其他共產主義作家，像丁玲，陳獨秀諸人的著作裡，則革命精神最爲顯著。前者在她的整個著作生涯裡，始終爲婦女的解放而奮鬥，企求讓他們從男性與家庭的壓制下，解救出來；她反對婚姻制度，爲革命而戰鬥；投入共產主義，因反動嫌疑而被覊禁，現在參加中共陣營繼續奮鬥。

　　陳獨秀是一個共黨領袖。作爲一個托派信徒，自然更大吹大擂的鼓吹革命。他的願望，是要世界革命，漫無止境的革命。

　　很多別的領袖人物，也都多少主張此種普遍的革命，而並且很有幾個帶有輕徵的共產主義色彩。他們個個主張婦女解放，廢除舊家庭制度。我們並不想不假思索而根本反對這類主張，但是，像上文所指出的，只怕靑年們祗記牢『破壞一切』的口號，而忘掉本身的重要使命，那就糟了。

　　2.　其次是「非道德觀」。對於多數文學界領袖人物，無所謂道德觀念（幸而還有幾個例外，就是巴金，老舍等）。同時，他們也率直實驗他們的理想，由他們所創造的人物的生活方式，轉示出他們對於人生，對於離婚，對於自由戀愛的看法；並顯示出他們對於貞操觀念的滿不在乎。

　　魯迅曾公然的抨擊貞操觀念。丁玲在衆目昭彰之下，與兩個男人同居。茅盾的著作也不甚撿束，對於任何道德觀念漠不關心。還有其他作家，如沈從文，張資平，郁達夫，郭沫若等，對於自己的讀者，也絲毫不知尊重。有的公開主張三角戀愛。在這些第一流作家心目中，婚姻只是一個陳腐的制度。他們一致主張自由戀愛。貞操是不可能存在的。他們讓他們的故事中的人物，生活

在最激底的不道德裡。

3. 再次是「彼世的否定」。對於大多數的作家，神是不存在的：巴金，茅盾，魯迅，陳獨秀及其他作家，明白否認有神；他們想像不出什麼是一個不死的靈魂。照他們的說法，天主教只是一個外來的帝國主義的教門，甚致於連老舍都把佛祖，穆罕麥德，和耶穌基督，等視齊觀。所以無神主義，在現在青年群裡的侵襲，是毫不足奇的（十分精確的說，我們樂於補充一句：魯迅和巴金有時在神的存在一層上，會約略窺見一線真理的光明）。

4. 神，據他說，是沒有的。舊日的祀典，都是落伍的封建把戲；所以說在一般大作家的著作裡，談不到宗教問題。本來宗教是人與神間之關係的綜合，是人向神繳納從屬的貢獻。在他們，人生祇有為己的塵世，大可不必經心自己與自己所從屬的另一高級權力間的關聯。

5. 照林語堂和另外幾個文壇鉅子的看法，人生在世的目的，無非是求個人享受。這是他們反抗既定制度，反抗宗教與貞操的鬥爭，命定應產生的結論。

而且上述諸作家所創造的人物，也照樣以此為歸宿，雖然作者自己並不全是傾向這結論。

6. 以上這一切思想產生什麼結果呢？一句話：混沌而已。固定的婚姻廢除了，從而也無所謂家族與社會了，一切都要自由，一切都要革命！什麼禮教也不要了，什麼宗教也不要了。

小說裡的人物，縱然在事業裡表現出如何崇高的性格，結果也終歸失敗，（見巴金，茅盾等人著作）。

這裡為使立論完全公正，我們覺得應當多少曲諒某幾位大作家的初心，加以特書。就中，如老舍的革命思想，便遠不如其他巨子的激烈，對於倫理思想，也多少有些顧忌：例如他的駱駝祥子，在第一次過失後的悔恨，便是如此。又如離婚一書中的主人翁，對於與髮妻離異還疑不決等事，足見作者還知道尊重人格的尊嚴。

類此的例，可以在很多別的作者的作品裡找到。但是這並不是證明他們的著作，全體意向是健全的。

此外，很多名家在倡導革命時，是受了愛國心，抵禦外來暴力的反感所驅使。他們所要求的往往是一種較為合理的人生，（例如魯迅書中的主人公，丁玲和陳獨秀所叙的某幾個角色，以及曹禺筆下的人物等）他們所需要的是一種理想（例如巴金的人物）他們想建造一個新的人類社會，不惜為此而犧牲生命（同上巴金人物）。

這些，普通都是出於善意，他們的著作天然的意嚮，雖是毀滅固有的一切；他們鼓動青年走進革命的路；可是輪到從新建設時，他們却完全失敗了。

這失敗的最大原因，乃是在他們的作品裡，沒有神的存在。因此他們不能走上康莊大道，也不能替他們的讀者指示應邁的正路，因為他們自己沒有認識過『真理』。

乙 非文學作家

在真正稱得起文學家，足以領袖群倫，把自己的思想灌輸給智識界的第一流作家以外，任何國家裡都不免有些較差的作家，天分有限，寫作目的並不為宣傳思想，或發動鬥爭，而專為牟利的人。

這些作家往往是多產的。他們認識大眾，熟悉他們的偏好，所以他們的著作，只是些揣摩人民心理，投其所好的東西。只要人肯看，能增廣銷路，能多賣錢，就好。我們這裡所說的作家就是張恨水，陳慎言，耿小的，劉雲若，馮玉奇，顧明道和無數其他作家。

這些文人，雖無材具，却對於一般民眾影響很大。他們每天寫出很多稿子，除了單行本之外，還在報紙連載；有的甚至改編成電影劇本，出足風頭。一般人都嗜讀他們的小說，真正大作

家，知道這情形，認爲是可歎的現象。例如某大家曾對愛讀張恨水，啼笑因緣一書的人，大肆譏彈。可是平民對於有中心意識的作家，往往不能瞭解，祇有群趨於低級趣味的作家了。

這些作家，究竟給我們些什麼東西看呢？首先他們顯露出毫無意識。我們在看過張恨水作的三十二種小說（內若干種分訂數冊的）；看過不少劉雲若諸人的著作之後，百思不解；饒了人吧：這些小說裡究竟有什麼嚴正的意識呢？究竟有點什麼發人深省的地方呢？究竟那一點能使人向上，或使人向善呢！

思想沒有，理想更沒有：這些作者筆下的人物，來去折騰；他們的生活沒有說得出的目的，沒有高尚的志願，想不到人生一世，得有點貢獻，得替家庭社會效點力。

大家的生活，却是得過且過；而且是在最澈底的無道德裡活下去。實際在這一點上，才發見這些作家所以然受人歡迎的眞正原因，原來就是他們的利用色情，利用到最質直的傷風敗俗的地步。在我們看過的作家裡，大多數固不至走入這樣極端，可是這同一多數，在不等的程度裡，都難免涉入色情。他們不顧自然倫理，他們的人物反抗父母之命，自由結合；男女間一有不合就離婚。婚前婚後，可以狂嫖濫賭；有的與情人姘度，兩性社交非常隨便；公園湖畔，幽期密約，花前月下，可以和任何異性出遊。於是這些事便成了無數讀者的家常便飯。

常說，『最聰明的讀者，也盲從他所看的報』。那麼，這些大量流行的小說所產生的弊害，又當如何之大呢？

讀者每天接觸的，都是些無聊的小說。都是些卑陋不堪，迎合下意識的玩意；假是這些人本來有些高尚情操的話，怕也早被這些讀物摧毀無餘了！

幾年以前，新神學雜誌（1936年 268—291頁）曾提出現在法國文學裡的色情主義害人不淺。中國方面的讀者，也決逃不脫這些壞的影響。

缺乏理想，缺乏思想，不健全的享樂，一切都成了家常便飯。令人向上的東西沒有，供給出來的，只有污穢，齷齪；把一切高尚的事理，撇開不談，向民衆提出的理想，只有人生享受！大衆所認爲理想人物的都在放蕩淫佚，現代式的愚蠢裡討生活。

小說家給人看的，本是一種海市蜃樓，大家却信以爲眞。於是不約而同的愛上合自己脾味的東西，群起模仿，談情說愛，吃喝玩樂，捧戲子，嫖妓女，私約會，自由戀愛，離婚，違叛父母；一切自由：這就是小說式的幻境，新的理想，新的人生。

但人民大衆，在這一切在前進着一切舊體制在崩潰着的今日，正需要教育，正需要有人指給他們一條應走的路，讓社會改革趨向健全。而實際上這些作家，却幹着恰恰相反的工作。

這類惡劣影響，不僅在平民身上發生作用，頂糟的是，另外本當以身作則的一群，也上了這些所謂新思想的當，而且是出於自願！我們說的就是學生界：他們也急不暇擇地吞噬這些讀物…（在我們逗留書店往往很久的時間裡，曾經見過絡繹不絕的靑年男女，幾乎排日地來翻閱這些新出的小說。

學生界的靑年，在小說裡所尋覓的，是他們同類人物在如何生活，…他們找到的是什麼呢？在我們所檢查過的多種小說裡，講到應當用功讀書的靑年時，只有一件事恰講不到：如何求學！據小說裡敘述，這些靑年的整個生活，好像一串不斷的風情故事，和異性可以完全自由接觸；所講的不是戀愛喜劇，就是訂約會，不是看電影，就是逛公園之類的事情。偶爾提到一位教師，總是說他上課時，如何會講戀愛眞諦，或是自述其師主戀愛的經驗！試問這樣一批靑年，對於家庭社會國家，究竟有什麼用？還是那句話：這種情勢，只有引人走入驕奢淫佚，作奸犯科，終抵於大混亂。然而爲使讀者不致於過久停留在這種悲慘局勢的印象之下，我們要趕緊指出：有些作家，偶然也流露出些良心不安的表示……他們書中主人的結局，是翻然悔改，有的出家修行，有的痛

恨前非，設法補過。

　　還有的時候，叙述若干完美的性格：寧死不肯失身的少女，勸兒子敦品礪行的賢母等。可是這只能算例外；往往在同一書中的其他回目裡，作者又故態復萌，陷入上述的毛病。

　　同時這些作家，也不無可原之處。他們之間，有很多足跡甚廣，有的通曉西文，手頭有西文書的譯本。他們的罪狀應該有一部份由外國人負責。他們看過歐美不足爲訓的作品，初意或許祇是想模仿，結果甚至比那些原作還過火。就譯本來說，一般地都是能替歐美人「增光」的！所以，以歐美人的身份，還不很配對這些小作家求全責備。

　　現在我們找點比較可樂觀的話來結束這個叙述吧：我們慶幸，也能舉出幾個作家，並且是相當有地位的，他們居然不曾陷入上述的錯誤，並且能產生良好的影響。他們抗拒了誘惑，在他們作品裡，流通了些鮮潔之氣。他們的全部著作，或幾乎全部著作，可以讓任何人去看。我樂於舉出他們的姓名，就是：皈依聖敎的蘇梅，和張秀亞，基督敎徒的冰心女士和非敎徒的葉紹鈞。我們在這裡特別讚揚這些享到盛名，而不必利用社會卑下心理的作家。

　　並且，我們也決不想暗示說：一般大作家的「所有」作品，都具有上述的各種惡性。我們祇說他們「主要格調」確是爲此而已。我們必須補充說明：有幾種魯迅的著作，幾本巴金著作的書，幾種丁玲的短篇小說（舉不淸的例外）可以看它而沒有危險。

　　我們所欣幸的，是能指出在本書所檢討的六百種小說裡，並且內中一部份是有價值的作家寫的，曾經找到不少種，即使不足爲勸，也還姑且可以交給任何讀者的手裡；並且很大多數，可以讓成年人去看的。這當然是中國文學的榮譽，因爲在任何外國文學裡，尤其在非公敎作家的作品裡，隨意選取，可以找到這樣大百分比的無危險性的讀物確是不易。

　　我們相信，關於中國現代話劇，再說幾句話，也不算多餘。但是因爲我們看過的劇本數量不多，所以祇有就已知的若干種來下評語。

　　現在最享盛名的劇作者是曹禺，Monsterleet 神父，在敎務叢刊（1944年，卷十七，第1—4期，頁 71 以下）和震旦雜誌（1944新卷五，第二期）裡，曾對於他的幾種劇本，做過一種分析的研究。讀者要明瞭這位作家，在他的觀衆前所表現的人世，以及他的思想，和他的情感，請參看這兩篇文字就可以了。

　　我們這裡僅以我們自己的觀點爲範圍。所要提示的，也只是他的劇本在道德方面的價值。Monsterleet 神父的意見如下：據他看，曹禺的劇本，不是個個可以隨便看的。著者不明瞭基督敎倫理，他的劇情總在罪惡氛圍裡發展。同時這位作家對於現代靑年所發生的影響我們也不能閉起眼，裝作不知道。在公敎大學或中學裡，很多敎外靑年，並且是比較好的靑年，都讀全過他的劇本。阻止閱讀，是不可能的。可是不妨乘機指明這些劇本的謬誤，來一下警告。甚至可以指出所有在黑暗中閃爍的光明……此外，這篇論文又揭示給全體讀者，目前戲劇所施予靑年的影響。

　　本書編者個人，所讀過的劇本，約有十幾種。就中有幾種是田漢洪深的作品，估價自然很高。照 O. Bri'ere神父的意見，這兩位作家都是屬於所謂「左派」的；他們所描寫的特別是被壓迫階級的痛苦，和資產階級的荒唐生活（Bellarmino, 1939 年，「中國現代文學」一文）。僅就我們所讀過的少數幾種來說，我們必須承認我們並沒有看出這兩位作家連幾位別的劇作家，如何的傾向色情。雖說他們劇情所表現的千篇一律，不出男女愛情，並且多數表現得過於纏綿，可是我們並沒有遇到過絲毫太不雅的地方。甚至有幾齣短劇，反而充滿淸新之氣。也有的激動着堂皇的愛國情緒。但是爲中止兩配偶間緊張狀態，離婚是被許可的；這當然是可譴責的。

　　可是，我們的判斷，不必定就決定讀者的判斷，因爲我們所論及的，祇是幾個選定的典型；

同時我們對於其他低級的舞台劇或文明戲毫無所知。而影響較大的，也就是這類戲劇。

　　有人問：舊小說如何呢？……我們慮的就是這一問。因為這個實在不易答覆，我們不敢表明態度。我們遲疑的原因非常簡單：一來我們讀過的這類小說太少（祇有幾十種），難以作成一種判斷；二來研究舊小說，比較新的難得多。

　　新文學作品裡，使用的是白話，形式上乃至實質上，很像西洋文學作品。舊文學作品，則相反地，至少一部分，是用比較艱深的文言寫成的。要想對它下一個定評，必須學識比我們淵深的人才敢去做。將來我們下些苦功之後，或許敢於表明態度。

　　至於目前，只能供給若干觀察，結果能有多大價值，就算多大。說不定未來會推翻自己的看法。

　　與其作一個綜合的研究，我們逕請讀者去看本書裡所作的幾種舊小說評語。那些議論，一部份是根據個人觀感；一部份是由諮詢其他有識者的意見而得來的。雖然如此，我們絕對不想認為那些都是不刊的定論。

　　據有見識的人的意見，整個的中國社會生活，都以這些小說裡所描寫的生活為基礎。並且，人年齡越大，眼界越開廣，越感覺這話是實情。也為這個原因，我們不願冒然非議這些文學作品；實際，不管我們樂意不樂意，這些作品一直在流行着。一般民眾，受其滋養浸染。所以我們必要明瞭一下這些書的內容，才能更透澈地，了解中國人的心理，與生活態度。

　　其次，卽使對於一般西洋人，中國舊文學作品也不是沒有興趣的。就個人說，我們只讀了幾十本舊小說和幾種最著名的戲曲。可是我們憑良心說，不得不承認那好像一種新的發現。當然中國人的才情和我們的不同性質，但我們可以斷定關於審美學和情緒表現的技巧上，他們絲毫不下於西洋十七世紀古典文學最燦爛時代的。

　　另一點，這類書看得太多了，可能對於人的信仰，形成一種危機，尤其對於新信教者。確實，這些書裡，隨處有迷信的紀述，而且表現得再自然不過。我們認為信仰不堅的教友，可能因此而發生動搖；所以我們不妨指出這個危機，可是並不想過份張大其辭。

　　若干中國學者，並且不是最小的學者，也看到這種舊小說可能引起的國民道德之危機。因而動手做了一種潔化工作。例如，上海亞東書局便出了水滸傳，儒林外史，紅樓夢，西遊記，三國演義，鏡花緣，三俠五義，老殘遊記，兒女英雄傳，海上花等書的修訂本。前面附着胡適，錢玄同或劉半農的叙言。

　　平民書局和開明書店，也出了幾種『淨化版』的舊說部。

　　不要忘了：這類刪校工作，是出於非公教人之手，在我們要選用這些版本時，不能不加以審查。況且，有若干被潔化的小說，本來並不是著名的壞書；那末所謂刪校的重點，怕是在道德以外的其他方面。

四、小說對公教青年的惡劣影響

　　在讀過現代小說所暴露的東西之餘，有無必要再贅述他對於讀者的惡劣影響呢？我們覺得他們因讀這類書而跟着走上的道路，卽是那些作家們所走過的道路。

　　他們從那些書裡，決不會取得任何嚴正的思想，他們的心理勢必轉向動亂……據有識者的觀察，現代青年確已到了這步田地。這一代的青年群，所受薰陶最大的，便是革命的先進者魯迅，是眩惑他們的巴金，是注射毒劑的茅盾，是共產主義者的陳獨秀和丁玲，此外，郁達夫，張資平等人讓他們明瞭了愛情的不高尚的一面。

除去少數幾點高尚的思想以外，青年人由閱讀小說而記取較多而較眞的，就只有推翻一切的革命理論，和戀愛自由的原則。他們知道了如何否認彼世，否認任何宗教信仰，否認自己行爲自己應負責。那末，除了混亂與無政府狀態以外，還能有什麼好結果呢？

市井小說家，在介紹自由，放浪，毀滅道德的人生一點上，獲得了成功。這本不必再加贅述。但是關於公教讀者，這是我們最關心要保全衞護的，我們願意再多說上幾句。

對於他們，讀物不加審擇的結果；必然是疑念殺死信德，奪去一切道德觀念。單就我們熟悉的來說吧！試想一想，歐洲國家裡，每年考入大學或進工廠工作的青年吧！在家庭裡，在小學裡，在中學裡，他們的讀物經過了檢定。凡給他們看的東西，都是使他們上進的，至少不是讓他們墮落的。等到這種檢定取消之後，結果怎樣呢？很多國立大學或政府特准的私立大學的學生，聽過若干教授的講解，看過若干未經檢核的讀物以後，開始覺得信德因疑念而動搖，繼則完全喪失無餘。

在各工廠裡，工徒們有機會認識了放蕩的生活，由不良伙伴的勸誘，而胡看閒書。於是惡魔式的工程完成了，信德完全消逝了……當然我們說的，不是個個人如此。因爲也有有主意的，經過聖教會種種巧妙而有効的創制，竟能始終不離正道。

在我們中國教友中間，喪失信德的現象不很多；但風化方面則不然。不良讀物，現代的小說，霸佔住想像；供給大胆談論的資料，教導着爲惡的方法；用綺麗的色采，繪述出罪惡之路。因這類讀物而誤入歧途的青年，眞是指不勝屈。

另外的一個危機，就是引誘。在中國不像在歐美；一個鄉下老，不大愛買一本閒書看。可是，一本書一直留在買主手裡的時候比較少；往往是從甲手傳到乙手……（若是一本好書，這倒不錯）於是一本輕薄淫穢的書，便能擴展它的毒害。

我們很可以用事實證明，作我們的肯定。但是我們寧願不深入到這些細節。尤其是一位在教育機關任過事的教士，或在鄉間傳過教的，多少睜開過眼的，大概都有這類經驗。

五、小說危害之補救方法，特論「小說檢核」

現在我們想敲動警鐘。有心的人，怕已經提出過這個問題：『這樣的危急局勢，如何去補救呢？』答案不是那麼容易說明的；但是無論如何，我們認爲，在原則上，只有一個答案是可能的，那就是：聖教會可以作有効的補救。

在龐大的中國非公教集團之前，我們公教徒，還只是稀稀落落的幾個個體。並且，到目前爲止，我們一直處在徒知傷心，而實際無能爲力的旁觀地位。然而大家且莫忘記：現下聖教會，在中國已有了堅固的基礎，公教已比較過去受人更進一步的認識；戰後，我們定可爭取我們的權益。那末，我們干預社會道德的機會，已漸成熟。假使我們坐視邪說謬論，利用了戰後的局面，把目前的混亂變得更加怕人，那就太可痛惜了。

當然，像這一類的論爭，輪不到我們出面主持，指示機宜；但我們或者不妨很恭順地建議若干點，作爲闘爭準備的意見。要爭勝利，先得應戰；我們甚至要說：先得「以攻爲守」。祇有胆大有爲的人，才能衝鋒陷陣，與其一味期待着不可知的什麼，坐在安樂椅裡，偵察着天邊；敢幹的人却爬上火線，飛奔進攻，終於由他奪下陣地。

我們不敢妄想，我們的建議是最完善，而準有制勝把握的。但是我們期望有其他的人，投身於這種決鬥。把各種計劃合併起來，或許可以讓天平上的比重，有利於我。

我們所要建議的如下：我們有若干處公教大學，若干公教中學，連同公教教師，和非公教而明

瞭我教教義的教師；我們也有若干博聞廣識的公教學者，若干公教作家；最後，而不是最少，還有若干位受過良好訓練的中國司鐸。若把他們與非公教的智識界著作家，以及滋養大衆的小說家，聯絡起來，難道當眞是十分困難的事嗎？在準備充分的講演裡，在一般會談或辯論裡，當眞不能讓那些人明瞭我們公教的觀點嗎？不能證明這觀點並不像其他私人意見，而是我們所保有的神聖啓示嗎？不能對於那些人，證出聖教會的道理，是唯一建築於理性上的嗎？

我們的計劃，或許過於操切了些；但我們初步的努力，必須側重在確立這種聯繫上。他們的荒謬主張，當初也是由接近荒謬份子而漸染來的。並且大多數的時候，是由間接的接近，亦即藉書本的傳播而得來的。聖教會的力量，難道反而會比謬說的力量更小嗎？

另外還有一件，我們認爲必不可少的，就是：在報章雜誌裡，在中等以上公教學校天然倫理學的課程裡，所應展開的鬬爭。我們再重申一句：我們確已具有了克盡此種職責的智識份子；儻不妨再栽培些新的人員。這些智識份子，應該睜着眼睛，注視着各種出版品；他們必須瀏覽着新出的圖書，研究敎外思想家所爭執的問題；溫和而勇毅地，站上崗位去，駁斥謬說，指示眞理。

在寫着這一段文字時，我們不由自己的想起大公教徒，大新聞家魯意，沃堯 (Louis Veuillot)。我們習知，他有時下起手來，太不留情；但除此之外，他不活是聖教會透過她的作家記者之群，所應取的態度的一個縮影嗎？瞭望着，探聽着，撲向邪說，燭照着一般人的智慧，推動着一般人的意志；以上種種，都爲對我們慈母聖教會的愛！這才算克盡厥責！

可能有多數人要說：我們的力量，還太薄弱，怕盡不了這個職責，怕沒有足夠的訓練成功的人員，來從事於此種戰鬬。那又有什麼關係？姑且把我們目前所有的，都送上陣線；一方面趕快訓練新的戰士吧！我們已有了一個相當優秀的集團，已有了幾位作家；我們就鼓勵這幾個人，把他們組織起來，一方面訓練新人就是了！

在訓練新幹部的計劃裡，我們認爲最緊要的是給他們一種切實的哲學基礎。我們的對手，很多完全缺乏根柢，想打擊他們，非常容易。我們戰鬬員如果具有完備的哲學智識，他們甚至可以和現代領導思想的人物抗爭；連那些了不起的人物，在他們的地位上，也不十分隱固；想撼動他們，也不是如何難的事。

爲改善當代文學計，我們已發見有很多合時的創意。例如，公教白話報，已發起佳作獎金，非公教作家，祗須不違悖普通道德，也可以競選。我們很樂意引人注意這個良法美意；並祝他有偉大的成功，長足的發展。

我們目前祗是把我們的意見，以簡陋的形式，寫在紙面上。仍希望有識見的人，把握着這些建議，而加以運用。當然我們所建議到的，只是應作的事的很小一部份。我們希望讀本書的人，能够擴大發展我們這倡議。

聖教會素以維護道德風化爲己任。她的職司之一，也是相當重要的：就是圖書審查。

這個職責，現在剛有了一個實際執行的開端。我們樂於相信這初步工作，或許只是整個抵禦現代小說之流毒的工事計劃裡的小小一塊基石。惟其我們對於這類衛道事業的努力，不能無動於衷，所以我們在下文還要多說幾句；其實，所有以上說過的話，也只是爲幫助說明其原因與其重要性的較長的擧證而已。

我們開始圖書審查工作，是由一個農村傳教士的集團，因戰時被迫集中，無所事事，而發動的。目的，是想藉此替傳教事業，繼續效點棉薄。在過去，這一批敎士，多年習於應付人事，把生命的一大部份，花費在鞍馬勞頓裡；而目前却研究起新文學來；這，一則是乘機充實語文常識；次則，藉此加强對智識階級的瞭解；再次，則尤其爲了邊讀邊記，把心得給聖教會服務。他們所切願

的就是對在華接觸青年的教士，效一點勞。本書的刊行，也就是想把他們利用閒暇的作業，呈獻給同道。所以，我們得預先聲明；讀者休想在這本書裡，尋出任何美妙的文字；或關於所檢討的作家的任何文藝批評。我們並不是些寫文章的人，而是些照管人們靈魂的人。只有這個目標，替我們領着路。

那末，關於選定審查書籍時，我們遵從的，是什麼標準呢？事先，可以說毫無計劃。我們時常去逛書舖。我們只看那些到處攤着賣，而買去看得最多的書，我們就也買回來。

我們很老實地承認，當我們開始審查時期，是毫無主見。並且對於現代新文學，幾乎完全隔膜。但是經過兩個年頭繼續不斷的工作，一天到晚的工作，我們目前差可對於已往所做的工作，回顧一下；並且覺得我們買的書，雖是信手拈來，却還相當湊巧。

在我們寫作此文時（1945年四月），大家已看了近六百種小說。這其中，有一小半是多少有點價值的；其他的一半，是些二流作家，也正是大眾所看的作家。

在每一條書評裡，我們所注意的，並不是文學上的分析。也不是修辭上的鑒別；而是書中情節的簡述。假使值得一述的話，另外還有一段關涉道德方面的案語，和作此按語的理由；這理由；也只是三言兩句。假若某書實在毫無價值，假如它是個短篇的結集，或者假使它是看不得的，我們就不替它作什麼內容撮要，僅僅說明它的主題。加上一個道德立場的按語。

就道德觀點而言，我們把一般的書，分為四大類：

　　　　其一，是大眾可讀的書（眾）
　　　　其二，是單純應保留的書（限）
　　　　其三，是加倍應保留的書（特限）
　　　　其四，是應禁讀的書（禁）

現在把這些分類的意義說明如下：

1/　大眾可讀的書。這只是說，凡經如此指明的書，都沒有什麼傷風敗俗的地方；沒有大胆的描寫，沒有荒謬而與聖教教義牴觸的理論。

當然，我們所分析的，既都是些小說，內容免不掉談情說愛（不談情愛怎麼作得出小說？）

我們稱這些書為「大眾可讀」，並不就是說，我們勸人看它（雖說有的確實值得推薦）；我們也不是說這些書永不會害人；不，我們只是說這些書裡，沒有什麼壞的地方。

2/　單純應保留的書。凡如此稱謂的書，都是說它可以讓成熟，或有閱歷的人去看（結過婚的人，受過中等教育的人，年齡大的人，等）。在這類書裡，你會偶爾遇到多少有些欠含蓄的，或相當大胆的詞句，稍為不莊重的描寫，冒失點的話，不正確的思想（如關於離婚之類）而非著者所堅持的，一種比較不大純潔的氛圍，等…

依我們的陋見，凡單純應保留的書，都應當從鄉村圖書室裡撤除。在都市裡，因為市民眼界較寬，或者可以通融准閱。在中等學校裡，則應由校長鑒定。

但是，這類書，當然是不能推薦給任何人的；尤其在一個修道院圖書室裡，更要完全摒絕。並且修院主管人甚至連第一類的小說，都要用最大的警戒去審查。

3/　加倍應保留的書。這是指的我們應該直截勸人別看的書，連成熟的人在內，除非為了特殊原因。可是假若一個正派的人，偶爾在看這樣的書，也不值得大驚小怪。

我們用這種稱呼的書，都是大胆的節段層見迭出的，相當蕩人心志的，描寫得太大胆，或輕佻的描寫過於細緻的，以及能够危害宗教信仰，或倫理與社會的體制的；書中氛圍不健康，公然反抗權力思想的，等…

我們在自己管轄下的圖書室裡，應當完全摒除這種小說，自不待言。

4/　應禁讀的書。這說的是那些不但不應該「勸」人看，並且除有重大原因外，應該「禁止」一切人看的書。

這就是說那些實在猥褻的書，近乎傷風敗俗的書，懷人心術的書，臭氣薰人的書等……

在我們所檢討的這些書裡，除了少數例外，沒有帶着淫穢圖畫的。我們補充這一細節的意思無非是說明：在北平這樣地面，書攤上沒有公然陳列的；除非是很可靠的熟主顧，賣的人不肯伸手到架子下面，替你找出這樣貨色來看的。

此外，本年聽說北平警察局，有兩次書店大搜查。本來此種書籍的販賣，是有干禁例的！一九四三年九月，北平某報登載，一位家長來函，反對市面上淫穢書畫的秘密流通；這位家長曾發見他的兒子手頭，有一本這類的書！我們相信這類消息，對於讀本書的人是有用的。

猥褻的書，固然不准販賣，而解剖學，生理學，所謂學術化的（！）性智識書籍，剝不然。這一類的書，個個書攤上，都有陳列。長行列的逐日來逛商攤的青年男女，毫不羞澀地翻着它。還有所謂「美術相片」，也公然顯示着裸體人像！…

這一本書評集，是我們檢核工作的嘗試；裡面共收六百種讀物的評隲。我們祝禱着，有一天我們能恢復傳教生活時，還能繼續工作下去。

當我們從事這初步嘗試時，曾獲致多方贊助；倘若因戰事結束，而工作也隨之中止，那未免太可惜了。

還有一層：要想讓這種事業，產生真正的效果，必須較大規模的去發展它。實際，六百種書，本來是太少了；可是，這只是一種開始：一俟我們的準備較為充分時，我們希望能够擴大範圍，連譯本也收容進去，借助於法義美等國的既有資料，加以評介。

至於中文創作，我們自現時起，即向全國天主教傳教士呼籲擴大合作。這是輕而易舉的：各地同道祇須把他們看過的書，撰成簡短的提要，並附加幾句關於道德方面的評語。

說得更詳盡些，我們要補充一句，就是這類書評，並不一定以正式小說為限，而不妨兼及於其他一般性質的讀物，（可是，我們尤其希望，收到較有文藝性或一般人比較愛看的書的評介）。大家共同努力起來，定可對於可愛的青年群的衞護和感化上，有很大的益處。倘若你看的書，已經檢討過，仍不妨作成評語寄來；我們要幹的，是有益而切實的工作；不厭集腋成裘，想把若干不同的判斷，比較歸納起來，讓我們的結論，得到更大的保證。

駐華宗座代表，聽說我們在幹着「書籍檢核事業」，居然於一九四五年一月二十二日，召見編者，垂詢一切；自動願任此項事業的最高贊助人：並承他熱烈鼓勵我們，擴充這一計劃，竭力使其發揚光大。

這一願望，崇禮教區會長饒大司鐸，也有同感，他在過去困難的年月裡，他曾給與我們很多精神方面和經濟方面的援助。

我們竭力仰副上峰的意旨，和多數同道的愛護。

確實，各方來函詢問詳情的也有，獎勵有加的也有。在私人談話裡，還有人問到我們，如何組成一個純正讀物的圖書館。作這種徵詢的大概都是教育機關的主管人員，也有的是各地本堂司鐸有意成立會口文庫的。一直到目前為止，我們並沒有作肯定的答覆。現經質詢多數意見之後，我們敬作如下的建議。

在這本文藝月旦甲集裡，有不少的書，被列為「大眾可讀的書」一類（內中有十幾種，是公教作家的著作），可以推薦給不拘什麼人看的。在以前，一位傳教士，想設置一個圖書室，勢須把所有的文學作品一一檢查過！現代若想開辦圖書室，只須瀏覽一下，檢查一下本書的書評，就可以了！每條書評，可以告訴他：某書對於他所負責指導的讀者，是否合適；他可以替某種讀

者，選購某種的書，然後自己或讓另一位中國司鐸讀一過。這樣，他便能對於教友的讀物，獲得必要的保障。假使他在每次有本書新的結集出版時，如法辦理，幾年之後，他就可以聚成一個很像樣的文庫，並且是品質優良的文庫。我認為這種辦法，可以實行於會口圖書館，以及女子中學裡。對於住在大都市裡的人，對於中等學校校長等，我們認為他們可以根據「單純應保留類」的書名，斟酌選購；這末一來，他們的藏書數量，可以比較豐富一些。主要的一點，就是書籍的選定，必須由主管人經手。

這裡，我們另外提出一件事：我們在從事選評各書的時候，深知責任攸關，所以全體審定人員，非常慎重。但是有時想在「大衆可讀之書」與「單純應保留之書」中間，以至後者與「加倍應保留之書」中間，劃出一個顯明的界線，這有種種不同的標準；我們認為無須一一詳加說明。此外，不要忘記，我們都是異邦人，對於中國文字的瞭解，容有欠缺。有若干典故我們熟悉，可是不熟悉的也不在少處。往往我們認為某一詞句，作某種解釋，實際卻另有一種意義。

總之一句，誰敢說自己對於中國人心理完全明瞭，敢決然的說：「這個有害，這個無害」呢？每條書評的撰述人，都盡力鄭重其事，可是他們的判斷，未必可以認為定論。所以，假使讀本書者，肯於提出理由，糾正謬誤，原撰述人是極願推翻自己的見解的。我們願先對於這樣的指正，表示歡迎；因為這樣，才能使我們的工作，成為真正有用的教導工作。正為此故，我們在上文談到成立圖書室時，最好由一位有鑑別眼光的中國神父，負責把選定的書覆審一下：他的意見我們樂於接受。

直到日本降服為止，集中的同道們，用中國文學研究消遣光陰。這樣眼見戰爭的結束。

（以上序文係 1945 年四月草成）

駐華宗座代表和若干教區神長，一致決定：讓我們的檢定圖書工作，繼續下去。希望依仗全國傳教士的幫助，尤其仰賴幾位同會神父的特別幫忙，我們能夠勉副此種雅意。若干計劃，已經實現，例如文寶峯神父的「中國新文學運動史，」業已出版。一種「中法對照新文學辭典，」已經編出，將作為文藝批評叢書的第三冊；第四冊又將是一批文藝月旦的續集。

各方面都要求我們把這類出版品翻譯成中文，便利中國籍的神職界和公教學生。現在這「文藝月旦甲集」的中譯本，便是為滿足這一願望。此外我們還計劃着，請幾位公教作家，檢討若干文藝問題；並對若干著名作家，作個別的研究。

最後，還有一句話：要感謝集中營時期的若干位參加本書書評撰作的同道。他們的姓名，都簽署在法文本每則書評之後；我們特別致謝文寶峯傳西雍二位神父，對於撰述本篇導言時，供給了充分的資料。

最後的最後，我們要求本書讀者，寬恕本書的一切缺陷。因為執筆的人不止一位，所以詞氣間很難前後一貫。

虔禱中華聖母加意垂護這一事工，讓它在聖教信德光揚上，有所補益，特別在著作界和思想界。

一九四五年十一月一日　　　　　　　善秉仁述，時寓北平太平倉普愛堂

文藝月旦甲集

現 代 之 部

1.　群鶯亂飛　（限）　一冊　145 頁
　　　阿　英「傳1」著　1942年　國民書店版

這是一部四幕的劇本。內容述一個中國大家庭：父母都故世了，留下三個兒子，兩個已結婚，還有兩個沒出閣的女兒。

這家庭接連遭受了若干禍變：長子失業了；次子行為不端，他的妻子和他脫離了；最幼的女兒被一個無賴誘騙了；家中的財產，消耗殆盡……這一切都因為長媳一人的關係！三子在大學讀書，想把這些事情整頓一下，可是竟辦不到。最後，在一個悽慘的場面裡，次媳投水自殺，次子把長媳打死，自已也自殺了。（不祥的人物就這樣…物化了）。

在這一個悲劇裡，充滿了咒咀，這一串的殺人和自殺當然是可譴責的。可是並沒有什麼大胆的段落，成熟的人可以看。

2.　苦　難　（衆）　一冊
　　　沙　汀（楊同芳）「傳2」著　1937年　文化生活出版社版

短篇小說集包括九個故事，批評新官僚的生活的。大衆都可以看。

3.　蟹蛻集　（限）　一冊　166 頁
　　　史　岩「傳3」著　1929年　上海廣益書局版

包括幾段小故事，有新式的插圖。對於沒經驗的人，這些插圖或許太新式了些。除此以外，著者又編進一批情書，頗有頹廢色彩。

成人可讀。

4.　善女人的行品　（衆）　一冊　222 頁
　　　施蟄存「傳4」著　1940年　再版　良友文學叢書

這是一部婦女問題的討論集，涉及女性婚姻及職業領域的。著者在好幾處指出如何因雙方的不注意，不諒解，而破壞了婚姻的幸福。大衆可讀。

5.　一個女作家　（限）　一冊　118 頁
　　　沉　櫻「傳5」著　1935年　北新書局版

四個短篇故事。

四個都是說的青年夫婦的事。全書沒有任何大胆的描寫；但是在第一篇裡，講到一次女人生產的情形，有一大串細微的敘述，未婚的人不宜讀。

6. **殘 碑** （限） 一冊 336 頁

沈起予「傳6」著 1941年 良友文學叢書

這本書叙述國民黨的創始時代。

一個孤苦的青年，沒有錢了，無法繼續求學。他求他舅父收留他，替他舅父做傭人……舅家有一位表妹。這青年後來離開他的寄寓，考進一所新革命黨創辦的學校。

不久，黨裡派他到漢口去任職。他到了那裡，在他負責的地區裡完成使命；在那裡又遇見他的表妹和幾位朋友。

政局日趨緊張；他的一個仇人乘機向他的長官告發他。青年害了怕，偕他的表妹…逃走了，後來竟和她成為夫婦。

成人可讀。

7. **阿麗思中國遊記** （衆） 一冊 280 頁

沈從文「傳7」著 1928年 新月書店版

小女孩阿麗思和他的朋友到中國，動物之國，去遊歷。一路遇到各種和人一樣會說話會做事的動物！醒來却是一夢！

兒童可讀。

8. **旅店及其他** （禁） 一冊 148 頁

沈從文著 1930年 中華書局版

計收短篇小說六篇

（一） 結婚之前（頁1—19）叙述兩個未婚男女的婚前浪漫生活。應禁止閱讀。

（二） 旅店（頁19—33）一個青年寡婦一向貞節，開着一座店，一天忽然慾火如焚，遂私奔了一位旅客去。不宜讀。

（三） 阿金（頁33—41）。阿金想結婚，被一個朋友阻止住了（應作保留）。

（四） 七個野人與最後一個春節（頁41—59）七個獵人，愛好自由生活，他們受虐政的壓迫，起而反抗，終於被殺頭。

（五） 記一大學生（頁59—89）諷刺一個自滿而驕名的詩人的荒謬。他認為外國一切都是好的，中國一切都看不進眼。青年人很歡喜看這類作品（應作保留）。

（六） 元宵（頁89—148）一個憂鬱不堪的作家結識了一個歌女，經過幾次掙扎之後，終於走上邪路。內容沒有很不雅的地方，但是氛圍不大健全。（應作保留）

本書應禁讀。

9. **如蕤集** （限） 一冊 351 頁

沈從文著 1934年 生活書店版

（一） 見下（第13號）

（二） 三個青年女詩人討論若干事件，並提到當晚聽說死去的一位女友。

（三） 述軍人的橫暴。

（四） 街頭即景。

（五） 述幾個在火綫上的人。

（六）　寫貧民窟生活。

（七）　囚犯被虐待的情形。

（八）　一個小女孩的一天生活。

（九）　監獄近鄰人家的生活瑣事。

（十）　戰壕裡的夜間事故：前線的（！）間諜活動。

（十一）　兩個男女相愛，結了婚：父母高興！

成人可讀。

10.　廢郵存底　（衆）　一冊　164 頁
　　沈從文著　1936年　文化生活印刷所

這是一批書札，內容是關於文藝批評和哲學思考的。大衆可讀。

11.　一個女劇員的生活　（衆）　一冊
　　沈從文著　1939年　上海大東書局

上海某劇團一個青年女明星有三個人追求她。她的自傲心暗中高興，表面上對三個人都一概拒絕。甚至對於她的情人和長輩的勸告，出以玩弄。突然出現了一個第四個情人，彼此一見傾心，遂卽結成夫婦。

這小說寫得很好，文筆秀麗，沒有一句不雅的話。

12.　新　與　舊　（特限）　一冊　237 頁
　　沈從文著　1940年　上海良友文學叢書本

故事集，現代中國社會的速寫。很生動，很現實，可惜在道德方面不大端正，尤其是第一篇。

任何人都不宜看。

13.　如　蕤　（限）　一冊　100 頁
　　沈從文著　1941年　上海大陸書報社版

這裡收進了三篇故事，強調出愛情的魅力。

（一）　叙一個美貌少女，被很多人追求，但是一概不理；最後有一個青年救了她的性命，她竟愛上他。可是他却對她冷淡了好久。等到他終於也愛上她時，那少女却又離開他。在多年的追求，心滿意足之後，不願再失掉這幸福印象的完整！

青年人看這書容易惑亂心志。

（二）　一個少婦用她的姻態和手段，終使一個天才青年瘋狂地愛上自己，並把那男人完全制服。因爲有些詞句太質直，祇可保留給成熟的人看。

（三）　某苗族土司有一個兒子，人生得非常俊秀，性格又完美。大家都公認他爲標準美男子，任何女性不敢對他動念高攀。所以他感覺非常孤獨。有一天，他聽見一個少女的歌聲，而起了思慕之心，誓必娶她爲妻。他開始尋求她，畢竟發見了她。這故事大致無害。只有一兩句話過火一點。

14.　　沈從文選集　（特限）　一冊　266頁

　　　　現代創作文庫本　　1936年　上海萬象書屋版

　　這是些小故事，短篇小說，軍人生活裡戀愛活劇和其他事件的文選。作者把行伍生活，形容得平淡機械而現實。短篇小說裡，戀愛被寫得像一種男性追求女性的本能，女性終於失敗。女性是一種神秘，妖媚，不可捉摸，心理與男性逈異的東西。

　　任何人不宜閱讀此書。

15.　　死　灰　（限）　一冊　113頁

　　　　沈松泉「傳8」著　　1927年　光華書店版

　　內容是日記和書札：叙男女戀愛，帶一種過份悱惻的羅曼蒂克。何況這些書札裡，多情善感的人，又偏是男性！這裡所寫的戀愛，幾乎個個是不幸的。過來人才宜看它。

16.　　春風楊柳　（禁）　一冊

　　　　方奈何「傳9」著　　〔昭和13年〕昌明印刷所

　　一個青年被五個少女愛着……她們五個人都情願犧牲愛情成全女友。結果：那青年一個也沒娶她們。

　　有幾個傷風化的場面。應禁任何人看。

17.　　桃　園　（衆）　一冊　147頁

　　　　廢名「傳10」著　　1930年　開明書店　三版

　　內容是十幾個很短的小故事。不很發展的小畫幅。文字簡潔生動。人物浮淺而不清晰。

　　任何人可看。

18.　　香海恨　（特限）　二冊　246頁

　　　　馮玉奇著　　1939年　上海智識出版社

　　叙某男在天津妓院結識某女，打得火熱。因爲上海有朋友約他去辦報，不得久留，就把那妓女帶去，但因爲經濟不裕，不能立刻結婚。同居一年多，情同兄妹。雖然，彼此都遭過種種危機，終能信守不渝。結果妓女暴病身死，男的加入中國紅十字會。

　　這小說很有幾處相當寫實；反之，故事結構却不大注意現實。這種非婚的同居，近乎幻想。非很成熟人不宜看它。

19.　　孤　島　淚　（特限）　二冊　246頁

　　　　馮玉奇著　　1939年　上海智識出版社

　　這小說叙述的是一對被社會制度犧牲的男女青年。他們的愛是柏拉圖式的。著者把他們寫得像沒有情慾的天仙一般！

　　故事的開始，是在一個妓院裡。一個良家少女，父母俱亡，被賣在娼寮。這少女矢志清白，在惡劣環境裡不受威嚇利誘。這時認識了本書的男主人公，一個理想主義的新聞記者。他驚於那女子的人格高尙，就愛上了她。二人逃出這活地獄，跑到上海，開始爲生存而奮鬥。男的掙的錢不够養活一個太太，只好展期擧行婚禮。女的當了舞女來餬口，但爲摯愛着情人，所以種種誘惑，都

被她毅然拒絕；男的也矢志不二，堅貞自守來報答愛人。後來，女主角受愛國心的驅使，到前線去抗敵，傷重要死。男的仍舊對她愛情不減；情人死後，依然念念不忘，並爲紀念她，而投筆從戎去了。

這本對於不曉事的讀者，可能有點危險。因爲實際上，一對青年男女，同居一室，一天到晚談情說愛，很難止於精神的互戀。

編著案：本書和前者無疑地是一書兩名。

20.　　紙醉金迷　　（特限）　　二冊　170+148頁
　　　　馮玉奇　余碧筠女士合著　　1940年　春明書店

叙述一個豪富之家，父親年青時，生活荒唐。二十年前和一個女性同居過，生過一個男孩子。這孩子長大成人，和父親的女兒發生好感，却不知道她是自己的異母妹。他在一次車禍裡救了她。那少女就求父親救濟她的恩人，因爲他很貧寒。父親發覺了他是自己的親生兒子，就予以救濟。

這人家突然破產了。父親自殺，長女跟人跑了。長子打死他的女朋友，和他的新男友，亦卽他的異母兄弟。母親被關在一個療養院裡。

本書任何人不宜讀。

21.　　燕翼春愁　　（限）　　二冊　226 頁
　　　　馮玉奇著　　1941年　中央書店版

這是兩個革命青年和三個少女間的戀愛故事。叙述相當有趣，穿插了不少悲喜劇的情事。

內容叙述甲男與甲女戀愛成熟，訂有白首之約，忽又與乙女結婚。後乙女身故，乙男與丙女結婚，糾紛才告解決。

略有幾處大膽的描寫。成熟的人可看。

22.　　海棠紅　　（特限）　　二冊　219 頁
　　　　馮玉奇著　　春明書店版

一個少女和一個寡婦同住，一天見街頭走過一個美少年。少女突然意動，寡婦答應代爲先容，就向一個男友甲提到。甲男冒充那美少年乘夜闖進少女的房裡。少女給了他一件表記。甲男回去時，把那表記遺失了。撿得表記的某乙，也乘夜闖進少女家，但因不明路徑，誤遇女父！兩人爭鬬之下，女父被殺死。少女以爲是美少年行的兇，決意報仇。

案子在上海偵查，女主角又誤打誤撞，和昔日的美少年結了婚，却沒有認出他來！後來知道是他，要想置之於死。但最後發見眞兇，案情才大白。

有幾處描寫很大膽。任何人不宜讀。

23.　　婚　變　　（特限）　　二冊　130+157頁
　　　　馮玉奇著　　1942年　上海智識書店

內容叙述上海一個富室的生活。有五個兒子：三個已婚，各人都有一種很特別的毛病。四子不願結婚，他的未婚妻給了五弟。五弟很愛她。不幸她在婚前害癆病死了。家裡就替他選訂了他的未婚妻妹；他認可了，結了婚，可是忘不掉死者。出走了很久才回家，終於和他的妻子定情；可是後者却因產難死了。

書裡對大家庭生活，有很有意思的描寫。有幾處相當大胆。

只有很成熟的人可看。

24.　陌頭柳色　（衆）　一冊　238 頁
　　　馮玉奇著　　〔康德九年〕新華印書館

　杭州青年甲，在上海求學，結識了同鄉女子乙。同時他在上海的一個表妹也愛上了他。他更歡喜女乙，就娶了她。他表妹絕望之餘，失了蹤。

　這書有很多悲歡離合，結局很慘痛。此外談情說愛的段落和詞句也不少。

　可是並沒有絲毫不雅正的地方，也沒有輕佻的描寫。

　任何人可看。

25.　春花秋月　（限）　一冊　118 頁
　　　馮玉奇著　　〔康德十年〕義生印書館

　叙一個裁縫的女兒，家裡窮付不起學費，由一個男友資助她。另外一個男友離間他們，引誘她成奸，結了胎又遺棄了她。女子氣憤之餘，立志報復。她改頭換面又和奸騙她的那人交往。那人這時和髮妻離了婚。他們情投意合！接着便結了婚，洞房之夜，新娘把新郎殺死了。

　這書非有見解的人不宜看。

26.　春華露濃　（禁）　一冊　193 頁
　　　馮　蘅著　　1941年　上海萬象書屋

　內容描寫上海舞女糜爛生活。是一本壞書！

　應禁讀。

27.　糕糰西施　（限）　一冊　155 頁
　　　馮若梅著　　1942年　二酉出版社版

　一個鄉下姑娘，不由自已，墮落在若干的危險環境裡！在她痛苦的遭遇裡，不斷有壞人引誘她。可是她盡力抵抗，寧死不肯失身。人格高尚像奇花異葩！

　這本書讀起來很有意思，可惜作者把那少女抵禦物誘的環境，描寫得太少含蓄。為了這類描寫，青年人還是不要看它才好。

28.　車廂社會　（衆）　一冊　255 頁
　　　豐子愷「傳11」著　　1935年　良友圖書公司版

　著者同時也是一位漫畫家。這本書是他對於音樂，繪畫，和日常生活的雜感集。

　大衆可看。

29.　殘　羽　（限）　一冊　113 頁
　　　鬼　公「傳12」著　　1933年　天津書局版

　是七個短篇小說的集子。有幾篇寫得很不錯。作者似乎很通透人情。本事都是屬於男女愛情或悲天憫人之類的。有兩篇裡描寫着中國社會生活的慘狀。

　就風化的觀點說，這本書還沒什麼；可是有一篇過於寫實了些。

　青年人不宜看。

30.　情海生波　隱刑（禁）　　二冊　118+189頁
　　　鬼　公著　1942年　京津出版社版

　　一個富家子弟從都市回到本村；結識了一個貧家姑娘把她勾引上了。他實際也愛這姑娘，那女子也愛他，他答應日後娶她。可是回到都市裡，他又追求另一個富家女子，心裡不是真愛，但竟娶她為妻。同時他又識了一個妓女。他太太知道了，要和他離婚。正當這時，男的在城裏遇見了他早先在鄉間休假時所勾引過的姑娘；兩人重拾墜歡，可是男的怕被太太知覺不便，請求他的舊情人為他犧牲。那姑娘心地忠厚，性情耿介，一聲不響地的接受了情人的要求，走開暗暗自殺了。可是那位正頭娘子，這時抓着了丈夫有外遇的把柄，終於立逼着和丈夫離了婚。男的倒不在乎，心裡還記着初戀的情人，就離開都市去重尋舊好，結果自然找不到了，在經歷若干患難苦痛之後死了。

　　書內關於風化方面，有不少蕩人心志的描寫，尤其在上冊裡。

31.　生　還　（禁）　　一冊　318頁
　　　鬼　公著　1937年　天津大公報館版

　　兩個青年男女在電車上偶然遇合了。愛苗茁長起來！女的已經是有夫之婦，可是被那青年男子吸引住了。男的因為對方的羅敷有夫，更覺得非把她弄到手不可；他認為第一要緊，「良緣不可錯過」。於是兩人偕逃到新嘉坡去；少婦覺得情人的猛烈的愛，遠勝於丈夫的平靜莊重的愛，所以覺得很幸福。男的心裡有些不安，並非由於自己的敗德，而是由於遠遮異域不能為多難的祖國効力。

　　這時，少婦的丈夫正在跟踪着這一對男女，發現他們躲到新嘉坡，趕了來。女的終於逃出他的掌握，但在和情人一同回國的途中，死在船上，屍體被沉在海裡。奸佔人妻的男主角，覺得過去一切，都是偶然所造成，無所謂道德不道德。但後來才明白天理昭彰，難逃公道。

　　書裏闡揚着汎神思想，替自由戀愛辯護；所以加倍應禁。

32.　希　望　（特限）　　一冊　260頁
　　　柔　石「傳13」著　1930年　商務印書館

收短篇小說二十八篇，寫社會各階層的處境。大多數無妨閱讀；可是也有幾篇不宜讀的，例如：

　第一篇裏有一段調情的描寫，相當大膽。
　第三篇裏，有幾段不道德的。
　第四篇最低限度是輕佻的。
　第十七，第廿一，廿三篇，也相當大膽。
　這書任何人不宜讀。

33.　紅顏女兒　（限）　　一冊　225頁
　　　韓　護著　1941年　關東出版社版

　　述兩個少女在幾個月嘗遍了調情，奸通，以至賣淫的滋味。不久，大澈大悟了……；厭倦了這種生活，改邪歸正。

　　書裡沒有猥褻的描寫，教訓是為好的，但因為背景不純潔，非有見識的人不宜看。

34. 四 朵 花 (衆) 一冊
　　奚識之著　1941年　智識書店再版

　這是一本基督教的原著，由英文改作成的。美國名字都改成了中國的：譬如紐約改爲北京。因而有幾段顯得很不自然，有點滑稽，中國一般人看了莫名其妙。

　這是一個愉快家庭的故事。開始叙長女的出嫁，媽媽給了她很多指導。

　二姑娘是一個畫家，隨她的姑母到歐洲去作考察旅行。三姑娘是個古怪的作家，有人提婚，她拒絕不要，理由是自己的脾氣與那青年合不來。頂小的妹妹倒愛這青年，可是男的却不要她。

　書不錯，任何人都可以看。

35. 十 年 (衆) 一冊 376 頁
　　夏丏尊「傳14」着　1936年　開明書店版

　若干名作家的小品文合集。

　道德方面無可非議。

36. 散花天使 (特限) 一冊 125 頁
　　夏 風著　1941年　上海武林書店再版

　一個青年和一個少女有終身之約，但在父母壓迫之下，另娶了一個女子。實際，兩個女人他都愛！作者想出一個很妙的解決辦法，就是讓被遺棄的那一位害病死了！！

　這本書有很多粗野的地方，氛圍也不純潔。任何人不宜看。

37. 當爐艷乘 (特限) 一冊 297 頁
　　夏 冰著　1939年　天津書局版

　是一本毫無價值而有傷風化的書。作者所談論的都是些輕薄混帳的事。他把讀者領到些高尚人所不屑知道的場合去。淫穢的描寫倒是沒有，可是故事發展的背景太不合適，我們不得不勸人別看它。

38. 我離開十字街頭 (衆) 一冊 42頁
　　向培良「傳15」著　1927年　光華書局版

　這是一位青年，在段祺瑞執政時期，自北平逃往南方加入革命軍的旅程日記。

　大衆可看。

39. 不忠實的愛情 (特限) 一冊 196 頁
　　向培良著　1929年　啓智書局版

　1. 不忠實的愛情：三幕劇。

　一個鈍覺的少年娶了個摩登女子。他對他太太有點冷落。這個少婦就和一個青年文人胡謅。她丈夫闖見了他們，認爲妻子的不貞，因爲自己的不好，就自殺了。

　任何人不宜看。

　2. 離婚：四幕劇。

　北平某大學的一個學生，湖南人，在家鄉結過婚，又愛上了一個女同學。他的朋友們勸他離

婚，因爲家裡的太太沒受過教育；並且願負責轉告他的女友，他是有婦之夫。這位小姐一聽說，認爲受了欺騙侮辱，從此不再理他。那學生的叔父來了，把離婚的計劃澈底打消了。

這劇本的結局還算好，可惜作者對婚姻之不可離性，並沒有堅決主張。

有見解的人可看。

全書任何人不宜看。

40. 屠　夫　（衆）
熊佛西「傳16」著

某甲，以放印子爲業，愛包攬是非，見某家弟兄二人因爭祖產失和，就想乘機挑撥。他的心思是借給他們錢去打官司，從中可以抵押到他們的財產。他已經得到部份的成功，可是這陰謀被已往吃過他虧的人發覺了。全體被壓榨的人群起對付他，把他送到衙門裡去，辦他的罪。

很好的一個劇本。

大衆可看。

41. 鏡　花　緣　（衆）　二冊　372＋396頁
許嘯天輯　1912年　上海羣學社　五版

這是些小女俠練習技擊的故事。

大衆可看。

42. 潘金蓮愛的反動　（禁）　一冊　340頁
許嘯天著　美美書屋版

正書前有著者長序主張婦女的自由與解放，尤其在戀愛上。一般婦女，尤其中國婦女，所缺乏的，是人格，個性，理想和自足自給的經濟地位。因而造成她們的愛俏陰險，貪利裝腔的習性。他對於女學生尤多誹議。說女子一入學校，祇是多了個講究衣飾，搽脂抹粉，藉行動的自由，交結男友，替她們報效金錢飾物。他責斥她們缺乏眞正的愛情：要謀男女共同生活，家庭和諧幸福，這誠摯信守的愛是不可少的。買賣式的婚姻，把女子變成男子的玩物，這種貪利思想降低她的人格。著者大聲疾呼說：如果婚姻只以金錢爲重，妳們和娼妓又有什麽分別呢！他又拿書中女主角潘金蓮爲例，說她至少是一個有個性，有眞摯，恆久而熱烈的愛情的女性。她一方面不願做張大戶的玩物，不甘願被嫁給武大郎。另一方面，她用如何眞摯的愛，愛着她的初戀情人孟某，後來又用如何熱烈的愛追求着武松。潘氏的毒死親夫，和西門慶的通奸，著者認爲都應歸罪於社會的腐敗，禮敎的束縛，讓潘氏不能不倚頼男人，而自謀經濟的獨立，不能顯露個性，不能充分發揮她的戀愛理想。

本書一大部份叙述武松的英勇事蹟，與水滸傳畧同，其他彷彿是抄襲金瓶梅小說。

應禁止任何人看。

43. 鼻涕阿二　（衆）　一冊　129頁
許欽文「傳17」著　1927年　北新書局

這書的宗旨，是想證明中國婦女的命運，都繫於她所處的環境的水準，習尚與迷信。本書的女主角，是一家人家的二姑娘，很受人輕視。她也不想反抗，因爲傳統是如此的……後來進了學校，她受的待遇較比好了些；一個靑年對她很表示好感；她自己也愛他，可是當那靑年要親近她

時，她却給了她一記耳光，這在習俗必須如此做的！她老老實實把這事件報告了自己父親，父親對她反而更加厭惡，就把她嫁給一個廢物。廢物死了，又把她給一富翁做小老婆！習俗是如此的！到了富翁家，她開始報復，虐待小丫頭，和正頭娘子吵架。丈夫死了，她還是攪家不安，終於淪入慘境。她死了，人家替她舉行一大堆迷信儀式；這一切都是神聖的傳統所命定的！

大眾可看。

44.　　幻象的殘象　　（限）　　一冊　197 頁
　　　　許欽文著　　1928年　北新書局版

本書內容包括若干紀事：

1　幾個朋友集會討論如何營救一個被捕入獄的共同友人。大喫大喝一陣之後，決定從新召集一次會來解決問題！

2　一個青年請他的朋友去聽戲。那朋友起初不肯去，後來聽說那青年的女朋友也一塊去，就接受了邀請。

3　一個軍官會他的女朋友。

4　三個朋友辯論戀愛問題。

5　一個青年去看他的女友，正在外客廳等着，忽見女友從裡面迸出另一位男友來！

6　一位教師愛上了一個女生，那女生不理他的表示。後來他才聽說那女生因犯罪而遭警局通緝…

7　兩個朋友因爭一個少女而反目。

8　一個結過婚的男子追求一個結過婚的女子；後者拒絕了他，他又回到自己太太那裡去。

9　一個青年向一個少女求婚；被拒絕了……他就用强搶她！

10　一個人的失戀。

11　一個失戀者的自白。

12　兩個小孩演戲…

本書成熟的人可讀。

45.　　線襪及其他　　（衆）　　一冊　272 頁
　　　　許欽文著　　1938年　北新書局再版

這是二十四篇速寫集；都很短，很少描寫；文字淺易。很少戀愛喜劇。

大眾可看。

46.　　暮　春　　（特限）　　一冊　140 頁
　　　　許　傑「傳18」著　　1925年　光華書局再版

這書共計兩個短篇。頭一個叙述男女二人，二十年前曾經相愛，被生活所迫而分離，現在不期而遇。男的娶太太不稱心，剛死了，去送喪。女的也結了婚，丈夫病重，在護送他的路上…！倆人驀地相逢，勾起多少過去的情事。男主角回家以後，痛哭妻子，後悔沒有愛她。過了幾天，他到他的舊情人家去訪問…正好她丈夫剛死過去！過去被人生分散的一對情侶，現在終於成了眷屬。

第二篇叙述一對新夫婦。新娘子愛她的丈夫。可是後者不願與她同居。公婆出來干涉了；新郎日久厭倦，棄家出走了。

書中有些地方亂人心性，任何人不宜讀。

47. 慘 霧 （衆） 一冊 210 頁
  許 傑著 1928年 商務印書館再版

這是本短篇故事集，內容描寫一個中國農村的社會情況；怨毒，迷信，狹隘而落伍的思想等。大衆可看。

48. 曖 昧 （限） 一冊 214 頁
  何家槐「傳19」著 1933年 上海良友圖書公司版

內容計有八個短篇小說結構叙述都很好。能曲傳現代夫妻和新資產階級的生活。最成功的一篇是「李」。末尾兩篇詞句有點放肆。

成熟的人可讀。

49. 寒 夜 集 （特限） 一冊 252 頁
  何家槐著 1937年 北新書局版

內容包括十四個故事。頭一個，寫一個喜歡在上海胡混的荒唐鬼。一切不顧，連兒子死了，也漠然無動。可是晚境悽涼，方知後悔！第三個故事，叙一個青年和一個少女游船相遇彼此鍾情的情形。

寒夜叙述一個婦人已有了五個孩子又出生了第六個，是個女孩子。母愛和掐死嬰兒的惡念，在她心內起了鬥爭。她終於順從了那惡念，可是事後痛悔不已。

雨天：寫若干人落雨天在家裏如何煩悶。

其他的故事都沒什麼價值。這些故事任何人都不妨看。可是全書中因有第二篇叙述一個青年引誘一個女人失身於他的情節，所以最好別看它。

50. 失戀之後 （特限） 一冊 366 頁
  黃素陶著 1933年 大中書店，五版

一個人結過婚而不愛他的妻子，分開手，去找一個理想女性！有人替他介紹了一位朋友，他一見就愛上了。大家不久就說出心事，漸漸有些親暱的表示；但這時那少女聽說對方是已經結了婚的人，就和他斷絕關係。男主角痛苦極了，一氣和妻子離了婚，想和愛人恢復往來。可是女的不願再續舊情，竟和另一個男朋友公開要好起來。失戀的這位，痛苦之極…但終不肯別戀。

這本小說裡並沒有什麼色情描寫；但是究以勸人別看它為是，因為它不尊重婚姻關係，過度誇張戀愛至上。

51. 罪 惡 （禁） 一冊 199 頁
  黃心眞著 1928年 上海新宇宙書店版

一個妓院的毛夥，細述妓女們的姿色…！他羨慕客人們的艷福，自己開始胡調…接着便是些淫穢的故事。

應禁任何人看它。

52.　心　盟　（限）　二冊　192＋205頁
　　陳東哲著　1941年　勵力出版社版

　　這書裡敘述幾個青年男女的事蹟。在故事的發展中，好幾對有情人成了眷屬。這本小說在一般新體小說裡，是一個可喜的例外，因為一切新思想都並不過份張揚，而兩性間的來往也都高尚。所以在貞潔方面無可訾議，沒有什麼大胆的描寫。可是有一段敘述復仇的事跡，有欠斟酌。女主角之一，並且是最同情的一位，為替父報仇，竟很泰然的一連串殺死多人。這一段事蹟敘述得也平心靜氣不以為怪。

　　此外有些地方，敘述失之冗長。可是除去行兇的場面以外，倒確實沒有什麼可議之處。
　　有閱歷的人可看。

53.　洪深戲曲集　（衆）　一冊　163頁
　　洪　深「傳20」著　1937年

　　作者先陳述自已對於戲劇的見解，接着是他自著的兩種劇本：第一種是描寫小人物的貧苦；第二種供給我們很多關於中國軍人生活的資料。
　　除去很多粗野詬罵的話以外，倒沒有什麼傷害風化的地方。大衆可看。

54.　流　亡　（禁）　一冊　250頁
　　洪靈菲「傳21」著　1928年　上海現代書局版

　　一本敘述革命的書，同時也輕薄到極點。書中的男主人公拋家別妻，和一個革命女性同居，儼如夫婦。這一對青年男女，和其他若干同志，一直受着警務人員的跟踪，東藏西躱。流浪了二年之後，他終於回到家鄉；雖經父母妻子的懇切哀告，他仍舊離家外出，到新加坡去。外面混窮了，又回到老家，不知走什麼路好。他的情人從他到南洋去了之後，就在北平入校求學，來信催他出來。他遂決計繼續革命工作，去找他的愛人。

　　這書思想惡劣，鼓勵動亂，提倡自由戀愛，贊成離婚，並且大胆的描寫，觸目皆是。
　　任何人不宜看它。

55.　現代小說選　（特限）　一冊
　　胡　雲翼「傳22」編

　　一批名作家的選集。有幾篇對於道德方面是沒有危險的，例如第一篇第二篇；但其他大多數非很成熟的人不宜看。
　　這本書不宜讓青年們看。特別是 43,58,59,73. 等頁，足以證實我們的判斷。

56.　現代小說選　（衆）　二冊
　　胡雲翼編

　　又是一批名作家的文選。這些文章任何人都不妨看。寫得最好的有魯迅的「故鄉」，丁玲的「水」。

57.　聖　徒　（衆）　一冊　154頁
　　胡也頻「傳23」著　1927年　新月書店版

　　這是幾篇很容易讀，文字很生動而愉快的小說。可是在每一篇裡，都流露着作者的悲觀和宿命

的思想；結局都很慘。

叙述裡沒有什麼很放肆的話。

大衆可讀。

58.　小江平遊滬記　（禁）　　二冊　288＋138頁

　　　　一舸女士「傳24」著　　1932年　新明書店版

小江平受都市幻景的吸引，跑到上海去白相。果然如願以償，成了花街柳巷的稔客。全書都是描述他的「經驗」。平淡庸俗，有時猥褻不堪。此書應禁。

59.　百 合 集　（限）　　一冊　180 頁

　　　　倪貽德「傳25」著　　1929年　北新書局版

1　一個敎員和他的一個女生結了婚，不惜犧牲來供養她。她竟對他不忠實，提出離婚。

2　一個青年女子的寫照，她因對情人不忠實，最後墮落不堪。

3　和第二個故事命意相同。

4　一個誠撲的村姑，到上海一家酒樓當了女招待。一個篤實的青年愛上了她。

有幾處大胆的描寫。關於離婚和墮胎有謬誤的理論。成熟的人才可讀。

60.　黃 繡 球　（限）　　二冊　208＋208頁

　　　　頤 瑱著　　光緒 33 年　新民社活版部印

是新舊兩時代，新舊文字分野期內，寫成的小說。文學用白話淺顯易讀，但刺刺不休，令人生厭。書內叙述的是一個民間女子，她躍出舊式女子的地位，成了一個羅蘭夫人式的女傑。建樹驚人，爲巾幗吐氣。

這本書凡成熟的人都可讀。

61.　卷 葹　（限）　　一冊　62頁

　　　　淦女士「傳26」著　　1927年　北新書局版

這是一個已許字給同鄉少年的少女的浪曼史。這個少女到北平去念書，認識了一個男朋友，她以現代式的愛情，亦卽神聖自由的愛情愛他的情人！不久她不能不回家鄉去完婚了。她認定非爭取她自由選擇的權利不可…可是思來想去，除了自殺以外再無他法。

因爲主張頗多偏謬，只有成熟的人可讀。

62.　少女的苦悶　（禁）　　一冊　179 頁

　　　　高雲池著　　1937年　上海南星書店再版

某女士，一位摩登女郎，在戀愛生活裏備嘗痛苦：她的男朋友，個個對她不忠實！最後，她究竟嫁了她頂愛的那人！他們度了一個時期的美滿生活，接着又來了若干不幸：她丈夫失了業，整日追逐女性；可是終於和好如初。

這書應禁。作者有些描寫很放肆，並且對於戀愛和結婚發出很多怪論。

63.　男 與 女　（限）　　一冊

　　　　高雲池著

這是幾篇討論男女關係的短篇小說。

1　一段情史，結局姻緣成就。

2　一個青年感覺他的女友與另一男子結合或者可以更幸福些，就出了國，發出一封電報，說他死了。於是他那女朋友就嫁了別人；但當發覺這消息是假造的時候，她悔恨地死了。

3　一個「精神上」不守婦道的故事。一位已嫁的少婦，一直在想念她的初戀的情人。

4　一個沒有勇氣自殺的人！！他想先「享受」一下人生。他買彩票中了獎，把這筆橫財儘力揮霍；在一個娼寮裡把錢花光以後，才尋了短見。

5　某少女因爲家裡要把她配給一個她所不愛的青年，怕回家去。後來事情終於解決。

6　某女生因家人要把她嫁給一個她不歡喜的男子，服毒自殺，男子跟着服毒而死。

7　夫妻二人向不應得安慰的地方去找安慰…

8　一個做姨太太的少婦，臨產時，想到女人要替不愛她們的男子擔承主產的痛苦，感覺不平……她死於產蓐，而她的老朽的丈夫竟毫不動情。

本書只可給成熟的人看。

64.　　半 夜 潮　　（限）　　一冊　98頁
　　　耿小的「傳27」著　　1939年　新北京報社版

　　一個已訂婚的天津少女，到北平求學，愛上了一位教員。他們想結婚，但少女的未婚夫努力爭奪，終於重歸己有。道德方面無可非難，但少女們不宜讀它。

65.　　煙 雨 芙 蓉　　（限）　　二冊　214 頁
　　　耿小的著　　1939年　義成書局版

　　這是耿小的的詼諧小說，叙述幾個北京人一面胡鬧，一面窮下來，最後中了獎祭！

　　書是沒有一點文學價值。可是有人要想解解悶，打發幾點鐘時間的話，可以如願以償。本書仍須作若干保留，有些雙關的話，暗含不雅；還有幾處描寫不足爲訓。大體上對於成熟的人不致有害。

66.　　時 代 群 英　　（限）　　一冊　271 頁
　　　耿小的著　　1941年　天津勵力出版社版

　　有幾個朋友共同開設了一座女學校。看科目好像一所私立大學。校規可以說一條沒有；學生永不上課，整天價逛馬路聽電影，當然時時處處有男朋友陪着。學校當局，爲約束學生行動，只可決定多開游藝會讓學生參加表演。然而紀律越來越糟，只得把全體學生遣散…

　　書裡有若干不乾不淨的暗語，非成熟的人不宜看。

67.　　磊 落　　（衆）　　一冊　114 頁
　　　耿小的著　　1940年　大華書局版

　　這故事的背景是門頭溝煤礦。有一個苦孩子，被一個因礦禍截斷雙腿的礦工撫養成人。長大結婚不久，和義父母發生糾紛。他不務正業，要求老人家把田產賣掉；用這筆款子由他買一個礦自己經營。這事被土匪聽說了，來光顧他家。趕巧他不在家，便把他太太和一個朋友架走。他只得備鉅款將二人贖回。從此重新一貧如洗，只得重操舊業，靠氣力喫飯。

　　書裡沒有大胆的段落；對於礦山生活給與我們一個很有興趣的速寫。

68.　　天 花 亂 墜　　（特限）　　一冊　179 頁
　　　　耿小的著　　〔康德七年〕紅葉書店版

　　這部書的前部描寫現代大學生的生活。彷彿課目只有一項：男女學生間的戀愛！這類友情，竟例外地有一對是誠摯而持久的。

　　後部叙述男女主人公結爲夫婦，過去一對好朋友，現在婚姻美滿，兩不變心。其餘的人，在戀愛時旣不美滿，結了婚也不稱心滿意。當然隨手就又離散了。

　　作者對這種兒戲並不譴責。書裡沒有淫穢的描寫，可是非成熟的人不宜讀它。

69.　　愛 河 驚 濤　　（禁）　　一冊　159 頁
　　　　耿小的著　　1942年　光記書局版

　　在現代的女子中學裡當敎員是件很煩惱的事！這書裡所寫的一位敎員，愛着一個與他住同院的女生。另有他的幾個學生，和她們的朋友，也都愛着他；因而發生了很多糾紛。

　　作者在替現代學校寫照：在學校裡做着的事情很多，只把主要的事項─求學，給忘記了！
　　書裡謬論迭出，輕薄處也不少。
　　所以敎友們應禁讀。

70.　　太 液 秋 波　　（特限）　　一冊　123 頁
　　　　耿小的著

　　這書很無聊，它叙述一個衙門裡的生活；大家耗費光陰一事不做。其實是說錯了，是應做的事不做，而整天價鑽營，傾軋，做愛，破壞婚姻…

　　書是很無味，沒有粗野的話，可是非成熟的人不宜看。

71.　　鸞 飛 鳳 舞　　（禁）　　一冊　104 頁
　　　　耿小的著　　1943年　世界鉛字公司印

　　叙一個被好幾個人包佔的妓女的事蹟。
　　有很多淫蕩的地方。
　　應禁讀。

72.　　女 性 公 敵　　（特限）　　二冊　124＋116頁
　　　　耿小的著　　1943年　華萩書局版

　　作者用很細密的筆法，叙述一個新聞記者的戀愛把戲。書本身是毫無價值，沒有中心思想，缺乏行動。

　　這位報人名聲很壞，可是艷事頻傳，頗得女性青睞。這人却沒有一點人格。
　　有些節目很輕浮。青年人看了不會留下什麼好印象。
　　只有很成熟的人可看。

73.　　清 平 斷　　（限）　　一冊　131 頁
　　　　耿小的（曉隄）著　　1943年　新華書局版

　　在這本小說裡，作者把讀者帶入一種情節紛繁的迷宮。事實是爲了一個女郎代替一個新娘子

出嫁，因為眞正要嫁人的女子，和他的表兄有了曖昧……她想婚後怕會發覺不是處女。經過若干悲喜劇式的波折。全書以三對青年男女的美滿姻緣作結。

嚴肅的思想，一點沒有。可是因為情節離奇有點像偵探故事，所以這本小說定會有人看它。祗可讓有閱歷的人看。

74.　隄　邊　月　（限）　一冊　119 頁
　　　　耿郁溪著　1943年　藝林書店版

甲男愛上了乙女。丙女也愛甲男，設法離間甲乙的感情。想達到目的，就拉進了另一丁女；讓她使甲和乙拆夥。可惜這計劃失敗了，原因是甲男忽轉愛丁女。可是二人又發生口角，丁女拋棄了甲男與別人結婚。甲男失戀悔恨，投身於慈善事業去了。

這書因為氛圍不淨，只有成熟的人可以看它。

75.　菩　薩　蠻　（限）　二冊　235 頁
　　　　耿曉隄（小的）　1943年　新華書局版

這書描寫北京在敵僞制壓下的民間情形。書中隱約諷刺着某國。故事發展是以一個大雜院為背景。住房的有一個結婚的和尚，一個小職員，一個拉洋車的等等。這些人家有一個共同的心事，就是怎樣掙飯吃。家裡的姑娘，本來都很老實，可是不久做了困窘環境下的犧牲品，很快地學會了如何掙幾個錢用！愛奢侈的心隨着來了，把她們領到道德墮落的路上去。好幾個，起頭跟着些無賴胡開，接着就被賣給一個特殊機關……同院裡有一個女房客嫁給一個開烟館的，一家人都濶起來。其他有的人家完全破產，在最黑暗的窘境裡消滅了！

這本書裡，沒有什麼太放肆的地方；作者目的是想為窮苦階級聲訴，攻擊領導階層的無道。可是也有一句瞞怨老天爺不開眼，不替窮人做主的。這我們只好稍作保留。

成熟的人可看。

76.　鸝　唱　鵑　啼　（限）　一冊　146 頁
　　　　耿郁溪（小的）著　1943年　藝華書局版

青年教授某甲，愛上了乙丙兩少女；他的愛情分給了兩個人；兩個人逼他擇定一個。他更喜歡乙女，因為她又漂亮，又有錢，而他自己却很窮。他們訂婚後，經過很久的時期。乙女大學畢業之後，受青年教授某丁的引誘，拋棄了未婚夫，而和丁結了婚。後者結婚以後，態度驟變，時常不回家。日子久了，太太聽說他丈夫另外有一個鄉下太太，她就逃走了，想去找他。路上自覺無顏見舊情人，就跳水自殺了。甲仍對她舊情不忘，無意再娶，可是當又遇見丙女時，覺得他還在愛着她，就與她結合了。

書中沒什麼猥褻之處。可以姑准閱讀。

77.　輕　雲　蔽　月　（特限）　一冊　146 頁
　　　　耿郁溪著　1943年　藝材書局

這是一個中學教員的故事。他遵父母之命，和一個鄉下女子結了婚，生了三個孩子。現在和家中完全斷絕關係。一次到北京來玩，他的一個朋友讓給他一個十五歲的女朋友，附帶條件，得由他負擔她的求學費用。他答應了，那女孩子就和他同居。畢業之後，女的在一個機關作事。經過十年的同居，女的忽變了心，並逼他和她離婚。她的「丈夫」氣憤到絕望！

沒有不道德的描寫，只是作者過以情感爲主。

只有很成熟的人可看。

78.　　梁　先　生　（特限）　　一冊　76頁

　　　　耿小的著　1944年　華新書局版

是一本故事集，都是些扯淡的話。對於**低級**趣味的讀者，或許看了它哈哈一笑……但規矩的人，不宜看。

文字裡滿是些不乾不淨的隱語。

79.　　微　　塵　（限）　　一冊　70頁

　　　　耿郁溪（小的）著　1944年　銀麗書屋版

這書是對敵偽政權的一種諷刺……作者揭發學校裡的混亂狀態。自稱是親眼看見的事！北平郊外一座師範學校：學生是一幫無法生存的人！大家永不肯翻一下書本，因爲先生不上課慣壞了他們。政府撥給的經費，大家公分倒把，盈餘的錢貼給大家，由先生帶領，作假期旅行。有一次校長趁着全體外出，跑到一個教員家裡，和他太太幽會……教務主任，趁校長不在家去會校長太太……學生聽見了這事大鬧起來。被欺的教員把校長告倒，自已謀得這發財的職位。

著者叙言裡，指出對這樣的學生一旦忝爲人師，大概無可期望；這話很對。這書只有成熟的人可看。

80.　　疎雲秋夢　（限）　　一冊　97頁

　　　　耿曉隄著　1944年　銀麗書屋版

一個貧苦的青年，愛着一個富家小姐。這青年又勤謹，又簡樸，又孝順母親，總之，是個無美不備的人！女的不壞，只是被人恭維慣了，有點愛虛榮……！他們想結婚，女的爲準備小家庭用度，去找職業。這一來，便和浪蕩的人發生接觸，受人愚弄而逐漸墮落。那青年認爲她已不可救藥，便和另外一個女子結了婚。他那情人聽說這消息，索性當了女招待，越發墮落不堪，終於自殺。

只有成熟的人可看這書。

81.　　雎　　鳩　（特限）　　一冊　164 頁

　　　　季　時著　1930年　中華印書局版

這本小說以婚姻爲主題。著者研究這個問題，主張中庸之道：兩個男女主人公的父母，直待子女在學校裡相互來往久了，才替他們訂婚。又舉出一個例，父母代子女強訂婚約，結果如何不幸。最後叙述一對新夫婦的蜜月旅行；認爲這類旅行是現代青年所缺乏的一種準備。

這書因爲有幾段狎曖的叙述，任何人不宜讀它。

82.　　青　的　花　（衆）　　一冊　318 頁

　　　　靳　以「傳28」著　1934年　生活書店版

短篇小說集。

傷往：叙一個寡婦迴想和她一個初戀的情人的影事。

青的花：這位情人年老了，偶然到寡婦家來。她不肯接見他，但讓自已的子女好好招待了他，才讓他走了。

古寵：一個富翁收養了一個漂亮青年，目的是藉他勾引婦女，他的計劃在進行中……那青年潛逃了。

女難：一個被女人騙了的男子，遷怒於一切女人。

牽牛花：一個在醫院害病的青年，愛上了一個護士小姐，但被一位大夫搶了去。

林莎：一個俄國舞女，離開她的丈夫，過一種自由生活；但是她還愛她的丈夫。後來男的落魄了，她還是照樣地愛他。忽然一天她被刺殺了。

校長：一位校長伺候他夫人的病；……夫婦二人都是有信仰的人。夫人死了，丈夫因聽了牧師講道而痛懷稍寬。

大衆可看。

83. 蟲 蝕 （衆） 一冊 229 頁

靳 以著 1934年 良友圖書公司版

書中幾個短篇，都沒有什麼危險性。最末的兩篇叙述的是敵僞統治下的東北。
大衆都可看。

84. 渡 家 （衆） 一冊 135 頁

靳 以著 文化社版

短篇集，多數叙述家庭生活。大衆可看。

85. 小樓春暖 （禁） 一冊 193 頁

金小春著 上海萬象書屋版

這又是一部叙述上海舞女生涯的小說。應禁。

86. 花柳病春 （特限） 一冊 163 頁

金滿成「傳29」著 1937年 〔各省書局〕

這部書包括一篇散文和兩個喜劇。

1 花柳病春：是一篇幽默滑稽的，針對現代風俗的散文。故事是一個二十五歲的青年，請求他父親替他尋一門親事。他父親答應了，替他找到一個一歲的女孩子！兒子氣壞了，出門碰見一個漂亮的女大學生，暗操神女生涯的，就向她求愛。那女拆白首肯了，並信誓旦旦、訂下了百年之盟。一會兒，兩個人一同去看電影，交換表記。青年答應他的情人，回去反抗老頭子，倆人第二天準結婚。

半夜兩點鐘，兒子把父親喚醒，大吵一場。隣居來勸架，經大家調停，老子只得允許他們匆匆舉行婚禮。第二天果然結了婚，而第三天又……離婚了！這位仁兄發見了他的對手是幹什麼的！

因爲有些粗魯的描寫，任何人不宜讀。並且因爲有些嘲弄天主，耶穌，聖母的話，應禁教友閱讀。

2 解剖學者與鬼：一個解剖學者，見一個鬼魂背着自己的屍體走進他的解剖室。這鬼要求他把自己解剖一下，找出自己情場失敗的原因。解剖完了，他沒有錢酬勞學者，只好替他看守門戶，拿勞役來還償。

這時又來了一位女鬼，男鬼認出是他生前的女朋友。她是來誘惑那學者的。男鬼發見他們的

奸情，尋覓決鬥。女鬼聲明誰也不愛，就跑掉了。

任何人不宜讀。

3　庸子的愛：一個少女到北平來找她的未婚夫。這男的多年音訊斷絕。兩人約見之下，男的聲明，又愛上了別人。少女失望氣憤，投水自殺了。　　有閱歷的，才能看它。

87.　少女的懺悔錄　　(限)　　一冊　211 頁
敬樂然著、　〔康德九年〕　益智書店版

這是一個很可憐的少婦的日記。家人把她嫁給一個富貴人家，而她却愛過並且還在愛着一個窮苦青年。各種災難降臨到她的頭上：她的愛賭博的丈夫死了。公婆把兒子的死歸罪於她，把她休回娘家。她賣了自己的東西替丈夫還債。她很愛的母親，也死了。她逐流落街頭無以自存，帶着她一個很嬌愛的孩子。

孩子病了，要付醫藥費，出於無奈，只可出賣自己的肉體。這樣操着她所厭惡的生涯若干時期後挑她終於絕望死了，臨死還在喚着她的初戀情人的名字。

書作得很好，好多段落，充滿了最純粹的詩情。沒有絲毫輕佻的描寫。但因背景關係，只有成熟的人才能看它。

88.　淪　落　　(限)　　一冊　127 頁
敬樂然著　〔康德九年〕　益智書店版

又是一本講三角戀愛的書，關於這一問題，有長篇大論的檢討：兩個女人選擇那一個呢？自然，選定的永是最不合適的一個……

只有成熟的人可讀。

89.　海底撈月　　(限)　　一冊　171 頁
關菁英著　1941年　實業洋行出版部

一個少女離開家庭到都市裡去求學。在讀書期間遇着了一個舊日認識的青年，漸漸發生了愛情。同時也發生了悲劇，因爲男的已結過婚。女的被母親叫回家去，强制她嫁給一個人。洞房之夜，她認出他是早先在城裡見過的。實際這人從前當過强盜。因爲他太太還時常和舊情人見面，他有了醋意。一天，他向一羣人狙擊，想這羣人裡有他的情敵，他自己的太太，和一個第三者。而事實上被他打死的却是他自己的妹妹和他太太的情人的妻子。於是他也逃亡了；他太太獲得自由之後，與喪偶的情人重叙舊好。

這書裡講戀愛講得太多，可是有閱歷的人，或者不妨看。

90.　歌女淚痕　　(特限)　　一冊　139頁
顧明道「傳30」著　　〔康德七年〕〔奉天〕三友書局版

作者這書，描寫一個歌女的不幸遭遇。她名叫紅牡丹，具有一個很優美的性格；以她的身分來說，她的生活是非常純潔的。她愛着一個青年，但爲順從母親的意思，嫁給另外一個壞人。這人使她受盡痛苦，把她賺的錢都花了，行爲不端，終於被捕入獄。

本書預告將續出一冊，暗示着紅牡丹終被她的初戀情人救援出來。

書中描寫歌女的丈夫的醜行，太覺不堪，所以非很成熟的人，不宜看它。

91.　紅顏薄命　（特限）　一冊　190頁
　　　　顧明道著　〔康德七年〕　奉天三友書局，再版

　　這是宋代的一段故事。一個美貌而賢良的女子，備受一位毫無心肝的繼母的種種磨折。她父親死了之後，一位勇敢的武官，把她偷偷帶走，想把她嫁給自己的一位表弟。一個宰相的紈袴兒子，見那女子姿色艷麗，想霸佔她。就買通了一個尼菴的當家尼姑，把她騙到菴裡。菴主保證她佛門清淨，女子答應入菴修行。但不久她受到那登徒子的糾擾，不勝其煩。最後，那淫棍和菴主，幸遭義士的剪除，但她被救出以後就病死了。

　　書中主旨是好的；但因裡面有幾處不雅的描寫，任何人不宜讀它。

92.　紅鸞織恨記　（特限）　二冊　139＋161頁
　　　　顧明道著　1941年　國元書店版

　　叙江蘇某女校裡的事蹟。主要人物是校中教員和她們的情人。都是些戀愛故事，爭風吃醋的場面，也有幾個人的純潔友誼。書的思想傾向厭世；在故事發展中，有兩個女教員自殺了！

　　這書任何人看不得，因為有一處猥褻事件，和幾處有傷風化的描寫。

93.　惜　分　飛　（限）　三冊　244＋200＋210頁
　　　　顧明道著　1941年　上海春明書店版

　　寫的是大學生活。畢業之後，男女同學結婚同居。這幾對青年夫婦裡，有兩對結局不好（內中有女主角的一對）。本書也細寫新舊思想的對立。作者給予女性人物的性格，有時比男性還堅強！

　　文字淺顯但相當冗濫。作者有的地方過於細膩，可是結構却貧乏得很。結局很慘。

　　只有成熟的人可看。

94.　奈　何　天　（限）　二冊　226＋211頁
　　　　顧明道著　〔康德九年〕，啓智書店版

　　李姓人家破落了，又遭到土匪的掠奪。只有一個兒子（甲）倖存，惟有自謀生路，就在一個人家教館。他的學生裡有一個摩登女孩子（乙）。這青年同時也教着一個貧家的女孩子（丙），丙女的母親想把女兒給了甲男。可是甲男愛上了乙女，而乙女却愛着一個沒出息的丁男，並且丁男也有了妻室。甲男到上海去，找到一個職業。替一個黨報做編輯。後來忽然生起病來。這時丙女被一個富翁娶去做姨太太，她找到了甲男，加意看護他的病體。甲男病好了，當了教員，最後找到一個很潤的職業。乙女偷了家裡的東西，和丁男私逃了。一天甲男見到了乙女，病倒床上又被丁男遺棄，她臨死咀咒着丁男。

　　沒什麼穢褻的描寫，可是作者贊成自殺，多妻，和極端自由的現代生活；所以非有閱歷的人不宜看。

95.　吳門碧玉　（限）　二冊　136＋144頁
　　　　顧明道著　〔康德十年〕　東方書店，再版

　　甲男與乙女，品性高尚，久已相識相愛；天生成一對佳偶。甲男出外任職某女校，又認識了一位女同事丙女，是富家出身，人很可親。校長介紹她和甲男結婚，甲男因和乙女的關係，婉辭謝絕。乙女這時進了一家刺繡工廠。廠主看中了她。乙女想躲他躲不開。她想自殺，來保護自己的

貞操，並忠於甲男，但因念一家人靠她過活，不忍相棄。於是便決心任憑廠主獻媚。甲男這時向
她求婚，她因怕失掉廠中位置，未敢接受。甲男一氣，和丙女結了婚。乙女大失所望。

這些性格都很完美。作者把富人的貪慾建築在弱者尤其貧苦女子的悲哀上，寫出前者如何利
用權勢滿足他們的慾望。

可惜作者往往愛把這些陰險行為描寫入微（例如本書下冊，13頁以下），以致這書祇有成熟
的人們才能看它。

作者在上冊第九章，把天主教的神父，和基督教的牧師混為一談；所以竟提到什麼「神父的
太太」！

96.　同胞姊妹　（衆）
　　顧仲彝「傳31」著　1948年　新月雜誌，一卷四期

姊妹兩個聽說爸爸死了，先分他家私，然後穿上孝服。忽然爸爸回來了！！他並沒有死，只
是醉得失了知覺。

大衆可以看。

97.　重見光明　（衆）　　一冊　103 頁
　　顧仲彝著　1944年　世界書局版

四幕劇。

某甲，太太脾氣厲害所以很懼內。他收養了一個少女是瞎子，可是長得非常漂亮，人也能幹。
某甲口中不說，心裡愛上了她，她也愛上了她的恩人。某甲的兒子也愛這少女，可是少女並不愛
他！

一天，一個著名的醫生，替那瞎眼少女行了一次手術，使她重見光明。她看見她的恩人已經
衰老，愛火頓熄；却對某甲的兒子發生愛情。

大衆可看。

98.　昨　夜　（限）　　一冊　70頁
　　顧仲雍著　1927年　北新書局再版

內容是四個短篇。文字淺顯。寫日常生活。第二篇裡有一段不雅。

可供成熟的人們閱讀。

99.　香　妃　（限）　三幕劇
　　顧青海著　1934年　文學季刊第三期　　（頁309—324）

乾隆帝和回酋開戰，動機是為了回部的香妃有姿色，皇帝想弄她到手。果然把回疆打敗，把
香妃却來。香妃義不受辱，念念不忘故土，後經太后協助，終於自殺。

只可給成熟的人看。

100.　桂　公　塘　（衆）　　一冊　220 頁
　　郭源新「傳32」著　1937年　商務印書館版

叙太平天國的起義。

大衆可看

101. 取火者的逮捕 （衆） 一冊 230 頁
郭源新著 1934年 生活書店版

這本書叙述幾個希臘神話裡的故事：如取火者，祝比特的失德等。人間的青年，反抗諸神的自私，在鬥爭裡，他們使用火攻。諸神據奧林坡山自守，那山經大震災而陷落，諸神同歸於盡。結果人類得到勝利！

大衆可看。

102. 落 葉 （限） 一冊 154 頁
郭沫若「傳33」著 1928年 上海創造社

這是一個日本少女（或假托日本少女）寫給一個中國留學生的四十一封信。這少女痴愛他。可惜他已經照中國舊式家庭辦法，由父母主持娶了妻子。他不滿意自己的婚姻，並且也很愛那女郎，但因自已覺得染了性病，所以不敢接受她的愛情。男女兩主角都有很高尚的性格，優美的情操；女的是誓反教徒，很有些地方表現她的基督徒思想，對於自已的過失有很敏銳的感覺。

書是沒有什麼可指摘的，除了一種過度的多情善感，和對一個已婚者的用情不當。

任何成熟的人都不妨讀。

103. 黑 貓 （衆） 一冊 69頁
郭沫若著 1942年 現代書局三版

這本小書讓我們看到作者生活的一斑。他十四歲上，未婚妻死了。雖然有很多人提親，他不願再訂別家，他父母倒聽他自由。

民國元年，他十九歲，有一個張姓家，又提親，他仍舊辭謝。可是他母親却有點不耐煩了，根據種種理由，催他趕快結婚。

回到成都以後，有一個在鐵路局作事的哥哥接到家裡的信，說替他訂好了鄰村張家姑娘；說這姑娘很標緻，有才學，門當戶對。作者這裡細寫自已的反應和感觸。

年假的時候，他又回到本村，這時局勢大亂，作者追述自已當時對於革命和民國的感想，描寫青年人的愛國思想，軍人的騷擾，嘉定城的洗劫，和因這些變亂而產生的局面：土匪掠奪人民的槍枝，嘯聚成群；平民出錢買槍籌辦自衛。

在作者的村子裡，作者的一位伯父成立了一個保衞團；對立的一派黨人，在楊狼領導之下，也成立了一個保安團…接着彼此傾軋，掠奪，報復，楊狼被刺死。

因爲時局不靖，張家催着定婚。作者的父母這才徵求他的同意；他歷述自已內心的掙扎，和暗中的考慮，最後無可奈何接受了。

接着就紀述婚禮的擧行。作者想解釋一下他的來源與意義。他揭示出自已的心境，看見新婦的纏足，嚴飾的粉面如何可怕。結婚的次日回門，細述坐船一路見聞，印象。

第六章，楊狼被刺一案，經了官。他送被告們到嘉安城裡去，住了幾天。官司完了之後，他伴同他嫂嫂繼續行程到成都去。

書末作者還說他哥哥娶了一位姨太太，並記述當時四川境內的混亂狀態。

大衆可看。

104.　　沫若詩集　　（特限）　　一冊　360 頁
　　　　郭沫若著　　1936年　　上海復光書店版

　　郭氏的詩，屬於浪漫的，熱烈的，印象主義的，果敢的。但是頂好，甚至必須，讓我們高中
程度的學生，在一個正經的導師指教之下把它看一看。作者的詩思涌發頗不平凡。
　　最好的辦法，是摘選若干篇佳作，供學生之用。

105.　　郭沫若代表作　　（衆）　　一冊　295 頁
　　　　　　　　三通書局版

　　頁1：一著者離川後及留日時期的生活。頁62：一往事。
頁117：一著者北伐時事跡。頁222：一家庭瑣事。頁274—傀儡戲。
　　大衆可看。

106.　　郭沫若選集　　（限）　　一冊　233 頁
　　　　　　　　萬象書屋版

　　1/ 一個昏君的末日。 2/ 孟子休妻。3/ 孔子絕糧，疑心他的門徒，但終於承認自已的錯誤。
4/ 一個性情懦弱不治生產的人；他的日本太太和他離異。5/ 前人的其他瑣事。6/ 一個偷書的，交
還原主。7/ 兩個朋友的會面。8/ 一個智慧的人。9/ 一個英雄殺死鄰國的君臣，然後自殺。他的姊
姊和他的女友去尋覓他的屍首，然後一同逃走。10/ 宮廷的黑幕。11/ 兩個念書的仙女，她們的
教師和一課神樹。12/ 家庭故事。13/ 一個軍官因救人而犧牲自已的性命。14/ 母雞。15/ 作者
思母。

　　關於道德方面，第11 和 20 頁稍覺放肆，有些地方作者好像贊成自殺與弑君，還有一句否認
天主的存在。
　　成熟的人可看。

107.　　口　供　　（衆）　　一冊　98頁
　　　　郭子雄著　　1930年　　中華書局版

　　幾篇小品雜文，誇大的講演，浪漫的回憶，等…詞藻有點做作。
　　還有些愛國行為的追憶，和學生生活的回味。

108.　　天堂地獄　　（禁）　　一冊　85頁
　　　　藍天使著　　上海文新書局版

　　這裡說的是完全人間物質的天堂和地獄。這本小說寫上海下流社會的事實。
　　應禁。

109.　　老張的哲學　　（衆）　　一冊　268 頁
　　　　老　舍「傳34」著　　盛京書局版

　　像著者其他好幾種小說一樣，這也是一個問題性的寫實小說。描寫着歪曲的舊禮教和自由與
個人主義的新文化間的鬥爭。小說的事蹟，是以一對主張戀愛婚姻的青年男女為中心。老張從中
反對；他想阻止那當事的女方和一個政治上的青年倖進者的結合，來謀自已的利益。可是那青年

粗暴而英勇地出面對抗，結果得到了勝利，在對抗中還得了一場大病。

書裡有幾處對於基督敎的諷刺，但不失為是人人可讀的書。

110. 趙子曰 （衆） 一冊 348頁
老 舍 著 〔昭和17年〕 大連書局版

這是一串事實和動作，並不怎麼有興趣，寫北平某大學學生趙子曰和他的幾個窗友。在叙述裡，故事一度轉移到天津。情節好像並不足引起讀者的興味，內容實在不能算生動。

可是老舍這次抓住學生生活為題材，又得了一個發揮才情，肆意諷刺的機會。在描寫現時多數學生的生活方式上，確實成功：在所謂學生生活裡，塞滿了運動，戀愛等千百種無聊的事，除了一件正經的：就是念書！

書裡沒有什麼猥褻的東西。末了倒有一則不道德的暗示，並不致搖人心旌。

大衆可以看。

111. 小坡的生日 （衆） 一冊 156頁
老 舍 著 盛京書店版

叙述一個生在新嘉坡的華僑小兒的故事，相當天真嬌憨。前部是很有趣的，彷彿里敦伯格，(Lichtenberger) 的作風。後部叙述小主人公的一個個夢境，很多地方略嫌冗長。

作者藉此機會，給我們描述當地彼此接觸的各個種族；每一種有他們的優點和缺點，描寫技術也很別緻。

人人可讀。

112. 離 婚 （限） 一冊 264頁
老 舍 著 〔康德九年〕 啓明書店版

一個機關的職員，經同事的慫恿，把太太和小孩接到城裡來。他覺得他太太很粗俗，夢想着一個同院的少婦。這少婦的丈夫出門在外，和一個別的女人同居着。

書中一路穿挿着衙門中人的「公事」，主人公眼見同事中因離婚而引起的悲慘結果。雖然如此，他還心心念念不忘情於那個少婦，打算和太太離婚。但是經過若干挫折後，他收了心，辭了職，和家眷回鄉下過日子去了。

這書寫離婚的弊害，相當有力，但因有些地方，稍為大胆一點，非有閱歷的人不宜看。

113. 二 馬 （限） 一冊 448頁
老 舍 著 1939年 四版

這是一個姓馬的華僑的故事，他和他父親到英國去經營古玩業。作者叙述他們的生活，他們和房東太太間，與一位在中國傳過敎，勸化老馬入敎的牧師家庭間的交往。

他們的生活相當單調，但作者又抓住一個機會，來施展他的諷刺；對於一般外國人，尤其英國人，對於他們的極度鄙視中國人，對於中國人本身的毛病，都有很刻薄的觀察。他特別著筆於中國的衰弱，是被外人看不起的原因，因為外國人脾氣專愛欺軟怕硬。

這書不能算沒興趣，沒刺激性。可是它對於兩個民族的親善上，怕不會有什麼幫助。它可能激起中國人對於傲慢無禮的洋人一種反感。事實上他對於這類種族偏見，也有些過甚其辭。

這書，外國人看看倒很能發深省；可以讓他們明白明白，中國人民對於外來的批評，如何容

易觸怒，對於受人歧視如何氣憤。

裡面沒有什麼冒失的描寫。在書末有一處，似乎贊成自由戀愛的原則。

不妨給有閱歷的人看。

參看教務叢刊1945年卷十八：兩個種族，兩代人一文；是 P.J.Monsterleet 爲批評此書而作的。

114.　文 博 士　　（衆）　　一册
老 舍 著　　1944年　振光排印局

書叙一個剛從美國留學回來的中國人的故事。

他回國的所有行裝，只帶來了一點理想，若干理論常識，此外身無長物。

祖國讓他失望，因爲國內對於留美博士不太歡迎。最後他找到了他的路子：並不是學能致用，而是娶到了一位有錢的太太。丈人家裡很恭維他，替他找到了一個飯碗子，但和他所學的東西却不相干。他的理想消逝了。他看出混事無非是爲升官，恰正是他在外國沒學過的。

大衆可看。

115.　牛 天 賜 傳　（衆）　一册
老 舍 著

一個及有小孩的買賣人，一天在自己門口發見了人家扔下的一個嬰兒。他就把他收養了。孩子長大，他爸爸替他請了兩位教師。一個太嚴謹，一個太放縱。後者，這天借了東家一筆款子跑了。這位世兄進了中學，成績太好，竟被開除，這一來把他的義母氣死了。他仍舊在家念書，在一個書香人家遇見了一位漂亮姑娘，他愛上了人家。

生意人遭了意外，悲憤而死。少爺不久也流落街頭，他的未婚妻遺棄了他。

最後他從昔日的第二位業師那裡，得到了救星，這位先生靠東家借給的錢發了大財。見門生這般田地，勤了惻隱之心，把他的事情清理了一下，帶他到北京去了。

大衆都可以看

116.　駱 駝 祥 子　（特限）　一册　238 頁
老 舍 著　〔康德八年〕　啟明書店版

這是一部很有興趣結構精嚴的，心理與社會的研究作，只可惜充滿了厭世思想。

主人公是一個由鄉下到北平來拉車謀生的青年人。這人體格結實，有勇氣，一心要成家立業，對於本身和前途有充分自信，簡樸，誠實，講人格，，講面子，就是頭腦簡單一點。總之，是一個很可喜的良好典型人物。省吃儉用的結果，他終於達到了他的目的：自己買了一輛洋車，拉了錢都歸自己。

忽然大禍臨頭了。最初是他的車子和積蓄被散兵搶走，接着又被人敲詐：他的東家女兒硬要嫁給他。他本性老實，起頭不肯，後來終於入了人家圈套。可是他對於自己的失足，永留下一種人格敗壞的感覺。雖然有希望繼承東家相當豐富的資產，但仍極力反對這種結合。可惜人不機伶，逃不出人家掌握。書中其餘的叙述，無非是他逐漸的墮落。他的健康受到影響，隨着過寬裕日子的希望也消逝了。妻子死了以後，又奮鬥了一個時期。一個好姑娘，想仰望他終身，他竟錯過了與她結合的機會。

他放棄了過去規律，勤勞，儉樸的習慣。想享受一下人生樂趣：就開始喝酒，任意歇工，不

守本分。他一味消沉下去,<u>終</u>於成了一個毫無出息的人。作者最後的一句案語,把這個好人的墮落,歸罪於現代的社會制度和個人主義。

這書寫得很露才氣。它讓我們明瞭車夫社會的眞相。主人公的個性,反應,希望和失望,都寫得很好。但在祥子本人的生活裡,和其他幾個次要人物的生活裡,多處都流露着厭世思想。

除去兩三處相當粗魯以外,全書都很端謹。因了這幾處不妥和內容的厭世的關係,這書不宜讓人看它。

117.　老 字 號　　(限)　　一冊　199 頁
　　　　老 舍著　　〔康德九年〕盛京書店版

短篇故事集。

作者自序,他描寫的是北平人與物的本色;有時可笑,有時可憐。

有幾篇太覺寫實,需作保留。

118.　庶 務 日 記　　(限)　　一冊　116 頁
　　　　老 向「傳35」著　　1945年　時代圖書公司版

這是一本寫官場生活的諷刺小說。作者用簡潔生動的筆法,夾帶着很多絕妙的口頭禪,用日記體裁,寫高級公務員的…所謂工作。他們一天到頭只是閒聊天,挑撥是非,想法巴結長官的太太或情人。正經公事和人民福利却毫不關心!他們所有的心事,就是如何舒舒服服地混下去,如何不得罪人,如何奉承上司。惟一的困難,就是交賬!花到公館裏的錢,出奇的多…簡直不知道都出在那一項上好!幸而查賬的人,也和錢沒有仇,所以結果沒有不了的。

書很有趣;有幾句帶意思的話,須加輕微的保留。

成熟的人可讀。

119.　全 家 村　　(衆)　　一冊　182 頁
　　　　老 向著　　上海宇宙風社版

叙述一個爲國受傷的軍人,左手上打斷了四個指頭,右臂完全沒有了。他說人家把他的心挖去了。政府體恤他,想把他送到一個殘廢院,他却不肯去。

他投一個醫院,讓人家給他按上了一隻假胳膊。然後到處去找他的丢了的心。回到自己村莊裡,見着物移人非,住不慣。大家開會歡迎他。在開會時,他睡着了,夢見人給他一個草包的心,一個木頭的心,還有一個鐵做的心…他醒了,問人要鐵般的心!

這是一個毫無毒害的故事,天眞得像一個童話。

大衆可看。

120.　戻 田　　(衆)　　一冊　135 頁
　　　　雷 姸「傳36」著　　1943年　大華印刷局版

這是賽珍珠的大地的仿作。

有人請著者仿那美國女作家的名著原意,另做一本小說。這本書便是實踐這諾言。

雷女士的這書相當成功;所缺的是外國作家那樣的觀察力。一般的情感曲寫,也許勘和大地相頡頏,因爲著者提到的,都是些她隨生俱來的事物,然論到分析的細膩,仍應推賽珍珠。

在這本小書裡,對於農村生活和未婚己婚夫婦的情緒,都有忠實的傳摹。情節很簡單。某甲

在寡婦乙家充長工，愛上了一個貧家女子丙。女主人成全了他們的好事，某甲和他的弟弟丁同日完婚。老大的婚姻是幸福的，家業日有起色。他弟弟不像哥哥那麼有出息，婚姻生活也不很愉快。書裡作者仔細描寫寡婦乙的爲人慷慨好施。故事裡被她不成器的大伯子欺凌。還有若干處描寫婚禮的舉行，出喪，歉年，土匪刼掠等。

戀愛情操有時寫得過火一點，可是都是在應當有這情操的人之間的，所以無碍。

121.　近十年新目覩之怪現狀　（禁）　一冊　499 頁
　　　　冷眼生著　　1938年　上海平民印刷局

這本書裡大胆描述大都市中若干人的情慾生活。任何齷齪字眼作者都不在乎。

有身價的人不應該看它。

122.　阿　鳳　（禁）　一冊　124 頁
　　　　冷　西著　　1931年　中華書局版

這本書裡包括七個短篇小說都是講愛情的。作者涉及各種時興問題：自由戀愛，離婚，等。他的人物都是好色之徒。沒有一篇可看的。

關於風化方面，頭三篇絕對要禁止，因爲裡面有好些蕩人心志的描寫。其他幾篇，雖不致如此厲害，但也足以風靡青年人的想象：氣氛太不純潔。

123.　春妝艷影　（特限）　一冊　95頁
　　　　李涵秋著　〔康德七年〕，東方書店版

前部叙一串宴會，賓客賦詩助興。這些青年雅士都有意中人陪着。主人公一次看上了一個貧寒而行止不正的女郎。後部說到這位先生要和那女的同居，他如何闌珊，如何那女的救濟他。臨末了女的死了。

任何人不宜看。

124.　丁香花悲痛小史　（衆）　一冊　434 頁
　　　　季博多著　　北平北堂印書館版

一家人在鄉下不堪土匪騷擾，搬到涿州，在敎會女敎師家住下。女孩子跟着女敎師念書，想進敎，媽媽領過洗死了。女兒不管父親家人的反對，也領了洗，家人就把她帶回北平。環境雖然改變，那女孩子仍一心奉天主。她又回到涿州，死得很聖潔。

作者的本意，原是爲勸人爲善：所以故事結撰得很巧，含有很好的敎訓。

本書故事和文字都得到一般人贊許，大衆可看。

125.　紅粉小牛　（特限）　一冊　162 頁
　　　　李山野著　　1941年　昌明書店版

一位姑娘，受富家收養爲義女。她和她的乾哥哥發生了關係。後者起造了一座小公館，和她乾妹妹同居！少奶奶知道了，也找到小公館去住。那義女受她生母的慫恿，又撒網捉住另一個富家子弟，假裝着是個很正經的女孩子。

這書任何人都不宜看。

126.　　津沽春夢　（禁）　　二冊　115+110頁
　　　　李山野著　　天津河北出版社版

1/一位執法的人，因存士兵官長，污辱女性，就把他們就地正法。

2/一個發橫財致富的人，和些壞女人鬼混。

有些不道德的描寫。應禁。

127.　　人　間　集　（特限）　　一冊　237頁
　　　　李輝英著　　1937年　北新書局再版

本書共收七個短篇。要明瞭內容的道德標準，只須把第一篇一看就可以了。文字很簡明，但道德方面，須作若干保留。

青年人不宜讀。

128.　　西山之雲　（限）　　一冊　145頁
　　　　李健吾「傳37」著　1928年　上海北新書局版

選短篇小說四個：前三個只是粗寫，第四個比較詳盡。作者描寫北京旗民，在民國紀元後，淪於貧困之慘狀。

最後的一篇，描寫一個學生到西山去散悶，在那裡愛上了一個滿洲婦人。這婦人上有老母，下有養子，家中貧窘異常。她的丈夫，一個大兵，回到家聽說這事，勸老婆接受那學生的央求。婦人雖說心愛那青年，却決心完節而自殺了。

沒有很冒失的地方，但相當浮淺：情感用事，有點宿命主義。

只有成熟的人們可看。

128.　　壩　子　（限）　　一冊　206頁
　　　　李健吾著　　1931年　開明書店版

這集子收進了九個短篇。半屬於言情類的，半屬於行伍生活的。後者裡面的一個「機關軍」被檢查機關撕去了，無從審核。

又一身：敘述一個軍人的身世，他是獨生子，作戰負傷，快要絕命。他的祖父父親也是死於戰陣，祖母母親悲痛萬狀。

求一個女人：敘一個大盜的老母親，因為兒子被兵士們非刑處死，而設下毒計報復。

這兩個故事，尤其第二個，頗有一種悲壯的美。在頭兩篇裡，有些愛情的表示和未婚者間的熱烈接吻；還有兩篇裡，有幾行文字，稍為大胆（頁129，頁84），所以這本書不便交到青年人手裡。

130.　　這不過是春天　（限）　　三幕劇
　　　　李健吾著　　1934年　文學季刊第三期（頁58—84）

故事發生在一個警察局長家裡。局長太太接見一個她早先愛過的親戚…這愛情越來越熱烈因為她對自己的丈夫本來沒有愛情。但來訪她的這親戚，却是因負有革命任務化名而來，正受着警局的偵緝。並且他對於局長夫人的癡情，並不報答。後者知道他的身份以後，助他逃脫…臨送他走時，心裡帶着惆悵！

沒有什麼猥褻的地方，可是因爲叙到這種不合法的戀愛，只有成熟的人才可以看。

131. 現代小說精選 （特限） 一冊 254 頁
　　李公耳輯 1936年 春明書店版

　　這本短篇小說裡，所選的作家，都離不了談情說愛。雖沒有太不堪的描寫，可是氣氛實在不純潔。

　　例如公園中，書獃子，造物的座前等，只須略微翻閱一下，便能明瞭這書的作風。任何人不宜讀它。

132. 白衣天使 （限） 二冊 223 頁
　　李薰風「傅38」著 「社會名著」本

　　胡某在北平一個醫院裡，害着重病。他的小老婆王氏想謀害死他，好得他的大量遺產。她終於勾通了馮大夫，因爲否則她一個人不易下手。這個大夫，忽然良心不安，服毒死了。姓王的小老婆也神經失常，進了醫院。

　　夜間，她瞥見隔壁房裡一幕强奸的場面；被姦的女護士羞憤服毒，但因藥力微弱，竟不致死。王氏把剩下的毒藥，偷過來，和到他丈夫的飯裡…不料却被那女護士當場捉住。胡某就把她休棄了。她只好去當舞女混飯吃。

　　這書只可讓有閱歷的人着。情節並不是勸善的，排外的色彩也很重。

133. 雨下殘荷 （限） 二冊 202＋214頁
　　李薰風著 1940年 北京義文書局版

　　先是一篇論戲劇的序言。 接着是一篇和序言毫無關連的故事。 寫的是一個有煙毒嗜好的少女，在雜誌投稿，結了婚，後來被賣到一個妓院裡。最後，被送進感化院。

　　第二冊叙述她如何逃出火坑。

　　可以給成熟的人看。

134. 北京明星 （特限） 二冊 164＋164頁
　　李薰風著 1940年 華新書局版

　　甲男想和乙女交往，想達到這目的，就到一家妓院裡，找他的朋友某丙。丙給他們介紹見了面，但乙女並不大看得中某甲。倒是一再僱着丙替她買珠寶。 丙沒有錢，甲自己情願報効替她買。回家向太太要錢，太太和他鬧了一場，終於替他還了虧空，並且替他找了一個賺錢的職業。甲最後把自己太太也領上了壞路，又偷了她的珠寶。他到旅館開房間，約了乙來，乙女嫌他的首飾平常。接着這幾位又和幾個別的人物演了好幾幕愛情的突變。

　　這是一篇在實報連載過的小說。因爲情節發展的環境有關係，任何人都不該看它。

135. 野薔薇 （特限） 二冊 112＋162頁
　　李薰風著 1942年 百新書局版

　　一本混賬到極點的書！有幾段青年男女的事蹟，叙得沒頭沒尾。裡面夾雜着些低級趣味的穿插。作者顯明表現他與其寫作小說，還不如去當清道夫好些。

　　任何人不宜看。

136.　　**北　京　花**　　（衆）　　一册　160 頁

　　　李薰風著　　〔康德七年〕，同化印書館

　　這本小說裡速寫着三個少女，兩個是高級社會的，一個是出身微賤的。 三個固然都起人好感，而後者却在姿色性情上超過前兩人。那小家碧玉在患難中不失其故常，這給予那兩個游手好閒的小姐一種鼓勵的榜樣。故事裡沒有什麼陰謀，也沒有什麼風情。我們認爲這本書雖有一半句稍爲輕佻的地方，還有一個紈袴子弟想欺負一個使女那孩子呼救的場面以外，大體上任何人都不妨看。甚至在那獸行的場面裡，也沒有什麼刺目的描寫。然而在一般修院圖書室，這書却應該摒棄。

137.　　**桃李門牆**　　（特限）　　二册　191＋185頁

　　　李薰風著　　1942年　勵力出版社版

　　這小說似乎作得不太好，故事和情節都站不住，內容描寫雖說不上不道德，可是也充滿了含蓄影射，暗坎，讓人不得不禁止一般人閱讀。背景是男女學生日常生活和教師間的關係。他們的生活，只是閒蕩着，看戲，演戲。中間不斷地談情說愛。眞正學業，反而置諸腦後。主角之一是當校長的，在美國留過學，差點沒跟一個美國富家女子結婚。回國之後，和一個中國女子結了婚。那美國女子忽然露面來追問這位男的。男的不忍捨棄他的中國太太，悔恨過去和美國女人的鬼混。

　　任何人不宜讀。

138.　　**春城歌女**　　（特限）　　二册　191＋218頁

　　　李薰風著　　1943年　奉天大東書局版

　　教員某甲愛上了一個貧家女子。他把她救出窘境，供給她學費，想栽培她做唱手。同時又負擔她家庭中的開銷。作者在叙述這些細情時，到處穿挿着戀愛，幽期密約的場面，還有一段狎褻的地方。

　　那女子雖已許配，竟上了一個官吏的當，嫁給他當二房。這官像不惜財帛，又替女子的父親，謀了一個好缺，才達到目的。某甲聽見這消息氣得發呆。

　　他的舊情人，在官家很受虐待；生了病，覺悟自已太對不住她的恩人。她設法和他儆見一面，這會見充滿悲劇意味。她的病越來越重，就入了醫院，臨死以前，想和她的情人永訣。某甲來到已經晚了！

　　有一段描寫太露骨，任何人不宜看。青年人更應禁止看。

139.　　**爬　山　虎**　　（衆）　　一册　194 頁

　　　李韻如著　　1937年　協光印刷公司版

　　短篇小說集。

　　人人都不妨看。

140.　　**雙鳳伴凰**　　（限）　　一册　194 頁

　　　李鐵民著　　奉天東方書店版

　　一個男學生認識了兩個少女。他們彼此熱戀，兩個仗義同學替他們成全好事。二女之一的表兄求愛不遂，因妬生恨，兩度想用暴力除掉這情敵，第一次重傷不死，第二次計劃又慘遭失敗。

那女子的父親不贊成這多妻制的婚姻。女兒病了；母親雖和父親大吵大鬧，可是父親固執不許。於是學生們便用了一個巧計。把生病的女子換了一個假人。老父被矇混，以爲愛女當眞死了，痛悔自己的固執，終於心軟，小伙子就同時娶了兩個媳婦，皆大歡喜。

這書沒有什麼猥褻描寫，但思想顯然荒謬。應作保留。

141.　津門艷跡　（限）　二冊　175＋165頁
　　李然犀著　1941年　大陸廣告公司版

這是一串故事。叙述昔年天津某某聞人排難解紛，勸人息爭言和等。
第181頁裏有一段風流女子的事跡，相當猥褻，不得不限於給有閱歷的人看。

142.　大街的角落　（限）　一冊　151頁
　　黎錦明「傳39」著　1936年　北新書局版

共收短篇六個。
都沒有什麼興趣，道德方面，有須作保留的地方，尤其是第三個。
祇可讓成熟的讀者看。

143.　男女拆白黨　（禁）　一冊　216頁
　　遼隱著　白話報社版

書中叙的是上海白相人社會。詐財的方法千變萬化。這流人都是無法無天的傢伙。
這書任何人應禁止看，並不是爲了作者獎勵爲惡，而是爲了把這下流人類的活動暴露給任何人也是危險的。

144.　摩登花　（特限）　一冊　78＋109頁
　　梁丙周著　1938年　大通書局版

全部未完〆這是頭兩本。就任何方面說，這書鑫陋極了。所叙的純是一個浪蕩人物的風流故事。很猥褻的場面固然沒有，可是作者一直在輕觸着不潔的邊緣。青年人看了決沒好處，任何人都不宜看。

145.　天津小姐　（特限）　前二冊　108＋100頁
　　梁丙周著　大通書局三版

少年某甲年十六歲，受過良好教育而家境貧困。人長得很漂亮。因而有四位天津小姐一見傾心，內中三位是富家千金。
書裏除那位貧家女子性格完美以外。別的沒什麼可取。浮淺得很，雖然沒有不道德的叙述，但偶有擾亂人想象的地方。
只有閱歷的人可以看。

146.　天津小姐　（特限）　第三集
　　梁丙周著　1928年　大通書局　三版

這是前書的續編，寫某少年和四位天津姑娘的情史。這本裡男主角居次要地位。
作者描寫幾個爭風吃醋的場面，叙到少年從軍爲止。有幾段很輕薄。

只能讓很成熟的人看。

147.　　鳥語花香　　（禁）　　二冊　143＋153頁
　　　　梁丙周著　〔昭和十八年〕聚勝堂立記書局　三版

　　梁氏的著作，在道德方面，都有些危險性。這書的出版是一個新的證明。

　　書裡情節站不穩並且也很無聊。可是居然一再翻版！足見另有原因。實際不過是爲了作者很坦然地會讓青年異性公然同居！此外，雖不致描寫到認眞淫穢的事情，可也照樣能用輕薄的叙述，强烈地亂人心志，使青年人向惡。

　　此書應禁，任何人都不該看它。

148.　　春水紅霞　　（禁）　　前二冊　188＋286頁
　　　　劉雲若「傳40」著　　中北書店版

　　書中故事都是關於伶人，賭徒。娼妓的。作者沒有絲毫道德意識，書裏滿處是淫蕩的場面，和有傷風化的理論。

　　應禁。

149.　　湖海香盟　　（限）　　三冊　131＋141＋144 頁
　　　　劉雲若著　　五洲書局版

　　甲男和乙女是未婚夫婦，因女的唱戲而解除婚約。但當甲男見乙女登場以後，忽然又燃起愛火。這時甲男的父母又替他定了一個丙女，甲男一見對方，馬上又鍾情於她，但丙女不願嫁他。小伙子無奈，又給前未婚妻寫了一封纏綿的信，乙女有感於他的情意，放棄舞台生活，回到甲男家裡來。

　　第一冊 81 頁有一段大胆的描寫。

　　非有閱歷的人不可看。

150.　　歌舞江山　　（特限）　　一冊　246 頁
　　　　劉雲若著　　1929年　新華書局版

　　某司令把部下軍官某判處死刑；執行以後不久，該軍官的兒子又救了那位司令的性命。當時還不知自已父親已死。後來聽說這事，就和一位少女訂了婚約，相約一同出走，準備日後再來復仇。當晚他被捕了，帶到司令的姨太太的一個妹妹那裡。司令想報他的救命之恩，把這小姐許配給他。少年起頭不肯，後來他的未婚妻的一封信引起他的誤會，終於娶了那姨太太的妹妹。

　　這本書裡有幾段頗爲露骨的描寫，祇能給很有閱歷的人看。

151.　　花市春柔記　　（禁）　　一冊　194 頁
　　　　戴愚盦　劉雲若合著　　1940年　新華書局版

　　這本書叙述一位青年丈夫，家貲富饒，他愛上了一個妓女。另外一個妓女和他爭寵吃醋。作者描寫兩女彼此陷害，明爭暗鬪的情形。

　　有些猥褻的描寫，任何人應禁看。

152.　**小 揚 州 志**　（禁）　二冊　227 頁
　　　劉雲若著　1941年　天津書局版

　　甲男和乙女結了婚。乙女不以一個丈夫為滿足。同院的丙男來補充他！另外一個丁女，落到
這三個寶貝手裡。他們想強迫她賣身還債。忽然又出來一個戊男，來找丁女，想娶她，給她脫身。

　　第七八兩回，叙的是另一段故事。一個女人犯某案事發，警長預備辦她罪………却被她引誘
了！

　　是一本誨淫的書。應禁。

153.　**燕 子 人 家**　（限）　二冊
　　　劉雲若著　1941年　新聯合社版

　　一個很有才幹而家境貧寒的青年，娶了一個富家女子為妻。女的不守婦道：於是離了婚！
後來，他又結識了一個受繼母折磨的少女，

　　有好幾段大胆的描寫。

　　祗有成熟的人才能看。

154.　**情 海 歸 帆**　（禁）　一冊
　　　劉雲若著　1941年　京津出版社版

　　這是一個賣淫女子的猥褻故事。書裡充滿了有傷風化的思想與描寫。作者正面攻擊一夫一妻
的婚姻制度。

　　任何人應禁看。

155.　**廻風舞柳記**　（特限）　一冊　136 頁
　　　劉雲若著　1942年　天津唯一書店版

　　又是劉氏一部亂七八糟沒完沒結的小說。內容都是些戀愛故事，朝秦暮楚地亂換對象，替天
津輕薄社會寫照。有些段落，少說也是太露骨了，所以一般人不宜看。關於結婚和離婚，也有些
荒謬的理論。氛圍不純潔。

156.　**紅 杏 出 牆**　（禁）　六冊
　　　劉雲若著　〔康德九年〕　藝光書店版

　　是一對青年夫婦的故事。男的撞破了妻子和自己一個頂好朋友的姦情。他把太太扔給那人，
自己出走了。他遇見了一個麻臉女子，就愛上了她。後來又愛上了太太的女友。他的前妻找他不
着，就和丈夫的朋友結了婚。

　　接着還有好幾次曲折：那妻子又回到丈夫那裡，又回到情人那裡，又從情人那裡回到丈夫那
裡。她又到醫院裡去探望情人：情人又和她表演了一幕話劇（咬了她的膀子），向她道出自己的
摯愛…然後撒手死去。

　　妻子自殺了…丈夫也跟着自殺了…

　　書內容很壞，妨害風化，不尊重讀者。

　　應禁。

157.　粉黛江湖　（特限）　四冊
劉雲若著　1943年　天津流雲出版社版

一個旅行劇團的女明星，給自己定下兩項任務：

1.　是把早先阻止過自殺現與妻子離異的人，釣上鈎做自己丈夫。

2.　是找到被一個軍閥搶走的自己生母，或替她報仇。

這本小說很錯綜複雜；叙述不潔。情態曖昧淫蕩。文字雖少變化，但尚稱流利。作者對於淫穢描寫並不本格地加重。

至少青年們應禁看。

158.　痴情鴛侶　（禁）　一冊　119 頁
劉志剛著　〔康德十年〕　東亞書店版

一個少婦遇人不淑！她心裡記着一個初戀的人！很痛苦地，和自己所厭惡的丈夫過了幾年。惟一的安慰就是自己的孩子…她丈夫經過某種事變死掉了；又被嫁給一個自己厭惡的丈夫。那人又死了，家裡把她賣入娼門。

有一天，她遇見了她初戀的情人…這人太窮無力替她贖身。於是倆人就雙雙自殺了。

書應禁。有幾幕不道德的描寫。

159.　昨日之花　·（特限）　一冊　256 頁
劉大杰「傳41」著　1933年

短篇小說集。

內中大多數是講戀愛的，好幾篇裡有些輕薄的描寫，可以置之不論。可是在倒第二篇裡（頁228,229）有幾頁特別大胆，讓我們不得嚴重保留。

為此，這書不能讓青年人讀。假使把這兩張撕掉，還可以通融。

160.　何　典　（限）、　一冊　188 頁
劉復「傳42」重校　1926年　據1870年原版重印

這是一本舊小說，中國舊社會的漫畫，寫人間不平，各種迷信，和傳說裡的英雄。書中有一個神變人的故事。

故事都以神仙世界為背景。當日大概很風行。

故事本身是無害的，可是叙述裡夾雜很多不乾不淨的場面；所以這書不宜給一般人看。

161.　故事的罎子　（衆）　一冊　228 頁
劉大白「傳43」著　1934年　黎明書局版

內含短篇小說四十五個。前三十個，幾乎完全是科舉時代的掌故。後半部各篇多從日常生活中取材，也有從神話裡刺取的。

任何讀者可看。

162.　春鴻遺恨　（特限）　二冊　226＋212頁
劉渥水著

書中情節，叙述的是一個北京人在關外辦工場的富家子弟甲的風流艷史。他喜作狹邪遊，熱

戀--個妓女乙。本來已有了終身之約，那女子忽然死了！男的替她辦了一個很闊的喪事。

　　男主角一直忘不下這段初戀的印象。可是他因爲憐憫另一個少女丙就替她找了一個小學教員的位置。在兩人愛苗初長的時節，甲忽然調回北京。他就把丙女帶到北京，替她在西城安了一個家。後因親戚來往，又常見一位小姐丁。這人長的很像他第一個戀人。他父母想替他們訂婚，但甲因不忍背丙，所以不肯。丙毅然犧牲出走，來强迫甲娶丁。

　　這書任何人不宜看，並非因爲它含有猥褻的描寫，而是因爲故事的背景太不純潔。

163.　京華烟雲　（特限）　　三冊　333＋269＋251頁
　　　林語堂「傳44」著　　啓天書店版
　　　（英文原名：Moment in Peking）

　　林氏在這書裡所描寫的是兩個中國大家庭；一家姓姚，一家姓曾。時代是在 1900 與 1938 之間，所以綿亙着清末民初兩個階段。

　　女主人公是姚家的長女木蘭。她相貌又美，性格又好；爲人爽直，活潑，聰敏，稍微莽撞一點。她的妹妹莫愁就比較謹愼一點。木蘭小時，在旅行中和父母失散，一個女拳匪收留住，後來又由曾家老爺贖回。她很依戀曾家，被許配給曾家一位少爺，這個青年不大能幹，却是個好人。

　　木蘭出閣之前。認識了一前途很有爲的青年，叫孔立夫。她對他懷着友誼以上的情緒，並且有好幾次的表示，但始終能以禮自持，忠於自己丈夫。立夫娶了莫愁，莫愁是個很有心計的人，終於鎭定了丈夫的胡思亂想。

　　在北京一次民變裡，木蘭的女兒，在暴動中遇難。木蘭既喪了掌珠，又因母家兄弟體仁不爭氣，家道中落，住在京裡很不是味兒，就搬家回杭州去了。後因倭寇佔領杭州，又逃往內地。

　　這部書裡，作者寫保守的君主，和革命的民主，兩個時代的家庭生活。在這些驚濤駭浪裡，老一輩的還能守其故常，而新一輩却被捲入漩渦。

　　林氏爲完成這個寫照，又把我們領進一個第三家人家，就是牛府，家主是做財政總長的。這個結構，讓著者一筆描三個人的性格：姚老爺一個清靜無爲樂道自安，而不反對新思潮的人；曾老爺一個有風骨，守正不阿的廉吏；還有牛老爺，一個翻雲覆雨，靠政變發財的人。

　　還有就是小一輩的另一代人：木蘭，一個現代少婦，但是溫和的前進主義者；她的弟弟體仁，一個不走正路的紈袴子弟；曾家的幾位少爺，在新舊兩個潮流間游泳着；曾家的一位少奶奶，牛氏，嫁過來之後，不滿婆家的頑固，和丈夫鬧離婚；立夫，立志破壞一切的青年學者……

　　最後，是頂年輕的一輩人，乾脆接受了一切新思想。

　　林氏畫出這樣個動亂社會的各種逆流，毫不感情用事，毫無猛烈的激動，全書的一大特色即在於此。這也是他和巴金一流青年作家作風不同的地方。

　　然而這書却只能交到很有閱歷的人的手裡；因爲作者贊成離婚，娶妾；並且，雖說相當含蓄，究竟寫出了若干閨房氣息的隱事。

　　這部大著作曾經過厲害的刪節；原版裡還有日本橫行中國的經過，邊境和租界地的吞併陰謀，以及若干入寇時的殘暴場面，等等。

　　這著作很生動有力。我們認爲它或許會有長久的壽命，因爲它裡面革命思想相當溫和，結構也相當堅實。

　　若干段落固覺冗長；可是這一類的描寫，對於非中國人的讀者很有興趣。書裡叙中國家庭生活社會生活都很細膩。

164.　　**幽默小品集**　　（衆）　　一冊　83頁
　　　　林語堂著　　　朔風書店版

選的都是些幽默的小品文，其間如：過舊歷年和買鳥都寫得不錯。

這本小書是林氏可以讓普通人閱覽的作品中，最好的一種。

大衆可看。

165.　　**浮 生 六 記**　　（特限）　　一冊　326 頁　中英對照本
　　　　林語堂譯　　　西風社版

原書爲無名畫家沈復所作，叙述他的亡妻芸的家室生活的。據譯者意見：沈氏夫婦是『兩個簡素而有藝術氣息的靈魂，享盡人生所能給予的幸福』。『自然界的偉大，是他們的精神生活裡的經驗之一端』。『她們彼此相愛，共同愛好着自然界的美好……他們幸而遭遇到幾位知己好友……但他們的整個生活却是一個大悲劇，一個失敗』。

芸一生中不得不替她公公料理家事，替她大伯料理些債務，這一切都讓她招人嫌惡。

此外，她還管了幾件曖昧的事，並愛上了一個妓女！林氏替她開脫，問人說：『一個女人戲作男裝，熱愛一個標致的妓女，在道德方面能認眞說是如何要不得的壞事嗎？』

事實則芸在藝術欣賞和情場上，並不幸運……因爲那美妓竟和一個有錢的傢跑掉了……芸因此而成病以至於死。

林氏『追懷這一對純樸愛美的靈魂的芳標，不禁動思古之幽情，一心想找到他們的葬處，用鮮果香花祭奠一番，低吟一段賴委爾或馬斯南的名曲……以爲對着這樣的完美靈魂，不由人不自慚形穢』作者『認爲宇宙間最美的境界，就是一個簡樸而安樂的生活』。

附帶一提，沈畫師喪耦後，竟難已於鼓盆之痛……他貧困不堪，被家中逐出……想做道士……但經朋友勸慰，設法以留連歌衫舞袖來遣愁。

當然，我們原不想批評這書的文藝價值。就道德方面說：這本書是不純潔的。就宗敎方面說，它的背景是汎神的，迷信的。

任何人不宜讀它。

166.　　**孔 子 之 學**　　（限）　　一冊　67頁　中英對照本
　　　　林語堂著．　　上海一流書店版

這書對於外國人初步研究孔子之學或至少對孔氏生平，學說，與影響想略窺其涯略的，或許是一種良好的門徑書。但有人批評過林氏的譯文和他的註解都太主觀。著者在本書中，露出他對於儒家的態度。他認定儒家是一種人文主義的文化，也是一種社會生活的根本基礎。他認爲它的力量，可以和共產主義抗衡，或假定共產主義能在中國立足的話，予以修正。他又認爲作爲一種復興封建制度的政治體系，孔子之道在目下已經過時。據他看，在中國儒家學說的最大勁敵，並不是基督敎義，而是西來的各種思想與活動。

思想成熟的人，可以看。

167.　　**吾國與吾民**　　（特限）　　二冊　464 頁
　　　　林語堂著　　1939年　光明書局版
　　　（英文原名：My Country and my People）

這本書裡有若干頁寫得很好。筆調和易而舒適。同時也是一本啓發性的書，能讓我們進一步

瞭解中國與中國人，讓我們重視他們的美德，曲諒他們的弱點。

書裡也介紹到現代外教人，執政階級，和留學生的思想。

作者本人，在本書裡顯示出是個無信仰，無理想，像儒家主義一般地實事求是，祗談現世，喜歡清閒，以人生種種小快樂爲滿足……他竭力避免爲各種人生大問題去傷腦筋，『任什麼都不看成嚴肅的事』。林氏並且認定『在一個中國人裡面找不出眞正做基督徒的材料來』。這證明他雖然有本事寫出這麼厚的一本書，却對中國基督教史，毫無或幾乎毫無所知。他是用他個人的享樂主義來判定自己的同胞。吳經熊博士，是一位極有見解的學者，與林氏也有私誼；並且共同主編英文天下月刊。他批評這書說：『林先生太覺過甚其辭一概而論了…在他這同一本書裡，就有很多反覆無常前後矛盾的地方。例如：他一方面強調指出說：中國人性格中的主要特色，便是人文思想的超駕着一切物質境遇（頁98）；可是在卷終却又說：誰說中國文明是一種精神文明，那他是撒謊（頁481）』。

讀這本書時，要非常謹愼：

第一，因爲他的氣氛是唯物主義的；

第二，因爲作者的宗教觀念不正確；

第三，因爲作者對於婚姻觀念誤謬。

這部書一般人不宜讀。

168.　生活的藝術　（禁）

林語堂著　（英文原名：The Importance of Living）

這部書的內容，是替返歸自然，大家度一種更樸素純眞的生活，來說法。作者認爲人類的本來面目，已被哲學家神學家，社會學家，政治經濟學家，以及種種專家所改易。他們各人照自己的利益範圍來描寫人像。人的本性，已被大家從人類裡抹殺…實際，人類之所以爲人類，終是一個大謎。

照林氏意見，人類在求幸福的路上，誤入歧途。他們都被權利虛榮矇蔽住了…把生活弄得複雜了。人類活動的高度緊張，忙亂，是他們一切災禍的根源。我們要返迴去尋找眞正的幸福，單純的快樂，自然的愛好；亦即甜蜜的無爲。這才是我們的眞宗教。林氏接着又纂寫出他個人的生活理想；原來是道家儒家和現代唯物思想的集成：人生如戲，得樂且樂！生活的藝術眞是一本壞書。裏面的唯物思想，以論據的形式闡述出來，全書一路叙來，不出此義。作者再三嘲弄各種教義，盡力把基督教的神學體系，加以調侃。他站在宗教之前，像一個法官審罪犯一樣的神氣。

在這些議論裡沒有絲毫固定而有系統的理論。作者只是雜陳自己的意見，亦即一堆關於若干不同事物的看法。他是不會深入的；他所不願正視的難題，都輕輕拋開不提。

他的文章無非是廉價的幽默。他自知受着一般衰朽的美國唯物主義者的歡迎，給人的印象，有如在抄襲着一種流俗反宗教者各種設難的類書。

對於這樣一個可憐的妄人，我們不必去嚴厲地責備他。按公教教義，無信仰者，無神論者，甚至迫害宗教者，照樣可以得到天主的聖寵；他們不過是走錯了路。『上帝這樣愛我，不會把我投入地獄裡去的！』林氏的這句話，證明他自幼的信仰還有一些殘留。

此書應禁。

169. 　錦　秀　集　　（特限）　　中英文對照本
　　　　林語堂原著　．梁迺治輯　1941年　朔風書店版

作者一面批評着美國人的忙亂和急功，指出空閒的缺乏，乃一切烏烟瘴氣的主因，一面贊賞着中國式的樂天主義。

在中國的人間主義一篇裏，作者論到生活的意義。對抗着佛敎敎義和基督敎義，中國的解答以缺乏身後理想境界爲特色。一切幸福都要向生命本身裡去追求。

接着，林氏想法用若干例子來證明他的理論。在陶淵明一章裏，他發見另一個樂天派理想家，張潮，也屬於同一學派。並且贊成納妾制和裸體主義。

這一切，已足够用來評判本書，並警戒讀者不要上作者唯物思想和享樂主義的大當。

任何人不宜讀此書。

170. 　語堂幽默文選　　（特限）　　一冊　152 頁
　　　　林語堂原作　　上海萬象書屋版

所選的都是各種幽默小品，以及文藝的社會的批評。除去幽默和文字方面的價值不算，這選集不能算太精巧，因爲它對於讀者修養上毫無補益。

因爲著者對於婚姻觀念的離奇，本書需要鄭重的保留。

171. 　語堂作選　　（特限）　　附英文原文
　　　　林語堂著　　朱登譯　國風書店版

內容包括二十幾個小品和速寫價值參差不等。

1. 迷人的北平：很好。
2. 裸體運動：比較不足爲訓。作者雖是在嘲笑着裸體運動派，可是他自己也有不少放肆的描寫。
3. 天目山的和尚：對心靈微妙的人，可能惹起反感。
4. 有不爲：第40頁裡，作者說：『我不曾覺到過我犯過什麼罪惡。我自認我的道德水準和一般人差不多。假使上帝的愛我僅及我母親的一半，上帝就不會罰我下地獄。我要是不能進天堂的話，那末這地上的人。就都被判定死刑了！』

172. 　林語堂代表作　　（特限）　　一冊　336 頁
　　　　林語堂著　　1941年　三通書局版

這又是一本林氏小品文的選集。

1. 一篇諷刺現代富豪休假生活的文字。
2. 作者對於離婚和納妾問題的觀感；他並不替這些問題作解答，可是認爲納妾勝於離婚。
3. 以開頑笑的口吻，批評裸體運動。
4. 記性靈：是一篇心理方面的小品，作者發揮他對於唯物主義的同情。

最後，是摘鈔京華烟雲中的三節（參看原評）

全書任何人不宜看。

173.　明　朝　（禁）　一冊 188 頁
　　林曼青著　　1929年　　亞東圖書館版

　一個青年學生愛作詩，富情感，是女人迷。一個賣淫女子誘惑他…但他却不肯上圈套！作者把這次誘惑，叙述出來。

　又有一個在打離婚的女人，也設法誘惑他，他又不肯從他！作者又細寫出這次誘惑。

　經過若干時期以後，書中主人因爲愛找危機，終於墮入情網；在他失足之後，他找出成千的理由來曲諒自己的邪情與罪過。

　此書應禁。

174.　女　人　（限）　一冊　191 頁
　　凌叔華「傳45」著　　1930年　　商務印書館版

　幾個速寫的女像。

1.　一個少女正在求學，同時負擔着家庭責任！
2.　一個做娘姨的寡婦，爲當了兵的兒子犧牲自己。
3.　一個做妻子的，爲生了病的丈夫犧牲自己。
4.　幾個多事的婦女。
5.　一對熱戀的新夫婦。
6.　最後，一個鍾情的少女干因爲怕嫁給她的愛人，那人或許不幸，就和他疏遠了。

　這些人像都很成功。偶有一兩段零碎情節，尤其在第一篇裡，不好給青年學生看。

175.　解　放　者　（衆）　一冊　218 頁
　　落華生「傳46」著　　1933年　　星雲堂版

　一批故事的集子，有揭發所謂慈善家富豪的虛僞的，也有討論戀愛問題的文章。

　大衆可讀。

176.　古　奇　觀　（特限）　一冊　491 頁
　　陸高誼編　　1937年　　世界書局，三版

　一批選輯的舊小說。

　這書有幾篇不雅的地方，不能讓學生們看。

　任何人不必看它。

177.　雲鷗情書集　（特限）　一冊　161 頁
　　黃廬隱「傳47」李唯建合著　　1931年　　上海神州國光社

　這是一對男女青年來往的情書。自始至終，這些來鴻去雁總帶着一些激動而病態的戀情。措辭取譬，都肉麻得很。要想把它讀到底，眞得有點勇氣。

　這書當然自有其不可抹煞的文藝價値，然而畢竟不可讓青年人讀它。看過這書的惟一影響，只能是把風魔的人更風魔起來。

178.　　**靈 海 潮 汐**　　（衆）　　一冊　204 頁
　　　　　盧　隱著　　1937年　開明書店版

內容是一個問題性小故事，要求中國婦女，尤其在婚姻方面的解放，作者（女性）揭發中國婦女的悲慘地位。

一般人都可以看。

179.　　**海 濱 故 人**　　（衆）　　一冊　259 頁
　　　　　盧　隱著　　1935年　商務印書館再版

短篇小說故事集。文筆秀雅，非常清新。作者尤其喜歡描寫已婚婦女。

任何人都可以看。

180.　　**象 牙 戒 指**　　（限）　　一冊　238 頁
　　　　　盧　隱著

這書是叙述女詩人石評梅（1928年卒）的一生事實。

十八歲上，她愛上了一個有婦之夫的文學家……她不願引動他，但立志為他守貞不字！另外一個結過婚的男人，愛上了她；雖答應她和太太離婚，她終不肯愛他。這男人被拒絕之後，失望自殺了。

女詩人每因這情死事件而痛心，只有向酗酒，跳舞，狂歡裏去求安慰。三年之後，她也死了。

這是一本傷感厭世的書。因此之故，只限成熟的人可讀。

181.　　**青年禮儀常識**　　（衆）　　一冊　137 頁
　　　　　盧　經著　〔康德十年〕　農業進步社版

是一部具有誓反教意味的禮儀教本。一般人都不妨參考，但天主教教育機關，不宜採作課本。

182.　　**吶　喊**　　（衆）　　一冊　272 頁
　　　　　魯　迅「傳48」著　　1923年　文藝叢書　再版本

1.　狂人日記：這日記是攻擊人類社會的。

2.　孔乙己：（見書評 189 ）

3.　藥：（見書評 189 ）

4.　明天：一個窮寡婦送自己將死的孩子到庸醫家去求治。

5.　一件小事：一個洋車夫到警局去自首，說某一小案件，是自己無意中惹出的。

6.　頭髮的故事：叙剪辮子時代的事。

7.　風波：某甲聽說鬧革命！趕快把辮子剪掉了，又聽說法辮還是要的，沒了主意！不，說是謠言！

8.　故鄉：（見書評 189 ）

9.　阿Q正傳：（見書評 188 ）

10.　端午節：寫官吏生活，領薪的困難。

11.　白光：一個學生考試失意，求一個徵驗去尋寶，城裏找到城外。第二天他的屍首發見了。

12.　兎和貓：黑貓是白兎的仇人…作者不愛貓的另幾種理由。

13.　鴨的喜劇：一個俄國教員養了些青蛙…被鴨子吃了。

14.　社戲：作者不歡喜城裏唱的戲，可是記得小時候，看過一回社戲，這是叙述當時情况。

15.　不周山：是作者和若干反革命份子抗爭的故事。

以上的小品和短篇小說，都是 1918 年四月至 1922 年十月間寫的。那正是魯迅的全盛時代。吶喊乃是作者的力作。想知道他對於中國社會，辛亥革命，不法之徒的勢力的看法，非看這本大手筆寫出的東西不可。

對於正經讀者，不必作任何限制。有兩處反對天意的議論。自己本身已拆穿了。著名的阿Q正傳是魯迅生平最長而最特色的創作。這是他對於革命，共和，深切失望的表現：發動者和贊歎者，都和可憐的阿Q一樣，是首先被犧牲者，而一般投機家和地痞混子却大發其財。再沒有比這求福得禍的痴子的故事，更深刻更動人的了：眞是一篇民衆心理和辛辣諷刺的傑作。魯迅本人對於新政體新統治階級的眞正心情，每頁都有流露。

183.　彷　徨　（衆）　一冊（不全）
　　　　魯　迅著

作者的第二個創作集。內如：

1.　祝福：作者表示對於若干詐欺和繁文縟節的厭惡。

2.　又一篇描寫平民心理的文字。

3.　老式離婚官司的標準例子等。

大衆都可以看。

184.　歸　家　（衆）　一冊 222 頁
　　　　魯　迅著　　1926年　　生活社版

內容包括九篇小品文：

1.　是作者嘲弄官僚的幾個舊笑話。

2.　寫中國在經濟上無法和外國競爭。必須和帝國主義以及租界統制者宣戰。

3.　調侃時敗的無聊。

4.　叙述一個青年，從獄中被釋放出來，打算如何贍養自己的窮苦家庭；但當他回到故居，竟見到骨肉離散。他的夢想幻滅了。——帶有社會主義色彩。

6.　現實主義戰勝浪漫主義。

7.　一個窮寡婦哭她死去的愛子…前一天，作者才認識了那小孩。

8.　幽默小品，述一個找書的人。

9.　某甲出門多年，又回到老家。因爲沒發財，人都不理他，最後，一切都終於解決了。

大衆都可以看。

185.　阿Q正傳　（衆）　一冊 56頁
　　　　魯　迅著　　國學書店版

這是一個農村傭工的個性素描。這人一貫地自滿，看不起別人，認定自己在任何人以上。每

淨和本村的人有什麼糾紛，他總是佔下風；可是他却總能設法讓自己相信，是自己得到了勝利。他受過多少次侮辱毆打，永不覺悟，並且怕硬欺軟。

在村裏站不住脚了，也找不到事做了，只得離開鄉村到城市裏去。過了些時候，他又從城裏回來，却已和一幫匪棍有過了關係。

革命的狂潮，波動到了鄰縣，他打算加入，乘機滿足自己的慾望，報復自己的私仇。但正巧這時，他被捲進一次搶案的嫌疑裏，實際他並未參與過。他糊裏糊塗，讓人誤信他招認了罪狀，讓法官藉機，拿他頂缸，判處死刑。他竟被槍斃了，臨死還不明白所以然。

這篇小說在中國風行一時。曾被譯成好幾國的文字。最近有人批評說：『阿Q是中國現代小說裏唯一生活在國民心理中的特殊性的人物』。他是中國革命所欲努力根除的傳統惡習的化身典型。

這故事任何人可以看，但對於成人較多興趣。

186.　　唐宋傳奇集　　（限）　　二冊
　　　　　魯　迅著　　1929年　上海北新書局版

都是些文言小說，相當艱深。多述宮闈秘史。
沒有什麼要不得，但祗有成熟的人可看。

187.　　故事新編　　（限）　　一冊　177 頁
　　　　　魯　迅著　　1936年　文化生活出版社版

魯迅用自己的方式，重述幾段史實和傳說。在第109和137兩頁裏，和最後一章裏，有幾段細微情節，稍微有些寫實，不得不略作保留；但這書祗要是有閱歷的人都不妨看。

188.　　阿Q正傳　劇本　　（特限）　　一冊
　　　　　許幸之改編　　1942年　光明書店　三版

魯迅原作已詳前評，可參看。

改作的劇本，和原作的小說，很合扣；全部主旨和中心思想，大體都一仍舊貫。略添了幾個人物。可是也有幾個重要區別。

其一，內容方面：魯迅的原作，祗是諷刺中國民衆的缺點，它的寫出，祗要迫使新一輩的青年人認清這些惡習，否則便無從糾正。在劇本裏則對其他一切輕輕帶過，而集中在「革命」這一點上。革命在任何社會階層無論官吏，士大夫，富豪，小百姓，都整個失敗；沒有一個人覺悟到革命應該是一種深沉的激流，一種澈底的改造。個個人都誤認爲這不過是一種藉機發財報復私仇的機會。這一點劇本較比原作被強調了許多。

其次，形式方面：原作的小說，固然也不怎麼特殊引人向上，至少還可以給一般人看看；而劇本作者却把它弄成一齣簡直粗野，矜夸，近乎有傷風化的東西。各方面流露着色情的氣息：有兩次通姦，一次略誘，都是原作裏所沒有的。當然淫邪的事件並沒有明寫，也不是著者所同情的；因而也不好說它是猥褻的；但是筆調却不止於儉俗，用字也非常粗野，完全是下流社會的口吻。簡截地說，這書的不雅正處，實在沒法把它給普通人看。必須保留給較有閱歷的人，譬如大學裏年事略長的青年人，或許知道拋開這不成味的外皮，可以從內容得些教訓。中學圖書館裏，就沒有它的地位，大小修院裏則根本應該摒除，家教好些的少女，知道羞恥的，看了它，不能不紅臉。所以不應該讓她們見到這書。

189.　魯迅創作選集　（衆）　一冊　127 頁
　　　　　　1921年版

內容包括四個短篇：

1.　孔乙已：寫一個念過書而靠偷竊爲生的可憐虫。他一天到頭在茶館裏鬼混，下場很慘。
2.　藥：一個患肺癆的青年，吃了一種相傳對症的藥，反而死了！這藥就是一個被斬決的人的血。

魯迅在和庸醫與迷信搏鬥。

3.　阿Q：參見書評188號。
4.　故鄉：作者自敘在長期住城之後，回到本村。他感覺得一切都不是味兒。人生是一個謎；路線沒有劃好的…各人得找自已應走的路…

大衆都可以看。

190.　流奔之愛　（禁）　一冊　282 頁
　　　　羅　西「傳49」著　1943年　啓東書社版

某甲奸誘了一個少女，不顧女子家長的反對，悍然同居，儼如夫婦。他的妹妹某乙，被一個富家子弟丙看中了。父母也是不贊成這親事。可是那兩個情人，彼此約定不肯屈服，生死不渝。丙從外鄉回家，被父母强制着娶了自已一位表妹了爲妻，家人的目的，實際是爲彌補行將破產的虧空。新夫婦沒有愛情。這時乙女告訴了丙男自已有了身孕。丙男嚇壞了，送她到上海去生產。乙女免身回來，催促丙男負起爲人父的責任。丙男這時漸對正妻發生了愛情，他的妻子也愛他了。他想甩開乙女；乙女氣憤之餘，暗約丙妻見面，把她殺死後，也自殺了！

此書應禁；內容有幾節大胆的描寫，並且袒護三角戀愛。第212頁，有一段比喻，公敎人不忍看。

191.　醉　裏　一冊　218 頁
　　　　羅黑芷「傳50」著　1928年　商務印書館　再版

1.　一個寒人子，驟然入了順境，大請其客，設樂招伎，歌舞彈唱。
2.　某甲在他一生裏，歷盡種種境遇，看破紅塵，要出家修行！可是終於不能堅持到底。
3.　一位醫生浪當一生；晚年，娶了一房妻子，家室和樂。
4.　述一個新嫁娘的不幸遭遇。
5.　記一個日本旅店裡的所見。
6.　某夫人從一個慶祝會回來，和一位女友閒談，但念念不忘一個男友。
7.　某君到親戚家去探病，在那裡遇見一位他所怕見的女子。
8.　一對情人在船裡的一幕…接寫二十年後的情形！
9.　記一個鄉下地主的生活。
10.　河上的驚險事件。
11.　一個病人的慘死。
12.　姨太太進門。
13.　對妻第四次生產時的致敬。
14.　一位敎授生了病，沒有痊愈的希望了，祗得住院…臨行安慰家人。
15.　致一個女友的訣別書。
16.　一個富裕的人，在旅行中下了一個旅館，思想起自已與所見窮人間的在社會階層上的差

別。

17. 革命時期，一個小商人所遭遇的不幸。
　　大眾都可以看。

192.　創　（眾）　一冊　208 頁
　　　　羅皚嵐「傳51」著　1939年　東西印局版

是一個青年人的故事：記他的頑皮，情感，及其嚴峻的教育。
大眾可看。

193.　太 平 願　（特限）　一冊　195 頁
　　　　馬驪著　1943年　新民印書館版

　　這是本書三個短篇之一的篇名；頗能代表全書的主旨。中國農村裡的可憐百姓們，祇求安生度日竟不能得！反之，災禍相承：不是旱災，就是饑饉，不然就是鬧土匪。

　　1. 生死路：　記一家鄉下老實人，遭遇各種逆境：荒旱，歉年，爭訟，匪禍等。老年的人拋家離鄉，甘心乞討以免女兒的失身。雖然如此，女孩子終於被人霸佔了去：老父拼死來營救她。老母隻身回家；發見人性殘酷新暴露：走頭無路，只有跑到仇家門前去自殺。小說寫得很好；很能傳達出民間疾苦。有幾個色情方面的民歌。

　　2. 太平願：　中國一般大村鎮的生動寫眞。某人不肯勞動，引起全村居民的疑懼！他侵漁着一般窮苦人，擺譜裝闊。大家都怕他，處處讓着他。一天，他脅迫着公村的人叫班子唱戲：大家不久筋疲力盡，都沒錢可攤了！演戲的最末一天，土匪打進村子，搶劫一陣走了。大家都認定那土豪和匪徒們有勾搭，一個青年鼓勇說穿，竟送了性命。

　　3. 生髮油：　某甲發見他的太太與某乙有苟且行爲。某丙作牽頭。因而大起爭吵。好多人都來管閒事。負責治安的大跑了來把某甲帶走了。

　　典型的話劇。詞句平凡。

　　這書裏俗語很多。民俗資料頗爲豐富；有關於風俗習慣的描寫。沒有什麼猥褻的叙述，但語句太現實而平淡。有幾個傷雅的小調。影射的話，偶有大胆的。

　　祇限很有閱歷的人可看。

194.　筆 伐 集　（眾）　一冊　232 頁
　　　　馬子華著　1937年　北新書局版

八個短篇的合集。
字裏行間有一陣反帝的氣流。主要鼓吹抗日，也有排斥其他外國的氣息。
大眾可讀。

195.　偸 閒 小 品　（眾）　一冊　236 頁
　　　　馬國亮著　1935年　良友圖書公司版

內容有五花八門的雜感。是日常瑣事的諷刺的譏評。
大眾可看。

196.　春 之 罪　（眾）　一冊　153 頁
　　　　茅以思著　1930年　中華書局版

包括五篇寫得很好的故事。前兩個叙述伶人的廻想。第三個述一隻貓的故事；最後的兩個是

給一位女友的信。

　　沒什麼不順眼的地方；嚴格地說，這書也不妨讓一般人看。

197. 幻　　滅　　（特限）　　一册　90頁
　　　　茅　盾「傳52」著　　1930年

　　這本書的可取處，是因爲它描寫了幾個新時代青年的心理，特別是幾個大學畢業的女性。女主角張小姐在革命憧憬和戀愛生活裏遭到了多次的失望。所描寫的社會層裏，理想的志願中，往往夾雜着些自私的打算。本書的氛圍並不純潔：充滿了厭世主義；女角色的情感和性感的憧憬裏，缺乏道德的顧慮；只求滿足，並不想結婚。第 39 和 81 兩頁中，有兩段相當挑撥的描寫。爲了這些原因，這書需要鄭重的保留。

198. 動　　搖　　（限）　　一册　165頁
　　　　茅　盾著　　1940年　　開明書店四版

　　叙述一個小縣城裏黨部領導附屬機構，如工會，商會，農會，青年聯合會，婦女聯合會等的活動。

　　因爲革命必須澈底，就命令實行「解放」全縣尼姑，小寡婦，小老婆，和婢女。這樣的人集合了二十幾個先加以訓練，再爲擇配。

　　在鄰近一座村莊裏，有那麼五個，內中兩個是尼姑，用抽籤的方法，配給獨身漢。工會的人，經過無數波折，終於爭取到僱主的讓步。在另一方面，反動份子，則不惜出以暴力和兇殺的手段。

　　主要的人物，是當地的一個惡霸，竟被他潛入革命的行列，控制了黨部。利用局勢以達到不可說的私圖。解放婦女訓練所，經他的搞鬼，一變而爲一個賣淫場所。

　　書中人物大致的都不大講道德，可是真正刺激性的描寫却沒有。

　　有見識的人可以看。

199. 追　　求　　（特限）　　一册　175 頁
　　　　茅　盾著　　1940年　　開明書店　四版

　　本書叙述某高級敎育機關畢業生對於人生問題的思想。某甲活是灰心失望的化身，總想自殺。某乙厭倦了政治生活，認爲無法實現他對社會革命方面的理想，遂棄官從商，不久也覺得沒有意思。他的婚姻生活，也是一樣失望。丙女士不相信社會改革愛國運動等崇高理想，她只要逍遙自在地過她的獨立生活，及時享樂。本書臨完說她被醫生判明她生了花柳病，成了不治之症。某丁代表着樂觀主義；他的生活一帆風順。在他結婚的前夕，他的樂觀，被他未婚妻的暴卒給打碎了。

　　由這書所推出的結論，就是人生乃是一齣悲劇，它斷絕一切希望，攫去人們的追求標的。作者的心理意識似乎很發達，可惜倫理意識却不幸太欠缺了些。書中一個人物，就是那丙女士，對於一個少女，爲維持和她情人同居的費用，不惜出賣肉體，認爲是義勇行爲大加讚許。

　　有幾幕稍欠含蓄。這書不應讓人看。

200. 虹　　（特限）　　一册　273 頁
　　　　茅　盾著　　1940年　　開明書店　十版

　　本書叙述一個革命的無政府主義的女子。故事的一部份情節，發生在成都，她愛上了她的表

兄，這人是托爾斯泰的信徒，因為怕不能使她幸福，不肯娶她。她父親把她嫁給了一個行為不正的商人，她過了幾個月就逃跑了，到成都去獨自生活。她拒絕了幾個追求她的人之後，又動身到上海去。這裡作者叙寫當時當地的托洛茨基派的活動。這女子愛上了一個共產黨的策動份子⋯對於三角戀愛並不在乎！叙到此處戞然而止，沒有結局。

本書是一部傑作，但是內裡所呼吸的無非是革命，厭世，失敗主義和宿命主義的氣息，（例如：頁49）在所寫的三十幾個人物中，沒有一個人格高尚的。茅盾本人浸染透了托爾斯泰，尼朵，叔本華，莫泊桑等人的思想⋯這本小說稍覺缺乏生氣，因為作者叙事中間混合進去一大堆不健全的思想。書的氛圍是有毒害的。

女主角是一個雙重性格的女人，一時是反抗的冰冷的，一時用美貌引誘男性，隨後又傲岸地虐狂地把他們甩開而無動於中。有時候，她又非常傷感，灰心喪氣，找不到一個能安慰她的人。

這本書是一本左傾的宣傳革命的作品，魯迅在二心集裏曾批評它說：『它屬於革命性文學；這些作家像些脚踩兩隻船的人：一脚踏在文藝裡，一脚踏在革命裡。適應區勢，一會全身重量偏重這一面，一會又偏重這一面。』

這書一般人都不宜看。

201. 三　人　行　（限）　一冊
　　　茅　盾著　　開明書店

這書裡，茅盾叙述三個鄉紳，如何經過多少苦關和拂逆，終於加入革命的陣營。茅盾著作裡，像巴金所愛寫的有信心而頭腦冷靜，有領袖天才的革命家出現，這是第一次。〔參見O. Briere著，在震旦雜誌1943年，第四卷第一期發表的，描寫自己當代的作家，茅盾〕。

成熟的人可看。

202. 路　（限）　一冊　166 頁
　　　茅　盾著　　1936年　文化生活出版社　四版

這本書裡，作者讓我們參與數次大學生反抗校長的故事。這些校當局似乎都很值得清除一下！但結果則是學生們的努力終歸泡影，因為校當局總有警察機關可資依持。學生，是一個優柔寡斷的人物，作者尤其用力細述他努力活動。他所需要的，是清新空氣和改絃更張，為此就非破壞一切不可。在同書中，茅盾又叙述這個學生對於女生某乙的情感進展。

某甲的一個同窗被釋出獄後，告訴他說，在監犯人中，比在他們的教師羣中還有更多的人才，更多的有身價的人。這更刺激起某甲的不平之氣。在一次混亂裡，甲受了傷，被人送到醫院。在院裏和女友作最後一面之後，又寫信裏辭他的父母，說他決定放棄家庭生活而獻身於社會鬬爭。

這書裡沒有大胆的描寫。但因其趨於過激主義；祗有有見識的人可以准讀。

203. 子　夜　（特限）　二冊　279＋296頁
　　　茅　盾著　　〔昭和17年〕關東出版社版

作者在本書裡描寫着1930年際的上海經濟界與實業界。

他對我們陳說一個實業界領袖的夢想和實踐。這位老手創辦了若干事業，同時也遭遇到很大的困難；懊喪之餘，只好退休下來。書中人物非常之多，很不容易記清。中心意識，是偏近社會

主義的。

　　就倫理方面說，這書要限於很有見識的人去看，因爲內容有若干戀愛事件和大胆的描寫。

204.　子　夜　（特限）　　一冊　577 頁

　　茅　盾著　1932年　開明書店版

　　參看書評203號：子夜　二冊

　　這個版本是原作的淨化版，汰除了有大胆描寫的第四章。雖說如此，這本子裡仍殘留着好些不道德的地方。

　　限很成熟的人可看。

205.　多角關係　（限）　　一冊

　　茅　盾著　1936年　生活書店

　　『又是一本描寫上海工業社會的書。作者拿本書作爲子夜的續編。他指出一個姦騙了好幾個少女的青年的荒淫生活(書名命意在此)。這青年的父親，被自己的工人圍困在廠裡，不得脫身。父子二人具備了種惡德：又自私，又愛享樂。他們是茅盾所要調侃的腐爛社會的漫畫人物。這書有些嘮叨取厭，並且也沒有藝術。和前面幾種差多了』。（引震旦雜誌，1943年四卷一期：茅盾評傳）。

　　成熟的人可看。

206.　春　蠶　（特限）　　一冊　257 頁

　　茅　盾著　1933年　開明書店　再版

　　短篇小說集，寫佃農和下縣小商人的生活；是抗日和反迷信的。

　　頭一篇和後四篇，只能讓有閱歷的人看。第二篇因爲包含着一幕太大胆的描寫，任何人不宜看它。

207.　宿　莽　（限）　　一冊　154 頁

　　茅　盾著　1932年　大江書舖版

　　1.　色盲：一個青年同時愛着兩個少女，打不定主意選擇那一個。一個朋友勸他自由戀愛，他不肯，終於決定要兩個少女中的一個。但那位女郎已不是自由之身…於是他只有擇定另一個，要求她到杭州去作八日之遊。心事既定，很痛快的專等回信。

　　2.　泥濘：爲中國共產黨張目。

　　3.　陀螺：一位老姑娘大發議論，反對婚姻，但當他接到一位男性的一點小禮物時，却…心中暗喜。

　　書中其他部份，都是些革命故事，帶有過激主義的色彩。

　　因爲思想左傾，青年人不宜讀。

208.　野薔薇　（特限）　　一冊

　　茅　盾著　1931年　大江書舖版

　　包括五個短篇。跟蝕裡面的心理分析相近似。

　　五個少女對於國內現狀，表示同樣的苦悶：個個自傷生不逢辰，痛哭流涕，甚至結果自殺。

借用一位文藝批評家的說法：『如果蝕對於現代社會顯示出一個全景，野薔薇則把這全景的每一個單位加以強調』。

這些青年每遭失敗。她們對於自己擔當的新社會任務沒有經過戰鬥訓練。她們的個性還沒有達到自己志願的水準。她們的絕望的悲哀，深深刺激了作者，從而決定了他做小說家的志願。

（見震旦雜誌，1943年，四卷一期茅盾評傳）

極成熟的人，才可看。

209.　　茅盾散文　　（限）　　一冊　270頁
　　　　1933年　上海天馬書店版

本書收容了茅盾所作的若干小品文。作者涉論所及的事物非常之多，往往有好文章。這類散文中很有幾篇有意思的值得一讀。筆調高雅而質樸。

這本書裡，沒有什麼不雅的段落，但偶有一兩篇思想不大純正；所以祇有成熟的人才可以看。

210.　　茅盾代表作　　（特限）　　一冊　290頁
　　　　上海三通書店版

選入的有茅盾的若干短篇小說或長篇小說的節錄。作者所寫多是革命醞釀成熟的農民生活，結過婚的人的生活和解放時期的少女心理…也有幾段北歐神話的零拾，和一個失戀的少女的自殺情形。這本書因為它的思想和氛圍以及詩與散文一篇的存在，任何人都不宜讀。

211.　　茅盾選集　　（特限）　　一冊　265頁
　　　　1940年版

這裏作者描寫的是革命過程及其所引起的災禍：經濟的恐慌，對洋商的競爭等…還有一段閘北事變的插曲。在這些短篇裏，可以感覺到作者在提倡文藝與社會的革命，宣傳抗戰。

書是任何人不宜看的…尤其因為有：騷動，詩與散文兩篇，以及其他幾個很大胆的細描。

212.　　茅盾代表作選　　（限）　　一冊　352頁
　　　　1941年　上海全球書店版

一批大家可讀的故事，除去：烟雲和創作兩篇，是描寫夫婦生活的。

茅盾替市民生活寫照，很入微。

213.　　魚　　（限）　　一冊　212頁
　　　　梅　娘「傳53」著　1943年　（北京）　新民印書館版

故事集，多寫婦女對戀愛的心理。各篇共同對人生有一種沉痛而宿命的看法。這是不能拿它亂給人看的原因。並且大多數的單篇裏，總帶有一句或一節道德方面須加保留的詞句。

侏儒：26頁　（限）

叙述一個半癡而受氣的小孩，遇到一個同情他的命運的人，他為這人犧牲了自己的性命。

魚：48頁　（限）

是一篇自白式的悲劇，描寫一個失戀的人。前部文字很好。

旅：　8頁　（眾）

叙一個平凡的旅途事件。

黃昏之獸：　18 頁　　（限）

一個作家，婚姻不得意，由一個報紙廣告裏找艷遇；他發覺是人家和他開玩笑！

雨夜：　24 頁　　（限）

一個少婦，心裡想從跳舞會裏找點安慰，在水邊上遇了暴雨；她被進攻了，幸而及時脫逃掉。

一個蚌：　85 頁　　（限）

一個少女心裡有了戀愛的**萌**芽，因悲慘的誤會而失敗。

214.　蟹　（限）　　一冊 227 頁

　　梅　娘著　1944年　華北文化書店版

收短篇小說六個：

1.　夜間的遇合　　（衆）

2.　一個被欺騙的婦人的自述。　　（限）

3.　一個廣告所引起戀愛的故事。　　（衆）

4.　一個女子理髮館的工友的夢想！夢消逝了　　（衆）

5.　一個朋友和幾個少女會見　　（限）

6.　一個長的短篇。寫一個孫姓的大家庭。這家庭因爲缺乏堅强的領導而趨於沒落。勉强可讓一般人看。

本書筆調很優美。文子很富麗。

成熟的人可看

215.　雛　（衆）　　一冊 200 頁

　　羅魂女士　文濤先生合著　　1932年

作者是一個男青年和一個女青年；共同發表他們的來往書信：各人在每一封信裡，附着自己近作的文章。這些信件，談到兩通訊人的生平的地方很少，却佈滿了很多的印象和情感·文字很艱澀，有意作詩！

很多長篇大論和複雜的詞句。作者一心要作心理分析因而**沒**有什麼動作。這些信裡，想讓人觸覺一般人心靈上所受社會現狀的影響；頂常提到的問題，是舊式婚姻不幸的影響。

有幾篇文字，寧可是悽慘的；最可注意的是頁55祖母日記，讓人對一個中國大家庭中的婦女心事，得到一種很好的概念。

大衆可看。

216.　晞露集　（限）　　一冊 116 頁

　　繆崇羣著　1933年　星雲堂書店版

是幾篇寫得很好的小品。文筆簡樸。作者特多追求童年的回憶：頂小的時候，和**上**學的時期的事。他也提到幾個幼年和少年時代的朋友。

有幾處稍微大膽了些。

限成熟的人可看。

217.　黑牡丹　（限）　　一冊 206 頁

　　穆時英「傳54」等著　1934年　上海良友圖書公司版

這本書裡包括六個短篇小說，都是名家作品。有幾篇在道德方面並沒有危險。第五篇朋友倆

甚且含着一個很好的道德敎訓。但對於41頁巴金的那篇小說和165頁，還有189頁最後兩篇却須作保留。以下三篇小說裡，有大膽的描寫。第二篇的背景也不很純淨。

祗限成熟的人可看。

218.　南　北　極　（禁）　　一冊　275　頁
　　　　穆時英著　　1934年　　現代書局版

　　內容是幾個短篇。就道德方面說，有幾篇還算乾淨；其他幾篇不宜讀；南北極一篇須禁止閱讀。裡面寫的是一個靑年人的邪行。

　　全書應禁。

219.　好　年　頭　（衆）　　一冊　106　頁
　　　　艾霞遺著　　1935年　　春光書店版

　　很好的一本書。著者（女性）很優秀地速寫中國農村生活和農人吃苦耐勞的精神。他們一天忙到晚，不彀吃的，好容易三十年輪到一次豐收…糧價又落了…於是要還淸積年的欠債，只好把所有的錢都花出去！

　　這速寫裡，夾叙着很多家常小景，對於想明瞭鄉下人私生活的人，很有興趣。

　　是一部很有益的書。

220.　萍　絮　集　（特限）　　一冊　206　頁
　　　　蕭艾著　　1943年　　新民印書館版

　　內容是幾個短篇：

1.　道喜：寫享樂者的生活。
2.　鄰：街坊婦女間的閒話。
3.　老手：衙門裡的聽差訴說自己的苦處。
4.　安分：金二爺寫得一筆好字兒。大家都求他的墨蹟。他在小姐出閣的前晚，突然被捕了；家裡人各方央求受過他好處的人設法營救…竟沒有一個人露面。這世界裡是不興知恩報恩的！
5.　殘月：很好的故事。叙的是一對靑年夫婦，爲生活而苦鬪。
6.　暮：一個做兒媳的艱苦生活。
7.　落葉：一個住公寓的女敎師的苦惱。
8.　第一章：戀愛事件…相當混帳！

這書描寫北京社會很入微。

文筆平談。很成熟的人可看。

221.　海上閒話　（限）　　一冊　96　頁
　　　　安世著　　1930年　　北新書局版

掌故瑣聞若干種，相當粗俗。

又有些內容與情節，兩感窘乏的中國幽默小品。文字却活潑而有趣。

成熟的人可看。

222.　七　年　忌　　（限）　　一冊　282 頁
　　　　歐陽山「見傳49」著　　1935年　生活書店版

　　是九個故事的集子。這些故事近乎低級，據說都是作者親自經歷的。有些事情敘述得粗野一點。書裡有很多糾紛，有些不雅的話，俗陋的比喩。雖說沒有什麼猥褻的描寫，但因有些事情，說得那麼粗野下流，不得不保留一下，祗能讓成熟的人看它。

223.　飢　寒　人　　（限）　　一冊　110 頁
　　　　歐陽山著　　1937年　北新書局版

　　包括四個很不精采的四個短篇。背景殼離醍的…尤其在第一篇裡。
　　靑年人不宜讀。

224.　潘　金　蓮　　（限）
　　　　歐陽予倩「傳55」著　　「新月」　1928年　一卷四期內

　　潘氏不願當張大戶的小老婆。被大戶給了武大做妻房。她不愛丈夫，而愛丈夫的兄弟。武大知道了，把她毒死來洩憤！（譯者按：西文原意如此）
　　有幾句猥褻的話；故事本身也應誅伐。
　　只有成熟的人可看。

225.　西　柳　集　　（限）　　一冊　397 頁
　　　　吳組緗「傳56」著　　1934年　上海生活書店版

　　是一個包括十篇小說的集子。在第一篇裏，作者記一個年靑的母親，爲了浮華生活避免累贅，不肯自已乳養孩子。最後，還是母愛得到勝利。第二篇寫一個奶媽，爲自己所乳養的嬰兒而盡瘁職責。第三篇寫一個靑年離開鄕村，到都市去。他感到城市的苦悶，又回到老家。接着作者敘述一個靑年的兩個鍾情故事；又有一個大男孩子，靠女人奶來餵養的故事：淡而無味。最後的四個故事是人生的心理素描。
　　作者善於描摹，文筆也淸通。可是，他的措辭往往太俗氣，尤其在第四第五兩篇裏。

226.　二十年目覩之怪現狀　　（衆）　　二冊　344＋320頁
　　　　吳沃堯著　　廣益書局

　　這是一篇諷刺小說；作者吳氏爲1867—1910年間人。
　　內容所記爲光緒年間官僚社會的人情世故。
　　這書大衆都可以看。
　　「編者按：」這書應列入舊小說裡。一時疏忽，誤入新小說內號碼編定，不便移動，姑仍其舊。

227.　滅　亡　　（特限）　　一冊
　　　　巴　金「傳57」著　　1919年　開明書店版

　　『巴金的第一部小說滅亡是一個把心身完全貢獻於革命的靑年的故事。他想用行動和宣傳，改善人民生活。這靑年名叫杜大金在愛着一個少女，這是他一生的悲劇，因爲他認爲這宗戀愛和自已的革命理想衝突，因而起了內心的搏鬥，磨折，煩惱！這時他的伙伴，因散佈杜的刊物，而

被捕槍決。杜認爲這人的死，撇下寡婦無依無靠，應由自己負責，雖經他的情人的阻止，他終於爲了贖過，爲了絕望，而自殺了。

　筆調沉痛，潑辣，時而激昂慷慨，帶着濃厚的抑鬱；文字火爆，熱情，極端，但爲一般批評家所贊賞以「羅曼的革命文人，安那其主義者」目之』：

（轉錄光啓社刊第 382 期，頁 2，O.BRIERE稿）

228.　新　生　（特限）　一冊
　　　巴　金著　　1931年　開明書店版

　　『杜大金的愛人李靜淑因痛杜之死而獻身革命，想把自己的弟弟李冷拉入集團。靠一個女友的幫助，她們發動一切來促成李冷思想的轉變。三人同心，辦了一個刊物，想達到同一目的。李冷逐漸地轉變着；最後，忽然一天，他被撼動了，同意離開上海，到另一個城市去致力於一項革命的任務，爲了這，他慷慨地犧牲了他的愛人蘊珠，蘊珠不但捨得他，甚至首先慫恿他前去。他到達新職場，一座工廠以後，就發動了一次總罷工；他被捕入獄，終於判處死刑。這第二部小說，時常採用日記體裁，比較不那麼生動。但是人物寫得較富層次，較爲人性化，較近乎眞實。作者想提示的哲理，就是由絕望而演成的自殺，無補於革命事業，而李冷的殉身却是光榮而有效的：他的血灌溉出無數的青年志士，繼續奮鬥』。

　（轉錄光啓社刊，同期，同頁，同文）

229.　霧　（特限）　一冊　102 頁
　　　巴　金著　〔康德十年〕　東新書店版

　　這是巴金的愛情的三部曲的第一篇。青年作家周如水，已經很有些名氣了，愛上了一個女子張若蘭。雖然若蘭也在愛着他，可是他不敢向她表示。他是新從日本回國，在出國之前，他已照舊式辦法，由父母作主娶了一房妻子；他從沒有愛過他的妻，但却和她生了兩個孩子。已經多年沒見了。想到恢復同居，使他不能忍受。對於自己的優柔寡斷，趑趄不前，心裏着急而不知如何是好。一方面，他的父母，催他回家，良心覺着過意不去。另一方面，他對於若蘭的貪戀，和因回國而不得不放棄的寫作生活，都使他猶像不决。他的友人都竭力勸他和妻決絕而另娶若蘭，嘲笑着他的永無決心，和他的良心上的顧忌。

　　然而，他畢竟回了家，和若蘭吹了…這時才得知他的太太在一年前已經故去了。他成了他的遲疑與疚心的犧牲。

　　沒有什麼猥褻的描寫，但實際上，作者贊成舊式結婚者的離異；他順便攻擊着良心問題，認爲那只是一部份落伍人物的思想。

　　除很有見解的人以外，禁閱。

230.　雨　（限）　一冊　176 頁
　　　巴　金著　〔康德十年〕　光仁印書館版

　　吳仁民的太太死了。仁民很傷感，幸得常去訪他的女學生熊智君而稍得慰藉。在智君家，遇到了一個舊情人鄭玉雯。仁民不願再愛她了，玉雯失望自殺。仁民的朋友，責備他迷戀異性懈怠了革命工作。最初他還在爭辯，但當聽到智君說，她爲解救他，而忍辱嫁給玉雯的丈夫，並告訴了他自己得了不治之症，他痛哭絕望地自殺了。

　　專限有定力的人可看。

231.　電　（限）　一冊　96 頁
　　　巴　金著　〔康德十年〕　光仁印書館版

　一羣革命青年夜間集會…警務人員在哂拿他們，於是逐一的逃匿了。在一次混戰裏，五個人中了槍傷，兩個死了；其他倖免的人逃往鄉間去了。

　他們之間必須有一位，在城裏擔任重要職務。吳仁民挺身而出，他的新風情事件害了他。

　巴金自己引這篇小說爲最得意之作，因爲書中人物，都有革命精神，爲達成任務，不惜犧牲性命。

　限成熟的人可看。

232.　家　（限）　一冊　437 頁
　　　巴　金著　〔康德八年〕　啓智書店版

　這是一個舊式大家庭的內幕。四代人在一個宅裏同居着，由一位老祖父獨攬家務。小一輩的，受了新思想的影響，很不耐煩地受他的管束。

　主要人物覺慧對於老祖父的專制和傳統的家法，任意支配青年人的前途；不徵求他們的意見，撮合成不合意的婚姻，激烈反抗。

　他的大哥覺新不得已放棄了他所愛也被愛着的表妹，娶了一個父親代擇的妻子。這個大哥是一般因性情懦弱而犧牲新生活理想，屈服於家庭專制的青年典型。

　二弟覺民比較有些剛强，可是他需要三弟覺慧的頑强毅力的支持，才拒娶了祖父代訂的少女，他所愛的是他的一位表妹琴，倆人已有默契。覺慧所愛的一個丫環，已被許給一個老頭子作妾。她在過門的前一天尋了短見。家裡替她找了一個年紀很小的丫頭，嫁了出去，這女孩也是强而後可的。

　覺慧厭惡透了這種家庭生活，受夠了對自己理想所加的約束，以及叔父們和祖父的姨太太的暗中敵視，經兩位哥哥的幫助，終於逃往上海。

　主人公受了舊家庭流弊的壓制，因作正義的反抗，而被他極度的感覺性拖帶開去；他不住地對自己以及一般現代青年的印象和遭遇加以分析，有時乃至流於病態。他想獻出一生來，求自我的解放，並實現新生活的理想。他的理想，始終是不明確的，所含的本質頗有疑義，像他所謂，祇聽從着自己的愛與憎。

　書裡雖說沒有任何蕩人心志的描寫，但它留給人的印象終是混亂，沉痛，而頹喪的。

　不宜讓善感的青年們看它。有把握的人看了不妨事。

　關於巴金，有兩篇很好的評介：一篇是Briere神父的，見震旦雜誌，1942年，頁577—598；還有一篇是 Monsterleet 神父的，見教務叢刊，1942年，頁578—600，題目是巴金的「家」裡的人類地位。

233.　春　（限）　一冊　462 頁
　　　巴　金著　〔康德八年〕　啓智書局版

　春是家的續編。主題還是一個：青年人對於老年人的抗爭！新生代想擺脫老年人的束縛，好生活得更自由些。他們尤其需要在學業…和選擇配偶方面，爭取到更多的自由。

　故事的女主角是高淑英。她被她父親高克明許嫁給一個富家子弟。她無論如何不願意要這個未婚夫婿。因此，便生出了很多的憂傷，是巴金頂愛細寫的。淑英終於屈服於父母意志之下，把

這事認爲命中注定的「厄運」。不久，便有旁觀的人告訴她不應「屈服」，應當推翻父母的決計。這是她的叔伯哥哥覺慧，覺民，以及覺民的未婚妻琴的主張。琴自己也有一個表妹，被父親强嫁給一個她所不歡喜的丈夫，氣憤而亡。這一來一發不可收拾。淑英和父母敵對，跑到上海去，覺慧在那裡等她。

覺新的性格，在本書裏，和在家裡一樣：他是「想」反抗而不「敢」。他對舊禮教的流弊，看得很眞，可是不敢反抗。這眞是一個可憐虫！這本書裏幼輩對於四伯父，五伯父的私蓄外室，調戲婢女都覺得痛心疾首。

大哥對於這種情形很了然，可是無能爲力。因此家庭中屢起糾紛，預示它不久就要崩潰。

這本小說裏，有很多冗長的叙述；筆調是感傷的，但却不無精彩之處。有兩段輕佻的描寫：就是伯父和丫頭的調情，和因此而引起的紛擾，夾雜着若干粗魯的話。

這書是革命性的，這個情緒有時甚至過度激昂了些。雖然主題是婚姻自主，作者也竭力鼓吹反上。

限有閱歷的人可看。

不可讓青年人看。

234. 秋 （衆） 一冊 598 頁
　　　巴　金著　〔康德十年〕　啓智書店版

這是巴金的「激流」三部曲的第三卷，故事並不是在一個中心人物的周遭發展。作者所粗描的，都是些次要的台景。甚至寫到一個出人意外的旁文，枚的結婚。這是一個沒定力的孩子，連覺新也不如。他的毛病，一大半是由缺乏教育而來的，這應該由他的父親周伯濤負責。大家一致認爲這樣婚姻，準得不幸。豈知出乎意料，小夫婦相處得很好。

在這一冊裏，有許多糾紛發生於淑華，一個很討人歡喜而個性很强的人物，與她的四五兩伯父之間。這兩個伯父，是高家沒落的主因…三部曲也於此告終。

覺新在這第三部書裏，仍被寫做一個無主見，生來受氣的角色。他一事無成，坐病在他自己懦弱，脾氣太忠厚。在故事叙述中，他的爲難哭泣有十五次之多！

這本書裏，沒有什麼傷風化的地方，也沒有什麼太激烈的反抗精神。

大衆都不妨看。

235. 雪 （限） 一冊 227 頁
　　　巴　金著　1939年　文化生活出版社　八版

內容描寫一個礦山裡的工人和經理處的糾紛。經理和他的左右，被寫成一幫只想增加產量，拿大薪水，過舒適生活，而不顧工人福利的傢伙。作者强調他們的自私與氣人的橫暴。另一方面，他側重叙述工人艱苦勞累的生活，個個未老先衰，很多死於非命，而對於這些災變，礦上當局却無動於衷。工人心懷着憤恨與忌妬，嚙嚙着枷鎖，絕望地受着苦痛。

工人們因無故開除一個做過十年苦工的伙伴，而憤恨不平，受一個職員的激動而羣起暴動。這職員志願獻身爲工人謀福利。他鼓勵他們組織起來。於是工人們開會籌立工會。礦區當局加以阻撓，把煽動者投入獄中，下令礦警對礦工開槍。

本書的結束是工人與礦警間的一場惡鬥。

作者的本意，好像不錯；但是他的描寫，過覺渲染，挑撥階級鬥爭，結果必致演成慘劇。

應限定成熟的人看它。

236. 　　**點　　滴**　　（衆）　　一冊　88 頁
　　　　巴　金著　　1937年　上海良友圖書公司版

　　這是一本短篇故事和文藝批評的集子。文字很簡易，可是太浪漫太多哭泣。巴金自已答覆這責難說：他的多愁善感，和他的革命思想，是相等的，『他的淚是解放的淚』！

　　任何讀者可看。

237. 　　**短　　簡**　　（衆）　　一冊　172 頁
　　　　巴　金著　　1940年　上海良友圖書公司版

　　這是巴金答覆人家質問家和春以及他其他作品裏的人物的一批書信。作者在這些書信裡有時主張對中國舊家庭制度革命，有時也勸人忍耐。但他尤其勸讀者保持熱情與勇氣。

　　本書裡，沒有一段大胆的叙述。

　　任何人都可以看。

238· 　　**愛的十字架**　　（限）
　　　　巴　金著

　　一個中國青年，陷於絕望，溺情於杯中物，可是花的是他寄居的一位朋友家裡的錢。他這位朋友，不得已只好下令逐客。那青年並不懷恨他，而在結束自己的殘生以前，寫給那位朋友一封長信，叙述自己的身世。要點如下：

　　在學校畢業之後，他被一家人家聘用了去。那家人很器重地，把一位小姐嫁給他。這一對青年夫婦很和睦，一齊到上海去了。到了那裡以後，他們遭到禍變的打擊。年青的妻，看見丈夫的憂鬱，以爲他不愛自己了，心裏想帮他解決困難，就自尋了短見。男的把妻子的屍身，送回岳父母家。他們對他仍有好感，甚至想把另一個女兒給他。可是他辭謝了，以爲妻的死應由自已負責，不配再受人優遇。就逃到那位朋友家，日子久了，不得不把他逐出。那青年不出怨言，他的遺言是：『我背過我愛的十字架…不是像基督那樣，而是像那陪刑的右盜！』

　　（錄教務叢刊卷二，頁608 ）

　　可以給成熟的人看。

239. 　　**短篇小說選**　　（特限）　　一冊　32 頁
　　　　巴　金著　　上海中央出版社　四版

　　1．　復仇：　一位醫生，經人問起「幸福」的本質，答應說：人生最大的幸福是復仇。爲證明他的論據，他舉出一個俄國兇手爲例，那人因妻子被兩個軍官強姦致死，才起了殺讐雪恨的意…作者並不完全贊成這論據。

　　2．　初戀：　某甲自述他的結婚，只是迫於形勢，並不是爲了和妻子有愛情。他一生只有一次戀愛，那是在法國留學時期。接着就追述那次戀愛經過。

　　3．　狗：　一個被人遺棄的孤兒，認爲自己是社會的渣滓，不配和人們在一起；就自動地與狗爲伍。

　　書中批評說，最後第三篇，是中國新文學裡，最精采的記事文。本書限於很有見解的人，才可以看。

240.　巴金代表作　　（衆）

1940年

巴金先自述生平瑣事，然後介紹自己的八個短篇小說和四篇小品文。

在小說裡面，他提到一個現代婦女的犧牲精神，提到選擇配偶的不自由。又描寫到找尋一個失踪的孩子，所遇到的困難，等等。最後錄入了他的短篇：狗。

小品文裏，討論到心理訓練，社會情感，母敎的影響，僕役的影響，一位爲長兄的對於幼弟的影響；他駁斥生命不値一活的理論，又提到個人「回憶的分量等」。

任何讀者都可看。

241.　巴金選集　　〔限〕

1936年　上海萬象書屋版

是一本巴金所著短篇小說的集子。篇篇都可以給任何人看，除了最後一篇裏，作者默許一位做母親的，操賣笑生涯來供養自己的兒子念書。序言裏有一句話，作者否認上帝的存在，也是應排斥的。其他的小說，都無害。

限成熟的人們可看。

242.　戀家鬼　　（衆）　　一冊　105頁

白　羽著　1944年　褔成合印刷局版

是一本笑料豐富的書…沒什麼可非議的，除去一兩處扯淡的話。

大衆可看。

243.　離　婚　　（禁）　　一冊　120頁

潘漢年〔傳58〕1928年　上海光華書店版

這是一批輕鬆有趣的短篇創作。筆調活潑而生勱；容易看懂。情節寫得很不錯。

可惜，她和他一篇（頁53）實在太淫穢。

應禁。

244.　迷朔鴛鴦　　（限）　　一冊　304頁

必　周著　1936年　京報印刷部版

記保定一家人家：人口有父母，一子，一女，和一個纏足的表妹。兒子有一個朋友，被他妹妹愛上了。

父母想敎兒子和他表妹結婚，兒子郤不願意，雖說他表妹對他很親愛。他所愛的是另一個少女；可惜那少女被一個無賴誘拐跑了。這一來，少年絕望了，跑到他的朋友家去找安慰。誰知這朋友郤是一個女扮男裝的（她在她父親去世以前，沒露形跡；經過這新的發現，少年愛上了她。他自己的妹妹，郤因另一個靑年從土匪手裏，救了她的性命，而和那靑年訂了婚約。那末，就成了一雙兩好。可是還剩下家裏那位表妹，仍舊癡心愛着他表哥。這在作者並不覺得不好處理。臨到結婚那天，那小伙一人娶了兩個媳婦。再沒什麼難解決的了！

結過婚之後，這些「孩子們」，又都回到學校去念書。

限於有見識的人才能看。

245. **超 人** (衆) 一冊 149 頁
　　冰心女士著〔傳59〕1923年 上海商務印書館

　　這是一位生病的女郎的小品文和書信集。她不怕死，因爲世界對她沒有吸引力，而死不過是一種表面的分離。精神方面則無所謂分離。

　　著者文筆秀雅，發揮美妙的思想引人向上。

　　這本書一般公認爲一種傑作。應勸青年人閱讀。

246. **寄 小 讀 者** (衆) 一冊 242 頁
　　冰心女士著 1929年 北新書局 四版

　　這本書包括二十九封信，名義上是替一個刊物的「兒童版」寫的。在這些信裏，作者叙述她的旅行和她在美國時的生活。筆調整潔，主題和詞句都是爲兒童愛讀而特加選擇的。書末有作者在美國時所發生的瑣事。

　　女學校最宜購備。

247. **姑 姑** (衆) 一冊 72 頁
　　冰心女士著 1932年 上海北新書店版

　　內容是四個短篇：

1. 一個青年因爲自己心上人嫁給一個總角交，而感到心亂。
2. 作者見到第一次請客的大成功後，想起母親忽覺傷感。
3. 一個新嫁娘，想請一位舊日男友，到自己家來吃飯。那位男士很得體地謝絕了。
4. 兩個嬰孩同日出生在一家醫院裏：一個是富家的，一個是窮家的。

　　文筆清新可喜。這本書任何人看了，都可獲益。

248. **去 國** (衆) 一冊 152 頁
　　冰心女士著 1933年 北新書局版

　　是一本短篇小說集，內中一篇名爲去國，內容是寫一個自美回國的青年。文字秀婉可喜。很清新，很自然，很有詩意。情操高尙。

　　這些小說裏，沒有情感的做作，或肉慾的描寫。

　　可以推薦給少女們看。

249. **冬 兒 姑 娘** (衆) 一冊 161 頁
　　冰心女士著 1935年 上海北新書局版

1. 一個北平的民間女兒的故事。
2. 一個女孩子受一位美國婦女的撫養讓她得到幸福…這孩子漸漸曉事，明白自己是中國人而且是個女性…
3. 寫一個現代婦女的會客廳。

　　任何讀者都可讀。

250.　往　事　（衆）　一冊　124 頁
　　　　冰心女士著　　1940年、開明書店版

　冰心，信仰基督教，是中國女作家中最富天才的一位。
　在這本書裡，她顯示出她的縟密的情感，露出她真正是懂得詩境的。
　這是一本囘憶集，裡面歌頌着人類（她的母親，她的朋友們，以及一般兒童們）和大自然（雪，海上風濤，月明，星，花等）。她顯示出敏銳的觀察力和偉大的情緒。這裡可以看出基督教在作者思想上所發生的影響。
　大衆可讀。

251.　冰心小說集　（衆）　一冊　341 頁
　　　　1936年　上海北新書局版

　這是冰心所著短篇小說的選集。卷首有作者的自傳序；接着就介紹她最得意的作品。冰心很忠實地顯示出自己來：是詩人大作家。她在這二十八篇小說裏表達出頂高雅的思想：對自然，慈母，和兒童之愛。大凡能引人向上的東西，她都一一寫到。冰心雖是誓反教徒，雖然受了教派的深刻影響，但公教徒很不妨看她的著作。
　這書一般人都可以看，尤其女學生。

252.　九　尾　狐　（禁）　二冊　172＋190 頁
　　　　評花主人著　　1939年　春明書店　四版

　這是一個上海名妓的小史。每次這妓女有蕩檢踰閑的情事時，作者竭力聲明說他不願污穢筆墨…可是他一有機會，就引用些有那類描寫的書！
　當然宜禁。

253.　喜　訊　（限）　一冊　180 頁
　　　　彭家煌〔傳60〕著　　1936年　復光書局　再版

　這集子裡，有幾篇精采的東西，其他多少近乎平凡。一般地說，那書在道德方面還算過得去；可是，非成熟的人最好別給他們看。實際上，在昨夜一篇裡，有一個老淫棍逛窰子的描寫。在另外一篇朝神廟裡，氣氛也不大純潔。

254.　顫　影　集　（限）　一冊　251 頁
　　　　蓬子〔傳61〕著　　1933年　上海良友圖書公司版

七篇故事：
1.　寫弟兄二人：一個富而傲岸，一個貧而善良。
2.　對富人革命。
3.　水災一荒歉…。一個財主，爲富不仁！…一羣工人把他打死。
4.　一個醉鬼的故事。
5.　一個窮買賣人的困苦，掙扎，與破產。
6.　一個好青年，被人介紹給一個蕩婦來往，他失足了。
7.　一對舊情人忽然重逢了，但從新又分首了！
前五個故事，一般人都可以看；末兩個限成熟的人可看。

255.　　三山奇俠傳　　（衆）　　一冊
　　　不肖生〔傳62〕著　　〔康德八年〕　益文印刷局版

述游俠剷除不平的故事。
大衆可看。

256.　　近代女子黑幕寫眞　　（禁）　　二冊　160＋167 頁
　　　思瑛館主著　　1941年　　天津北大書局版

這書顧名思義已足够讓我們禁止敎友們閱讀。作者自云，想替某種社會裡現代女子寫照。內容沒有什麼很長的不道德的場面，可是就書本身說不是正經人宜看的。
　　應禁。

257.　　現代游記文選　　（衆）
　　　笑我輯

1.　游山記事	2.　游山記事	3.　蘇州游記
4.　雪中游山	5.　西湖及其附近風景。	6.　鐵路旅行。
7.　看完了的人自幸不住在南京。		8.　上海萬歲！
9.　游蘇州記；愛國志士軍人大會！		10.　回家以後，與官長共餐。
11.　集市　有外國人！	12.　西湖印象。社會問題。	13.　山中和湖上的游覽。到處都
16.　江山，湖景。	14.　巴金欣賞大自然。	15.　各處美景。
19.　錫蘭風景。　苦行回敎徒。	17.　風物描寫。	18.　名山勝蹟。
23.　橫斷西伯利亞。	20.　威士敏特大敎堂。	21.　哈爾濱；美國汽車；印度的
26.　日本山游。	22.　哥侖布，威尼司，福羅倫斯，羅馬。	25.　日本游記。
29.　柏林。	24.　日本素描。	28.　法國游記。
	27.　又一篇日本記游。	30.　紐約。

一般人都可看。

258.　　模 範 作 文　　（限）　　一冊　646 頁
　　　謝六逸〔傳64〕輯　　1933年　黎明書局版

是幾個現代大作家的文選；計有：魯迅，茅盾，葉紹鈞，冰心，郁達夫諸人。
中學生可用。
其他的人應限制，因有郁達夫的病態心理，茅盾的社會主義傾向，和魯迅的故事用意，等關係。

259.　　一個女兵的自傳　　（限）　　一冊
　　　謝冰瑩〔傳65〕著　　1941年　近代出版社版

這篇自傳，是作者應林語堂之請而寫成的，林氏讚許作者爲中國最好作家之一。
這是一個少女（作者自己）反抗舊家庭制度，反抗傳統習慣，反抗社會的故事。推翻這些舊體制以後，她主張用無限制的自由主義，共產主義，和自由戀愛來代替。（她本人結婚才五個月

就又離了）。她入了新式學校，又當了女兵。家裏想強迫她嫁給一個由父母代爲選擇的少年，她拒絕了，逃出家門，家裡人又把她硬追回來。她只可假裝和那少年結婚，找一個好機會再逃走。果然被她得手，一氣跑到上海去求學，在報館作訪員，獻身革命。

　　這本自傳裏，沒有傷雅的段落，可是思想是強烈革命性的。主張爲爭取人類平等而鬥爭。但是因爲過分鼓吹自由主義，所以不是人人可讀的。（作者最歡喜左拉，莫泊桑，杜思退也夫斯基等人）。

260. 葡 萄 園 （限）　　一冊　176 頁
　　　　謝人堡「傳66」著　　1942年　唯一書店版

　　是很多故事的合集。只有頭一個需要若干保留。氛圍不純淨；叙的是一個妓女，爲討客人歡喜，只可陪他喝酒。她本來頂怕喝酒，以致病倒了⋯其他的故事，人人都可以看。

　　第34，67，84，111，137 各頁開始的幾篇頂好，可讀。

261. 寒 山 夜 雨 （限）　　一冊　145 頁
　　　　謝人堡著　　1944年　勵力出版社版

　　甲男未得老父同意娶了一個女子乙。他父親知道了，取銷了他的繼承權。因了這嚴父的措置，夫婦間起了口角。乙女和甲男脫離關係。甲男被聘爲一個新成立的學校的校長，再娶校董之女爲妻。乙女聽說，投水死了。

　　成熟的人可看。

262. 春 滿 園 （限）　　一冊　114 頁
　　　　謝人堡著　　1944年　北京馬德增書店版

　　是一本電影小說！內容記一個青年蕩子，荒唐到極點，竟沒人肯嫁他了。五十歲上，他又遇見他早先的未婚妻。他曾經拋棄了她，而她却仍舊爲他守貞不字。

　　書不大正經，失之輕佻。成熟的人才可以看。

263. 月夜三重奏 （限）　　一冊　138 頁
　　　　謝人堡著　　1944年　馬德增書店版

　　上海的一個坤伶，到北平來休假，認識了三個青年。兩個搶她搶得頂起勁。這次角逐裡，甲男得勝了。這時上海有一個和尙，指認那坤伶是他的親生女兒，她趕囘上海去對簿公庭。事後，她又回到北平，和情人聚首。彼此協議同居，在西山租了一處別墅去住。始終沒有舉行正式婚禮。後來兩人生了一個孩子。甲男不久又恢復了他的放蕩揮霍的生活，把太太的財產都浪了。錢已花完，大家散了，換言之，太太被遺棄了。女的替人傭工，先生當了承審官。這一天帶來了一個小偸。原來就是他生的兒子某乙。他判了他幾個月的罪。刑期滿後，少年出了獄，被他父親用進家。他應允了，但有一個條件，就是不能和可憐的老母分開。於是就派人去找他母親；誰知她不幸在一次火災裡，被燒死了。乙在他父親處服役若干時期，一天忽然失了踪，不知所終。

　　成熟的人可看。

264. 幻醉及其他 （衆）　　一冊　126 頁
　　　　謝冰季著　　1929年　中華書局版

　　作者給我們欣賞，一批寫得很好的短篇小說。是任何讀者都可以看的。幻醉一篇尤其出色，

內容是分析一對預備度密月的新婚夫婦的心情。丈夫是海軍軍官，突然落海死了，美夢隨之消逝。他的愛妻急痛得變成瘋狂。

大衆可看。

265.　荒謬的英法海峽　（衆）　一冊　117 頁
徐　訏「傳67」著　　1939年版

作者自述在橫渡英法海峽中，被一羣海盜擄到他們匪窠裡去。裡面的生活，很合理想：平等，友愛，文化程度很高。島酋愛上了一位中國女郎，請求作者幫助他勸導那位心上人嫁他。這時，作者正有兩個想嫁他的女郎追求着自已。但是他心裡雖愛着兩人中的一個，却一概拒絕了；因爲他不願脫離祖國，又不願心愛的人離開生來的環境。她到中國來是不會有幸福的！雖然如此，他爲環境所迫，又不能不娶二女中他最不迷戀的一個…這時他忽然醒了，仍舊在行將靠英國海岸的船甲板上。原來只是在渡海的工夫做的一場夢。

在這個烏託邦的島國裡，男女青年社交非常自由。可是並沒有什麼誨淫的地方。

這本書，有見識的人，一定可以看。甚至一般人似乎也不妨看。

266.　吉布賽的誘惑　（禁）　一冊　121 頁
徐　訏著　　1940年　夜窗書店版

是作者親身經歷的不道德的故事！

應禁。

267.　海外的情調　（禁）　一冊　188 頁
徐　訏著　　1940年　夜窗書店版

作者在歐洲時，親身經歷的若干故事，眞混帳！作者傲氣薰人，十里可聞…

沒有一段故事不是傷風敗俗的。

應禁。

268.　一　　家　（衆）　一冊　140 頁
徐　訏著　　1940年　夜窗書店版

叙述一家林姓人家，逐步衰落的經過。這家的第二兒媳，想和丈夫另組小家庭，勸公婆賣了家產，到上海去過活。大家聽從了他的建議，舉家帶了一點點家當，搬到大都市去度潤綽生活。

苦難來了…老父去世，第三個兒子失蹤了，書末叙到林母之死和大兒媳（早寡）的出走。

二兒媳本來看不起她的忠厚而懦弱的丈夫，現在可以揚眉吐氣地過她自由自在的生活了。

大衆可看。

269.　精神病患者的悲歌　（禁）　一冊　198 頁
徐　訏著　　1943年　光明書局　三版

這是一個中國青年的故事，他當上了一個患精神病的西洋女郎的護士！……而地點則是在巴黎！

他陪着那女病者去跳舞，愛上了病人的女朋友！

是一本有傷風化的書，內容一片荒唐自誇的鬼話！

任何讀者應禁看。

270.　情絲淚痕　（特限）　　一册　157 頁
　　　徐哲身　鄔應坤合著　　1938年　上海春明書店版

　想替這書作一個適當的提要，很不容易。

　內容所講到的，無非是戀愛，調情之類。

　一般人都不宜看。

271.　愛眉小札　（特限）　　一册　209 頁
　　　徐志摩「傳68」著　　1936年　良友文學叢書本

　　這是作者的私人日記，叙述他對於未來夫人的內心情感。後部是他夫人（陸小曼）的日記。共同於 1936 年發表，用來紀念作者逝世的五週年。

　　這日記完全紀述夫婦二人的戀情。青年人不宜看。可是文字沒有絲毫下流或庸俗的地方；作者的態度，是倜儻而其騎士風的。

　　限有閱歷的人可看。

272.　落葉文集　（限）　　一册　168 頁
　　　徐志摩著　　1937年　北新書局　五版

　是一本哲理方面，經濟方面的論文集……

　文筆秀逸，但書中理論，却不大純正。

　任何人都不宜讀。

273.　卞昆岡　（禁）　　五幕　57頁
　　　徐志摩　陸小曼合著　　新月　第一卷　第二三期

　　一個鰥夫，人很正經，職業是石匠，和他的六歲的兒子與老母同住。他很愛自己這孩子，因為他的眼睛很像他的亡妻…老母希望他續娶，好讓小孩子受到良好教育，於是就物色配偶……

　　兒子躊躇了很久才同意了。不幸，後娘心裏恨那小孩，尤其因為他的兩隻眼，會勾起丈夫對於死去的妻的想念…婆婆死了之後，她漸漸不守婦道有了曖昧之事。然而孩子的兩眼是危險的証見。她設法把他弄瞎來洩恨！但是，那孩子仍舊是一個旁聽的證人。

　　因此他與他繼母的姦夫之間，便起了釁端！那人一怒，把他殺死，和淫婦一同逃走了。父親回家，見地上躺着兒子的屍體，還有一件生人的衣服，心中明白，就自了殘生。

　　書裏有幾幕涉邪，應禁。

274.　紅顏啼血記　二集　（限）　　一册　104 頁
　　　徐剌兒著　　1934年　蔚文書局版

　　這是一大套書的第二本！…所記的是一個逆子，偷了家裏很多值錢的東西逃走了。他把錢都花在一個娼妓身上…又回到家裏，又不服父母管束，逃了出來。

　　這書很無聊，只能給有閱歷的人看。

275.　白話玉梨魂　　(衆)　　一册　207 頁
　　　　徐枕亞著　　〔康德十年〕　益智書局版

　　一個敎書先生，看上了一個寡婦，這婦人和他住在同院。他們互通書信。然而那寡婦不想嫁他。男的就誓不婚娶。寡婦無奈，就把自己小姑娘撮合與這，敎書先生結合…强制訂了婚！兩人都不情願，和寡婦吵鬧。寡婦想到自己犧牲了私愛，成全人家，心中難過的死了。

　　小說很不錯任何人都不妨看，

276.　青　　年　　(衆)　　二册　131＋140 頁
　　　　徐劍膽著　　1940年　大華書局版

　　書中主角是一個很好很能幹的靑年，但是出身微賤。藉着各方夤緣，被他謀到了一個銀行裡的位置，不久升充了一個進益很豐的階級。於是便六親不認，行爲不檢，討了個老婆。

　　爲了某種原因，他在北京站不住脚了，就偸取了行裡的一筆欵子逃往上海。誰知被警局訪拿着了，帶回北京，判罪就刑。

　　大衆可看。

277.　闊　太　監　　(特限)　　一册　133 頁
　　　　徐劍膽著　　1936年　實報叢書之17

　　大太監李某，和他的太太與一個老媽平安度日。因爲有錢，儘量享受着人生。他的太太年紀還輕，長得很漂亮，可是因爲小家出身，相當慳吝。

　　王某，長得醜陋，性情獃笨，早先伺候過太監；但自從淸帝退位以後，無以自存。李太監不斷周濟他，可是太太見丈夫這樣大手，心裡不受用；公母倆時常爲此爭吵。王某見太監聽了太太的話，設法躱着不見他，心中對於太監的太太和老媽十分懷恨。這一夜李太監在宮裏做了一個靈夢，好像聽見兩個婦女呻吟之聲。心裡驚異天明趕回家裏一看，果然見兩個女人都被殺害了。

　　警局注意了這個案子，疑心到失踪的學生田某。這人和王某的太太有染，聽了劉某的話，怕惹是非，跑掉了。他的情婦告訴過他自己丈夫是兇手。劉某被傳訊，把田某告訴他的話，全招出來了。於是便把王某捉住，供出實情，眞相大白。

　　故事的背景，太不道德。有幾處描寫，有點傷雅。

　　本書任何人不宜看。

278.　雙　姝　淚　　(禁)　　二册　476 頁
　　　　徐哲身著　　1936年　大衆書局再版

　　姊妹兩人，父母雙亡，受了革命的波及。在她們逃亡的路上，一個被匪人劫去，一個被亂兵抓住。接着就是强姦，亂交，仇殺等事。兩人歷盡患難，才得重聚，殺了那些污辱她們的人來報復。

　　她們自己也因殺人而被判徒刑。

　　書中一連串寫的都是誘拐…全部事實都發生於淫亂的雰圍中。

279.　棘　　心　　(衆)　　一册
　　　　蘇梅「傳69」著

　　作者安徽省人。在女師學院畢業之後，公費留學里昂。她不敢請求父母准自己出洋，臨走才通

知家裏。在里昂她認識了一位男同學，但想起在美國的未婚夫，和慈母的肖像，給予了她抵禦柔情的誘惑。她生了病，在養病的機會裏，認識了天主敎的修女和幾位熱心小姐。白朗小姐，對於她歸正的困難，予以很大的助力。她景仰公敎敎義，羨慕公敎徒的神樂。她的女友敎給她如何祈禱，這樣她才得到心裏的平安：到後來她終於皈依聖敎，爲探視母親的病，而重回到祖國。

（參看震旦雜誌1943年，頁920—933：O. Briere 神父所著關於蘇梅一文）

280.　　綠　天　（衆）　　一冊　124頁
　　綠漪女士著　　1928年　北新書局版

　　除了上述自傳以外，還有薄薄地一本故事集，名爲綠天1928年由北新出版。和前書一樣。在這書裏作者往往用比喩重述家庭瑣事，歌頌着自己的夫婦之愛。在她筆下，頂小的事件，都充滿了詩的韻味。她對於靜物和動物，都能傳達出一種活潑的同情心。讓人以爲她當眞活着草木蟲豸的生命，和它們震顫着同樣的情感；她對於它們一擧一動都發生興趣，把它們人性化了，和它們對話，總之，她會把她所觸及的一切都詩境化了。捎帶着說，她很樂於以 Seguin 先生的母山羊自況，因爲像那故事裏的羊一樣，她也是酷愛着獨立與自由，她也是歡喜自然之美山巒之美。這集子裏，最好的一篇故事，足以代表她獨特的風格的，就是那一個銀翅的小蝴蝶；她用象徵的詞句，重述她在里昂，所度過的三年光陰。上場的昆蟲，如蝴蝶，蜜蜂，蜻蜓，蚯蚓等，都是代表她在法國時，身旁的人物。在這一篇寓言裡，閃爍着她對於奇異事物，象徵，和比喩的愛好。她好像並沒具備創造的想象力，因爲她所述說的，不外乎多少有些根據的身邊瑣事，但就另一方面說，她却具有了極高度的詩境想像力，會把頂平凡的事物搬移到幻想夢境的領域裡去。在她給一個二流作家的寓言集裡所作的序言裡，她自稱：『我很愛寓言和神話。小時候，總離不了西遊記；現在，我手頭常有一本安徒生或王爾德的童話。我尤其欣賞希臘神話』。

（見光啓社刊，第369期，頁3：O.Briere 神父一文）

281.　　蘇綠漪創作選　　（衆）　　一冊　149頁
　　　　1936年　上海新光書店版

　　是一本包括七個短篇四個小品的集子。這些文章都充滿了清新之氣；作者（女性）在字裏行間顯出在被優美的情操所激動，這本書可以給任何人看，求學青年更宜看。

282.　　結婚十年　　（限）　　一冊　189頁
　　蘇　靑「傳70」著　　1944年　天地出版社　十版

　　這書據作者說，並不是一本自傳，而是一本小說化的故事。內容如下：一個少婦很詳盡地叙述她結婚十年中的痛苦生活。她首先說起婚禮的進行，連帶着一切繁文縟節。然後她把我們領進她的新家。她的丈夫在婚後就離開她到上海去念大學。新娘子在公婆家裏過不慣，也離開他們到南京去讀書！不久，因爲產期將近就休學回家。在這半年的學校生活裏，她和一個美術家，有一段情史，固然是柏拉圖式的戀，但在她心裏永難忘掉。

　　回到家裏，她的第一胎孩子出生了…家裏人很掃興！因爲生下來的是一個女孩子；而她公婆所期待的，却是一個男孩！接着就細述產辱一月的情形。身體復元之後，大家庭中，受人歧視的生活，她實在受不了。因而她就到上海去找自己的丈夫。大都市的生活，非常艱苦，而尤其痛心的，就是她發覺丈夫並不愛她…

　　未幾，因爲政局混亂，她只可逃到鄉下去；那時她剛生下她第二個孩子才幾天，這回又是一

個女孩，落生不久，就顧連得天折了。

和平恢復之後，他丈夫在上海當律師，這時又生了第三個女孩。家裏人絕望了，大家眞正輕視起她來了。

她的丈夫，是一個無能之輩，失了業，又偸偸和太太的一個女友勾搭。此外，家庭窘狀，一天比一天屬害；恰當這時第四個孩子出世了，這回倒是盼了很久的男孩。這回大事，仍不能令她的丈夫回心，所以她給公公寫了封信訴苦。丈夫恨極了，發話不再養活這太太了。老父因兒子不肖氣憤成病，把兒子才叫到家就死了。

從老家出來之後。太太和他提出離婚，經過十個年頭的同居，竟彼此分首。

這書是 1944 年寫成的，同年印到了第十二版。所以現在幾乎人手一册。作者（女性）確是有才氣；她的筆調很輕快，描寫也現實。所寫的主題，當然能歆動愛讀小說的青年的好奇心。

至於在道德方面，却有些應保留的地方。有好幾章中，作者對於質直的詞句毫不退縮，寫出些個太那個的事情。但是總得替她表白一下，她寫那類事情的動機，不見得是爲刺激讀者想像，祇是爲說明自己的經驗而已。

作者不贊成離婚（見書後附言），可是，雖然如此，我們也不能推薦這書。作者忘了，婚姻生活原是一個彼此忍讓的生活，雙方果能遷就一點，這婚姻可能是美滿的。

青年人不宜看。

283.　濤　（限）　　一册　122 頁
　　蘇　青著　1945年　天地出版社版

這書裏包括着很多的論文，紀事，素描，觀感，尤其是作者本人的回憶。作者（女性）說明自己對男性，戀愛暑熱等問題的感想。除此以外，還有若干她童年，學生，編輯時代的往事。最後幾段裡，她提到她早先發表過的著作。

無法否認這個新進的青年女作家確實有天才；她的筆調輕快而活潑；所選的題材也很有興趣，處理得也別具風格。很遺憾地，我們不得不就道德方面，作若干保留。譬如，本書第一篇就是替限制生育作辯護，有些理論，少着說也是冒失了些。一般地說，每篇文字都很優美。

限成熟的人們才可以看。

284.　曼殊小說集　（限）　　一册　128 頁
　　蘇曼殊「傳71」著　〔康德十年〕　惠迪吉書局版

故事有點老調調兒。文字相當艱深。寫舊時情況，帶着一點始萌的現代新思想。道德觀念，相當隨便。

只限有見識的人可看。

285.　江　上　（衆）　一册　313 頁
　　蕭　軍著　1936年　文化生活出版社版

本書包括四個故事，都是寫的東北生活情況。

第一篇裡，作者寫一個大村莊裡的生活。有一帮財主剝削窮人，欺負看林子的老金。

第二篇，講一個鄉下人愛自己的馬，向人誇耀！

第三篇，寫江上勞働者的艱苦，以及他們對於子女的愛。

最末一篇，寫一個旅客的風流韻事。

這本書蘊藏着很多極有意味的中國俗語，筆調也很遒勁。祇有一點可責難的，就是作者太歡喜濫用粗野咀咒的話。雖然如此，我們仍認爲不妨讓一般人看。

286.　鳳　還　巢　（特限）　一冊　147 頁
　　孫長虹著　〔康德九年〕　啓智書店版

　　一個青年，和一個少女，因爲女子的母親反對他們結婚，倆人就自由同居，儼如夫婦。後來生了一個兒子，逼得她母親不能不追認他們的結合。

　　因爲內容有些關於自由戀愛和離婚的荒謬理論，同時有些詞句很欠含蓄，所以任何人都不宜看。

287.　愛神的玩偶　（特限）　一冊　150 頁
　　孫孟濤著　1930年　中華書局版

　　內容計有五個故事。

　　1.　電影院裡的一場紛擾。

　　2.　一個青年愛着一個少女；這少女却愛着另一個青年；那青年又愛着另外一個少女。

　　3.　一個教師愛着他的一個女弟子。這女孩子不愛他，却也不敢率直的告訴他。一天，他遇見她和她的情人在一塊走。

　　4.　兩個新娘子的舊情人，在吃她喜酒時，大談這女人如何無聊。

　　5.　一個有婦之夫，被一個有夫之婦勾引上了！她替他縫製了一件衣裳。男的入了牢籠。十五年後，他遇見一個青年，穿着同樣的那件衣服。原來就是他的私生子！這時那女人業已故世了。

　　一般人都不宜讀。

288.　罪　巷　（限）　二冊　228 頁
　　大梁酒徒著　1940年　兄弟印刷局版

　　如果有人想明白一個作者怎麼會寫足了兩本書而言之無物，那只須把這書看一過就行了。上冊一百多頁祇說出一個少婦嫁給一個老財主做小老婆！

　　書是討人厭，不過若想從裏面得些中國民俗的智識，學些民間俗語，倒還有用！

　　氣氛不純淨，祇有成熟的人還能讀。

289.　秋雨銷魂錄　（禁）　二冊　204 頁
　　戴雨盦著　1941年　文利書局版

　　澈底淫穢的故事。

　　應禁。

290.　地　之　子　（限）　一冊　256 頁
　　臺靜農「傳72」著　1928年　未名社出版

　　共故事十五篇，每篇十餘頁，對現代社會不道德之風氣，痛下鍼砭，與魯迅吶喊同類。但後者的宿命主義，安那其主義的思想，表現得較爲有力。

　　祇限成熟的讀者可以看。

291.　最後的掙扎　　（特限）　　一冊
　　　唐次顔著　　1930年　上海南星書局版

內含三個短篇小說：

1.　少年某，年青多情，眼見自己的愛人給了一個鴉片商人做妾。雖然如此，他們還經一個女友的手，繼續通信。那妾催他早日把自己從煙商手裏救出去；於是他開始設法，與那女友計議。但他受了惡魔驅使，竟愛上了那女友，以外又鍾情於一個歌姬。幸而他收心的快，拋開那三個女子，到歐洲留學去了。

2.　作者描寫一個喪子的母親，看見另一個慈母和她小兒玩耍，而感到悲哀。

292.　妻子的妹妹　　（特限）　　一冊　210 頁
　　　唐次顔著　　1939年　上海南星書店　三版

五個故事的集子。很浪漫地寫出幾個戀愛事件。

沒有太大胆的描寫，但書中的氣息太浪漫了些。

限很成熟的人看。

293.　摩登老夫子　　（禁）　　一冊　223 頁
　　　悼　萍著　　北平平凡社版

書中背景是一個退役將軍的家庭，這人起碼有四房姨太太和十五個兒女。這些人都是道地的浪蕩人物，一般地不知羞恥。婦女比男子更甚。

雖說書中沒有什麼大胆的描寫，但所寫的環境那麼不道德，似乎應當把它列入禁書類。

294.　蜜　　蜂　　（限）　　一冊　288 頁
　　　張天翼「傳73」著　　1933年　現代書局　再版

短篇小說集。叙述的是軍人戰陣故事，以及他們與高級將官低級長官間的關係。作者並記一個替日本作腿子的漢奸的事情。最末一篇，也就是本書取名的那一篇，作者提示兒童們對於蜜蜂的感想。

第二篇，有幾處小節有傷雅道。

祇可讓成熟的人看。

295.　移　　行　　（限）　　一冊　310 頁
　　　張天翼著　　1934年　上海良友圖書公司版

1.　一個夫役，因自己兒子遭遇困難而傷悲。

3.　妻子娘家有錢。丈夫失了業。家庭口角。雙方忍讓。

4.　一家財主的式微。

5.　兩個小朋友的故事。（很不錯）

6.　一個富翁，欺負一個貧苦婦人時的虛偽諾言。

7.　一個青年，因為一個少女阻止他完成任務，而和她絕交。

8.　一個做過共產黨員的女子，嫁給一個闊實業家。

9.　大人物來視察。經過不圓滿！

成熟的人可看。

296.　一　年　（衆）　一册　418 頁
　　　　張天翼著　　上海良友圖書公司版

某機關小職員間的平凡故事。叙述他們的吹牛，貪污，不認眞，以及地位的不安定。

作者帶寫他們勒索人民錢財所用的方法，以及他們的無聊生活。

書中情節以主要角色的自殺而告結束。

大衆可看。

297.　張天翼選集　（特限）　一册　306 頁
　　　　1927年　上海萬象書店版

一批八個故事，胡亂批評現社會的各方面。在春風一篇裏，批評着現代教師；在第二篇裏批評着窮家長死要孩子念書，以致這些人成了浪蕩鬼，不入流的人物。在成業恒一篇裏，批評着共產主義的贊成和滅除兩派運動，在第四篇裏討論着戀愛自由問題，在第五篇裏，批評着大家族制的腐敗，第六第七篇討論着愛國和救國運動，文筆簡鍊，很少描寫，很多對話。在心理分析方面，作者露出浮淺。同時往往也覺得用語倫俗而粗野。因爲作者對於現代問題的謬妄主張，這書也讀不得。他勸告讀者要置身於各種思想潮之外，而這正是一般中國文藝批評家所責難他的（見原書叙）

298.　春明外史　（禁）　三册　392＋532＋593頁
　　　　張恨水「傳74」著　1929年　北京書局三版

這書很不純正。淨講些逛窰子，奸通，之類的事。

應禁一般人讀。

299.　落霞孤鶩　（限）　四册　637 頁
　　　　張恨水著　1931年　世界書局版

落鶩是個女孩子，母親死了，被賣到趙家，當奴才使喚。有一天，她給一位姓蔣的教師通一個信息，說他有大禍臨頭。姓蔣的及時逃掉。

後來落鶩又被送進一座孤兒院，和一個名叫玉如的女孩子同房居住。兩人性格都很好，只是前者老實些，後者機警些。

姓蔣的回到北京，見孤兒院門口貼着玉如的照片，就請求領配。玉如雖說歡喜蔣，自願犧牲讓他娶了落鶩，因爲她感她的恩情，藉此答報。她自已郤被堂中主持人配給一個姓王的窮裁縫家。前一婚姻是美滿的，而後一婚姻却非常痛苦。

玉如的公婆爲兜攬買賣，强迫兒媳去勢力重天的陸家去串門子；這家的少爺是一個紈袴子弟，想勾引玉如。玉如不肯，從此不進他家門。

因爲早先經過蔣某的求婚，玉如心裡很愛他。在幾次公園遇面之後，這愛苗又茁長起來。落鶩聽說了，並不吃醋，很大方地警告丈夫這類會晤的危險性。玉如經過勸告，也發誓永不再見蔣某的面。

王裁縫因爲不成器被家中逐出，玉如也看不起他，就常去逛窰子；自己沒有錢，就偸老婆的

錢去揮霍。陸家指使警局把他押起來。王家公婆要營救兒子，就迫令玉如依從陸家。玉如迫於無奈忍辱受污，但等到丈夫被釋出來之後，就出走失踪。落鴛聽說，代爲悲傷不已。

小說寫得很好。人物個性也很成功。

有幾段輕佻地方，限有定力的人可看。

300. 滿城風雨 （限） 三冊 651頁
張恨水著 1935年 上海大衆書局版

一個內地學生愛上了他的表妹，情感很眞摯。一隊過路的兵把他抓了去，讓他替本隊司令當秘書。他乘機脫逃，靠一位天主教神父的幫助，想回老家。在歸途裡，他在一個縣城遇到了另一位表妹，就和她一路走去，歷盡戰爭的艱險，一路把那女伴認做未婚妻。回到本縣，已被日本人佔領了，把他給拘留起來。爲扶養未婚妻，就屈節當了縣長。一幫義勇軍，由他兄弟帶領着收復了那座城池。他想洗刷自己的失行，領了一班敢死隊奮勇當先，力戰而死。他的未婚妻聽說他陣亡也跳河自盡。

這書裡有一段大胆的描寫，爲此只能給有見識的人看。

301. 春去花殘 （特限） 一冊 64頁
張恨水著 1936年 版 〔據作者云，此書乃他人冒名僞作〕

故事毫無文藝價值。一個有婦之夫，和一個有夫之婦有私。姦情被正妻發覺了，因之大家離異。然後，奸通的一對男女結爲夫婦。臨到結婚那天，那離婦竟背棄了情人。男的氣瘋了，前妻氣死了！書以惡有惡報作結；但雖然如此，還是不宜看它。這揑要足以說明這嚴屬限制，不必詞費。

302. 摩登小姐 （限） 一冊 134頁
張恨水著 〔康德三年〕 奉天三友書局版 〔據作者云，此書乃他人冒名僞作〕

是一本無聊的書，作者想介紹一個所謂摩登女子！這位小姐，有過幾次戀情故事。據作者說，戀愛事作多了，就可被目爲摩登人物（作者的思想可以概見）。

除去幾句罵人的話和一幕大胆的場合，寫得很有含蓄以外，這書中沒有多少可譴責的地方。自然，這位摩登女郎不足爲訓。

有定力的人可看。

303. 鐵血情絲 （衆） 二冊 454頁
張恨水著 〔康德四年〕 廣藝書局版

叙太平天國時代俠義英雄師徒的故事。記他們扶弱鋤強的經過。他們個個武藝高強，宵小只有歛迹。

這書內容雖無害，但讀起來很膩人；風化方面，無須限制。

304. 北雁南飛 （限） 一冊
張恨水著 1939年 京津書店版

清末時期，有一個小官，把自己兒子送進附近一間私塾裡去念書。學裏的先生，是一個舊式的老頑固。

這私學裏，一共只有二十幾個學生，內中一個是女學生，就是先生的女兒。這位姑娘，只有十五歲，許配給一個她所厭惡的醜小子。她愛上了那宦家子弟，那孩子也很鍾情於她。作者詳述兩人暗通消息所想出的種種方法。最後還有一次相當動情的會見。

他們爲彼此保持聯絡，就利用學裡的工役作傳達，結果引起兩個貧苦家庭失和，一個學生被開除。男主角祇可退學。

這書對於青年學生有害無益。

不宜讓他們看。

305. 　離　恨　天　　（衆）　　一册　101 頁

　　張恨水著　　〔康德六年〕　世界書局版　〔據作者云，此書乃他人冒名僞作〕

學生甲愛上了女乙。一對情人似乎可以成就美滿姻緣；家裡的人也都贊成，只有女乙的繼母從中作梗。她挑唆女乙的父親，不同情兩人的結合。女乙見婚姻無望，就棄家逃走到南方一個尼菴裡去修行。甲出去尋找她。當了行脚僧，雲游了一年多，終於找着了他的愛人。就趕快回家報告女乙的父親。她父親立刻動身，想把女乙領回來。這工夫，女乙所住的尼菴，被土匪打刼一空，女乙逃出去跑到上海去爲人傭工。家主見他美貌，想討她作姨太太，女乙不肯。主人想强行無禮…女乙抵拒起來，打了他一記耳光，半夜帶着病逃到一個醫院。她父親到院裡訪着了她，可是沒幾天就香消玉殞了。某甲眼見情人病故，替她持喪盡哀，又修行去了。

這本書裡，只有一段稍爲大胆，但不致亂人心性。

306, 　春江淚痕　　（衆）　　一册　94 頁

　　張恨水著　　〔康德六年〕奉天東方書店初印　〔據作者云，此書乃他人冒名僞作〕

一個北方青年，在上海辦報。朋友們替他介紹了一位小姐，他們結婚了。兩口兒很稱心，到西湖去度蜜月。丈夫的母親病了，夫妻回熱河去探望。結婚才一年，女的害產病死了，男的四處游歷去遣懷。

大衆可看。

307. 　啼　笑　姻　緣　　（限）　　一册　340 頁

　　張恨水著　　1939年　玲玲書社版

杭州富家子弟樊家澍到北平來念大學。他住他的一個表哥家裡；表哥表嫂，把他領到享樂的社會裏，介紹給他一個極摩登，很濶綽的女子名叫何麗娜的。雖然這小姐氣燄很高，可是作者把她寫成一個心地忠厚，性格大方的女子。家澍不肯和麗娜親近；他歡喜幽靜的天趣，而不愛舞場的煩囂。

這時他認識了一個唱大鼓的女子鳳喜，一見鍾情，和她很親暱。

同時家澍爲人豪爽，因而又認識了老拳師關壽峯。他女兒叫秀姑。這姑娘真是一顆明珠一般，脾氣心地都很好。她愛家澍，可是非在救他危急的時候不顯，並且總是爲了孝父的關係，因爲壽峯受過家澍的大恩。

忽然一天，家澍因爲母親在杭州生了病，急忙回南去了，在這離京的期間裏，鳳喜受家中强迫，嫁給了一個軍閥。

回京之後，家澍對於情人的背義，深爲痛心…鳳喜在軍閥家裏受了難堪的折磨，變成瘋狂。

書的結束處，寫秀姑一件義舉，把家澍和麗娜撮合在一起。

這書趣味濃郁，所以讀者貪看。

有閱歷的人，看了無大妨礙。

308. 續啼笑因緣　　（特限）　　一冊　318 頁
張恨水著

作者接寫樊家澍與何麗娜結婚。繁華熱鬧…可惜爲時不久，幾個月後，彼此離了婚。

這當兒，關壽峯，秀姑父女，把鳳喜的丈夫誆到一個地方給殺害了。這一來，鳳喜才能脫出虎口，送入瘋人院。鳳喜逐漸好了，但己一貧如洗，不得已淪落到濟南一家娼寮裏，去操賣笑生涯。

這回又被秀姑父女救出來，交還家澍，兩人終成夫婦。何麗娜經過一陣浮華生活後，投身空門，秀姑不知所終。

這個「續」，跟前書差得遠。何麗娜的個性突然轉變。興趣上不能保持原狀，道德的水準也降低了！有好幾處大膽的描寫。

非很有定力的人不可看它。

309. 秦淮世家　　（限）　　一冊　224 頁
張恨水著　　1940年　新新書局再版

張氏在這部小說裏，叙述南京的一個特殊風格的社會。書中主要人物，是一家人家的母親，兩個女兒，內中一個是歌女，還有她們的幾個朋友。這一回，得恭喜作者，畢竟寫出了一家乾乾淨淨的人，甚且有兩個完美的性格，（就是那兩位姑娘）。故事的結束，是完全悲劇的；一個白相人觸犯了那兩個少女，兩人之一把那人的一個情人殺死了來報復；這人又把那少女殺死之後，自己也被死者的朋友們殺死了。

這書的氣氛，太覺側重復仇，詞句間也偶有傷雅之處，不是個個人可看的。

310. 褸衣鴛鴦　　（禁）　　一冊　155 頁
張恨水著　　1940年　積記書社　〔據作者云，此書乃他人冒名僞作〕

淫蕩的描寫。

應禁。

311. 水不解花　　（特限）　　二冊　160＋136 頁
張恨水著　〔康德八年〕　文藝書局版　〔據作者云，此書乃他人冒名僞作〕

這書叙一樁張恨水式的戀愛事件；一個男子應付四個女子！作者當然又拾起他的舊套：男主角與髮妻分離，被其他女性追求。他和一個異性同居一室，而且叙述得再自然不過！

書的結局，也是張恨水式的，換句話，就是打離婚，重結婚，自殺。

這書裏並沒有淫穢描寫，可是因爲氣氛惡濁，一般人還是不讀它爲妙。

312. 少年繪形記　　（限）　　第一冊　233 頁
張恨水著　　勵進出版社版。〔據作者云，此書乃他人冒名僞作〕

學生某甲中學畢業，名列第一。他的老父非常高興，向親朋們述說自己供給兒子求學費用如何吃力。幸而兒子爭氣用功，知道孝順，老懷才略覺安慰。

這少年不久就愛上了一個好人家女兒，互訂終身。在少年一度病倒的時期裡，他的未婚妻顯出對他的柔情密意。

少年到北京去升學了。照一般張恨水做的小說裏的老套，結識上一個摩登女性。這女人用種種手段，餽贈…等，叫這少年忘掉了田間生活，慈父的辛苦，以及自己的未婚妻。最初他還在掙扎；到了末後，還是那北京女子獲得了全面的勝利。

少年的師長聽說這事，想強迫那位姑娘和少年斷絕來往，但那位姑娘，終能引得那少年和自己結婚…（第一冊到此為止）。

沒有太不堪的描寫。成熟的人可以看。

313.　情天恨海　（限）　一冊　169頁
　　　張恨水著　〔康德八年〕　大東書局五版　〔據作者云，此書乃他人冒名偽作〕

一個青年，愛上了一個坤伶，但是他父親有條件才準他們結婚，就是得先游學四年。那青年忽被土匪人綁架勒贖，中途被一位牧師和他的中國精義女救出來。這女郎愛上了那青年，而他早先的未婚妻傳說已死。他和那牧師女兒訂了婚，又在一家工廠裡遇見了以前的未婚妻。原來她母親想把她嫁給一個富翁做妾，她逃出來當了女工；那女子倒痴心不二，乾等他四年期滿！青年在這宗地方尋到了她，對於她的堅貞，非常感動，決心娶她為妻。就把她領到父親跟前。誰知父親竟在一個驚人的場面裡，宣稱他們倆是親兄妹，說那女伶是自己的親生女兒…那青年只得又回去找那牧師女兒，和她結為夫婦。但當他們回家省視的時候，才發覺父親已和私生女兒遠走高飛，去懺悔自己的過失去了。

小說情節很好；人物個性也寫得很成功，是張氏不可多得的作品。有一兩句稍微大胆了一點，但任何成熟的讀者並不妨看。

314.　秘　密　谷　（衆）　二冊　328頁
　　　張恨水著　1941年　百新書店版

康某被愛人遺棄，失戀了…在某俱樂部裏，偶爾遇見一個科學家計議到某一個人跡罕至的地方去調查，據說那裏有生人居住（他們把這地方叫做「秘密谷」）。這地方離康某的家鄉不很遠。他就加入這探險隊。到了目的地，果然發見那裏的人由明朝避亂逃進去後，就與世外隔絕。書中主人公住在一家人家，愛上了居停的女兒。正當境內有人倡亂要篡奪土王的位。調查團員就助土人平亂，把首犯擒住。康某的意中人也被賊擄去，康把她營救出險，向女家求婚。不料好事多磨，未能遂願！男女二人想雙雙私逃，又沒得逃脫。調查團帶着土王和王妃回到南京。土王淪為包車夫而死；康打算把王妃送回山谷裡去。

這本書人人都可以看。

315.　冷　月　孤　魂　（特限）　一冊　160頁
　　　張恨水著　〔康德八年〕〔奉天〕　大東書局〔據作者云，此書乃他人冒名偽作〕

情節：一個良家子弟，多情願謹，在上海一個絕頂摩登的高等學府裡念書。他身邊有三個少女圍繞着：一個很有錢，很時髦，終於把他給甩了，一個是名門式微了，他瘋狂地愛着她；在未及結合之前，那姑娘得肺病死了，死前雖有種種誘惑始終堅貞不渝；第三個是他的一個堂妹，頑皮乖巧，作者頂示她終於姻緣成就。

形式：這書很容易看，就是沒有一星兒文藝價值。

內容：在這樣一本書裡，很難談到內容。一切都在一個非現實的世界裡發展着：用錢如流水一般，奢華的生活好像普及於大衆了，考試時連預備都無須。

風敎：沒有一處眞正淫穢的描寫。有幾個局面嚴重些——一種拙劣的鍾情。在風化方面，最要不得的，似乎是和幾個女子同時勾搭，並沒有結婚的意思；叙述的態度，也好像不以爲奇似的。

論斷：這書任何人不宜看。男女中學尤其修院圖書室裡，都應捭棄。大學生，實際上禁止看也禁止不了，似乎拿它解悶，還不致有什麼嚴重妨害；往往殘酷的現實，自會讓他們對於書中的胡鬧有正確的估價。

316. 如此江山 （衆） 二冊

　　張恨水著　1941年　百新書店版

一個青年和一個少女將要訂婚。在一次旅行裡，那青年遇到一個另一個女子，也很可愛，因而顧此失彼，爭風吃醋。青年想破釜沉舟，到歐洲去留學，兩個女人沒法阻止他。

相當無害。了無生氣。

317. 現代青年 （特限） 三冊

　　張恨水著　1941年　三友書店版

一位貧苦家長以超人力的犠牲，供給獨生的兒子念書。這孩子很聰明，似乎很有前途。他和一個像自己一樣貧寒而爲人忠誠的女子自由訂了婚約。這期間，他升學到北京，又愛上了一個富家小姐，並不知道她就是那未婚妻的異父妹。於是他便胡鬧起來；他父親找來想申斥他，始終見不着他的面，回到他前未婚妻的家裡，氣憤死了。

那未婚妻，知道了他的變心，大爲絕望，也自經死了。

這男主角得知了這兩重死亡終於感動，跑回父親的墳上跪哭求饒。

是一本寫實小說；作者並不誅伐那男角的不義不孝。寫誘惑寫私情，寫游蕩時，過於帶着同情。

318. 桃李花開 （禁） 一冊 190 頁

　　張恨水著　〔康德八年〕　廣藝書店版　〔據作者云，此書乃他人冒名僞作〕

這書中的人物個個帶着些狹邪氣味…裏面寫的有若干不正當娛樂的齷齪故事，有娶姨太太的場面等…氛圍實在不衛生。雖說沒有淫穢的描寫，單就這氛圍說，也值得禁。

319. 月暗花殘 （禁） 一冊

　　張恨水著　〔據作者云，此書乃他人冒名僞作〕

一個學生和一個少女在彼此熱戀着。學生還在求學期間，而在這當兒，他的情人的父親死了。少女無法生存，被他父親生前佃種地畝的地主討了去當小老婆。正頭娘子待她還好，但因爲她懷了身孕，就漸漸嫉妬起來。想除掉她，就設法讓她的一個姪子引誘那小老婆；事發，姨太太被休棄了。這下堂妾又找到了他的舊情人，和他同居了六年，情同兄妹！這時她的寃情大白，地主又把她收回去，扶了正。正太太失了勢，服毒而死。

這本小說贊成娶妾，把男女同居，看作平淡的事，可能引起實心眼的讀者的誤信。勾引的一幕寫得很欠含蓄。爲此，這書應禁。

320.　　海月情花　　（禁）　　一冊　167頁

　　張恨水著　　1941　上海遠東出版社版　〔據作者云，此書乃他人冒名僞作〕

　　張氏若想替他的讀衆効點勞，最好是別寫這部書。這是一個某甲的戀愛事跡，寫得那麽肉麻，本評作者，才看了十幾頁，就扔到字紙簍裏去了。

　　應禁。

321.　　平滬通車　　（特限）　　一冊　209頁

　　張恨水著　　1941年　百新書店版

　　銀行家胡某上了平滬通車。他坐的是頭等。在他的房間裏有兩個帶臥舖的座位，只有他一個人的佔了。又有一個少婦上來了。她買的也是頭等票，可是沒有預定臥舖。只得坐在飯車裡，等車上人員替她找一個舖位。

　　胡某到食堂裡來喝咖啡，那少婦便和他攀談起來。他勸那少婦別着急，情願把自己的房間讓給她。兩人彼此客氣了一陣之後，胡某忽然起了邪念…兩人就同住進那一號房間裡。少婦忽然宣稱自己是胡某的內姪女，把胡某給矇昏了。

　　第二天，這一對男女談起戀愛來…胡某據他那位內姪女說她業已離婚，就提議和太太離婚，娶這位內姪女爲妻。

　　夢醒時好不難過！在第二夜裡，那少婦暗給胡某下了蒙汗藥，把胡某往上海解的十二萬元的款子偷了去，下車走了。這位醒來才發覺失盜…原來那少婦是一個慣竊！

　　胡某悔恨自己糊塗…半生富貴，驟淪爲貧漢，而那少婦却仍操着她的拆白舊業。

　　情節很動人！作者所提示的敎訓很好，但這書不是人人可看的。

322.　　美　人　恩　　（特限）　　一冊　249頁

　　張恨水著　　1941年　上海世界書局版

　　這書很能引人入勝。青年甲家境貧寒而心地仁厚，看中了一個小家碧玉乙，愛上了她。把自己所掙的少數一點錢都花了，又把寥寥幾件細軟東西送進了當舖，來減輕乙女的困厄，救濟她的父母。那女子的母親，是一個下作脾氣的人，只要能弄兩個錢，不惜把良心出賣出去。父親是一個瞎子，信佛，人格倒很高尚。

　　女乙不多時就把恩人，放在腦後，跟一班跳舞團走了。這班子裡，有一個青年丙，特別關心那少女，彼此約定結婚。但是這時候，忽然出來一個富家子丁，先替甲找了一個潤差事，利用他替自己介紹，把女乙弄到手，做小老婆。女乙立時首肯，跟那花花公子去同居。她母親見錢眼熱，也答應了；只有她爸爸氣憤難忍棄家學佛去了。

　　甲男白殷勤了一陣，人財兩空，也離鄉當兵去了。女乙曾經許嫁的丙男，也離開本地，到一個鄉村去敎學去了。

　　一天，兩個情場失意人，彼此不期而遇。談起女乙來公認爲那女子雖然喪良心，背天理，却也對他們不無報償，就是因此而鍛鍊出他們的性格；這就是所謂「美人恩」了。

　　有好幾頁相當大胆。

　　只能讓有閱歷的人看。

323.　　孤鴻淚史　（限）　　一冊　137 頁

張恨水著　　1941年　文華書局版　〔據作者云，此書乃他人冒名僞作〕

一個摩登女郎擺脫了她的「好朋友」，另有所歡的故事。

關於男女結合上，作者所發揮的主張，有悖善良風俗。

沒有什麼大胆的描寫。有見識的人可以看。

324.　　蜀　道　難　（衆）　　一冊　119 頁

張恨水著　　1941年　上海百新書店版

叙述一個孤身女客。遠道旅行中所遭到的困難。寫從漢口到四川的各種意外。這女客正在無法可想，竟巧逢一個男子殷勤照料，一帆風順。然而，女人不是個個可以讓人乘機利用，過份親近的！書中女主人公，就是這樣一個人，而那位獻殷勤的小伙子，一到地頭，才大失所望！

這本書人人都可以看。

325.　　愛人的謊話　（限）　　一冊　137 頁

張恨水著　　1942年　文華書局版　〔據作者云，此書乃他人冒名僞作〕

北京女子甲小姐是一個小婆生的，許配一位乙先生，她看不起那男的，和丙先生有來往。後來又撇下了丙戀上一個愛國志士丁。但是她家裡人硬作主，要她嫁給乙。這位女士不肯，逃出門，奔了丁家去躲藏，丁忘了國家大事，一味迷戀着女友。

這書裡有一段輕薄描寫，還有一段有含蓄的雙關話；背景荒唐，讓人不得不作若干保留。

326.　　天上人間　（特限）　　一冊　126 頁

張恨水著　〔康德九年〕　奉天文藝書局三版

一個體面人家的少女，不肯嫁給父母替她物色的夫婿；她逃出家庭，在報紙上登啟事拒絕這婚約。對方屈服了，這位姑娘跑到上海，和她的心上人結了婚。他們在婚禮舉行之前，先行同居了幾天，顯示出他們並不在乎什麼禮敎風化…

一年之後，她的先生不忠實起來，和一個歌女私姘了…經自稱爲那歌女的哥哥告發，把他下了獄。在獄裡，聽說自己太太病了。他給她寫了一封信，風波才得平息。可是他出獄之後，却不敢回家見他太太了。

任何人不宜讀。作者對於婚姻不大重視，另有兩段亂人心性的描寫。

327.　　燕　歸　來　（衆）　　三冊　173＋179＋197 頁

張恨水著　〔康德九年〕　啓智書店版

南京一個少女，在她義父死後，對四個男朋友細說了自己的身世。她本是甘肅人。因爲家鄉荒旱，全家失散。自賣自身，救活了父母。義父待她和親生女兒一般，盡力巴結讓她求學。現在她孤身無依，想回甘肅原籍，設法和家人團聚努力替本省遭受苦難的人民創辦社會事業。那四個男友多少都有點愛她，就爭告奮勇護送她回籍。臨動身，有一個已放棄諾言，不肯出發了。接着就寫一路風光，舖叙沿途名勝古蹟，帶發許多議論，多數是老生常談。一路走去，那三位朋友，逐個藉故脫身，返回了南京。實際上，却是因爲那少女在中途結識了一位工程師，眼見沒有娶她的希望了。

一般人都可以看。

328.　滿　江　紅　（限）　　一冊　341 頁
　　　　　張恨水著　　〔康德九年〕　啓智書店版

　　一個在濟南教過書的畫家到南京去。在路上，遇見一個少女，看樣子像個女學生，而實際上却是一個茶樓賣唱的。他愛上了她。這書的其餘部份，扯到很多錯綜複雜的情節裡去。這位姑娘雖然出身不正，作者倒一味想把她寫得很可人，叙述她如何努力奮鬥想脫出自已的圈子，如何有過良家生活的志願。

　　因爲有幾段細節目，寫得大胆，所以祇可讓成熟的人去看。

329.　雨　濺　梨　花　（禁）　　一冊　128 頁
　　　　　張恨水著　　1942年　同光書局版　〔據作者云，此書乃他人冒名僞作〕

　　淫穢的描寫。
　　應禁。

330.　大　地　回　春　（限）　　二冊　175 頁
　　　　　張恨水著　　1943年　遠東出版社版　〔據作者云，此書乃他人冒名僞作〕

　　兩個朋友認一個少女做乾妹妹！一個出門到別處去，那一個把那女子領到自已家去。家裡對她非常歧視，讓她住不下去，不久就被轟回去。他的情人也不得安生，就跑到上海去念書，竟在一個壞去處又遇見他的舊情人。於是把她救出火坑。故事以雙配良緣結束，因爲當上海方面情人重遇的時節，在天涯一角，又發現了一個情影！

　　有幾段大胆描寫。
　　只能讓有定力的人看。

331.　金　粉　世　家　（特限）　　六冊
　　　　　張恨水著　　〔康德十年〕　東方書店版

　　作者在做着一種超乎自已能力以上的工作！他想寫出一幅「大家庭」的場面。而所能擠出的，只是一大堆「閒話」，叙述出這舊制度最不足取的各方面。

　　金某是一個濶老，和他的太太，姨太太，四位少爺，幾位小姐一同居住。他的人生觀，就是竭力聚歛。管束子女相當嚴厲而不大聰明。

　　媽媽治理內務。三位哥哥都是蠢材，可是個個在部裡混着濶差事！閒暇的時候，到外面去游蕩，回到家裡見着太太就爭吵。作者對於這類家庭糾葛寫得不厭求詳。

　　七少爺（照生年排行老七）還沒有結婚。這孩子沒有一點正經，整天價和丫頭女們胡纏。一天，他看中了一位姓冷的小姐，是一個正在求學的小家碧玉。老七在冷家鄰近，儘租了一所房子，不久就和冷家人牽扯上了。雙方情芽茁長，看光景像能持久！冷小姐很怕到這大家庭去當媳婦，但爲情所驅，毅然接受了金七的愛。起初一切順利；可是後來二少奶奶因爲七弟拒絕了她堂妹的婚約，發誓離間他們夫婦不和。她把她堂妹重新送到老七眼前，終於其計得售，老七除去那女子以外，又和許多不三不四的女人鬼混。

　　金老爺故世之後，家道中落…家裡人彼此間的關係，也日漸劍拔弩張。老太太就決計叫他們分家，這一來，老朽的大廈，完全傾覆下來。

冷氏有了孩子，見丈夫對自己疏遠，就孤身另住，不願再答理他。她趁着家裡失火，忙亂中帶着孩子逃走了。金七方面，仍舊貪戀女色，最後才下決心出洋留學。作者撇下冷小姐不提，僅僅帶叙一句，說她回了娘家。金七到了歐洲，就加入了一個電影劇團。

以上只是一個很簡略的提要，作者原書中還提到無數零碎的事。

這書青年人很愛看，尤其是男女大學生。皆因作者雖然刺刺不休，却把他所知道的關於「金粉世家」的一切，都傾箱倒篋的叙述出來；讀這小說的人，想像力神遊於一個非現實的世界裡，留連不捨。

然而青年人仍以不讀它為妙，因為書中同情離婚，認可蓄妾，描寫開旅館等事。真正不乾不淨的描寫，倒是沒有。

332.　落英繽紛　（衆）　一冊　121 頁
張恨水著　　1943年　勵志書店版　〔據作者云，此書乃他人冒名僞作〕

天津一個富豪，娶了一個女伶做姨太太。這女人一味揮霍，把他的財產都花光了。作者用盡了自己的想像來描寫一個濶人家裡的情形：他無微不至地描寫各種傢具，陳設，裝飾等。

書做得相當笨！

沒有大胆的段落，任何人倒不妨看。

333.　艷 陽 天　（限）　二冊　261 頁
張恨水著　　1943年　上海遠東出版社版　〔據作者云，此書乃他人冒名僞作〕

作者主旨是寫一個有婦之夫（黃某）和一個少女（倪小姐）的精神戀愛。黃某夫婦不和，只因他的太太一味貪賭，不懂夫妻愛情的需要！然而黃太太却是一個很有雅量的人（？）因為她雖然知道丈夫愛上了倪小姐，却對他毫不責怪。她只知乘機敲情敵竹槓。後者是一個典型的摩登女性，然而，照作者的說法，她却並不超出對一個已婚男子的精神戀愛的範圍…她只是安慰黃某，勸他對太太忍讓。同時她也是所謂「意志堅強」的女子，一個姓李的，救了她家的經濟危機，她父母想把她嫁給那人，她抗不受命。那李某相信金錢萬能，而這小姐却看不起享受。但最後她究竟不能不屈從父親的意志，假裝做認可結婚，而以李某在結婚當天把那筆救急的錢交付清楚。吉期旣定，她攜兌了姓李的很大一筆款子逃到北京去，生起病來。兩個情敵追踪下去找到了她，兩人動起武來；結果成了訟。倪小姐忿恨而死。

這書不是個個人可以隨便看的。得警戒讀者對於精神戀愛的危機，認識清楚。

334.　京 塵 影 事　（限）　六冊
張恨水著　　1943年　新新書店版

這是寫十幾個歌女的輕狂生活的故事。這些女人在閒聊，吃茶，遊逛的當兒，設計騙取一個熟客的錢財…有幾個成功了，也有幾個失敗了。

只可讓有見識的人看。

335.　香 閨 淚　（特限）　二冊　169＋166 頁
張恨水著　　1943年　百新書店版　〔據作者云，此書乃他人冒名僞作〕

一個姓王的學生，甲乙兩個女子愛他。這兩個女子，都是他在她們家裏敎館的時候認識的。倆人雙雙脫離家庭去找他。甲女受愛情驅使，犧牲自己讓乙女得與王生結合。這一對情侶，從天津

私逃到上海，繼續求學，並得到王父的同意，在王家舉行了婚禮。

這書，因爲內容有若干不雅的描寫，並且氛圍是頹唐的，青年人不宜讀它。

336.　落花流水　（限）　二冊　194 頁
　　　　張恨水著　1943年　遠東書局版　〔據作者云，此書乃他人冒名僞作〕

青年醫師甲，愛上了乙女。這女子已經訂過婚，但答應那醫師設法解除婚約。可是受父母壓迫，她終於嫁給原未婚夫。甲聽說之後，就自盡了。乙女還不知道；她夫婦之間也不美滿，因爲她丈夫是個瘋癲，並且和另一個離過婚的女人有來往。乙女發見了他們的情書，跟丈夫大鬧一場。他丈夫想打死她，她幸而趁空兒逃回娘家，到了家才知道甲爲她而自殺了。

這書只可讓有閱歷的人看，並不是因爲有什麼太大胆的描寫，而是因爲背景的厭世，太近寫實。

337.　錦城春秋　（限）　二冊　223 頁
　　　　張恨水著　1943年　遠東出版社版　〔據作者云，此書乃他人冒名僞作〕

大學生甲，是一個武官的兒子。他離開他的情人乙女之後，一天拿住一個想刺殺司令官丙的叛黨。丙感激圖報，把女兒丁許配給他；那青年心裏不大願意。不意抓住的黨人正是乙女的父親；甲經乙女的央懇，把他父親給放了，然後和丁女逃走了，司令官的少爺戊愛上了乙女，而不知道她是誰。乙女的父親二次被捕處死。他的女兒逃走了。這時節，甲父帶兵去剿除亂黨，黨人裏有他的兒子和丁女（護士）。交戰中間，甲父受了傷，經丁女看護終於不治而死。甲也受了傷，經丁女看護痊愈了，倆人就正式結了婚。黨人勝利了，丁女的父親丙逃往國外。他的兒子戊在上海遇到乙女，也結了婚。兩對男女主角一天在公園裏彼此碰上了…

書裏有兩幕相當大膽：司令丙的姨太太想引誘甲和她丈夫的兒子戊入殼…

祇能給有閱歷的人看。

338.　似水流年　（限）　二冊
　　　　張恨水著　〔康德七年〕　羲生印刷局再版

是一個在北平求學的安徽青年的故事。替男女學生生活寫照。書中所含教訓不錯，因爲美德獲賞，惡行遭報。

但因爲它的寫實主義過於大胆，只能准成熟的人看它。

339.　線球小姐　（限）　二冊　246 頁
　　　　張恨水著　1943年　文明書店版

青年學生甲，父母俱亡，又因漢口水災而家產蕩然。他跑到上海投親求助，受人冷遇。青年見此光景，發奮自力更生。這出走發蹤傷心的，因爲他愛上了親戚家裏的一位表妹，經過無數奮關靠了另一個少女的幫忙，終於闖開一條生路。不久，他和那少女間便發生了愛情，但是那青年仍想着他的表妹！經過長期紛爭，那表妹終於勝利。另外那位女郎，自甘犧牲，到國外去了。

書中人物，很有幾個優美性格…也有幾場略爲輕薄的描寫。

專限有見解的人閱讀。

340.　熱血冰心　（特限）　一冊　122 頁
　　　　張恨水著　〔康德十年〕　惠迪吉書局　〔據作者云，此書乃他人冒名僞作〕

一個富家子弟被三個少女愛慕着。他是三個都愛，但是不久就特別鍾情於三個中的一個，和

她同居了。他母親覺察出兒子在外停眠整宿，就給他提出第四個少女配婚。他接受了，結婚了。這時，三少女之一，發覺那青年不忠實，就自殺了，而和他同居過的那女子也隨同自殺。少年新婚燕爾，良心突感不安，遁入空門，懺悔往非。第三個少女，去追到他寺裏，見沒法勸他還俗，就也投溯死了。青年意志堅定，竟不肯回家和自已的妻同居。

思想不道德。

祇可讓成熟的人看。

341.　春 之 花　（限）　一冊　115 頁

張恨水著　1943年　上海遠東出版社版，〔據作者云，此書出自僞託〕

青年學生甲，與一個女郎，一見鍾情。來往了幾次就互訂白首。特別快！

在這書裏，沒有大膽的段落，但內容談情說愛的地方過多，最好只讓有見識的人看它。

342.　飛 絮　（禁）　一冊　144 頁

張資平「傳75」著

一對情人的故事。男角甲求婚，女的父母不同意。他們想把女兒給了某乙，女兒不肯訂婚。連篇累牘地，都是女的表示如何愛甲，有時太覺肉麻。

她拒絕乙方，時間相當長久，但最後經不起父親的發作只得屈服。臨結婚前，她被甲強姦了，因爲甲見愛人被人佔有，心中憤恨，染了酗酒的毛病，那天正巧飲酒過量，亂了本性。乙在婚後聽說了這囘事，認可把這懷孕的孩子，當作自已的。可是，有一個姑姑橫加干預，當着乙的面，勸新娘子還是跟甲去…這隱情，在她第二天吐血臨死前，纔招認出來：因爲她一年以來，已和某乙發生過關係，並且私生過一個孩子。

此書應禁。有若干不道德的場面和描寫。都是些病態的戀愛描寫。

343.　苔 莉　（禁）　一冊　175 頁

張資平著　〔昭和十七年〕　啓文印書館

寫一對青年夫婦。太太苔莉自以爲是眞正的妻…而實際却只是第三個小老婆！而且丈夫甲也和她分離後，回到正妻那裡去。他的一個朋友，乙，看上了苔莉：不久，兩情繾綣，就同居起來。這時，有人給乙介紹了一位小姐爲婚；如果能成，乙可藉機飛黃騰達，可是他捨不得苔莉，遲疑了很久，終不忍割捨。

乙畢業之後，被叫回家；苔莉也被丈夫催着回去。兩人一路同行，決定彼此永不分離。到了地頭，家裏介紹丙小姐給乙。丙女長得雖然漂亮，乙還是不肯脫離苔莉…這時大家才知道他們的情感不純是精神方面的！男女二人和風波對抗：在同船往上海去的途中雙雙投海自殺了！

此書應禁：有幾幕寫床第間事，很欠含蓄，能亂讀者心性。

344.　張資平小說選　（特限）　一冊　304 頁

1928年　上海新興書店版

共收短篇小說十三個，多寫留旦學生的生活：或某敎師因待過菲薄而養不起妻子兒女，等。因有某些地方相當大膽，有不正當的戀愛情節，並有不道德的暗示，青年人不宜讀它。

345.　跳躍着的人們　（禁）　一冊　234 頁

張資平著　1930年　文藝書局版

本書因作者攻擊宗敎（參看：頁7,61,69），傾向淫穢，倡導叛亂共產，一切讀者都應禁看。

346.　群星亂飛　（限）　一冊　255 頁
　　　張資平著　1931年　上海光華書局版

　　歌舞學校女學生甲，熱戀着青年乙，乙爲人很忠誠，就是氣質懦弱一點。她母親願意他們結婚。她父親正在美國，反對這婚議。一天，他突然回到上海，帶着野心勃勃的計劃：想讓女兒像美國女伶那樣，成名致富，與濶人家締婚。甲女被監視着，幾乎被軟禁着，乘不防，逃出去和心上人去同居了。他們生了一個孩子。但是父親固執己見，加以威嚇。一對男女害了怕退讓了。甲女把孩子交給乙家，悽然回到娘家。然而，女伶生活在中國遠不如在美國那麼優越。財發不來，老頭子很掃興：又加上甲女，有兩家富室子弟向她求婚，她爲對父親報復都拒絕了。到末後，他父親抛家棄國，往美國去落戶了。在他走後 甲女又往乙家團聚。這書的主旨，是反對父權的濫用，在子女婚姻方面違反他們的合理的傾向，阻止他們的幸福。

　　那父親是一個暴戾頑固的人，性情異常古怪，所以弄得這小說有些離奇，而不像實事似的。除去一兩條反宗教的言論外，這書沒什麼可議的地方。成熟的人可以看。

347.　上帝的兒女們　（禁）　一冊　433 頁
　　　張資平著　1932年　新文藝書局版

　　作者在這書裡以小說形式道出他個人對於若干耶穌敎牧師的家庭，以及他們的宗教的一般觀感。

　　基督徒生活的眞實意義，像作者那樣浮淺而色情，當然領會不來。因而他在這本厚厚的書裡只能閒聊扯淡！他把基督敎界以及信基督敎的中國人，都寫成些個惟利是圖的偽善者。所寫的人物，個個胡作非爲私生活都不大好，而他們却引用聖經來替自己辯護！書中的戀愛事件很多，這裡不必一一詳述。

　　這部小說因爲有很多地方描寫傷雅，並因著者有意使人厭惡那些自稱爲「上帝的兒女們」的基督徒，所以應禁讀。

　　此外，他也有調侃敎理的地方。

348.　沖積期化石　（特限）　一冊　204 頁
　　　張資平著　1935年　上海大新書店八版

　　寫民初時期，中小學學生的學校生活，由中國說到日本。這書裡很多處，是作者對敎育制度，學校行政，敎員，學生的生活與思想，以及若干其他連帶問題的檢討。作者毫不留情的指摘，批評：有點語無倫次。

　　他在一個基督敎學校裡求過學，所留下的印象並不怎麼好。他甚至好像拿他的舊日敎師們來尋開心，並描寫一個牧師女兒的不大可風的事蹟，來發洩舊恨。

　　書裡包括各種評判，感想，有時相當有見解，有時很差；沒有什麼很煽惑人的描寫，對於有閱歷的讀者，可以准其通融閱覽。

349.　明珠與黑炭　（特限）　一冊　332 頁
　　　張資平著　1934年　光明書局五版

　　一個大學畢業生，無所事事，天天東挪西借，來維持妻子女孩的生活。

　　書中所叙人物，可供一部好小說的取材。但要記住這是張資平寫的東西，所以總離不了一套

「三角戀愛」的穿揷！書中主人公果然有過這麼幾段情事：作者給我們述說了兩個，說得很入微。

這小說以小女孩之死作結，並可推想那妻子也不久因喪女悲痛而死。

因爲內含關於自由戀愛的理論，和幾段大膽的情節，任何人都不宜讀。

350.　姊　夫　（衆）　一冊　146 頁
張資平著　〔康德九年〕　藝聲書店

天津學生某甲，在北平念書，在親戚家裡借住。這家有乙丙兩個少女：一個很謹塡規矩，另一個就比較頑皮些。父母却替他計畫後者。末後，因丙的死亡，而一切難題都解決了：丙在臨死時，對他表示，希望他和自己情敵結合而得到幸福。

大衆可看。

351.　約伯之淚　（限）　一冊　165至238頁
張資平著　上海藝光出版社版

1. 梅嶺之春：164—186 頁。女主角是一個年輕的女學生，在一個當中學教員的遠親家裏住着。那女生雖已訂過婚，他們仍彼此愛上了，並且由苟且行爲而生下一個小孩。

限成熟的人們可看。

2. 約伯之淚：186—215 頁。一個害肺癆將死的學生，聽說自己所熱戀着的一個女學生將要出嫁，向她傾吐最後的心事。

成熟的人可看。

3. 懺悔：215—237 頁。這是一個相當動人的故事，叙述一個人，因回想自己的自私，對家人的狠心，而心中愧悔。又叙到他因幫助了家人，對他們親愛盡責，而內心終於感到快樂。

一般人都可看。

352.　戀愛錯綜　（特限）　一冊　240 頁
張資平著　1939年　中華書局版

一個孤兒甲在上海一家鉅富人家被撫養。他在家事餘下來的工夫，到一個敎會學校去念書，成了基督徒。他有志氣，想成功一個人物，可惜意志有些薄弱。他同時愛着居停太太乙，居停女兒丙，和一個侍女丁。丁是主人戊，在未結婚前，和一個情人私生的。花匠已和庚少爺也都在追求着她。此外，主人戊，也思念舊日的情人對這私生女有心。因此，一方面在甲已庚間，另一方面在庚與戊間起了酸醋作用。

庚是戊與乙結婚後八個月生出來的，實際是乙和她姐夫，一個藝術家。私生的。

這些複雜關係，書中縱橫申述不厭其詳。

庚一次到香港去旅行，路上向丁示愛求婚。彼此都有意了，不過提到婚姻，却有好些障碍：一來尊卑懸殊，二來父親妬忌，三來至少丁不放心，怕有血統的阻碍。庚爲達到目的，想出一個詭計。他揚言父親所雇工人如何激動，恐嚇母親妹妹，勸她們離開九龍的房子，趕快到香港皇后飯店去避禍。又寫信給父親，請他千萬別回來，說工人祇肯和少爺或代表亦即了，談判。過了幾天，家裏人都回到上海。留下庚和丁處理廠中糾紛，以及他們的…婚事；這時血統障碍已不存在，因爲庚的妹妹丙，已把過去情由揭露。甲被打發走了。他到了上海，當了敎員，和舊居停太太乙維持着舊情，心裡邊想念着丁，給她寫了很多信，得不到覆音。

這書的主旨和氛圍讓我們只能勸人別讀它。

353.　母　愛　（特限）　一冊　188 頁

　　張資平著　　〔昭和十七年〕　大連啓東書社版

　　女甲，是化學教授的女兒，被父親許配給自己的得意門生。她不同意這門親事，和某乙私逃了。某乙另和一個女伶有私，可是已厭棄了她，而想親近妻子。後者這時，又熱戀上一個某丙。她撇下和某乙所生的子女，而和某丙逃往日本。某丙傳染給她一種惡疾，當她住院療養的期間，回了上海。女甲在當地又結識了一個讀醫科的學生；那人等她病好了，把她送回上海，接着又把她遺棄了。她在上海，又遇到了某丙，丙替她找到了一個女伶的位置。這時候，她的本夫乙，已經又結了婚，可是生活很困苦…他的長子死了，其餘兩個也生着病。他殺死了續娶太太，本人也想自殺。女甲聽說了，想救出兩個兒子，不成，自己也尋了短見。

　　這書應禁止任何人看它。裡面講的不是離婚，就是私通。並且，還有些大膽的節段。

354.　張資平選集　（限）　一冊　181 頁

　　1935年　萬象書屋版

　　頁 11：一個教師的貧困家庭。妻子懷了第二胎。

　　頁 24：仍是那家庭。嬰兒出世。

　　頁 51：一個生病的男子，給他另嫁的愛人的訣別書。

　　頁 82：一對青年男女在相愛着。但女的想嫁給一個富豪……男的也另結了婚；不幸太太死了。十年之後，兩人又重逢了！

　　頁 111：一個窮苦人家，自幼許配的少女，到一個誓反教牧師家做傭人……主人欺負了她，她被迫回到未婚夫家。

　　頁 135：結果不幸的戀愛事件。

　　頁 155：一個日本的窮苦家庭。這家的姑娘養了一個「沒有父親」的兒子。孩子失踪了，找不回來。

　　頁 173：又是一段不幸的戀愛事件。

　　有見識的人能看。

355.　空　谷　蘭　（衆）　一冊　172 頁

　　張六合著　1939年　誠文信書店版

　　一位英國的青年子爵，在印度服完兵役之後，回到家裡，和母親與表妹團聚。兩個女人，有一個共同的期望，就是表兄妹快點結婚！

　　可是那子爵，却愛上了一個小家碧玉，娶了她為妻。這兩個女人間開始互相忌恨。那位表妹誓必報復！在大庭廣衆之前，公然折辱那新娶的子爵夫人，因為她對於上流人家的儀注並不熟悉。子爵代分她的難堪，不久爵邸管事的大權，也旁落在他表妹手裡，他實在住不下去了。

　　子爵夫人受不了這些氣逃走了！大家都相信她在一次火車遇險中死了；子爵盼她不着，只好和表妹結了婚。

　　前妻經了七年的失踪，又出現了；子爵和她對面都不認識了。後妻遇險身亡，她丈夫又和前妻破鏡重圓，得到了幸福。

　　這小說很有趣味，詞句易解而流暢。

一般人都可以看。

356.　在大龍河畔　　（衆）　　一冊

　　張秀亞「傳76」著　　1936年　上海風社版

是作者鄉居時代的美麗速寫。有若干細密而詩意的大自然素描。作者這些描寫非常入微。
一般人都可以看。

357.　幸福的泉源　　（衆）　　一冊　73 頁

　　張秀亞著　　1941年　兗州聖保祿印書館版

寫輔仁大學的一個男生甲，用功，虔誠，而規矩。

　　同校裏有他一個表妹乙。這少女心地善良，追求幸福，就是有點忌妒，因爲牛路出來一個第
三者丙，是一個敎外女生，頗引那男生的注意。丙也很用功，有點驕傲。眞是命運的諷刺，她的認
識甲，却是由乙女的介紹。後者心裏有了酸味，憤憤不平，又見沒有多大希望，一氣遠走上海，
祝頌着情感的轉變和留校的二人多福。然而，甲心怯着常和一個敎外女子來往怕不大好；幸而，
丙女經一次大病，和甲生一次遇險之後，回心返正入了天主敎，婚姻的故障才消除了。

　　這書可以給未婚男女看。它是在作者領洗後寫成的。

358.　皈　依　　（衆）　　一冊　46 頁

　　張秀亞著　　1941年　兗州聖保祿印書館版

男孩甲和女孩乙間童年的友誼，漸成了少年的友誼。不久，傷心的事來了：甲入了學校，書
信一天比一天稀少：他皈依了聖敎，想修神父，爲大衆謀永福。

　　在一次水災裏，乙女的父親被一個生人救了性命，無意聽說他就是甲。這自我犧牲精神，感
動了乙女，也皈依了公敎，發了絕財，絕色，絕意的三願。

359.　靈　飛　集　　（特限）　　一冊　140 頁

　　張次溪「傳77」著　　1939年　北京印刷廠版

寫庚子拳亂，聯軍進京時，一個妓女（賽金花）的掌故。

　　書本身並不壞，但因爲這是一個「北里女傑」的事跡，還是讓不知道她的事跡的人，不看它
好些。這書所給入的印象，好像是在稱揚淫亂一般。

360.　鬼　影　　（禁）　　一冊　241 頁

　　張少崖著　　1930年　北平震東印書館版

收短篇小說五個，思想近乎郁達夫式的頹廢派，同時也染着左拉式的寫實主義。第一篇裏，
述說『一個蕩婦，以令人噴飯的滑稽刻薄的手段來欺騙男人』…同時，又描寫了若干種『失戀的
悲哀』。書中其餘各篇，也都是類乎此。作者又寫出幾段『本人的戀愛故事，讓朋友們洒一掬同
情之淚』（原叙中語）。他的主旨是『藉此警告世人不要陷入自己曾經陷入過的情網』。

　　這書一般人應禁讀。

361.　名號的安慰　　（特限）　　一冊　177 頁

　　常　工著　　1930年　景山書社版

1.寫一對新婚夫婦。他的她愛着另一個靑年男子！婚後三個月，她還想和丈夫親近；而經過

第一次生育後，妣竟當眞脫離了他。

2. 一個未婚妻等待未婚夫的回來…那人回是回來了，可是另結了婚！父親不答應。新娘子自殺了…男子氣厥過去，未婚妻逃了。

3. 政府徵兵，村長招募不來，上了吊。

4. 一個丈夫疑妻不貞，冒失地誣說她。

5. 一個結了婚的人，和一個寡婦有私情，是自已太太的女友。生了拿一個孩子…男人認領了去，寡婦失踪了…

6. 一個好人所遭的磨難。

7. 一個做爸爸的領着兒子去買西瓜。兒子渴死了，父親下作，不捨得一個西瓜救救他…

8. 兩個情人的幽會。

9. 一個女生行爲欠檢，人倒清白，竟被學校開除了。

10. 一個做父親的，死了兩個兒女，把第三個也弄死了。

11. 一個已婚的人和一個少女再結婚…

這書裏有很多大膽的細節，和不道德的理論。

一般人都不宜讀。

362.　　青 年 日 記　　（衆）　　一冊　238 頁

　　　趙景深「傳78」　1937年　上海北新書局版

這是1934年青年界雜誌徵文入選之作，題目是假期日記。

大衆可讀。第一篇尤其好。

363.　　文 人 剪 影　　（衆）　　一冊　122 頁

　　　趙景深著　　北新書局版

作者和中國新作家頗多往還，這本小書裏收進四十四個作家的友情回憶，瑣碎的軼事，各人形體上，品性上，作品上的特點等；例如茅盾個子矮，善翻譯；葉紹鈞工作認眞，人一本正經，而對客人則非常和氣等。

大衆可看。

364.　　綠 牡 丹　　（限）　　一冊　170 頁

　　　趙 滋著　1928年　上海錦章書局版

係舊體小說。持事發生於唐代。一個官吏被同僚傾了家，誘奸了妻子。他設法復仇。他結交了幾位英雄，拔刀相助，奸夫淫婦伏誅。上述故事，還有那官吏的一個朋友的姻緣，合組成這部小說的經緯。自然，作者對於每位英雄的事蹟都有詳盡的鋪叙。

偶爾有幾處大膽的記述，尤其是在開頭那官吏的妻子被誘失身一段。因此，這本書不能讓一般人看。

〔譯者按：此書誤入此處，應置下文舊小說內〕

365.　　他 的 懺 悔　　（限）　　一冊　136 頁

　　　趙恂九著　〔昭和十六年〕　實業洋行印刷部版

青年教授甲，從日本某大學留學回國，被迫娶了一位不摩登的太太。他終於離婚，娶了一

摩登女性乙。乙摩登得過火，竟致與人私通！甲痛悔自己離婚的不當，又與前妻重合，和樂終老。

在寫離婚之弊害，和太新式的女子的缺點上，這書不錯；可惜有些描寫失之過長，講愛情的地方太多⋯

有閱歷的人可以看。

366. **鸞飄鳳泊** （限）· 一冊 123 頁
趙恂九著 〔昭和十六年〕 實業洋行出版部版

計收短篇小說三種。

1. 男女兩學生，是表兄妹，彼此熱戀⋯父母看出了些形迹，叫女的回家，想成全他們的好事。女的不明父母用意；一害怕，跟她表哥跑了。表哥不久無法生活，就把她賣入娼門⋯

2. 又是兩個彼此互戀的學生；父母給女兒另選配了一個青年⋯一對情人偕逃了⋯！

3. 一個教員愛上了他的一個女學生。這女生離了校，而那教員則在意中人所住的城市裏，謀到一個職務。女的裝病，進了醫院，把她的情人找了來，兩人就此宣佈結婚⋯

這書因爲內容荒謬，只能讓成熟的人看。

367. **畫帶青絲** （禁） 三冊 162＋188＋219 頁
趙亦新著 1940年 勵力出版社版

是些不道德的故事。

應禁。

368. **苦鄉綺夢錄** （特限） 一冊 120 頁
趙亦新著 1941年 天津書局版

內容都是些小掌故，旅行見聞記之類，千篇一律地說些女招待，漂亮姑娘打情罵俏的事。所以很無聊，有時儈俗得很，一般是卑污的。

任何人不宜看。

369. **在草原上** （限） 一冊 174 頁
趙宗濂〔傳79〕著 1940年 輔仁文苑社版

是些取材於自然界和家庭生活的故事。大多數，都可以給一般人看，可是給公教學生看，有些不妥。

比較差一點的是：于奶媽（頁93），離婚（頁133）和龍大哥（頁159）。

因而祗能給成熟的人看。

370. **春江風月** （禁） 一冊 224 頁
趙學榮著 〔康德十年〕 義生書局版

寫錢姓人家，由大富而墮入赤貧。作者本意，想作一部「寫實」小說，他成功得太過了⋯因爲書裡淨是些錯綜的荒唐故事。

文章詞令，毫無可取。

認眞說，並沒有什麼猥褻描寫，可是作者一直在觸及不道德的事情。

應禁。

371.　　畸　人　（限）　一冊　110頁

　　　趙伯顏著　1928年　上海新宇宙書局版

　　寫一個在柏林留學的中國學生的故事。他愛上了一個在火車上遇到的女郎，經一個朋友的介紹，而與她開始來往。女的好像也有意。正在這當兒，男主角因母病將死回了國。在他離德的期間，那個朋友把他的愛人奪爲己有；等到他回來，兩人已結婚了…那學生一氣，搬到赫德堡去。第二年，他接到那對新夫婦新生小孩的帖子……！

　　沒有什麼不雅潔的地方，可是作者對於男主角已在中國結過婚的一點太不以爲事。

　　有見識的人能看。

372.　　情海斷魂　（限）　二冊　343+444頁

　　　陳愼言「傳80」著　1939年　天津書局版

　　甲乙一對新婚夫婦，彼此很和愛的。不幸婆母丙是一個很專制，非常糊塗的女人，硬把他們拆散，逼迫他們離異。乙女被休棄後，投靠到一位新從美國留學回來的教授丁家裡。這人愛上了她，但始終態度尊重，替她効勞了很多事情，但同時他心裡，仍存留着一個舊愛人戊的影子！這對象抛棄了他，另和一個富豪結了婚。這婚姻是出自父母之命，戊女本人倒一直深深愛戀着他的前頭的情人。當這舊情人和乙女在北戴河消夏的時候，戊女找了他去。這時她丈夫已死，就懇求着丁和她正式結婚。那教授還愛着她，但自覺對於所收養的乙女，有道義的責任，只好打發她走了。戊女見談判失敗，自殺而死⋯

　　甲舊情難忘，念乙成病，病裡一直喊着乙女的名字。乙女心裡，也依然憶念着舊夫；但因婆母丙監視很嚴，兒子孝順，不敢反抗。

　　一天，教授丁和那離婦乙出去散步，心中懷着初戀的回憶，胡思亂想的走出了大路，無意中落水死了。乙驟失保護，絕望極了！但因她還愛着她的前夫，知道他爲自己相思成病，就找到他在北平城外住的那家醫院裡去。甲的一個表妹（己）靠甲母的撮合，預訂做甲的填房的！知道他們夫妻私會，也找了去，和他們大興醋波。她告訴甲，說他母親，因聽說甲乙二人私自重聚，氣憤身亡了。甲是孝子，認爲母親之死，是自己害的，就也悲痛而死；她的前妻也哭死在丈夫牀前。

　　書很動人。情節多出人意外。悲劇場面也很多。下場悽慘。冗長長的段落不少。沒有村俗的描寫。

　　作者寫婆母專制的家庭，寫離婚的不幸後果，都很老到。

　　有見解的人可以看。

373.　　海上情葩　（限）　一冊　194頁

　　　陳愼言著　1940年　義文書局版

　　書中本事發生於福州海軍基地。一個少年英武的海軍上尉，和一個監理會醫院的女看護柔情繾綣，打算不久成婚。而那上尉的友朋們都想勸告他別和那護士結婚，慫恿他娶某上將的小姐。那小姐，雖說愛交際，喜揮霍，却是很有權勢。上尉不肯，正當這時。他被調參加一次海戰。上將的少爺趁上尉出發在外，想引誘那護士；他妹妹恨着護士奪愛，幫着哥哥完成計劃。那護士堅持不動。上將少爺想用强；護士被這登徒子擠兌急了，投水尋死。幸被漁船救起後，她的情敵再接再厲地逼她，她又尋了短見，這回，那上尉出征凱旋，把愛人救起。二人這才完婚。

因為有一幕稍為恣放，祇可讓有見識的人看。

374.　名士與美人　（特限）　一冊　186 頁

陳愼言著　1940年　義文書局版

兩個南方朋友來到北平。一個帶着一個妓女同行，又愛上一個女伶，就把她拋棄了。另一個靠長官姨太太的力量，謀到一個潤缺；他在醫院裏，又有了一次艷遇…

一般人都不宜讀。

375.　花生大王　（衆）　一冊　190 頁

陳愼言著　1940年　華龍印書館版

一個大學生，家裏很窮而人很聰明，在留美求學期間，和一個上海很富人家的女兒結了婚，回到上海以後，他靠太太娘家生活了一個時期，可是他過不慣這樣寄生虫生活，單身跑到北平天津一帶去謀事，幸能自立。這時他太太帶着小姨來找他。他和小姨勾搭上了，就娶她為妾。太太起頭不高興，後來也只好遷就下去。最後這男角色因為冒險投機，而慘遭破產。為惡者終於遭到報應。

376.　恨海難填　（特限）　一冊　276 頁

陳愼言著　1941年　北京華龍印書館版

甲乙一對互戀的情人，無意中被男青年的父親丙給拆散了。這父親不是個善類，並不知道兒子鍾情於那女子。一天丙偶然遇見乙女，就向她挑情。乙女厭惡他，但因自己父親和他有業務往來，也不敢得罪他。她還不知丙就是被迫出外的甲男的父親。末後，因為自己家裏，被牽涉進到一件煙土案子裏去，怕破案丟臉不得已委曲求全，就跟丙同居下去。洞房之夜，她為保守貞操刺傷了丙，自己也戕傷了。倆人都送到醫院，把出外的兒子甲找回來。丙臨死時，遺命囑咐甲善視某女，說是『你的繼母』！甲聽了這話，又發覺他的繼母便是自己早先的情人之後，大為絕望，決心放棄和乙結合的計劃。乙女見了他，知道他就是自己「名義上的兒子」，也異常絕望…！遂下決心削髮為尼。

這書有點可取之處，就是能讓人明瞭一般潤人的生活方式和做生意的方法。

除去一個場面之外，別無粗野之處。很成熟的人可看。

377　幕中人語　（限）　一冊　174 頁

陳愼言著　1941年　華龍印書館再版

一個少女甲被嫁給一個好色的官吏為妾。她和正室夫人商量通了，得以保全貞操。過了幾個月，正太太病中，甲女被那「科長」強姦了。甲女受辱之後，不願偷生；安排了一下母親的生活，當晚和她早先愛過的一個青年投水死了。

作者寫貞女的性格很是完美…有幾幕稍微大膽的場面，但這書不妨讓成熟的人看。

378.　貴族女兒　（限）　一冊　132 頁

陳愼言著　北京華龍印書館版

某少婦，嫁後不數月，因丈夫行為不檢而離婚，自己生活也很輕浮…她當了技女，又嫁給一個軍閥作妾，最後成了歌女！經過幾年的輕狂生活，她受看病大夫的影響，改行為善，成了很虔

誠的佛教徒。

有幾幕很輕狂。

限有見解的人可看。

379.　薄命女兒　（特限）　二冊　149＋147 頁
　　　陳愼言著　北京義文書局版

一個油滑少年，行爲輕薄，糟踐了好幾個少女。這些女孩子，失望之餘，都入了佛門。書中叙述游蕩青年們的輕狂生活；也寫出了幾個完美人格。道德水準，前後頗不一律。有幾幕輕狂的場面。只有很成熟的人可看。

380.　革命的前一幕　（衆）　一冊　226 頁
　　　陳　銓「傳81」著　1934 年　上海良友圖書公司版

　青年甲愛上了一個很好的少女乙，彼此訂了終身之約。甲男必得往美國去留學。他的友人丙，勸他放棄戀愛生活，專心向學，獻身國家。但甲願對乙守信。這時，丙認識了乙女，也愛上了她。並不知道她就是留美的友人甲的愛人。他雖然努力尅服這情感終被征服，想拿乙作自己的終身伴侶。

　甲男自美回國預備結婚時，聽說了丙對乙的戀情，誤信乙對丙也有意思。他的終身期望成了泡影，心裏懊喪，但同時也不禁欽佩丙的才識。

　丙一直不曉得甲乙之間的關係，就向乙表示了自己的心事，請求做她的同命人。結果遭到拒絕，最後才明白了眞正原因：原來乙女就是昔年甲對他提過的情人。於是他便下了一個仁義的決心。給他們倆寫了一封信，祝他們幸福、自己加入革命陣營，當了一個普通士兵。他爲革命救國而犧牲了自己的性命。

　這部小說雖說本身事蹟近乎離奇，而寫作得很好。氛圍也純潔。人物都具有完美性格。沒有一處亂人心志的情節。人生問題，目的，和意義，都用很有表現力的詞句提出，然而書中人物認爲一切解答，都難令人滿意。連基督教的解答在內。

　大衆可看。

381.　死　灰　（特限）　一冊　197 頁
　　　陳　銓著　1935 年　大公報承印部版

　一個中國留學生在柏林和一個德國少女共度假期。他們彼此鍾情，但那少女不願嫁他，免得跟他到中國來。作者叙述二人逐日的言動。結局是那學生動身到另一個城市，去應博士考試。最後一頁裏，叙到青年在醫院生病將死，正當這時那少女和另一個人舉行婚禮！

　書裏沒有大膽的描寫，然而任何讀者都不宜讀，因爲男女二人的形跡，過於密切。

382.　半　夜　（限）　一冊　198 頁
　　　陳　綿「傳82」　1944 年　華北文化書局版

　包括兩個劇本：

　1. 天羅地網，三幕劇，是從C. S. Foreste 的 Payment deferred 一劇改作的。

　內容叙一個銀行職員毒死他的姪子，謀他的財產；此外他又和一個鄰家女人有苟且行爲。他太太闖見了他們，氣憤服毒死了…這人因致妻於死，被判了罪。

成熟的人可看。

2. 牛夜，五幕劇，是從匈國 Lajos Zilahy 的 Tuzmadar 一劇改作的。

一個卸任官員的體面人家，住在一家公寓裏。全家人口有父親，母親和一個少女。

一個男電影明星，住在同公寓的四樓，一天忽然被人發見死在自己房間裡，身旁扔着一隻手槍。法院派人驗了屍，但找不到兇手。大家疑心是一件桃色案子，原來有一個房客，證明親眼看見一個人從那官員的家裏出來，當夜向死者的房裡走去。官員的妻子，承認自己是兇手，但檢查官不肯相信。結果證明那做母親的這樣招認，是爲保全女兒的名譽。

女兒被判了罪，但因爲她年輕無知，科刑並不重。

成熟的人可看。

383. 　　不安定的靈魂　　（特限）　　一冊　314 頁
　　　　陳翔鶴著　　1927 年　北新書局版

1. 幾條邪惡的勸告………

2. 一個鰥夫追念亡妻的哀訴。

3. 一個做母親的，勸兒子娶一個他所不愛的女子。

4. 一個女孩的事蹟；她對於周圍環境的影響。

5. 一個少年人受他姑母的恩惠很多。他學校畢業回到家裏，姑母已經死了！

6. 一個人到處都找不到平安，這是他悲慘的自述。

7. 大家誇讚一個人有福氣…但實際上，他很可憐。

不宜讀。

384. 　　金　絲　籠　　（禁）　　三幕劇　51頁
　　　　陳楚淮著　　1928年　「新月」一卷五期

是個社會問題的劇本。一個豪富官僚的兒子，成了共產主義者，把新近幾天嫁給一個同事爲妾的女子拐跑了。

因對社會思想有惡劣傾向，故應禁。

385. 　　海外繽紛錄　　（禁）　　二冊　267＋225頁
　　　　陳辟邪著　　上海春明書店版

這兩本書裏，作者叙述在國外尤其巴黎留學的中國學生生活。對於學業，隻字不提；好像這些學生，只知道兩件事：坐咖啡館和玩女人！

很多大胆的地方。一般人禁讀。

386. 　　藍　天　　（衆）　　一冊　110 頁
　　　　陳恩風著　　新京書局版

甲小姐，是個很可敬的女性，發覺自己愛上了大學生某乙，這是一個成績又好，家庭又好的青年。乙的朋友丙，也在愛着甲小姐，但因爲看出甲對於乙發生良好影響，就情願犧牲自己。他勸甲女糾正乙男的品性，因爲他有點意志薄弱。乙愛縱酒，甲女見勸他不改，無能爲力，就犧牲情愛，進了一家醫院充當看護。她眼見兒時的好友丙，死在那裏，臨死遺言，祝她多多爲人羣造福。

這本書大家可看。書中人物都深深受過基督教的影響。在他們，認爲神是存在的，宗教是應堅信的。他們祈禱，家庭裏慶祝聖誕…但飲酒是一個不可救葯的罪惡！

387.　難 爲 情　　（限）　　一冊　277 頁
　　　　陳秋圃著　　1940年　　東亞書店版

陝北人李某，在北平某大學念書，這青年很規矩，肯用功，受人重視，人好像也很漂亮…只是經濟困難一點。他的生活倒很簡樸。先有兩個女同學，接着又有幾個別的姑娘，都想和他交朋友。起初，他和同校另一系的女生甲結識。後來，又多了一個同系的女生乙，家裏有錢，人也愛交際。兩個女子都替他解決了若干困難。他想增加一點收入，維持自己的求學費用。先替人代課，失敗了。接着被人誣告下了獄，靠女友的幫忙，才得開釋。他對於甲女的友情，較爲重些；但因和甲女的哥哥，有些齟齬，爲了自尊心，只可放棄了甲女。於是移愛於乙女。這時，另有幾個女子，內中有一個相當大膽的，都想着佔有他。終於無效。有一個時期，他對於乙女的情誼很濃摯。不久，乙女捨了他去就一個從巴黎留學回國的表兄。李某這時作了一部小說，向報紙投稿不取。懊喪之餘，想自殺未成。幸被別人及時解救了，送到醫院。甲女見報，來院探視他：第一個純眞的友情，重結起來了。

這小說相對地算好。有閱歷成熟的人可看。首先，有這末一個交女朋友的辦法；其次還有幾次接吻；但大體上沒什麼猥褻的地方。有一個學美術的少女，相當無恥。她第一次和李某會面就當着他洗脚，把有裸體像的照片本子給人看！並且提倡裸體主義，試婚制度；但這一切李某都感到厭惡，敘寫時也顯然想讓讀者與李某發生同感。最後，還有那自殺的一幕！然而，除此以外…本書主旨還是爲諷誡靑年人不可盲目結交。

388.　風 塵 三 俠.　（衆）　　二冊　122＋114頁
　　　　鄭證因著

這兩本書都是摘錄中國民間故事裏的英雄事蹟。
寫的是俠義豪傑的老套和驚人的本領。任何人不妨看。

389.　歐 行 日 記　（衆）　　一冊　124 頁
　　　　鄭振鐸「見傳32」著　　1924年　　上海良友圖書公司版

作者把赴歐途中的見聞，和在法國的生活情況寫給自己的夫人。
大衆可看。

390.　家庭的故事　（衆）　　一冊　258 頁
　　　　鄭振鐸著　　1931年　　上海開明書店版

這本書確乎名符其實。它一共包括十六篇故事，每篇都是講述家庭或和家庭生活有密切關係的事情。

書寫得很好，大概一般中國人都愛看它，因爲裏面說的都是他們天天看到或經歷的事物。作者眞正會把自己所描寫的東西賦以生命。

應作保留的地方很少；在第四篇裏，提到離婚，說得像很平常的一件事，但離婚後的再結婚寫得並不幸福：作者暗示書中人物假如當初不離婚，或許更幸福些。有幾段欠含蓄的細節，可是作者並不引人注意這些事情。

這本書人人可看。

391.　結　　算　　（衆）　　一册　309 頁
　　　征　農著　　1935年　生活書店版

共收小說十二篇：

1. 一位做母親的吃苦耐勞，嬌縱了兒女，後來因此而痛苦。
2. 地主與地主家丁的榨取農民。
3. 地主的殘暴。
4. 一個挨餓的女人去竊糧；財主們因行市太微，不肯出售。
5. 一個青年坐獄二年被釋回家…他母親已因憂痛而死。
6. 强徵農民，讓他們「自動」辦兵差。
7. 農民生活的艱苦。
8. 糧食拉到市場，找不到買主。
9. 想把一村鄉民與文明社會連絡起來所費的氣力…各種爭端，戕害。
10. 農村景象。
11. 聾啞的好處和害處。
12. 結婚，再結婚…及其後果。

大衆可看。

392.　嫁後光陰　　（限）　　一册　187 頁
　　　程瞻廬著　　〔康德五年〕　文藝書局版

　　叙兩對男女的結合。一家美滿，一家不幸！一個第三者出來；把幸福之家的那女子帶到一個畫家那裏，以致引起她丈夫的醋意。接着便是離婚等一串複雜的事情！最後是那幸福家庭的女方，和畫家結婚。但同時，那不幸家庭的女方和另外一個女子，也都愛着那藝術家…因此大掃了興，就進了徐家滙一個收容機關去懺悔了。

　　這書裏講到離婚的地方太多…不成熟的人不宜看。

393.　江　北　人　　（衆）　　一册　196 頁
　　　周信華「傳83」著　　1942年　兗州印書館版

　　北平的一個機關職員，江北人，被長官開除了。家裏原有兩個孩子，長得醜陋不堪。家主失業之後，不久便窘狀畢露。賣盡當光，紅着臉向人東挪西借。一家奉敎街坊，很仁愛地不時賙濟他們。當爸爸的爲窮所迫，當了拉車的。第三個孩子出世了，這老三倒長得不錯！

　　可是家裏養不起他，就把他給了一個敎友人家。現在這江北人已能自食其力；太太做點小買賣；兒子學他父親的樣兒，在一家大宅門拉包車，他妹妹在這家當女傭。

　　目前境況好了，想念起扔出去的孩子來了。這給人的老三己竟入了中學，有時碰巧正是他父親拉他…小孩聽別人說他是抱來的。於是決心尋找自己的父母，但白費氣力，總找不着。末後，一個學校的神父告訴他不必再找他們了，只要祈禱讓他們進敎就是了。懷着日後天堂重聚的希望，孩子心裏得到了平安。

　　大衆都可看。

394.　挽　　救　　（衆）　　一冊　68 頁
　　　周信華著　　徐滙印書館版

作者主旨是供給公教青年，各種有趣味，有教訓力量的，可以增加傳教神火的讀物。
一位熱誠的神父，利用體育來吸引青年，把該管會口的教友生活恢復起來了。大意如此。
（參看北京公教月刊1942年，第46頁）
公教青年可看。

395.　西諾亞人　　（衆）　　一冊　182 頁
　　　周信華著　　徐滙印書館版

一個貧苦家庭：父親賣魚為業，母親死了。因為度日艱難，只得把女兒送到婿家童養，婿家把她當奴才使喚。她病了，在一座由修女們主持的醫院裏進了教。父親也在死時信了教，把子女教育托靠給一位傳教士。

教士的老家，情願收養那些孩子；於是他們就被送到法國，受到優渥的待遇，他們在那邊很乖，很聽話。

大衆可看，

396　雲漂菊流　　（衆）　　一冊　213 頁
　　　周信華著　　兖州印書館版

（參見北京公教月刊，1944年四月，第187 頁）
大衆可看。

397.　點　　滴　　（限）　　二冊　370 頁
　　　周作人「傳84」著　　1920年　中華書局版

短篇故事集，多是從俄波等國作家摘譯出來的。周氏選譯這些作品，目的是為宣揚人道主義，像托爾斯泰安特烈夫等人著作裏所見的一般。偶爾令人體味到一星兒辛辣而厭世的共產主義…有時，也有點縹渺的，感傷的，稍微近乎神祕性的宗教氣息。

這選集可以幫助我們明瞭編者的思路。

這書是最初用新體文寫成的著作之一。高等教育機關的學生，經頂先指出應躱閃的暗礁之後，不妨給他們看。

398.　夜　讀　抄　　（限）　　一冊　313 頁
　　　周作人著　　1934年　北新書局版

是一批中文西文日文書的讀後記。
取材很博雜：有風土傳說，小販貨聲，希臘神話等…
有兩條相當猥褻：一段是瑞典女子變性故事；一段是性心理；引用的段落裏，認獸性為無害。但並沒有什麼污穢的描述。末後，還有若干種小品文字：有關於鐘表的，有關於太監的…文字很美，但相當艱深。

399.　藥　味　集　　（衆）　　一冊　254 頁
　　　周作人著　　1942年　新民印書館版

收小品文二十二篇，文字很優美，稍微艱深。

有幾個中日作家的短評⋯一篇日本迷信裏撒豆風俗的研究，還有作者所喜愛的幾種日本風俗習慣。

一般讀者都可以看。

400.　鄉　　村　　（特限）　　一冊　173 頁
　　周毓英「傳85」著　　1934年　民族書局版

寫鄉間農民革命。一個財主剝削農民。這些人集合起來，向他提出條件，他不肯接受。於是大家罷起工來！財主強迫農人們屈服，那些人強迫他順從公議。

結果一個貧民組合，爲大衆的福利，接管了財主的產業。

因有一段圖姦的描寫，須鄭重保留。

401.　夢裡的微笑　　（限）　　一冊　241 頁
　　周全平「傳86」著　　1925年　光華書局版

是三個短篇小說，寫不被瞭解或被舊禮敎鐵的規律所粉碎的戀。失望的人，只有一種安慰：忠實⋯而無用的回憶！

書的作風很傾向被郁達夫所代表着的「血淚文學」；但所提倡的倫理觀念較爲純潔。

太傷感，太近乎理想主義，對青年有惡劣影響。

402.　煉　　獄　　（特限）　　一冊　610 頁
　　周楞伽著　　1936年　上海徵波出版社版

一二八閘北戰役在上海發生的故事，而其結束期因戰局移動而寫到華北。作者寫上海的現代生活：資本家，教育家，男女學生等。此外，也叙到洋場的自由生活，和學生的革命和工廠的罷工。又寫花天酒地，姦淫事件，田野生活，農民的痛苦，地主的暴戾等。

作者帶叙對日戰爭，青年的愛國，豪富階級的荒淫等⋯他的主旨，是藉這些描寫，畫出一幅人間「煉獄」的縮影。

是一般人都不宜看的書。

403.　離　巢　燕　　（衆）　　一冊　200 頁
　　鍾超塵著　　1936年　北京小實報版

寫一個被父母抛棄受一個尼姑收養的小女孩。這尼姑敎給她各種法術扶弱鋤強，抱打不平。

有兩次事蹟，近乎迷信。

大衆不妨看。

404.　怨　鳳　啼　鳳　　（禁）　　四冊　166＋172＋178＋172頁
　　鍾吉宇著　　1931年　上海卿雲圖書公司版

是以上海爲背景的言情小說。作者叙述一個資產階級的小家庭：一個德性完美的妻子，是這書惟一品格高尚的人物，嫁的是一個荒唐少年。這位仁兄結婚才三個星期，就冷落了妻子，和一個舊情人胡調。因而只好離婚。幸而篇終叙到他們重圓破鏡。中間夾叙上海富家子弟的浪漫生活，幾個解放的少女，和幾個荒淫傢伙。這一切都在一個不乾不淨的環境裏發展下去，讓我們不得不禁止任何讀者看它。

405.　月　夜　（特限）　　一冊　86頁

　　川　島「傳87」著　　1928年　北大新潮社再版

　戀愛者的幻想與傷嘆。青年人不宜讀。

406.　近代獨幕劇選　（限）　　一冊　460頁

　　朱肇洛「傳88」著　　1941年　北京文化學社版

　收獨幕劇十四種。

　有創作的，也有自日俄英等國文字譯進來的。

　第一，五，八等三劇，須作若干保留，因爲在頭一個裡，有一場自殺，作者態度似乎贊同；其餘兩個略有幾處輕浮。有幾齣作得非常好。

　這書可以讓一般成熟的人看。

407.　晦　明　（限）　　一冊　214頁

　　朱炳蓀「傳89」著　　1939年　和平印書局版

　一對青年新夫婦，男的文靜，喜工作，愛自己的妻。女的孩子脾氣；在求學時代曾經熱愛過她的丈夫，而目前則愛他像一個妹妹愛哥哥一樣。

　一個留美回國的學生向她勾搭……她呢，入了圈套，可是不及於亂。她漸漸認出那人只是一個無聊的享樂朋友。她和他斷絕來往，向丈夫認罪。男的，性格良好，很體諒她，寬恕了她，兩人一齊外出旅行，重溫舊日的戀情。

　書很好。作者很會指出非法戀愛的一切流弊。但有幾處不是任何人都可看的。

408.　騷來女士外傳　（禁）　　一冊　139頁

　　捉刀人著　　1941年　上海萬象書局版

　騷來女士，亦卽 Sorry 女士，被形容成上海絕頂摩登的女子。作者以惡形惡狀刻畫入微的筆法，叙述她的浪漫史。

　一切人應禁讀。

409.　現代創作文庫　（衆）　　第十三冊　262頁

　　田漢「傳90」著　　1936年　上海萬象書局版

　是一個劇本集。都是從田漢著裡選錄出來的。這一冊，和1940年，三通書局出版的現代作家選集第十一冊（同一作者的選集）大同小異。但因出版的年月，在中日戰爭以前，所以有兩篇愛國思想的作品被編進去。

　任何人都可以看。

410.　現代作家選集　（衆）　　第十一冊

　　田　漢著　　三通書局版

　這集子收入舞台劇十一種，都是獨幕的；還有幾篇小品文，和一個篇幅不多的詩選。

　劇本多數是言情的。作者選入的有幾個很好的劇本，寫未婚夫婦的忠貞（未經父母壓制）。個個劇本的文字都很簡潔，情操也很感人。可指摘的，只有一個劇情裡的自殺，以及若干寫得過

於悱惻的戀情；但並沒有什麼太大膽，太傷雅的地方。

一般人都可以看。

411.　舊京新潮　（禁）　一冊　88頁

田蘊瑾著　1944年　北平錦社

作者的用意是可讚許的。他原想對於故都流行的**男女青年間的放縱行為**，以及這種胡作非為所產生的慘禍，痛下鍼砭。但因為內容，有一段冗長的很刺激人的描寫，所以必須很鄭重地勸人別看它。

我們甚至認為以此之故，這書應列入禁讀書類。

412.　在黑暗中　（特限）　一冊　270頁

丁　玲「傳91」著　1930年版

收短篇小說四篇，主題和結論都一律：**現實生活與心靈的希求不協調**。書名命意在此。

夢珂：是一個女學生的故事；**她**厭惡透了男子們的性感，處處逃避他們的引誘。但不久，逃避得**疲倦**了，自己也不由自主地覺出慾情的魅力，同時受經濟方面的壓迫，就**終**於當了女伶。

莎菲女士的日記：以日記體裁，寫一個患肺癆將死的少女，**懷春**心理的發展。

暑假中：寫女中裏幾位年輕女教師的生活。**她**們獻身於教育事業，但**不斷**地感到心理上的苦悶。其中一個結婚而去，其餘的在工作中得到救藥。

阿毛姑娘：是一個年輕媳婦的故事，**她**生活清苦，但很**愉快**，受着婆母大姑小姑的看重。後來受世俗虛榮的眩惑，**漸漸**對於自已的境遇感覺不滿，夢想着奢華，富貴，想脫離家庭，去過一種濶綽生活。這種計畫無法實現，**她**就變成一個沉鬱痴呆的人，懨懨成病，**終**於感到絕望，而自盡了。

因有這些悲觀病態心理的描寫，少女們不宜讀它。又因作者傳摹女性心事過於入微，過於性感，男性青年也應禁讀。

413.　母　親　（衆）　一冊　236頁

丁　玲著　1940年　上海「良友文學叢書」本

一位年青的寡婦，有兩個孩子，在一個小村莊裡，為生活而奮鬥。**她**竟能克服種種困難，株守鄉土…這時，有人請她到城裏去，她起初不肯去…後來，受舊日回憶和親友情誼的吸引，**終**於去了。到了城裏，別人給她說起很多新的事物，也說起學校…天數多了，**她**也動了求學之念。她雖年已三十，進了學校不久，竟被城市征服了。她受了新潮流的洗禮，不願再回鄉下去住，就把自己的一所佃莊賣了。

那寡婦逢到暑假，還想回鄉下去住住，可是已經沒有下脚的地方了！外寇入侵，敵人迫近了鄰境…大家都着了慌…！都想逃…（書叙到這裏就完了）。

大衆可看。

414.　韋　護　（特限）　一冊　155頁

丁　玲著

本書主人公韋護，是一個古怪人物，神秘莫測，他歡喜文藝，詩歌，美術，進步。他受着一種社會理想，一種志願，一種信念的吸引；這理想，作者並沒有說明，光景很縹渺。他熱狂地戀愛

着一個女性，起初好像想逃避原來那種理想的義務。那對象是一個念膩了書的女學生。她的性格也殼神秘的，也和韋護一樣，自覺是一個了不起的人物。經過了幾個月的同居熱戀生活，韋護忽覺受原來志願的督責，一聲不響地拋棄了他的愛人跑掉了。

　　所描寫的環境，非常開放，兩性關係也很自由。無所謂婚姻問題；自由戀愛被看作正常。此外，這種渺茫理想的喚召，人物的神秘個性，書中透出的苦悶與厭世的氣氛，以及若干處稍覺過火的描寫，都助長閱讀這書的危險性。

　　任何人都不宜讀。

415.　丁玲代表作　（特限）
　　　　三角書局叢書本

莎非女士的日記：是一個十八歲少女的日記，寫春情發動；應禁止青年人看。
年前的一天：寫邪情的覺醒。
團集：一般人都可以看。
三月二十三日：寫貧民上了潤公務員假慈悲的當，多令絕望的情況。
水：寫水災情景逼真…留給人一種階級鬥爭的印象。
奔：農民受不了狠心官吏的壓迫，跑到上海工廠裏去找工作，但這些工廠裏的生活更難堪…
松子：是一個流氓的故事。人人可讀。
給孩子們：是一篇兒童故事。
他走後：寫一個失戀女性的呆想。
這書不宜看。

416.　豐　年　（限）　　一冊　189 頁
　　　　山　丁著　　新民印書館版

十個故事的集子　寫貧民的生活與心情。
書有點寫實主義。應保留。

417.　杜　鵑　花　（限）　　一冊　233 頁
　　　　段可情著　1934年　現代書店版

　　共收六個短篇。
　　作者提到的事情很多；內中說到一個被賣入娼門的小女孩，經救出風塵，又重操皮肉生涯；說到一個可憐的歌女由三個男人包佔着；說到婚姻不幸的女子，被丈夫毒打，死在醫院裡。最後一篇，寫一個青年，離開父母家庭參加革命…十年之後，又回到本地，激勵農民，與地主們作對。他被警察捕獲，給槍斃了。
　　只可給成熟的人看。

418.　科爾沁旗草原　（特限）　　一冊　518 頁
　　　　端木蕻良「傅92」著　1939年　開明書局版

是一本新寫實主義的小說，寫一批移民遷往東蒙古的行程。作者藉一種三部曲的形式，寫人生的一段。結論是要享一種新生活，必得奮鬥犧牲。作者並沒有共產主義傾向；但想說明家庭社會方面都需要一種革新。然而，問題的解答，却不大容易；書裏有些哲學玄想（頁443）但算不

得眞正的解答。

　　這小說裏的主角，是丁氏一家。他們離棄老家，遷往異鄉，去享受一種新生命（頁467），怎麼「新」法，並沒說明。人物寧可說是意志薄弱的，正主角好像是個懦夫；有三次，他失信於人，應當出頭的時候，沒有行動。不過，這書雖有這些敗筆，好像還不失爲一種傑作。內容有些描寫很遒勁有力，尤其在第一章裏描寫那些移民的時候。作者寫蒙古社會生活很傳神。

　　有幾段大膽場面，尤其是第九章裏。很粗魯的詞句也不少。

　　任何人不宜讀。

419.　大俠馬長江　（限）　一冊　166頁
　　　　毒蟲著　1943年　勵力出版社版

　　記某團長在哈爾濱附近，和一幫紅鬍子戰鬥的事。

　　有閱歷的人可看。

420.　懷鄉集　（限）　一冊　250頁
　　　　杜衡「傳93」　1936年　復興書局版

　　是幾篇故事。在人與女人一篇裏，作者顯出人格卑劣，寫出一句值得譴責的話。這句話把少女的失身，認爲不算什麼。書中其餘沒有可議的地方，任何讀者都可看。

421.　漩渦裏外　（衆）　一冊　334頁
　　　　杜衡著　1941年　「良友文學叢書」本

　　記一所私立學校。校董會聘請王某做校長，全校師生都不滿意這次任命。

　　某甲在該校教英文二十年了；年已五十，性情沉默，盡瘁教務。妻兒都死了，只有一個女兒乙。

　　甲很器重一個青年丙，替他在本校謀得一個教員的位置。

　　校董會開會，另聘新校長。有一派人想推某丁做校長，以便私圖。其他的教員學生猶豫不決：有的想擁戴甲先生，因他爲人廉正，可以認眞推進校務。某丙竭力宣傳。對抗派也不閒着；在報紙發表文字攻擊甲…到了選舉那天，把丙給關起來。某丁勝利了！

　　甲先生在病中，毫不知情；但當新校長就職那天，他扶病出席，當衆演講，結果全體罷課。

　　書很有意思。一般人都可以看。

422.　冥寥子游　（衆）　一冊　67頁
　　　　屠緯眞著　1940年　西風社版

　　一員官掛冠雲游。他是個慕道之士，想修煉成眞。書中叙沿路險難。

　　一般人不妨看。

423.　年輕人　（限）　一冊　314頁
　　　　慈燈著　1943年　〔新京〕開明圖書公司版

　　一個結了婚的人，已經是兩個孩子的父親了，離開家到北平去玩。他在那兒結識了一個名聲不好的女子。在他重婚的前一天。他的夫人，丈母，帶着孩子，突然來了，把他的荒唐生活給攪散了。

這一篇故事在 314 頁裏，佔去了 200 頁。接着是幾個索然寡味的短篇，作者是個雛手，初學寫作，沒什麼價值。

成熟的人可看。

424.　　一個商人與賊　　（限）　　一册　98 頁
　　曾今可「傳94」著　　1933年　上海新時代書店版

兩個寫照：一個商人和一個賊！照作者的意見，兩個人是相等的。前者一生只有一個目的：儘力多賺錢，玩女人！他家裡有錢，娶了一位很好的太太兒應有盡有本可享福了。可是他貪心不足，還想再多掙錢，嫌一個女人不够，於是他心裡痛快不來了。他孤單單地死了，死得很可憐。那賊呢：是一個失業的窮漢；妻兒餓着；他心中太慘，試着第一次行偷，被人當場捉住，送將官裡去法辦！

社會階級的不平！作者的文筆簡潔明快。有幾段細節非成熟的人讀不得。

425.　　魯男子　　（特限）　　一册　377＋11＋39頁
　　曾　樸「傳95」著　　眞美善書店版

書中兩主人公爲自由戀愛而奮鬥，反對舊式婚姻。

一個走了極端，因爲家人不允他自由而自殺。他所心愛的情人也隨了他的榜樣。

另一個較爲怯懦，委屈接受父母代選的配偶。

這小說因有若干段大膽的描寫，一般人不宜讀。

426.　　綠　箋　　（限）　　一册　114 頁
　　蔣逸霄著　　1928年　古城書社印行

一本書翰體的小說，強烈抗議父母在婚姻事件裡濫用職權。

天津一位富室小姐和一位青年窮教員親熱地互戀着。一面彼此不斷地會面，一面互通着感人而熱情的書信（並無性感）。女子的父親把女兒嫁給另一個人，因而兩人的結合被打消了。

只可准有見解的人看，因爲內容以及某種可議的外教的理論的關係。

427.　　月上柳梢頭　　（特限）　　一册　122 頁
　　蔣山青著　　1927年　上海出版合作社版

是一個超度傷感的小說集。不雅馴的地方倒沒有，可是有一種故作多情無病呻吟的軟性氛圍。對於鍾情者的心境，有些誇大的描寫。除了涕哭，抱吻以外沒別的。

青年人不宜讀。

428.　　衝出雲圍的月亮　　（禁）　　一册　283 頁
　　蔣光慈「傳95」著　　1930年　北新書局版

作者叙述第三國際的共產黨員，以賦世界以「新自由」爲號召的興高彩烈。經過1928年的失敗，他們的興奮變成了幻滅…！示威不行了，他們至少設法來破壞。

接着有一串淫穢的描寫，記一個女黨人想用肉慾的快感來把世界拉向它的毀滅。她爲自己的不端行爲辯護，說這樣做，正是爲『對腐爛的資本主義社會報復』！

這部書任何藏書裡，連大學圖書裡都不宜收存。

429.　三對愛人兒　　（禁）　　一冊
　　　蔣光慈著　　1932年　上海月明書店

　　是自然主義的，色情的，妨害風化的短篇小說選集。

　　任何讀者都不該看，因爲裏面有些淫穢的描寫，還有作者的共產思想。他給人的印象，是一個嗜色如命的傢伙。

430.　淪落青衫　　（特限）　　三冊
　　　倩　倩著　　1941年　志新書店版

　　是一個很複雜的戀愛故事。一個青年，至少被四個女子愛着。他選擇了最窮的一個。雖然如此，一個被奪寵的司令千金還繼續庇護着他。一個無賴騙姦了男主角的妻子：接着是一連串的兇殺和其他複雜的情節。末後，作者把男主角和司令千金結合了。

　　沒有淫穢的描寫；但作者把正經的事情，說得太輕狂；而在兩性關係上顯得太自由。

　　任何人不宜讀。

431.　兩只毒藥杯　　（衆）　　一冊　69頁
　　　倩　兮著　　1931年　震東印書館版

　　一個青年同時被兩個少女愛着。他不知所擇。末後，他被迫離開兩人，他自己和那兩位小姐都大失所望。

　　大衆可看

432.　桃色慘案　　（限）　　一冊　174頁
　　　茜　蒂著　　1940年　大連實業印書館版

　　乃偵探小說。所叙的「包打聽」，也不見得多麼有本領！第末一個故事裏，有幾段相當厚顏。

　　只可讓成熟的人看。

433.　相思草　　（特限）　　一冊　180頁
　　　青　鸞著　　1941年　上海中央書店版

　　叙一個人和些舞女的來往。作者寫這位仁兄用什麼方法和她們周旋…而結果如何…他每次都上了她們的當！

　　一切人都不宜讀。

434.　幽僻的陳莊　　（限）　　一冊　403頁
　　　倩　閒著　　1935年　北平文心書業社版

　　對於想認識中國農村生活的人，這書非常有意思。作者先寫一個陳姓的大家庭：家資富饒，結交官府，剝削鄉里以自肥。然後又寫一田姓家庭，因兒子不肖，行將破產。這孩子真是一個無賴，結合一個朋友，專與陳家作對：把他們家莊稼燒了，陳家也無奈他何。

　　這書裡，提到關於農家的一切：諸如收割莊稼，高價脫售的方法，水災，軍閥派捐等。又寫到村民的習俗：端莊婦女，輕狂婦女…老陳和小田共佔一個女人爭風吃醋等。末後以田家恫嚇陳家作結。

作者又用很委婉的筆墨，寫田少奶奶被丈夫遺棄，如何可憐；寫某少婦光頭莊重後來如何受騙失身。

　　書寫得很好；但須作一項小小的保留，因爲第三幕情事，說不上妨害風化，而相當輕薄（頁25，26，27，299，395）。

　　有見解的人看它，却無關係。

435. 北京人 （特限）
　　　曹 禺 「傳97」著

　　以下轉錄 R.P.Monsterleet 的評語：『首先可批評的，是人物選擇的任意…其次，還有可議的，就是作者潛伏的非道德觀及其基本的自然主義。他顯然在違反基督敎的道德觀，有些情勢不近情理，有些解答是要不得的。可是批評現代中國文學，純從道德觀的角度着手，也不能概括全局。大家庭制與社會制度：這也是引人注意之點。北京人一劇…作爲一種人生觀的前瞻，可能是含有危險性的。（參見震旦雜誌，1944年，頁429—430）。

　　所以一般敎友不宜閱看這劇本。

436. 雷 雨 （特限）
　　　曹 禺著

　　本劇撮要，見敎務叢刊1944年，一至四月，第17卷，1—4期，頁177：Gerard de Boll(P. Monsterleet 筆名) 曹禺的天地一文。至於倫理思想的批判，見原評177頁，評者說：

　　『…曹禺的作品，不是任何人都可准讀的。作者不明瞭基督敎的倫理觀，他的劇情，都在罪惡的氣圍裡展開。就另一方面說，也不該對於這位作家在現代青年界所產生的影響，閉起眼睛，假做不知…』。本劇內容，以及這按語，都使我們不得不勸敎育機關的主持人特別謹愼。

437. 日 出 （特限） 一冊 332 頁
　　　曹 禺著　　1937年　文化生活出版社再版

　　這劇本，是一羣享樂者，以及環繞他們的若干人物的生活方式與特殊性格的素描。主角是一個二十三歲的少婦陳白露，離過婚，受一個銀行家的包佔，愛繁華，愛歡樂却從這類生活裡找不到滿足。她說：『在享樂裡，我感到煩悶而羨慕淸靜。在淸靜裡，我又需要享樂的刺激』。一個小孤女，被一帮無賴轉上念頭，想把她交給一個銀行家去踩躪，陳白露很關心她，給了那人一記耳光。那小東西，在一家妓院裡，被迫接客，終於不膝磨折而自殺。主要人物之一，就是那銀行秘書，爲人野心勃勃，忌妒，諂媚，刻薄，狠心，卑鄙。由於他的殘刻，不顧一個小書記的窮困，竟把那人任意開革，致之於死。那小書記自殺以前，先把自己三個孩子毒死了。

　　這劇本給人印象深刻，有的地方很動人，從裡面透露出一種苦悶的氣圍。雖說並沒有深入到太露骨的細節，然而所寫的糜爛背景，卑劣性格，都讓我的只可勸人別看它。

438. 原 野 （特限）
　　　曹 禺著

　　劇情見：敎務叢刊 1944 年，一至四月，卷17，1—4期 Gerard de Boll (P. Monsterleert) 曹禺的天地一文。

　　道德方面的按語，見上 436 號書評。

439.　試　郎　心　（衆）　一冊　118 頁
　　曹乃文著　1935年　文光書店版

　　是一個很平凡的故事，叙某大學男生追求同校最漂亮的女生的趣史。追她最力的有四個人；每人都有些長處，那位小姐不知選擇那一個好。

　　一天，在散步時，她被一隻狗咬了，送到醫院去。傷勢很輕微；但她仍舊叫人十字八道地纏上許多繃帶，一面打發人，給她的四個對象，送去關於自己病勢的很嚇人的消息。四人中的三個，認定她的美貌，已永遠喪失了，相繼退出；第四個對她仍舊忠實，竟被他娶了那校花。

　　大衆可讀。

440.　恨　相　逢　（特限）　一冊　112 頁
　　曹乃文著　1941年　北京文化報社版

　　兩個情人的來往書札。甲先生邂逅了乙夫人，一見傾心。兩個都已結過婚，「禮敎」不准許他們結合。因而情愛與理智間起了衝突。

　　甲的央求，越來越迫切，乙設法曉喩他，但在理論的爭辯中，可以看出他們的愛情的弱點。

　　他們下定決心，不願越禮，決意限於精神之愛（？？）。

　　來往越來越密切…想象被激動了；彼此妄想辦不到的事…然而理智譴責着情感，他們的慾求是白費。

　　兩人開始追悔他們命運，以及禮敎的束縛。終於理智勝利了：於是悔悟了；雙方很遺憾地，決定斷絕新生的關係。

　　甲的本意是向愛情裡，尋求更多的毅力，更大的幸福。結果所獲得的，却是苦悶與生之厭惡。他失望地走了，心裡恨着不該和他的女友「相逢」。

　　這本書裡，有一段很刺目的（頁60—61）還有幾句大胆的暗示。第12頁，激勵自殺。

　　一般人不宜看。

441.　三　根　紅　線　（限）　一冊　298 頁
　　萬國安著　1934年　四社出版部版

　　是中國一般人很歡喜看的。裡面加細地記述某些人和日寇角鬥的事跡。略有幾處輕浮的描寫。

　　成熟的人們可看。

442.　曲線人生　（禁）二冊　130＋178頁
　　王雪倩著　北京大華書局版

　　書裡滿是戀愛情節。一個學生，因爲太實心眼兒，弄到些尷尬的局面裡去。著者默認一切關乎離婚和自由戀愛的近代理論。

　　沒什麼不好的描寫，但暗含的俏皮話很多。

　　公敎徒看不得。

443.　楊花別傳　（特限）二冊　162＋170頁
　　王雪倩著　1949年　大華書局版

　　是一串戀愛故事，穿插拙劣，有三個少女貪圖一個人的錢財想和那人勾搭…百般引誘…結果

都失了節。另外一個故事，是一個青年想娶一個女人，專為她的錢。

　　書坊害風化。背景齷齪。一般人都不宜看。

444.　　春 雨 之 夜　　（限）　　一冊　256 頁
　　　　　王統照「傳98」著　　1933年　商務印書館版

　　是一本短篇文選。多數寫得很不錯，但思想不都是健全的，道德方面，須作若干保留，例如在第二篇故事裏。這書青年人不宜看。

445.　　片 雲 集　　（限）　　一冊　173 頁
　　　　　王統照著　　1934年　生活書店版

　　文藝小品。
　　詩歌，哲理的雜感⋯外教色彩。
　　成熟的人們才可以看。

446.　　青 紗 帳　　（限）　　一冊　148 頁
　　　　　王統照著　　1936年　上海生活書店版

　　是一個文藝小品的集子。在讀書記感一篇裏，作者評論 Spinoza 的幾句話，宣露出自己的無神主義。在第十一篇裏，他調侃基督徒的街頭佈道。
　　非成熟的人不宜看。

447.　　春　　花　　（衆）　　一冊　300 頁
　　　　　王統照著　　1941年　「良友文學叢書」本

　　寫革命時期的學生思想，很有興趣。書中主角，是一個革命志士；但不久就沒了勇氣，因為困難重重，自己的理想，無從實現。
　　他懊喪之餘，就當了和尚，可是在寺裏修行了六個月，又還了俗。他和學生文取得聯絡，覺得革命夙志又萌發了，就重新投身於鬥爭。
　　一般人都可以看。

448.　　王統照選集　　（衆）　　一冊　258 頁
　　　　　1936年　萬象書屋版

　　頁9：一個青年，愛上了一個俄國女子。因他早先行過一次兇，這時兩口兒雙雙被捕。男主角因自己不在家時，有些人欺負了他的妻子，發誓非報復不可。　35：天旱，人窮，祈雨，禦匪等事。　60：一個和尚的故事。　81：一個女學生的性格描寫。　94：一個病人病愈出院，想念一個伺候過他的女友。　107：對於生和死的沉思。　117：寫兩個朋友。一個有點神經錯亂，大概過去犯過刑事。　132：和一個小男孩的對話。　142：少年時代的回憶。　154：鴉片烟館。
　　161：對於日本的感想。　165：和一個老年人的對話。　172：一個無可取的小伙子！！　181：一個新城市。189：老朋友間的閒談。　198：墓地的沉思。　202：哈爾濱的熱鬧街市。　205：海濱。　214：古怪的旅伴。　222：向上！　225：雨過天晴。
　　大衆可看。

449.　　**七 世 奇 緣**　　（特限）　　一冊　168 頁
　　　　王繼廷著　　〔昭和八年〕　昌明印刷所版

　　記兩個道家仙女的七次托生。她們從天上因犯過被貶下凡…來到塵世，化爲一對男女，永不得配成夫婦。他們每次定了婚約，上神就從中作弄讓他們死掉。直到第七次托生，才准他們成就姻緣。

　　只有很成熟的人才能看。

450.　　**俠 義 英 雄 體**　　（特限）　　四冊
　　　　王醒愚著　　1941年　北京書店版

　　記古時若干位英雄的事蹟。打仗的情節很多。有幾段描寫不雅正。

　　只能讓很成熟的人看。

451.　　**粉 牡 丹**　　（禁）　　二冊　205＋104頁
　　　　王曰叟著　　1940年　北大書局版

　　一種俠義小說，內容四分之三是無害的，但至少有一個回目裏地道淫穢。

　　有對秘密佛像的庸俗攻擊，尼姑生活的描寫等…還有通姦的情節和很多骯髒的影射。

　　應禁。

452.　　**成 名 以 後**　　（衆）　　一冊　202 頁
　　　　王家槭著　　1936年　中華書局版

　　童話小說集。有些故事很有興味，看得出作者很通達人情。

　　任何讀者都可以看。

453.　　**殉**　　（衆）　　一冊　232 頁
　　　　王任叔「傳99」著　　1929年　上海泰東圖書局再版

　　收故事八篇。頭一篇裏，叙的是一個沒過門的媳婦，因爲她太解放，婆家不肯要她。又一篇裏，寫一個倒霉的家庭；接着這故事，第三篇寫一個禍不單行的人。其他各篇裡，有些盜匪的行爲。後來就是一段媒人說合親事的情狀…最末後一篇故事叙述一個兒子犯了瘋病，把他親父釘在高凳上；這故事看了敎人難過。

　　書裏一段淫穢描寫都沒有，但是看了它，只有令人萎靡。

454.　　**河 流 的 底 層**　　（限）　　一冊　222 頁
　　　　王秋螢著　　1942年　大連實業洋行版

　　作者所寫的是幾對摩登男女…他們的生活，在快樂游閑中度過。掛名求學，躱開父母的監視，在都市裡舒舒服服地胡混上幾年。小說主角，不和他們同流合污，他拿讀書當正事，並且和一個也很規矩的少女訂了婚，約束住自己的前途。這一對青年，大可放心自己的未來命運了！然而，男的遠離家庭，交往上些個浮滑少年，被他們帶累壞了…過了幾年，才覺悟自己的行爲不當…！他的未婚妻家裡貧寒，等不上他五整年，也失去了。他只有痛悔自己的胡爲。

　　作者雖然描寫得很冗長，越扯越遠，但不能算不聰明，用意也很好。然而因爲有幾處稍覺放

肆的情節，這書不能讓一般人去看。成熟的人倒不妨讀它。

455.　浮　　沉　　（特限）　　一冊　338 頁
　　　　王余杞「傳100」著　　1933年　星雲堂書店版

　　一個可憐的孤女，被她的女友們拋棄之後，和一個學生結了婚。那人也把她甩了…這女子逐漸墮落和兩個大兵發生了關係。倆人有一個想把她救出風塵，替他想法弄了點錢。這女人得了盤纏，就去找她丈夫，居然找着了。她丈夫還是不想要她，把她託付給一個朋友。另外那個兵是個沒行止的人，也想霸佔她；她趁那人不在，抽空跑到丈夫的友人那裡。描寫有大膽的地方。理論謬妄。

　　一切人不宜讀。

456.　柚　　子　　（衆）　　一冊　236 頁
　　　　王魯彥「傳101」著　　1926年　北新書局版

　　故事若干篇，性質很雜；每篇任何人都可以看。小雀兒一篇，述中國家雀對祖國的感想。這是對內戰，以及國共兩黨青年誇大宣傳的尖刻諷刺。

　　大衆可看。

457.　黃　　金　　（限）　　一冊　186 頁
　　　　王魯彥著　　1928年　人間書店版

　　內容是幾篇故事。
　　第四篇叙一個半痴做賊的已婚男子，發覺他的老婆對他不貞。他報復了。有幾段大膽描寫。
　　是成熟的人看的書。

458.　小　小　的　心　　（衆）　　一冊　132 頁
　　　　魯　彥著　　1934年　天馬書店再版

　　1. 記一個報館記者遇着一個小孩，很逗人愛。原來他是一個主人家買來的小家奴，這主人心狠虐待他。
　　2. 兩個青年男女的戀愛故事。
　　3. 一個學校裏的小事故。
　　4. 一個青年先瘦後胖纔而又想變瘦。
　　5. 一棵「龍眼」樹的發現。
　　6. 某校練習英文：
　　她：「 Good morning！—他；Will you marry me？—她：過三年再來吧。—他：Good bye！」
　　7. 幽默故事。
　　以上大衆可看。

459.　屋　頂　下　　（限）　　一冊　220 頁
　　　　魯　彥著　　1936年　復光書局再版

　　一套故事，共七篇，寫社會各階層的心理。

茶樓：是記兩個鄉村間的仇恨，這些仇恨比虎疫和死亡還厲害。

屋頂下：婆媳間的誤會；結果分居另過。

伴侶：兩個小孩，常常互相爭吵，但究竟難以分離。

暗室：一個命苦的寡婦收養了一個義子；這孩子捨棄了他，她又陷入孤獨。

病：諷刺江湖醫生。

李媽：是一個老媽子的故事；她歷盡各種患難，只得到一種教訓：人生想得志，非會騙人不可。

鬍鬚：一篇關於鬍子的故事，淡而無味。

這書可以給有閱歷的人看。

460.　　河　邊　　（衆）　　一冊　223 頁
　　　　魯彥著　　1936年　　上海良友圖書公司版

共計故事六個：

1. 一位生病的母親盼兒子盼了三年。

2. 鄉下佬逛上海經歷的事。

3. 一個烟土販子，一味夢想越來越發財。別人偷了他，告了他，打官司花了那麼些個錢，不想再發財了。

4. 一個有兩個孩子的寡婦，回到老家來。大家都相信她有錢，實際上很窮！由於這種猜想而生出的事故。

5. 一個僱員買了一張彩票：他希望中頭獎…在開獎的時候，他急得抽風…

6. 一位老教師兩個兒子都夭折了。第三個兒子和他的別的學生一塊跟他念書…也生同樣的病死了。

大衆可看。

461.　　七　山　玉　　（特限）　　一冊　157 頁
　　　　汪劍鳴著　　1939年　　廣益書局再版

這是幾位英雄滅除一個秘黨的故事。他們想推翻淸室。有幾幕誘奸的描寫相當大膽。
很成熟的人才准看。

462.　　虎窟擒王記　　（特限）　　一冊　138 頁
　　　　汪劍鳴著　　1942年　　春明書店版

一回：一群強人在香港搶劫。

二回：他們逃走了，但被人在一隻船上破獲了。

三回：匪徒把船炸沉，逃出性命，又救了一個少婦。二頭目說是他的甥女…

四回：這帮人又上了一隻貨船。

五回：大家開懷暢飲，那少婦也參加酒筵，喝得大醉，被二頭目抱到床上…

六回：大家猜疑她究竟是不是他的外甥女？

七回：原來不是！…接着是一個淫邪的場面。

八回：據報紙說，匪首已被暗殺，一般人猜想是二頭目幹的。

九回：分臟的時候，二頭目用毒藥害死了五個夥計，帶着臟物跑了。

十回：少婦投到一位富家的別墅求宿；人家不肯收留。

十一回：匪首，自然還活着未死，猜想這別墅主人，準是自己的二頭目。

十二回：匪首想刺殺他。其實那別墅主人，並不是他的下手…而是一個偵探，想藉這陷阱來騙擒那兩個首領。二頭目也溜進這家，被他的頭目殺死。接着那少婦也進來了，又把匪首打殺了…原來她是那偵探的女友！

由於第五第七兩回中所叙寫的情事，這書任何人不宜讀。

463.　　魔　窟　　（衆）　　一冊　205 頁
　　　　汪劍鳴著　　〔昭和十七年〕　昌明印刷所版

與其說是一部偵探小說，無寧說是一批混亂的瑣聞。書裡所叙述的偵探够飯桶的，他們的辦案，也頭緒紊亂，沒有法子驚人。

大衆可看。

464.　　惱人春色　　（限）　　二冊　441 頁
　　　　汪仲賢「傳102」著　　上海萬象書屋版

一個富家子弟拒絕了父親替他訂的親事，要娶一個如自己意的。過了些時，這青年不遵父命另結了婚，他父親不認他了。這婚姻不美滿，太太背着丈夫偸人；丈夫和她脫離了關係，後來才聽說那女人原先已經和別人結過婚…

書中囉嗦地方很多。因為有幾幕稍為不雅，不可讓青年人們看它。

465.　　夢裡的情人　　（特限）　　一冊　214 頁
　　　　韋雨蘋著　　1937年　萬象書局版

這是一篇戀愛心理的分析研究。人物有三個：一個青年和兩個女人。男的性情平和，多情善感。他在旅行裡，遇見兩個女人中的一個。另一個是個寡婦，雖是基督徒，却想勾引那靑年。青年和前頭一個女子的關係漸漸冷淡，那寡婦竟勾引上了他…結果，靑年失了足。後來聽他哥哥說那寡婦過去毀壞的不止他一個人；因而兩人間漸漸疏遠起來。

這書因為思想不良，又有好幾段大膽的描寫，任何人都不宜看。

466.　　七封書信的自傳　　（限）　　一冊　116 頁
　　　　魏金枝「傳103」著　　1928年　人間書店版

這是一個當過校長的作家的七封信和幾篇雜文。

有關於政治，風俗，教育及其他很多別的事情的議論。

對於成熟的人們，道德方面不致有害。

467.　　白　旗　手　　（特限）　　一冊　237 頁
　　　　魏金枝著　　1933年　現代書局版

本書一共包括四個短篇小說。頭一篇，遠比其餘的見長，叙述幾個軍人的事蹟。這班人在一個村子裏，設下辦事處，目的是想招募新兵。這段故事很有意思，因為它能寫出這流毒中國的一個大患。故事裏夾雜着很多爭執，士兵間的談話，和幾處不大可風的情事。

第二篇小說也是取材於行伍生活；後二者是些戀愛故事。一篇還算過得去；最後一篇，却有些小情節太欠含蓄！此外，在全書裏，作者並不怕把什麼東西叫什麼名。

一般人不宜讀。

468.　蓉　蓉　（特限）　　一冊．192 頁
　　　　聞國新「傳104」　華北作家協會版

蓉蓉，一個青年村姑，比同村少女的野心都大，這因爲他和村學裡先生來往的關係。這些來往，經過父母的認可，可是雙方並沒有訂婚。至於蓉蓉對於婚姻的看法，是只見到奢侈享受的一面…！他的愛人，爲情顛倒，對於她這類不大高尙的思想，含糊不顧。在假期中，蓉蓉的父母死了，她一人在家；一個遠親女眷，藉詞送她到男友家去，把她拐賣給一個不正經的女人。蓉蓉隨命運的羅佈，墮落下去…那教書先生找到她時，已經陷入泥淖，不能自拔；想替她贖身湊不够錢。於是蓉蓉便死在這悲慘情况裡，作了不良社會制度的犧牲。最後一個場面，很帶些寫實主義的色調，全書實際也都是一貫作風。

這書應戒一般人閱讀。

469.　革命外史　（禁）　第一冊　112 頁
　　　　翁　仲著　1928年　吳越書店版

書中所寫乃是幾段革命軍奪取政權的事蹟。描寫都很生動，凡當這時期曾在中國生活過的人都很熟悉。有好幾處革命的場面和言論（雖非作者所贊同）都得嚴格保留。有幾頁（89，90，91）是淫褻的。

這書得從各處圖書室裡剔出去。

470.　去國的悲哀　（限）　一冊　242 頁
　　　　楊鍾健著　1929年　北平平社版

一個學生的游記，寫他在歐洲幾年中的生活。有西洋生活與中國生活的比較觀。

由於作者的反宗教精神，只可讓成熟的人看。

471.　玉　君　（限）　一冊　167 頁
　　　　楊振聲「傳105」著　1933年　北京書局五版

是一個靑年多年照顧一個少女的故事…他們彼此間，都有一種敬重，高尙，純潔，完全精神方面的戀情（？？）

只有成熟的人可看。

472.　稻草人　（衆）　一冊　312 頁
　　　　葉紹鈞「傳106」著　1927年　商務印書館版

是一本給兒童少年們看的書。內容都是些自然界，鳥獸對人說話的寓言。插圖簡單而富於啓發性。

這本書無疑地可作爲兒童們的健全讀物。小人兒可以從這書裡學習着愛好自然並認識人類的優美方面。

大衆可看。

473.　隔　膜　（衆）　　一冊　160頁
　　葉紹鈞著　　1938年　商務印書館版

　　這書是作者的創作選集。所涉及的題材很廣。有家庭生活，田野生活，學校生活等。有幾篇很精彩。非常清新，簡樸。道德方面，略有一兩處稍須保留。但個人認爲這些保留並不嚴重，連青年人都不妨看下去。

474.　葉紹鈞代表作　（衆）　　一冊　340頁
　　1940年　三通書局版

　　這本書無論形式內容，都可以推薦給大衆，尤其是靑年學生。
　　一般人都可以看。

475.　夢斷香魂　（特限）　　二冊　124＋123頁
　　葉光華著　〔康德七年〕版

　　書中主人何泰來，年紀輕輕，已成了一個天才畫家；但是他爲人高傲而不羈。長得很漂亮，很受女人們的垂青，外帶着心地溫和。因而他竟被兩個熱戀着他的女郎的風情所俘獲。由於一次誤會，二女之一出家爲尼，另一個自殺了。他自己絕望之餘，也跳水自沉了。

　　論文字，很平庸。偶有幾處叙事較好之外，倒有不少囉里囉索的廢話。論思想，內容沒有什麼認眞可疵議的地方，除了一兩段，比較稍微大膽些。

　　還是勸一般人別看它的好。

476.　鳩綠媚　（禁）　　一冊　116頁
　　葉靈鳳「傳107」著　1928年　光華書局版

　　淫穢的短篇小說集，用很蠱惑人的筆調寫成的。
　　此書應禁；尤其爲了第二篇題名「浴」的，裏面敎導靑年幹壞事。

477.　錢　（特限）　　一冊　289頁
　　言　冰著　〔昭和十八年〕　大連啓東書社版

　　作者主旨是想指出金錢往往是各種亂行與禍殃的起因。他擧出一個富商現身說法。這人認爲命裡有錢是供他享受人世快樂的。書中寫他的家庭生活，如何討了兩房姨太太來滿足自己的慾求。這倆人都只看在他的錢上，一個比一個設法搾取他。終於把他的家產揮霍淨盡。這時，他才覺悟了自己的錯誤，回復到規律的生活。

　　在叙事方面，作者不乏相當技巧。本書的前部，結構工整頗饒興趣；充滿了動作與生氣，但後部裏，他又墮入一種充滿平凡與庸俗的寫實主義。某幾個人物，展露出一種令人厭恨的卑劣性。

　　爲了以上原因，這書任何人都不宜讀。

478.　達夫全集　第一卷　寒灰集　（特限）
　　郁達夫「傳108」著　1931年　北新書局七版

　　旬集本卷，除去幾篇很短而尚無大害的雜文之外，還有幾篇分量較重的短篇小說。這一切，

都是用一種苦悶的，刻薄的，病態的筆調寫出。在一封致行將畢業的某生信裏，郁氏對軍閥專政，大發其牢騷；他宣稱一切文憑都是無用廢紙，要想發跡，很簡單地只有偷盜。他勸那學生那麼做去！

茫茫夜和秋柳兩篇小說裏，包含着若干很大膽的情節；作者在這裏顯出他對於貞操觀念的滿不在乎。

任何人不宜讀。

479.　達夫全集　第二卷　（特限）
　　　　1928年　上海創造社再版

內容爲作者短篇小說的合集。頭一篇寫一個留日學生的陷入苦悶；他染上手淫的惡習，心中愧悔，但不久又重犯了…氛圍是色情狂的。後來，這青年又偷偷看見隔壁房中的一幕淫亂情事，自己也和一個下女發生了苟且行爲。

任何人決不可讀。

480.　達夫全集　第三卷　過去集　（特限）　377 頁
　　　　1928年　上海開明書店三版

故事集，裡面作者把若干戀愛事件（有的是他本人的）誘惑，污濁的思想，暴露給公衆…同時，他也把他的苦悶，不滿，告訴給我們…這一切，更多一次証明郁氏的思想傾向如何地病態，反常…這書只可准很成熟的研究文學的人閱讀，因爲作者的文藝長才無從否認。

481.　達夫全集　第四卷　奇零集　（特限）　273 頁
　　　　1928年　上海開明書店再版

這些郁氏的文摘，主要地都是討論文藝問題的。在關於政治方面和社會生活方面的雜感裏，他顯出馬克思主義的傾向。這冊集子裡，也有幾篇無害的雜文。

可留給很成熟的人看。

482.　達夫全集　第五卷　敝帚集　（特限）　250 頁
　　　　1928年　現代書局版

內容爲傳記，文藝論叢，詩論，文化論等…

著者大捧盧騷一流人物。

因作者所發各種謬論，不宜讀。

483.　迷　羊　（特限）　　一冊　164 頁
　　　　郁達夫著　1928年　上海北新書局版

自述體的故事，記一個青年男子和一個青年女伶的戀史。他在外省一個小城市裏，遇到她正在那裏趕台口。他們的關係不久工夫，就超出親熱以上；結果雙雙潛逃，姘居了兩個月。他的一面，是戀愛至上，陶醉在情慾裏。而在她的一面，則情感和官骸的吸誘，消磨得相當快。她又懷念到舞台生活。一天早晨，趁着她情人貪睡的工夫，永別了他。他雖千方百計地搜尋，終於找她不着。

叙述很有章法，文字流暢，爽朗，書裏沒有很刻畫的蕩人心志的描寫。然而由於所叙妨害風

化的局勢，以及男主角對於情慾帶來的感想與印象所作的內心分析，弄得這書看下去究覺有害。

484. 達夫代表作 （特限）
　　　1928年 上海春野書店版

　　收了幾個郁氏所作的短篇小說。內中一個，叙述一個可憐的人死了妻子，縱起酒來。在另外一篇裏，描寫一個幻想而厭世的詩人。第三篇，述一個青年人和一個暗娼胡鬧。

　　這些短篇小說裡，摻雜着若干猥褻的情節，讓人不能不勸誡年輕人別看它。

485. 達夫短篇小說集 上冊 （特限） 一冊 307 頁
　　　1935年 上海北新書局版

　　是一批短篇小說的集子。作者在這裏露出他的傷感主義，並且往往流於卑劣主義。他有幾種短篇可以讓任何人看；其餘的得限於很成熟的人。此外，若干篇是學生們不宜讀的。可舉出的像第83,84,和以後的各頁…青年人作爲讀物不合適，還有頁 112 以及秋河全篇，也屬於此類。

486. 達夫小說集 下冊 （特限）
　　　1935年 北新書局版

　　有幾篇很不錯，任何人都能看，但以整冊說幾乎全部不應讓青年人看它，因爲思想不健全，帶着病態的不止一篇…並且有多數的情節太大膽。這本書決不能作爲青年讀物。

487. 郁達夫文集 （特限） 一冊 140 頁
　　　梁季千編 〔康德八年〕 國風書店版

　　這本書裏，包含不少郁氏的短篇小說。大多數在道德方面是無害的。但其中兩個却得鄭重保留。可譴責的段落，一個在第7頁，裏面作者有一句含懷意思的話，還有第 73 及以後各頁裏，自述和一個娼妓的交往。

　　在郁氏心目中這些事情並無惡意，但在讀者們却不是那樣想法。書中文字很美。

　　任何讀者不宜看。

488. 郁達夫代表作 （特限）
　　　三角書局版

　　郁氏作風是病態的，傷感的，娘們氣的。

　　青年人不宜看；就是有定力的人看時，也得很謹慎。

489. 怒海鴛鴦錄 （特限） 162 頁
　　　于次溪著 1940年 大華書局版

　　女學生娜娜，下海伴舞。兩個青年愛上了她。這姑娘更歡喜兩人中較窮的一個，期望他發跡，把婚期展緩了。這當兒，她嫁給一個有錢的老頭子。沒等很久，那老人就死了，娜娜就承受了他一大筆財產…拿到了這家當，就跑到上海去找她的舊情人，倆人雙雙放洋而去。

　　這書讀起來很有興趣，但因若干詞句和理論的關係，任何人不宜讀。

490. 美人魚 （禁） 六冊
　　　于水如著 大通書局版

　　叙述香港一個女學生，善泅水，打破了一切紀錄，人稱她爲「美人魚」。寫來活跟一個「明

星」一般。同時也夾敘她的浪漫生活，以及其他幾個人物的戀愛故事。

連成熟的人也應禁看這書。閨閫情景，到舞女家串門子一類的事太多，連帶着有些淫蕩的描寫。

491. 離 絕 （限） 一冊 171 頁
雨 嵐著 1927年 光華書局版

用情書往來，穿挿成的一本小說。所寫的愛情事件，是根據的健全原理。

但因有一段，不大含蓄，祇可給成熟的人看。

492. 鷄 冠 集 （限） 一冊 92頁
予且「傳109」著 1934年 四社出版部版

一本沒價值的小冊子。裏面提到好幾個婚姻問題。此外，作者又加入一套歇後語，和一串偉人名言錄。若干關於離婚和自由戀愛的理論不純正；某幾句笑話流於猥褻。

只有成熟的人可看。

493. 兩 間 房 （特限） 一冊 166 頁
予 且著 1937年 中華書局版

是幾篇相當輕狂的故事。尤其秋和柴壁之間兩篇，須鄭重保留。

494. 十丈紅塵 （特限） 二冊 158＋148頁
月明樓主著 1941年 華新書局版

這兩本書裡，寫着一個摩登女子，一個歌姬，和一個姨太太的故事！好無聊的作家！…他果眞認爲現代人生的特質，就是這類涉乎淫邪的大膽無恥，那他太可憐了！他書裏的人物，都是些沒正經的活玩偶。當然，在這些不自重的作家心目中，人生意義完全集中在碰上女人就發生不正當關係一件事上。

作者所寫的沒有當眞淫穢的事，但因有很多地方，行文太欠含蓄，一般人還是不宜看它。

495. 陸地神仙 （禁） 二冊 180＋144頁
月明樓主著 1942年 華新書局版

天津富商某甲，被寫作一個享樂者的典型人物。性格卑鄙，沒有絲毫高尚思想，自由縱慾！他討了一個「窰姐兒」當偏房…這女人捲了他一筆巨款，和一個底下人逃走了。經過這次事件，某甲又看上了一個窰子裡的人和一個良家女子，猶豫不足。那良家女子，雖經父母壓迫，總是躲着他，像躲瘟疫的一樣。這好色之徒，一味追她，中途死了。

書中寫登徒子的生活，不厭求詳…很個別。

一般人應禁讀。

496. 貝 殼 （特限） 一冊 196 頁
袁犀「傳110」著 1942年 新民印書館再版

一位少婦，在她結婚前兩月，被人誘騙了。作者率直地描寫那女人在生產前的懼怕。想瞞住丈夫，就和她妹妹結伴出外旅行。接着又有若干新的遇合…

書中粗率的話不少；寫實主義過重。

任何人不宜讀。

497.　劫　灰　（衆）　一冊　115 頁

　　沅君「傳26」著　1929年　北新書局版

1. 土匪侵入村子。

2. 一個可憐的女人。

3. 一個人痛賦鼓盆，因續弦而重得幸福。

4. 有人告發一位教師和他的一個女生戀愛。他手裏一封情書被偸去作證。

5. 一位教師愛上他的一個女弟子；那女孩子脫離了學校…

6. 一個丈夫，被太太錯疑有外遇，設法證明了自己的淸白。

7. 戀愛事件。

8. 難以索解的文章。

大衆可看。

〰〰〰〰〰〰〰〰〰〰〰〰〰〰

以下各書不著撰人或多人合著：

498.　某夫人信箱　第一輯　（特限）　16＋352頁

　　　　　　　　　　　1939—1940年版

　　這書裏收容着一批選摘的信札，都是北平「小實報」的讀者寫給該報編輯張鐵笙的；張氏以「某夫人」爲筆名，曾陸續把這些來信和自己的答覆，刊布在報上。

　　通訊諸人，多數是北平當地的男女靑年，都是在兩難之間掙扎着的人：一方面有中國固有的舊禮教和社會偏見，一方面有個人解放，科學進化等現代學說。他們想藉通訊中的解答平衡住自己的生活，特別是情感生活與家庭生活。

　　作者深受美國誓反派的基督敎思想的影響，他的解答，有時充滿了智慧與愼重。在他談到如何把傳統的孝道，去適應現代原則時，尤其顯出他超人的智慧。一般地，可以說他的忠告，都是採取的個人自制，對人容忍與寬恕等原則。同時他也以通訊人的社會義務，個人責任爲依據。由於作者所答覆的對象，是些只知天然倫理的讀者，所以他的應用基督敎各種理論，往往過分停留在浮泛裏。

　　有若干點，必須鄭重保留：作者雖說譴責離婚，但在某種困難場合裏，他却寄予同情，主要都是些涉乎人性的原因。對於這個難題，他只以中國民法的根據，從而贊成協議離異與另婚再嫁。在節育問題裏，作者的態度，是屬於自動禁慾一派的。但却詳陳各種節育方法，而不加以譴責，同時把誓反敎傳敎人員在北平所設的限制生育諮詢機關的地址介紹給公衆。

　　作者在本書附錄裏，又加入了Weatherhead牧師所著的，一種講性慾生活的書的提要。在該書裏，手淫的毛病，被視爲一種無關緊要的行爲，大可消除已往的偏見…

　　這本書，祇有敎士，或受過結實的哲學宗敎訓練的俗家，才可讀。他們看了之後，在對於都市靑年層的傳敎工作上可以有點助益。

499.　某夫人信箱　第二輯　（特限）　一冊　4＋365 頁

　　　　　　　　　　　1940—1941年　沙漠畫報社版

　　上文關於本書第一輯裏所說的，在這第二輯方面，也完全適用。實際，這輯裏所發表的函件

仍是從同階層的人寄來，而解答也是由同一作者撰成的。

這些信，一部份是轉錄實報，一部份是轉錄沙漠畫報的。相信最好還是參看上文第一輯的評語。

每位教授倫理學或倫理神學的人，都該讀一讀這兩個輯本，一來為明瞭現代的中國思潮，特殊關於性問題的，二來為能用實際例證來說明他們的講解。

500.　未名合本　（禁）　第一二冊
1928—1929年　北平未名社版

在政治方面，未名雜誌極力反對蔣主席領導下的國民政府的作風。

公民方面，它挑撥讀者擾亂公安，並宣傳孟雪維克主義和無政府主義等理論。

關於基督教義方面：應禁。

關於社會風化方面：應禁。

然而，這個期刊對研究現代文藝的大學生，或正式研究中國文學的神父們，却有一種特別用處。因為它很能代表在中國有鉅大影響的一群文化人的心理。它也能讓我們對於一般人輕易加於若干名作家頭上：『某某是共產主義者』一個形容詞，有較深的鑑別！這個稱呼，不能太膠着認定；若能把這書仔細地看上一過，便可使人更明瞭一般人所亂派現時中國青年有「共產思想傾向」的意義。

501.　天　才　夢　（限）　154 頁
西風社選編　1940年版

這是西風雜誌社徵文的選集，所收都是每題的最佳之作。大多數文題，是關於家庭的問題：一個少婦的死；一個被迫早婚的姐妹的死；對於令死者生前傷心的追悔等…另有幾篇講到離婚問題…職業問題（特別是舞女職業）求學的困難，畢業後的生活不易，等…

最後是這篇天才夢，是一個少女自述她怎樣想發展自己的天才，及其所遭遇的困難。以上這些描寫，都很生動；可以令人窺見青年們對於往往不可得的幸福，如何追求…舞女自述一篇，需要保留，全書非有見解的人看不得。

502.　竹林的故事　（衆）　一冊　206 頁
1925年版

是一本篇數相當多的故事集。多數以家庭生活為題材。

一般人都可讀。

503.　勞者自歌　（衆）　一冊　227 頁
1934年　生活書店版

內小品文二十四篇，文字曉暢。多涉乎心理，民俗，相當幽默。

大衆可看。

504.　恐　　怖　（特限）　一冊　151 頁
1928年版

踐踏：寫富人的豪華…窮人的貧困！罷工…

恐怖：工人受資本家壓迫而反抗。軍警趕來彈壓驅散了暴動的人們。

我在懺悔：書札體，提倡過激主義。

夜話：一個工人被工廠解雇後，受了一個社會主義的工潮主動者的錄用。

從上海到蘇州：寫犯人起解。他們的罪狀呢？…是罷工！

書富於革命性；詞句有粗野的。

任何人不宜讀。

505.　　繪圖兒女英雄傳　　（限）　　四冊　145＋161＋169＋136 頁
廣益書局版

這四本書，叙述的是古代幼年英雄拯溺扶危的事蹟，這些書人人都看，說書的人也拿他當底本。然而也有些粗野的情節；因此，只有成熟的人才可看。

506.　　姊　妹　花　　（限）　　一冊　84 頁
康德九年　東方書店　三版

叙述一個人家被土匪逐出家園的痛苦。故事相當有趣，因爲有情同「身歷」之感。

有見解的人可看。

507.　　迷　惘　　（限）　　一冊　155 頁
益智書店版

這本小說裏，寫一個學生對於一個少女的戀情。這些情操是純潔的，持久的，可能姻緣美滿…然而女方却情願嫁給男方的朋友…！最後幾頁裡，這友人覺悟了行爲不當，但男方却翻臉無情了…

這書裡，並無任何大膽的描寫，然而氛圍不淨（只是談情說愛）可能把讀者的想象引入歧途。只限有見識的人才可看它。

508.　　愛 的 代 價　　（限）　　一冊　261 頁
〔康德八年〕，瀋陽版

黃某，和一個「明星」戀奸被棄之後，另結了婚，靠寫稿維持小家庭。他的新婦漸染輕狂，與他冷淡起來。黃某想聽其自由，棄家出走。

不久，便有兩個少女，一富一貧，對他表示親近。書中叙三人性格都是很優美的；兩個女的陪着黃某出外旅行，並在濟南，上海等處勾留多時。到上海時，黃某巧遇上昔日結識的那「女明星」，這回又欺他良善，拐騙了他一筆錢。

在這些不乏興趣的叙述裏，讀者屢起疑問：這兩位少女，他究竟選擇那一位呢？直到卷終，好奇心才得滿足。這一行三人回到了北平。黃某正式和太太離婚；那富家女設法犧牲自己的愛情，讓那貧家女子稱心如意。

書是很有興味。沒有什麽粗野的話。只有一點應保留的：作者好像賞許這次離婚。

成熟的人可看。

509.　　供　狀　　（限）　　一冊　214 頁
諸家合著　1941年　西風社徵文集

是一批選稿。前五篇裏，有一位作家講他個人一生中的遺恨；另有一位叙私生子的痛苦；還

有幾位討論變態心理的人物：瘋子和受虐待的兒童。在第六篇裏，介紹兩種人生觀；一種是唯物主義的，一種有些唯心主義，但不大高超。

道德方面，沒有任何冒失的說法，但交給青年們看時，要加斟酌。

510.　半日遊程　（限）　一冊　165 頁
　　　　諸家合著　1934年　上海良友圖書公司版

是若干位作家的短篇小說選集。不深刻。作風互有高下。
成熟的讀者可看。

511.　彩　虹　（衆）　一冊　154 頁
　　　　1928年　上海泰東圖書局版

這是一套演講，談片，小說，詩歌等叢刊的第一輯。本輯所選的，以文章優美見長。讀來頗有意味。
大衆可看。

512.　貪官汚吏傳　（衆）　一冊　95頁
　　　　諸家合著　1936年　宇宙風社版

短小故事的選集，所記的都是民國以來官場所用的各種貪汚方法。
大衆可看。

513.　屠　蘇　（限）　一冊　199 頁
　　　　諸家合著　1926年　光華書店版

是很多作家，詩歌，小品，文藝速寫的合集。
外教思想。
成熟的人可以看。

514.　灰色的鳥　（特限）　一冊
　　　　諸家合著　1928年　創造社版

內容是七個作家的文選。戀愛故事居多，往往帶着病態，有時近於妨害風化，例如郁達夫，郭沫若等人的文章。
一般人不宜讀。

515.　三　種　船　（衆）　一冊　340 頁
　　　　諸家合著　1935年　生活書店版

收集短文多篇。文筆簡鍊輕快。幾乎全是些日常生活的描寫。
任何讀者可看。

516.　現代最佳劇選　（限）　第五冊　275 頁
　　　　諸家合著　1942年　光明書店版

收喜劇八種。

前四種由於若干處輕浮，氛圍不潔，思想不純，應限於成熟讀者閱讀。

後四種任何人不妨看。

517. 春 桃 （衆） 一冊 391頁

落華生等著 1935年 生活書店版

選收名家小說十餘篇。寫得不錯，很有生氣，叙述的都是些小人物的生活，平民的艱苦生活。

大衆可看。

518, 中國近代短篇小說選 （衆） 一冊

諸家合著 1941年 上海中英出版社版

收錄的是各大名家的短篇小說；這些小說都有英譯對照。執筆者有：魯彥，巴金，魯迅，郭沫若，郁達夫，張天翼，葉紹鈞，謝冰心等人。

這書任何人都可以看。

519. 青年婚姻問題 （衆）

安徽蕪湖 公教印書館版

人類的愛力，可以達到生命的犧牲；多數殉道者，不都是由於執着的愛而奮不顧身嗎？爲什麼夫婦之愛，最純潔的愛，會產生那麼多另一種性質的殉身者呢？作者找到三種原因：

1. 舊式婚姻：在基督徒間不應存在。

2. 環境的引力：由於教育的缺乏；爲父母者應培養子女的性格。

3. 性情不合：倘能謹慎選擇，當可避免。選擇的對象，應是自己心愛的人；應有彼此互助，犧牲自我的決心。

作者對於自身修養，以獲致夫婦之德一點上，未能再三致意。

（參見北平公教月刊，1941年六月號該書評介）

自己先把這書看上一過，然後再斟酌的把它推薦給誰看。

舊體之部

520.　三俠五義　（限）

　　清石玉崑著　1879年　初刻

　　典型的武俠小說，共一百二十回。

　　本書開篇即叙宋眞宗未有子，而劉李二妃俱懷妊。約定把生子者立爲正宮。劉妃就和太監郭槐密設計謀。等李妃生了兒子，用一頭剝了皮的狸貓換出，說她生的是個怪物。那太子却交給宮人寇珠，讓她把那嬰兒勒死，扔到水裡。寇珠不忍，偸把小孩子交給太監陳林，藏到八大王府裡，說是他新生的第三子，才得長大成人。劉又進讒言把李貶出去，忠實的太監都死了。眞宗自此無子，駕崩以後，八王的第三子嗣位，就是仁宗皇帝。

　　由這裡接下去，就叙述包拯降生，以前案爲下文伏線。又接着叙述包公與宦家結婚和斷案事迹，中間有很多是別人的故事，派歸包拯的。包公做了開封府尹，在民間遇見李妃，發覺「狸貓換太子」的舊寃。這時仁宗才知到李妃是他的生母，把她迎回宮中。

　　包拯爲人忠正，他用道義感化了豪客。其中有三俠：就是南俠展昭，北俠歐陽春，雙俠丁兆蘭，丁兆蕙；還有五鼠：就是鑽天鼠盧方，徹地鼠韓彰，穿山鼠徐慶，翻江鼠蔣平，錦毛鼠白玉堂等，都是些俠盜縱橫江湖；有時進京，戲盜宮中寶物，沒有人能制服他們。但後來都一一投誠包公，接受了官職，幫他誅除强暴，人民才得安寧。後來襄陽王趙珏謀反，把他們黨徒的盟單，藏在冲霄樓。五鼠跟着巡按顏查散前往探訪。不料白玉堂私自單身去盜那盟單，誤落銅網陣，遭到慘死。書叙到這裏就完了。

　　（參看魯迅：中國小說史略，頁 344）

　　成熟的人可以看。

521.　水滸傳　（限）　70回

　　施耐庵著

　　叙宋徽宗時俠盜宋江等一百〇八人，憤官府黑暗，嘯聚水泊，橫行河朔，與官軍抗衡的故事。

　　書首楔子假托三十二天罡，七十二地煞，下界擾亂天下。

　　第一段：第一到第十一回。這一大段，先寫八十萬禁軍教頭王進被高俅趕走了。王進之後，接寫一個可愛的少年史進，始終不肯落草，但終不能上少華山去；又寫魯達爲了仗義救人，犯下死罪，被逼做和尚，再被逼做强盜；又寫林冲被高俅父子陷害，逼上梁山。林冲之後，接寫楊志。楊志在困窮之中，不肯落草，後受官府寃屈，窮得出賣寶刀，以致犯罪受杖，迭配大名府。這一段連寫五個不肯做强盜的好漢，命意自然是要英雄落草的罪名歸到貪官汚吏身上去。可算是「開宗明義」的部分。

　　第二段：第十二到二十一回。這一大段寫「生辰綱」的始末，是水滸傳全局的一大關鍵。先從雷橫捉劉唐起，寫七星聚義，智取生辰綱，寫楊志魯智深落草，宋江私放晁蓋，林冲火併梁山泊，劉唐送禮酬謝宋江，宋江怒殺閻婆惜，直寫到宋江投奔柴進避難，與武松結拜做兄弟。水滸裡的中心人物，都在這裡了。

　　第三段：第二十二回到三十一回。這一大段可以說是武松的傳。從打虎寫到殺嫂，孟州道打蔣門神，從蔣門神寫到鴛鴦樓蜈蚣嶺，便成了水滸傳中最精采的一大部份。

　　第四段：第三十一回到三十四回。這一小段是插入的文章。寫清風山，清風寨對影山等，把花榮和秦明等人送上梁山泊去。

　　第五段：第三十五回到第四十一回。這一大段也是水滸傳中很重要的文字，從宋江奔喪回家，迭配江州起，寫江州遇戴宗李逵，寫潯陽樓宋江題反詩，寫梁山泊好漢大鬧江州，直寫到宋江入夥後又偷回家中，遇着官兵追趕，躲在玄女廟裏，得受三卷天書。這一大段，不但寫李逵的性情品格，並且把宋江的野心大志都寫出來。

　　第六段：第四十二回到第四十五回。這一段寫公孫勝下山取母親，引起李逵下山取母，又引起戴宗下山尋公孫勝，路上引出楊雄石秀一段，水滸傳到了大鬧江州以後，便沒有什麼很精釆的地方。這一段寫石秀殺海和尚相當用力。

　　第七段：第四十六回到第四十九回。這一段寫宋江三打祝家莊。

　　第八段：第五十回到第五十三回。寫雷橫朱仝柴進三個人的事。

　　第九段：第五十四回到第五十九回。這一大段和第四段相像，也是插進去做一個結束的。先寫呼延灼征討梁山泊，次請出一個徐寧，次寫呼延灼兵敗後逃到靑州，慕容知府請他收服桃花山，二龍山，白虎山；次寫少華山與芒碭山；遂把這五山的好漢一齊送上梁山泊去。

　　第十段：第五十九回到第七十回。這一大段是通行七十回本水滸傳的最後部份，先寫晁蓋打曾頭市中箭身亡，次寫盧俊義一段，次寫關勝，次寫破大名府，次寫曾頭市報仇，次寫東平府收董平，東昌府收張淸，最後寫石碣天書作結。

　　（參看亞東圖書館本水滸傳，胡適考證，頁 56 ）

　　想替這部大書，就道德方面下一個定評，很不容易。在大多數回目裏，找不出很刺目的文字來；然而也不能說全書都是無害的。在第二回裏，就有淫蕩的描寫。在第 23, 24, 25, 44, 45 各回裏，有更大膽的段落。要說這書任何人不宜看，中國智識份子定會不以為然。我們只能說，散佈這書時，務必小心謹愼而已…

522.　海上花列傳　（禁）　64回

題花也憐儂〔韓子雲？〕著

本書自1892年起分期刊行

　　大略以趙樸齋爲全書綠索。說趙十七歲時，到上海去投他娘舅身洪善卿，愛去嫖堂子，年紀輕不懂事，沈溺到很糟的地步，後來被洪打發回國家去。不料他又偷回到上海，越發落魄不堪，弄到拉洋車爲生。書叙到這裡，只有二十八回，忽然不印了。作者的眼光，雖始終不離開趙樸齋，但關於他的事跡，只此而已。不過藉着趙牽連到租界商人和浪蕩子弟，雜叙他們沈湎酒色的情形。

　　到了1894年，這書續出到六十回。接着叙洪善卿無意中膛見趙樸齋拉車，就給姊姊洪氏寫了封信，告訴她這情形。洪氏沒有主意，可是她女兒二寶相當能幹，就陪同母親。到上海找她哥哥，找到以後大家又留連不去。洪善卿勸她們也不肯聽，就不管了。三個纏綿花光，想回家也回不去了，二寶就當了妓女，很有名。接着一位客人叫史三公子，說是富家子弟，很愛二寶，想娶她爲妻，不過得先回南京準備一下再來接她，於是彼此作別。

　　二寶從此謝絕了別的客人，借了錢大做衣飾，頂備出嫁，不料史三公子竟不來。打發樸齋往南京去探聽消息，回來說史三新訂了婚，到揚州迎親去了。二寶一聽，氣暈過去，好容易才救醒了。而欠人的債三四千兩，非重操舊業無法淸償，於是又接起客來。書叙到她做噩夢爲止。（參看魯迅：中國小說史畧，頁333）

　　本書實寫妓家，暴露他們的奸詐，平淡自然，絕少夸張。

　　應禁。

523. **野叟曝言** **(禁)** **154 回**

清，夏敬渠著 1880年左右初版

野叟曝言是個很龐大的著作。它的內容，正如凡例中所說：凡『叙事，說理，談經，論史，教孝，勸忠，運籌，決策，藝之兵詩醫算，情之喜怒哀懼，講道學，闢邪說…』，無所不包，而以文白一人為主。

文白字素臣『是錚錚鐵漢，落落奇才…揮毫作賦，抵掌談兵…力能扛鼎，退然如不勝衣；勇可屠龍，澟然若將墮谷。旁通歷數，間涉岐黃…以朋友為性命；奉名教若神明。』然而明君在上，君子不窮，超擢飛騰，莫不如意。他能書名避鬼，舉手除妖。百夷懷感，四靈集囿。文功武烈萃於一身，天子崇禮，號曰「素父」。此外還有各種異術，既能易形，又工內媚，姬妾羅列，生二十四男。男又大貴，生孫百人。他母親水氏壽至百歲，親看六世同堂…凡人臣榮顯之事，念書人意想不到的，還書裡都叙進去了…

這書主要目的是衒露學問，發揮抱負。意趣夸誕，文字也很無味，談不上文藝，但要想明瞭清初「理學家」的心理，則可以考見。（參見魯迅：中國小說史略，頁304）

文字中有汙穢不堪處，應禁。

524. **長 生 殿** **(特限)** **五十折**

清，洪昇著

（見下：529 號）

這傳奇和桃花扇同是清初的著作，文字之美，不亞於孔尚任；演的是唐明皇寵愛楊貴妃的故事。這故事久已膾炙人口，曾經白居易作長恨歌以詠之，陳鴻作長恨歌傳以記之。元朝白樸也有過梧桐雨雜劇。本事梗概如下：

楊玉環，唐弘農人。天生美貌。玄宗時，被選入宮，冊為貴妃。定情的晚上，玄宗賜以金釵玉盒，作為紀念。自此之後，獨擅君寵。兄楊國忠因貴妃故，得擢為右相。姊三人亦封為秦國韓國虢國三夫人。三月三日，貴妃和玄宗同游曲江。玄宗召虢國夫人進宮，頗承恩幸。楊妃吃起醋來。玄宗一怒，把她貶出宮外。楊妃怨艾懊悔，剪下青絲，托高力士獻與玄宗。玄宗也有悔意，就把她重收入宮。

胡種稗將安祿山犯法解京問罪。賴楊國忠保全，反身任要職。更因貴妃包庇，封至東平郡王。這時，國忠和三國夫人，也競營新第，炫耀一時。

時郭子儀未遇，待命上京。一天，酒樓買醉，見衢上雜沓，問知都是為楊家賀新邸的。又適值安祿山路過，氣勢甚盛，知道日後必有叛逆之事，心中悶悶。回寓接得朝報，被任為天德軍使，遂匆匆赴任。

楊妃再度入宮後，一意固寵。排斥梅妃，自撰「霓裳羽衣曲」，在自己生日，命樂部奏此新曲，親舞「盤旋之舞」以娛玄宗。玄宗更加寵愛。

祿山封王後，目空一切，時常和國忠較量。楊妃難於調處。玄宗知道兩人不睦，命祿山去京，為范陽節度使。自此他心懷異志，養兵待時。只有郭子儀看透他的形跡，留心防備不測。

七夕，俗傳牛女兩星相會，楊妃和玄宗同赴長生殿內指星立誓，願生生世世同為夫婦。這就是此書題名的由來。不料忽報安祿山造了反兵入潼關。玄宗受國忠勸，匆匆帶着貴妃向成都避難。車至馬嵬坡，二人在驛中休息時，兵士們恨國忠作惡，殺之于驛外，更要求玄宗將楊妃賜死。玄宗心雖不忍，但六軍不發，無可如何。因此楊妃只可在驛中自縊。玄宗和隨臣入蜀，過棧道時，風雨中，聞着鈴聲，思念貴妃，柔腸痛斷。

祿山兵入長安身登帝位，作威禍。樂工雷海青因不受命，問死。舊日梨園領袖李龜年，流落江南，彈琵琶自給，把楊妃事跡譜曲歌唱，聽衆非常感動。

肅宗在靈武即位，任郭子儀爲朔方節度使，平祿山之亂，收復東西兩都，迎二帝還御。玄宗還宮途中，差高力士赴馬嵬坡爲貴妃造墓。到時，屍體已無從尋覓。上皇思念妃子，難以釋懷。有臨邛道士，自稱能通幽靈。上皇命他尋找貴妃的魂魄。道士天上地下，都找不到。忽聽說海外有蓬萊仙山，貴妃或者住在那裡，道士乘風往訪。貴妃命道士以金釵一股，鈿盒一扇途與上皇，作爲他日重會的紀念。時在中秋夜，臨邛道士駕仙橋導上皇入月宮和貴妃相會。玉帝降旨，兩人在忉利天宮永爲夫婦。

這書道德方面的評價，和桃花扇相同；而須作更嚴重的保留，因爲暗射更多，有兩段（第21及42折中）十分淫汚。

525.　琵琶記　（限）　42折
高明著　1367年初刊

蔡邕，字伯喈，陳留人。飽學多才，新娶妻房，方才兩月。以父母年老，不欲遠遊。其父爲了伯喈的前途，極力督促他去應試。伯喈不得已，只好辭別了父母及妻趙氏五娘登程而去。

家中本來是很清貧的，自伯喈去後，只靠五娘克勤克儉地支持着。又遇着荒年，家中食用漸漸地不繼，官中開了義倉，五娘自去請了粮來，中途又爲歹人所奪。她正欲投井自殺，恰好她公公經過，阻住了她。又遇見張廣才分了米粮救濟着她。但這樣的日子，究竟不易過。她張羅着幾口淡飯，給公公婆婆吃，自己則把細米皮糠，勉强吞咽，也不敢讓公公婆婆知道。婆婆見她常背着他們吃飯，心中不忿，還以爲她私藏着好飯菜自己吃。一天，偸偸地去張望她吃飯，却見她正將米糠吞咽下去，不禁大爲感動，自悔自怨，一氣而倒。公公遂也臥病不起。

家中典質一空，又連遭這兩個喪事，五娘張羅不來，幸得善人張廣才又出力幫助，得以勉强成殮。她剪了頭髮，當街去賣，籌補喪中用錢。又用蔴裙包土，自去起墳。她倦極而臥，却有神人們爲她孝心所感，代她將填墓完成。

二老既葬過，家中已無牽掛，趙五娘便決意要上京尋夫。她改換了衣裝，帶着琵琶作行頭，沿路彈唱勸孝的曲兒，叫化着走去。並畫出公婆的眞容背着。

家中雖經那末大的變故，蔡伯喈在京猶自不知。他自應試之後，便中頭名狀元。牛丞相有一女兒，奉了聖旨要招他爲夫。伯喈不肯，辭婚並且辭官。但皇帝却要他勉强成全這姻事。他只得委曲地做了牛丞相的女婿，心中總是鬱鬱不樂。有一個冏子，到過陳留，冒了他父母家信給他，騙了他回信和銀錢而去。他始終還以爲家中已得到他的消息了呢！牛小姐知他不樂之故，便與父親關說要與伯喈一同回家省親。她父親堅執不允。後來，才派了一個人，去接伯喈父母妻子同來一處住。

一天，伯喈騎馬而過，恰與五娘相遇，彼此未曾認出。五娘見人馬冲來，匆匆避開，却把公婆眞容遺留在地上。伯喈拾了畫幅，便收了回家。她問起傍人，方知過去的人是蔡伯喈。第二天，她到牛府去，求見了牛小姐備述尋夫之事。牛小姐很賢惠，便留她住下，要打動丈夫與五娘重認。她到伯喈書房，見公婆眞容，已掛在那裏，便在畫幅上題一首詩。伯喈見了畫，又見了詩，追問起來，才得與五娘相見。他說起公婆已故的事，伯喈痛暈過去。便別了丈人，上表辭官，和兩房媳婦一同回里掃墓。

他們動身之後，差去迎接家眷的人才回到京裡。說起趙五娘的賢孝事蹟來，牛丞相大爲感嘆。便將前後一一奏明皇帝。伯喈及二婦正在拜墓，牛丞相賫了詔旨而來。蔡邕授爲中郎將，二婦

均封夫人，父母並皆封贈。伯喈又以多金贈張廣才以報其德。

　　（參看鄭振鐸著：插圖本中國文學史，頁927）

　　就道德方面說，書裡的一夫兩妻自當譴責。但在當時，這制度在上流社會是被許可的。這傳奇的動機，原是爲勸化人心，寫全孝完節，到了義烈的地步，所以未可厚非。只是行文上偶有幾處典實，過於傷雅，不得不對深通文義的人稍作保留。

526.　閱微草堂筆記　　（限）
　　　清，紀　昀著

　　聊齋志異風行百餘年，摹仿贊頌的人很多。惟獨到了紀昀，對它却有微辭。乾隆五十四年，昀至熱河晝長無事，追錄見聞，成灤陽消夏錄六卷。又二年，作如是我聞，次年，又作槐西雜誌，次年又作姑妄聽之，各四卷。嘉慶三年，又至熱河，又成灤陽續錄六卷。後二年，他的門人盛時彥合刊出來，名爲閱微草堂筆記五種，就是這書了。

　　筆記雖「聊以遣日」之書，而立法甚嚴，尚質黜華，追蹤晉宋…然較晉宋人書，則閱微又過偏於論議。蓋不安於僅爲小說，更欲有益人心，即與晉宋志怪精神自然遠隔；且末流加厲，易墮爲報應因果之談也。紀氏本長文筆，多見秘書，又襟懷夷曠，故凡測鬼神之情狀，發人間之幽微，託狐鬼以發抒己見者，雋思妙語，時足解頤…

　　紀氏又天性孤直，不喜空談心性，處事貴寬，論人欲恕，故于宋儒之苛察，特有違言，書中有觸卽發。且于不情之論，世間習而不察者，亦每設疑難，揭其拘迂。

　　（參看：魯迅著中國小說史略，頁265）

　　此書成熟的人可看。

527.　玉鏡臺雜劇　　（衆）
　　　元，關漢卿著　　〔元曲選第6種〕

　　溫夫人的女兒倩英，到了許聘的年齡，代爲擇婿，娘家侄兒溫嶠以御賜玉鏡台爲定物入贅。倩英起初不肯，後來迫不得已成了婚，却不肯認丈夫。多虧了王府尹奉旨勸解，設下「水墨宴」，命溫嶠吟詩；詩成，賜酒。倩英小姐受朝廷榮耀，終於就範。

528.　謝天香雜劇　　（限）
　　　元，關漢卿著　　〔元曲選第9種〕

　　秀才柳永戀一妓女名謝天香。因上京會試，與她作別。臨走把她託給當地大尹錢可，怕她失足。不料大尹也愛惜天香，在柳永遠行的當兒，佯做奪了他的人兒，娶天香爲妾，而有名無實。三年後，柳永得官回來，知道天香歸了錢家，十分不快。錢大尹這才道破機關說假娶天香，純是激柳上進，保她的貞操。二人覺悟，終成美滿眷屬。

　　青年人不宜看。

529.　桃　花　扇　　（限）　　41折
　　　清，孔尙任著

　　這是清代最優秀的傳奇之一，其中人物，多屬史乘實有的。寫明季之混亂時期，亦即劇中故事發生的時期，甚爲逼真，中間以男女情愛爲穿插。茲叙其梗概如下：

　　侯方域，字朝宗，河南歸德人，應鄉試落第，逗留南京。經友人撮合，梳櫳名妓李香君。香君

才色雙全，定情之夕，方域以宮扇題詩贈她。一切花費都由閹黨阮大鋮供給。大鋮有才名，著有燕子箋一劇傳誦一時，但爲人卑鄙，爲士林所不齒。香君聽說了，認爲這是不義之財，決意退還與阮。大鋮受辱，意圖報復。誣告方域爲左良玉內應。方域得訊，與情人作別，逃往史可法處避禍。未幾，傳來崇禎帝縊死煤山的消息。大鋮一黨，擁立福王於南京。這一來，侯李二人的仇人又得了勢，借機報復。把香君購贈田仰爲妾。香君不從。阮黨就派家奴來搶娶。香君拚死抵抗，用方域所贈宮扇打傷了臉。血滴在扇上。其假母貞麗只好代她上轎，保全了她的貞操。扇上血跡，由　域友人略施點染，成了朶朶桃花，劇名即由此而起。香君托老教師帶扇去找方域下落。這時，正當淸兵南下，一路大亂。南京的弘光帝與大鋮黨人俱死。方域和香君經了多少離亂，終得相聚。但接着便重新分袂，各投空門。

道德方面，除第七折稍欠含蓄之外，還有很多帶壞意思的隱語，中國傳奇中，在所難免。所以把它列入需要「保留」一類裡。

530.　　鏡　花　緣　　（衆）　　100。回
李汝珍（1763—1830）著

鏡花緣槪略如下：

武后想在冷天賞花，下詔叫百花齊放，花神不敢抗命，只好從了，但受到天罰，貶下人間，變成一百個女子。當時，有一個秀才，名叫唐敖，應試中了探花，却又被御史彈劾，說他和徐敬業等叛徒有交情，被除名。心中一氣，想到外方去雲遊。就搭了他小舅林之洋的船，到海外去，走了很多地方，遇到很多奇人，和奇俗怪物。僥倖嘗着仙草「超凡入聖」，入山不回。

他的女兒小山又搭船找他，也經歷了那些異境，遭到很多危險，總找不到父親。但從山中一個樵夫手裏，得到父親留給她的一封信替她改名閨臣，並約她中了才女以後再相見；再往前走，看見一個荒墳，叫鏡花塚；又走過去，進了水月村，再走下去，看見一座泣紅亭，亭中有碑，上面刻着一百個人的名字。頭一個是史幽探，末一個是畢全貞，而唐閨臣則列在第十一名。

閨臣不得已，只好回來。正趕上武后開科取才女，她考試得中，名字次第和碑文一樣。於是那同榜的一百人，在宗伯府集會，大開筵宴，彈琴作詩，圍棋講射…很痛快。

忽然來了兩位女子。自稱是考中四等的才女，實際却是風姨和月姨的化身，接着因爲論文字生氣，鼓起風來，把四座却嚇壞了。魁星現形來助那些女子；麻姑化爲道姑來和解。於是又即席賦詩。意思裏包含着各人身世…

最後文芸起兵興唐，才女有在軍中陣亡的。而武家軍終於潰敗。中宗即位，仍舊尊太后武氏爲則天大聖皇帝。接着即天又下詔令，說明年還要開女科，並命前科才女赴「紅文宴」。

叙到這裏，鏡花緣告終。（參看：魯迅前書，頁314）大衆可看。

531.　　官場現形記　　（衆）
淸，李寶嘉（1867—1904）著

寶嘉即南亭亭長，字伯元。官場現形記已成者六十回，爲前半部。凡所叙述皆中國舊時官場迎合，鑽營，矇混，羅掘，傾軋等故事，彙及士人之熱心於作吏，及官吏閨闥中之隱情。頭緒紛繁，脚色衆多。記事以一人爲起訖，若斷若續，與儒林外史略同。

（參看魯迅：前書，頁356）

大衆可看。

532.　　老殘游記　　（衆）　　20章
　　　　　　清，劉鶚（1850—1910）著

　　鶚字鐵雲，別署洪都百鍊生。此書借鐵英號老殘的旅行，歷記其言論聞見，『作者信仰並見於內；攻擊官吏處甚多。其記剛弼誤認魏氏父女爲謀死一家十三命重犯，魏氏僕行賄求免，剛弼即以此證實之，則摘發所謂清官者之可恨，或尤甚於贓官。』（魯迅：前書，頁365）
　　一般人都可看。

533.　　西　洋　記　　（限）　　一百回
　　　　　　明，羅懋登著　　1597年　初版

　　叙的是：永樂中太監鄭和奉使率將士下海威服南洋諸國事。鄭和，明史有傳，說他：『雲南人，世所謂「三保太監」者也。永樂三年，命和及其儕王景宏等通使西洋，將士卒二萬七千八百餘人，多齎金帛，造大舶…先後七奉使，所歷凡三十餘國，所取無名寶物不可勝計…』。
　　書中侈談怪異，專尙荒唐。其第一至七回爲碧峯長老下生，出家降魔之事；第八至十四回爲碧峯與張天師鬥法之事，第十五回以下，則鄭和掛印，招兵西征，天師及碧峯助之，斬除妖孽，諸國入貢，鄭和建祠之事。
　　文詞不工，但頗有里巷傳說，如「五鬼鬧判」，「五鼠鬧東京」故事皆於此可以考見，亦其所長…
　　（參看魯迅前書，頁213）
　　成熟的人可以看。

534.　　三國志演義　　（衆）　　24卷　240回
　　　　　　明，羅貫中（約1330—1400）著

　　三國志演義是羅氏作品裏最流行的一部，也是被後人修改得最少的一部。他排比了陳壽三國志及裴松之註，也偶有采用元人「平話」推演作成。由後漢桓帝崩靈帝即位「桃園結義」叙起，直到晉武帝太康元年，「王濬計取石頭城」前後共九十七年（184—280）的事實。是一部偉大的歷史小說。
　　雖有第十六回裏，一段相當粗魯的描寫，這小說仍是一般人都可以看的。

535.　　黃粱夢雜劇　　（限）
　　　　　　元，馬致遠著　　〔元曲選，第45種〕

　　呂洞賓進取功名，經過邯鄲在黃化店中。正陽子鍾離權點化於他。讓他夢見娶妻，做官，老婆養漢，自己迭配，帶着兒女脫逃…醒來時，店裏一頓飯還沒做熟。正陽子度脫他省悟，隨東華帝君成仙去了。
　　有通姦一幕，只限有見解人可看。

536.　　西　游　記　　（限）　　100回
　　　　　　明，吳承恩著

　　吳氏，字汝忠，號射陽山人，淮安人，嘉靖貢生，萬曆初卒。
　　全書可分爲四大段：

第一段　第一至第七回：叙孫悟空出生，求仙及得道，鬥三界等事。

第二段　第八至十二回叙：魏徵斬龍，唐皇入冥，劉全送瓜，及玄奘奉諭西行求經事。

第三段　第十三至九十九回：叙玄奘西行，到處遇見魔難，所遇凡八十一難，但皆得佛力佑護及孫行者的努力，得以化險為夷，安達西天。這是全書最長的一段；寫得雖是層次井然的，一難過去又一難，却難得八十一難之中，事實雷同者却不很多；此可見作者心胸的細緻，與乎經營的周密。

第四段　第一百回：寫玄奘及其徒孫悟空，猪悟能，沙悟淨等護經回東土皆得成眞為佛事。但作者算算，前文只有八十難，於是又增「水厄」一難，以成全八十一難之數。

　　（鄭振鐸：挿圖本中國文學史，頁1227）

成熟的人可看。

537.　儒林外史　（衆）　55 回
　　　　清，吳敬梓（1701—1754）著

吳敬梓，字敏軒，安徽全椒人。

『本書之成殆在雍正末，著者方僑居金陵。時距明亡未百年，士流蓋尙有明季遺風，制藝而外，百不經意，但為矯飾，云希聖賢。敬梓所描寫者即是此曹，既多據自所閲見，而筆又足以達之，故能燭幽索隱，物無遁形，凡官師，儒者，名士，山人；間亦有市井細民，皆現身紙上，聲態並作，使彼世相，如在目前。惟全書無主幹，僅驅使各種人物，行列而來。事與其來俱起，亦與其去俱訖，雖云長篇，頗同短製……敬梓又愛才士，汲引如不及，獨嫉時文士如讎……故書中攻難制藝及以制藝出身者亦甚烈……』

『儒林外史，所傳人物，大都實有其人，而以象形諧聲或庾詞隱語寓其姓名，若參以雍乾間諸家之集，往往十得八九……』

『刻劃偽妄之處甚多，掊擊習俗者亦屢見』。

　　（魯迅：前書，頁 274）

一般人可看。

538.　聊齋誌異　（特限）　16 卷　431 篇
　　　　清，蒲松齡（1630—1715）著

松齡，字留仙，號柳泉，清初山東淄川人。

『本書雖亦如當時同類之書，不外記神仙狐鬼精魅故事，然描寫委曲，叙次井然，用傳奇法而以志怪，變幻之狀，如在目前；又或易調改絃，別叙畸人異行，出于幻域，頓入人間；偶述瑣聞亦多簡潔，故讀者耳目，為之一新。』

『明末志怪諸書，大抵簡略，又多荒怪，誕而不情。聊齋獨于詳盡外，示以平常，使花妖狐魅，多具人情，和易可親，忘為異類，而又偶見鶻突，知復非人……』

『又其叙人間事，亦尙不過為形容，致失常度……』

『至于每卷之末，常綴小文，則緣事極簡短，不合於傳奇之筆，故數行即盡，與六朝之志怪近矣……』

　　（魯迅：前書，頁 258）

本書因有猥邪地方很多，任何人不宜看。

539.　　**新編白話聊齋志異**　　（限）
　　　　上海中華書局版

　　內容包括故事瑣聞五十八則：半文言，半白話。（**參看上條 538**）。
猥褻數處。限成熟人可看。

540.　　**牡　丹　亭**　一名　還魂記　（限）　55 折
　　　　湯顯祖 (1550—1617) 著

　　南安太守杜寶生有一女，名麗娘，才貌端妍，未議婚配。杜太守請本府秀才陳最良為西席專教小姐念書，並以梅香為伴讀。上學的那天，陳老先生敎麗娘讀詩經，解說關雎一章，這懷春少女悵然有感。

　　本府有個後花園，麗娘向未去過，為了心中鬱鬱，受了梅香的勸誘之後，便同去一遊。果然春色滿園，牡丹盛開。麗娘回到繡房，倦極而臥。彷彿身子仍在園中，突遇一位俊秀才，折柳一枝贈她，強她題咏，並擁她到牡丹亭中歡會。忽然落花一片，驚醒了她。她母親剛來看她，誡她以後少到後花園中閑行。

　　自此以後，麗娘更覺抑鬱，捉空兒又到後花園中去，夢景宛然，只是花事已將冷落。尋夢回去之後，便懨懨成病，醫符無效。

　　挨至秋初，病體益重，麗娘對鏡一照，見容色漸改，便命梅香取絹幅丹青來自己寫照題詩。到了八月十五，昏厥而去。臨死囑咐她母親把自己屍身葬在後園中老梅樹下，並私囑梅香將她的春容放在太湖石邊。

　　不久，杜寶奉命陞為淮揚安撫使，攜眷而去。因麗娘屍柩不便運去，便留葬在後園。

　　麗娘夢中的書生，姓柳名夢梅，家住嶺南。少年英俊，因貧窮久困鄉里，上京圖取功名，經過南安，染病暫住園中。散步拾得麗娘那幅春容，見了題詩中有梅柳的話，頗覺駭然。便生了痴心，天天對畫叫着美人。

　　麗娘的鬼魂，在地府受了冥判，得允許還陽。她回到園中，聽見書生叫她，頗為感動，便乘機進房，假托鄰女與他相會。到了還陽日期已盡，她要求夢梅開墳啓棺，果然復活起來，顏色如生。他們恐怕住在南安不便，一同北上到臨安。

　　其時金人擾亂淮南，杜寶被困城中，又得訊知道女棺被盜，又聽傳說夫人遭亂而死，很是悲憤。柳生赴試，金榜正待揭曉，麗娘聽說父親被圍，打發他去看望杜老。偏巧淮安已竟解圍，杜公陞官。柳生自稱門婿，闖宴求見。杜公恨着女墳被掘，這位門婿却憑空而來，大怒之下，命人把柳生遞解到臨安幽禁。

　　杜公入朝，皇帝大喜。這時金榜已發，狀元是柳夢梅，但遍覓不得。杜公回府便命取了柳生，要治他發墳的罪，任他如何辯解也不聽。尋找狀元的人到來，才救了柳生之厄。杜公仍然不痛快，堅持着：即使女兒活着也是花木之妖，並非真實的人。

　　這事鬧到皇帝之前，命他們三人對辯。結果，以麗娘的細訴，事情大白。在麗娘家無意中遇見了前傳被殺的夫人與梅香。原來他們逃難到臨安時，遇到麗娘，便同住在一處。柳生還不肯認他那狠心的丈人，經了麗娘的婉勸，方才重復和好，合家大喜團圓。

　　（參看鄭振鐸：前書 1154 頁）
　　這傳奇是明代一部優美的作品。道德方面，有幾段大胆的地方；所以不可讓青年人看它。

541. 　燕山外史　　（限）　　八卷
　　　　　清，陳球著

　　球字蘊齋，秀水諸生。本書成於嘉慶中（約1810）。乃取明馮夢楨所撰竇生傳爲骨幹，加以敷衍，演爲三萬一千餘言。

　　『傳略謂：永樂時，有竇繩祖，本燕人，就學於嘉興，悅貧女李愛姑，迎以同居。久之，父迫令就婚淄川士族，遂絕去。愛姑後爲金陵齷商所紿，輾轉落妓家；得俠士馬遜之助，終復歸竇；而大婦甚妬，虐遇之。生不能堪，偕愛姑遁去。會有唐賽兒之亂，又相失。比生復歸，則資產已空，婦求去，孑然止存一身，而愛姑忽至，自言當日匿尼菴中，今始返。是年竇生及第，累官至山東巡撫，迎愛姑入署，如命婦。未幾生男，求乳媼，有應者，則前大婦也；再嫁後，夫死子殤，遂困頓爲賤役，而生仍優容之。然婦又設計害馬遜，生亦牽連得罪；顧終昭雪復官，後與愛姑皆仙去。』（魯迅：前書，頁311）

　　成熟人可看。

542. 　品花寶鑑　　（禁）　　60回
　　　　　清，陳森書著　　1852年　初刻

　　『專敘乾隆以來北京優伶生活；而記載之內，時雜猥辭。至於敘事行文，則似欲以纏綿見長，風雅爲主。然亦不外佝如佳人，客爲才子，溫情軟語，累牘不休。獨有佳人非女，則他書所未寫耳』！

　　『書中人物，大抵實有，就其姓名性行，推之可知…』

　　（魯迅前書，頁322）

　　應禁。

543. 　紅　樓　夢　　（特限）　　120回
　　　　　清，曹雪芹（1719？—1763）著　　約1765年

　　書初名石頭記

　　『開篇即敘本書之由來，謂女媧補天，獨留一石未用，石甚自悼歎，俄見一僧一道…袖之而去。不知更歷幾劫，有空空道人見此大石，上鐫文詞，從石之請，鈔以問世。……後因曹雪芹於悼紅軒中披閱十載，增刪五次，分出章回…』

　　『本文所敘事則在石頭城（非即金陵）之賈府，爲寧國榮國二公後。寧公長孫曰敷，早死；次敬襲爵，而性好道，又讓爵於子珍棄家學仙；珍遂縱恣。有子蓉娶秦可卿。榮公長孫曰赦，子璉，娶王熙鳳；次政；女曰敏，適林如海，中年而亡，僅遺一女曰黛玉。賈政娶於王，生子珠，早卒；次生女曰元春，後選爲妃，次復得子，則銜玉而生，玉又有字，因名寶玉，政母史太君尤鍾愛之，寶玉既七八歲，聰明絕人，然性愛女子；賈政不甚愛惜，馭之極嚴。賈氏閨閣中歷歷有人；主從之外，姻連亦衆，如黛玉，寶釵，皆來寄寓；史湘雲亦時至；尼妙玉則習靜於後園…』

　　『事即始於林夫人（賈敏）之死，黛玉失恃，又善病，遂來依外家，時與寶玉同年，爲十一歲。已而王夫人女弟所生女亦至，即薛寶釵，較長一年，頗極端麗。寶玉純樸，並愛二人無偏心，寶釵渾然不覺，而黛玉稍恚。一日，寶玉倦臥秦可卿室，遂入太虛境，遇警幻仙閱金陵十二釵正冊及副冊，更歷他夢而寤。

　　『迨元春被選爲妃，榮公府愈貴盛，及其歸省，則謁大觀園，以宴之，情親畢至，極天倫之

榮。寶玉亦漸長，於外暱秦鍾蔣玉函，歸則周旋於姊妹中表以及侍兒如襲人晴雯平兒紫鵑輩之間，昵而敬之，恐拂其意，愛博而心勞，而憂患亦甚矣。』

『榮公府雖煊赫，而「生齒日繁，事務日盛，安富尊榮者多，運籌謀畫者無」，頹運方至，變故漸多。寶玉在繁華豐厚中，且亦屢與「無常」覿面，先有可卿自經；秦鍾夭逝；已又中父妾厭勝之術，幾死；繼以金釧投井；尤二姐吞金；而所愛之侍兒晴雯又被遣，隨歿。悲涼之霧，遍被華林，然呼吸而領會之者，獨寶玉而已。』

『石頭記結局，雖早隱現於寶玉幻夢中，而八十回僅露「悲音」。比乾隆五十七年（1792）乃有百二十回之排印本出，改名紅樓夢…』

『後四十回雖數量止初本之半，而大故起迭，破敗死亡相繼…寶玉先失其通靈玉，狀類失神。會賈政將赴外任，欲于寶玉娶婦後始就道，以黛玉羸弱，乃迎寶釵。姻事由王熙鳳謀畫，運行甚密，而卒爲黛玉所知，咯血病日甚，至寶玉成婚之日遂卒。寶玉知將婚，自以爲必黛玉，欣然臨席；比見新婦爲寶釵，乃悲歎後病。時元妃先薨；賈赦以「交通外官倚勢凌弱」革職查抄，累及榮府；史太君又尋亡；妙玉則遭盜刼不知所終；王熙鳳既失勢，亦鬱鬱死。寶玉病亦加，一日垂絕，忽有一僧持玉來，遂蘇，見僧復氣絕，歷靈夢而覺；乃忽改行，發憤欲振家聲，次年應鄉試，以第七名中式。寶釵亦有孕，而寶玉忽亡去。賈政既葬母於金陵，將歸京師，雪夜泊舟毘陵驛。見一人光頭赤足，披紅氈斗篷，向之下拜；審視知爲寶玉。方欲就語，忽來一僧一道，挾以俱去，追之不見…』

『全書所寫，雖不外悲喜之情，聚散之迹；而人物事故，則擺脫舊套，與在先之人情小說不同』…

（魯迅：前書，頁283…）

本書以氣氛柔靡，任何人不宜讀。靑年人更應絕對禁閱。

544. 西廂記 （禁）
元，王實甫著

實甫名德信，元大都人。

西廂記全部五本，實甫只作了四本，其第五本則爲關漢卿所續。

其第一本的劇名是張君瑞開道場，叙的是張君瑞過蒲城遊於普救寺，在佛殿遇見了寄居於寺傍的崔相國之女鶯鶯。一往情深，遂遷住於寺中，不復行。某夜，鶯鶯燒香時，兩人隔牆吟詩酬答。崔夫人爲已故相國做道場，張生藉搭齋之名，復與鶯鶯一見。

第二本的劇名是：崔鶯鶯夜聽琴，叙的是鶯鶯艷名，爲將軍孫飛虎所聞，帶領人馬，圍了寺，要娶鶯鶯爲妻。崔夫人說：誰能退得賊兵，當將鶯鶯嫁他爲妻。張生獻策，遣猛和尙惠明，持書向張生好友杜確將軍處求救，果然擒了飛虎，解了圍。不料崔夫人卻設宴招待張生，命鶯鶯以兄妹之禮見。爲的是鶯鶯已被許給她內姪鄭恒爲妻。張生不樂，丫環紅娘也爲之抱屈。她勸張生於夜間彈琴，以探鶯鶯之心，鶯鶯聽了張生求鳳之操，大有所感。

第三本的題目是：張君瑞害相思，叙的是，張生見了紅娘，托她遞簡，紅娘謹愼，將簡帖放在小姐粧盒中。鶯鶯見了簡帖怒責紅娘，然後寫覆書，命紅娘送給張生。張生拆看原來是幽期的話，夜間依約跳牆而過。鶯鶯見了他責以大義，迫得他羞澀退去。自此他便得了病，夫人命紅娘去問病，鶯鶯遞給她一張簡帖，約定今夜相會。張生見了，頓時病好了。

第四本的題目是：草橋店夢鶯鶯，叙的是：當夜，鶯鶯果然依約而至，終夕無一言。天未明，紅娘便來捧之而去。自此二人情好甚篤。但不久，便爲老夫人所覺察，拷問紅娘，直訴其事。

夫人無可奈何，才答應了親事。惟約定張生必須上京求名，得中後始可成婚。張生不得已別離鶯鶯上京。長亭設餞兩不忍別，終於分手。當夜，張生在草橋店夜夢鶯鶯追來，但又爲軍卒所迫，急中忽然夢醒。

王實甫的崔鶯鶯待月西廂記至此而止。

第五本是由關漢卿續成的，題目是張君瑞慶團圓。叙的是，半年之後，張生一擧及第，命琴童賽信同去報告夫人小姐。鶯鶯甚喜，將汗衫等物交琴童帶回。張生益念鶯鶯，但一時不能出京。同時崔夫人的內侄鄭恒，卻到蒲東意欲就婚。及知鶯鶯已許婚張生，便誑說張生已在京另娶。夫人大怒，允將鶯鶯嫁給他。張生這時榮歸到崔家。夫人以下，都不理他。及杜確來爲張生主婚，喝住了鄭恒，方才消釋誤會。他們遂擧行婚禮。鄭恒羞忿，觸樹身亡。張生鶯鶯一對情人，終成了眷屬。（參看鄭振鐸前書，頁859）

遺書的主題是男女戀愛，每一行都在說着愛。有幾場，在不懂文義的人無害，在通曉故實的人，卻非常惑亂人心。

545.　兒女英雄傳　　（限）　　存 40 回
　　　清，文康著　　約 1770 年初版

原題「燕北散人著」實出文康手。康，費莫氏，字鐵仙，滿洲鑲紅旗人，大學士勒保次孫。

所叙爲「一椿公案」：『有俠女曰何玉鳳本出名門，而智慧曉勇。其父先爲人所害，因奉母居山林，欲伺間報仇。其怨家曰紀獻唐，有大勳勞於國，勢甚盛。何玉鳳急切不得當，變姓名曰十三妹，往來市井間，頗拓弛玩世。偶於旅次，見孝子安驥困厄，救之，以是相識，後師穪。已而紀獻唐爲朝廷所誅，何雖未手双其仇而父仇則已報，欲出家，然卒爲勸沮者所動，嫁安驥。驥又有妻張金鳳，亦嘗爲玉鳳所拯，乃相睦如姊妹…』（魯迅，前書，頁 340）

胡適叙此書，謂『思想見解，都只是一個迂腐的八旗老官僚的如意夢』。但他又說：『兒女英雄傳最大的長處在於說話的生動與風趣。』

大衆可看。

546.　鐵拐李雜劇　　（衆）
　　　元，岳伯川著　　〔元曲選　第29種〕

鄭州奉寧郡孔目岳壽損害良民，被韓魏公訪明要治罪，把他諕的生病死了。閻王准他囘到陽坐，借小李屠的死屍還魂，一條腿瘤，只好拄拐走路。李妻認他，岳妻認不得他。經呂祖提省，看破酒色財氣，修仙去了。

一般人可看。

547.　七俠五義　　（限）
　　　清 俞樾（1906年卒）著

『俞樾寓吳下時，潘祖蔭歸自北京，出示三俠五義。初以爲俗書耳，及閱畢乃歎其「事蹟新奇，筆意酣恣……」而頗病開篇「狸貓換太子」之不經，乃別撰第一回。援據史傳，訂正俗說』又以書中南俠，北俠，雙俠，其數已四，非三能包，加小俠艾虎，則又成五；「而黑妖狐智化者，小俠之師也，小諸葛沈仲元者，第一百回中盛穪其從遊戲中生出俠義來，然則此兩人非俠而何？」因復改名七俠五義，于光緒己丑（1889）序而傳之，乃與初本並行，在江浙特盛。』

（魯迅：前書　頁347）

548.　　青　樓　夢　　（特限）　　64 回
　　　　清，兪達（1884年卒）著

　　達字吟香，又題蘅峯慕眞山人。

　　青樓夢成于光緒四年，則取吳中倡女，以發揮其「遊花國，護美人，采芹香，捯巍科，任政事，報親恩，全友誼，敦琴瑟，撫子女，睦親鄰，謝繁華，求慕道」之大理想。所寫非實。

　　略謂：金挹香字企眞，蘇州府，長洲縣人。幼即工文，長更慧美然不娶，謂欲得「有情人」，而「當世滔滔，斯人誰與？反不若青樓女子，竟有慧眼識英雄於未遇時也。」故挹香游狹邪，特受伎人愛重。挹香亦深於情，侍疾服勞不厭。後乃終「捯巍科」，納五妓，一妻四妾。又爲養親計。捐職仕餘杭，即遷知府，則「任政事」矣。已而父母皆在府衙中跨鶴仙去。挹香亦悟道，羽化於天台山。又歸家悉度其妻妾。其子則早淪元；舊友亦因挹香汲引皆仙去；而曩昔所識三十六妓，亦一一「歸班」！

　　這部狹邪小說雖寫倡妓，倒沒有什麼認眞淫穢的描寫；寧可說是外教人理想的愉快生活的詩意素描。

　　任何人不宜看。

549.　　玉　蜻　蜓　　（限）

　　申某，不守夫道，和一個朋友陳某專門尋花問柳，他和一個尼姑志貞結了不解之緣，貪色早死。臨死，把一個玉蜻蜓，留給她懷孕的情人，囑咐她如果生了孩子，給他帶上表明他的出身。後來孩子出世取名元宰。尼姑不能留養他，就把那玉蜻蜓拴在孩子的襁褓上，送到一個官邸門前。那官宦人家收養下了。

　　小孩長大應試得中，四處尋找生身父母。原來收養他的那家和申夫人有親誼。這天，少年到申家去，身上佩帶着那飾物，被申夫人看見，認出是早年送給自己丈夫的東西，因而認出少年的出身。申夫人打聽出來，和尼姑大鬧。經少年的義父從中勸解，才言歸於好，和兒子一同平安度日。

　　小說很有意思，就是氛圍不很純潔，所以只有成熟的人才可以看它。

550.—563.今 古 奇 觀　　四卷　　40 回
　　　　明，抱甕老人輯　　崇禎間刊

　　本書是從「三言」——喻世明言，警世通言，醒世恒言——和「二拍」——拍案驚奇，拍案驚奇二刻——等明人小說中選輯出來的。主要回目如下：

550.　　第3回：滕大尹鬼斷家私（衆）
551.　　第5回：杜十娘怒沉百寶箱（衆）
552.　　第6回：李謫仙醉草嚇蠻書（衆）
553.　　第7回：賣油郎獨佔花魁女（限）
　　　　　　　　有猥褻處青年人不宜看。
554.　　第15回：盧太學詩酒傲公侯（衆）
555.　　第17回：蘇小妹三難新郎（衆）
556.　　第20回：莊子休鼓盆成大道（衆）
557.　　第23回：蔣興哥重會珍珠衫（限）

議論悖謬，僅成熟人可看。

558. 第26回：蔡小姐忍辱報仇（限）

有自殺，仇恨等記述，限成熟人讀。

559. 第27回：錢秀才錯占鳳凰儔（衆）

560. 第28回：喬太守亂點鴛鴦譜（特限）

有幾處大膽描寫，限成熟人閱讀。

561. 第32回：金玉奴棒打薄情郎（衆）

562. 第38回：趙縣君喬送黃柑子（限）

有過於大膽的描寫，青年人不宜看。

563. 第39回：誇妙術丹客提金（限）

有一段粗野描寫，青年人不宜看。

564. **施　公　案**　（衆）　8 卷　97回

清　無名氏著　1838年初版

　　記康熙時，施士倫爲泰州知州至漕運總督時行事，文意俱拙，略如明人之包公案而稍加曲折，一案或亘數回；且斷案之外，已爲俠義小說先導。大抵皆賢臣微行，巨盜刼持，豪傑解救之類⋯

　　大衆可看。

565. **鴛鴦被雜劇**　（限）

元，無名氏著　〔元曲選第 4 種〕

　　李彥實，官府尹，因被劾須到京對簿，缺少費用，托王清惹的劉道姑向放私債的劉員外借銀。劉要他立文書，又叫他女兒玉英畫押。文書立好，李府尹和女兒作別，許下不久囘家。

　　過了一年，李府尹還沒有回來，劉員外催索本利，要挾道姑爲媒，要玉英以身抵債，嫁他爲妻。玉英不明劉的年貌，冒然答應，並托道姑帶去「鴛鴦被」，約定當晚到惹中成親。幸而劉員外半路上被巡夜的拏去。湊巧有秀才張瑞卿投宿惹中，誤成姻緣後，玉英贈他鴛鴦被，上京取應，約定得官回來成婚。

　　劉員外逼婚不成，强迫玉英賣酒。瑞卿囘來，在酒店認她爲妹子，帶回家去露被，夫妻相見。劉員外前來爭吵，正趕上李府尹復官，把劉員外打出去。瑞卿玉英成禮。

　　有幾句猥褻的話，僅限有見識的人可看。

566. **封神傳演義**　（限）　100 回

無名氏（許仲琳？）著

　　書之開篇詩有云：「商周演義古今傳」，似志在於演史，而侈談鬼怪，什九虛造，實不過假商周之爭，自寫幻想耳⋯

　　首叙受辛進香女媧宮，題詩瀆神，神因命三妖惑紂以助周。第二至三十回則雜叙商紂暴虐，子牙隱顯，西伯脫禍，武成反商，以成殷周交戰之局。此後多說戰爭，神佛錯出，助周者爲闡敎即道釋，助殷者爲截敎。其戰各逞道術，互有死傷，而截敎終敗，於是以紂王自焚，周武入殷，子牙歸國封神，武王分封列國終。

　　（魯迅：中國小說史略，頁1232）

成熟的人可以看。

567.　金　瓶　梅　（禁）　一百回

金瓶梅的內容，只是取了水滸傳的武松殺嫂故事為骨子，而加以烘染與放大，其結局却和水滸傳不同。

其中心人物，是西門慶，清河人，本是一個破落戶；後漸漸地發達，也捐得一官半職，以財勢橫行於鄉里間。娶有一妻三妾，倘在外招花引柳。遇武大妻潘金蓮，彼此愛戀。把她丈夫武大毒死，納她為妾。武大的兄弟武松為兄報仇，誤殺李外傳，刺配孟州。西門慶更橫悉了。又私李瓶兒，也納她為妾，得了她不少家財。瓶兒生了一個兒子，夭死。她自己不久也死了。而西門慶因縱慾過度也死了。於是家人零落。金蓮被逐在外，恰遇武松被赦回家，把她殺死。西門慶的正妻吳月娘，有遺腹子孝哥。金兵南侵，舉家逃難。月娘在一座佛寺裡，夢到關於她家的因果報應，遂大悟；孝哥也出家為僧。

金瓶梅的特長，尤在描寫市井人情及平常人心理，行文措語，雄悍橫悉之至。但却是一部著名淫書，曾經政府屬禁。

淫穢的地方很多。公教人稍知自愛的都不該看。

應禁。

568.　灰闌記雜劇　（限）
元，李行道著　〔元曲選，第 63 種〕

張海棠勾欄中人，嫁給馬均卿為妾，生一子名壽兒，大婦妒妬，自己又和姦夫趙令史通謀，要害死丈夫。海棠的哥哥張林，向妹妹借盤纏；大婦勸她，把衣服頭面給他哥哥；一面告訴張林說衣服是自己給的，一面又對丈夫誣陷海棠把衣服等送給姦夫；又配好毒藥湯，佯叫海棠送給丈夫消氣。馬員外登時身死。

大婦就賴是海棠毒死的，又賴認壽兒是自己親生，想霸佔馬家財產。趙令史勾通鄰舍穩婆作硬證，假借官勢，將海棠屈打成招。解往開封府包待制衙門覆審。海棠路上巧遇哥哥張林解釋誤會，訴出冤枉。張林在包公處當差，代妹申冤。

包公將一干人犯擎到，當庭命人用石灰畫成一個闌兒，把小孩放在圈內。說兩個婦人，誰把孩子拉出闌外，便是親生之母。大婦兩次都拉出來，海棠兩次都鬆了手，但堅稱孩兒是自己的。包待制問她何故拉不出，她說心疼小孩，怕拉斷他筋骨。

於是包公就判定海棠是小孩的生母。把姦夫淫婦等審實定罪。所有馬員外的家財，都付於海棠執業，和兒子及哥哥張林同住。

有幾句粗野的話。

本劇限成熟的人才能看。

569.　好　逑　傳　（限）　十八回

一名：俠義風月傳，題云「名教中人編次」。

『有秀才鐵中玉者，北直隸大名府人，其父鐵英為御史，中玉慮以鯁直得禍，入都諫之。會大夾侯沙利奪韓愿妻，即施智計奪以還愿，大得俠義之稱。然中玉亦懼禍，不敢留都，乃至山東游學。

歷城退職侍郎水居一有一女曰冰心，甚美，而才識勝男子。同縣有過其祖者，大學士之子，

強來求婚，水居一不敢拒，然以姪女易冰心嫁之，婚後始覺，其祖大恨，計陷居一，復百方圖女，而冰心皆以智免。過其祖又託縣令假傳朝旨逼冰心，而中玉適在歷城，遇之，斥其僞，計又敗。

冰心因此甚服鐵中玉，當中玉暴病，乃邀寓其家護視，歷五日始去。此後過其祖仍再三圖娶冰心，皆不得。而中玉卒與冰心成婚，然不合巹。

已而過學士託御史萬霤奏二氏婚媾，先以孤男寡女共處一室，不無曖昧；父母成之，有傷名教。有旨查覆。後皇帝知二人雖成禮而未同居，乃召冰心令皇后驗試，果爲貞女，於是誣衊者皆被詰實，令水鐵重結花燭。』（魯迅：前書，頁239）

書中無穢惡處，獎勵節操。然略有細事，對青年想象或可有害。

570. 玉 嬌 梨 （衆） 二十回

一名：雙美奇緣。『叙明正統間有太常卿白玄者，無子晚年得一女曰紅玉，甚有文才，以代父作菊花詩爲客所知。御史楊廷詔因求爲子楊芳婦，玄召芳至家，屬妻弟翰林吳珪試之。芳駷甚，白玄遂不允。楊以爲怨，乃薦玄赴也先營中迎上皇，玄託其女於吳翰林而去。吳珪即挈紅玉歸金陵，偶見蘇友白題壁詩，愛其才，欲以紅玉嫁之。友白誤相新婦，竟不從。珪怒，囑學官革友白秀才。學官方躊躇，而白玄還朝加官回鄉之報適至，即依黜之。

友白被革，將入京就其叔，於道中見數少年苦吟，乃方和白紅玉新柳詩；謂有能步韻者，即嫁之也。友白亦和兩首，而張某竊以獻白玄，玄留之爲西賓。已而有蘇某又冒爲友白，請婚於白氏，席上見張，互相攻訐，俱敗。

友白見紅玉新柳詩慕之，遂渡江而北，欲託吳珪求婚；途次遇盜，暫舍於李氏，偶遇一少年曰盧夢梨，甚服友白之才，因以其妹之終身相託。友白遂入京以監生應試，中第二名；再訪盧，則已以避禍遠徙，乃大失望。不知盧實白紅玉之中表，已先赴金陵依白氏也。白玄難於得婚，易姓名游山陰於禹跡寺見一少年姓柳，才識非常，即字以已女及甥女；而二女皆慕友白，聞之甚怏怏已而柳至白氏，自言實蘇友白，蓋爾時亦變姓名游山陰也。玄亦告以眞姓名，皆大驚喜出意外，遂成婚。而盧夢梨實寶女子，其先乃改裝自託於友白者云。』（魯迅：前書，頁233）

情文曲折，甚饒興味。無穢褻語。結局雖令人不快，而當時人則不以爲悖也。

除婚姻制度謬妄須糾正外，大衆可讀。

571. 二 度 梅 （衆）

這書叙盧杞爲相貪墨。御史梅公參劾他，竟以忠廉得罪。接着叙梅公子和陳杏元小姐離合情事，又叙陳公子和另一位官宦人家小姐的姻緣。

結局兩公子高中，奸相失勢，梅公繼位，兩對夫婦奉旨完姻。

書很有趣味，任何人可以看。祇須警告讀者，一男配二女，僅古制所許而已。

譯本之部

572. 　**四 姊 妹**　（衆）　　一冊　326 頁
　　L.ALCOTT著　　原名『The Four Sisters』（Little Women）
　　　　1941年　上海廣學會　五版

　　書皮上印着：『著者寫姊妹四人，共同生活，一齊長大，結果婚姻都很美滿。怕沒有一個美國作家能像她給予過青年讀者更多的愉快吧』。
　　是新敎中人出版的一本書。
　　一般人都可以看。

573. 　**小 婦 人**　（衆）　　一冊　219 頁
　　　　1937年　啓明書店　三版

　　參見上條（572號）四姊妹書評。這是 L.Alcott 原書的另一譯本。
　　一般人都可以看。

574. 　**大 地**　（特限）　　一冊　352 頁
　　Pearl S.BUCK著　　原名：『The Good Earth』
　　胡仲持譯　　1940年　開明書店版

　　王龍出身微賤，娶了個妻子，是黃宅買來的丫頭，外面並沒什麼特長。黃家很有錢住在城裡。夫妻兩個住在鄉間，務農。然而他們想多置幾畝田地的心，一天比一天急切。一年荒歉，他們向南方逃荒。王龍趁着兵荒馬亂裡，和一羣民衆闖進一個富人家裡，搶到一堆金銀。他囘到本村，把黃宅的地畝都收買了。他越來越濶，讓自己孩子上學念書，不久就縱起慾來：去城裡逛窰子，娶了一房姨太太。經他長子的慫恿，他又買了黃宅的府第。他的次子，是個貪婪鬼，專管上集，買賣；老三逃出門，當了兵。王龍年老了，又娶了一個妾，囘到本村裡死到自己的地產上。

　　這書歌頌着田畝之愛。書中主人每遇困苦，總是這「土還」思想安慰他，鼓勵他。不過這書過於寫實，非很成熟的人不宜看。

575. 　**人 猿 泰 山**　（衆）　　一冊　355 頁
　　E.R.BURROUGHS 著
　　　　1938年　大文書店版

　　一個英國家庭在一次輪船失事裡遇難。小兒泰山才一歲，被一個母猴偷去撫養着。他在猿羣裡成長起來，可是自己總以爲比牠們優越。漸漸又發覺自己具有一般猿類所沒有的智能，自己不是猴子，而是人類！某天有些白種人登陸進島，他認出自己和他們是同類。不久，他得着機緣救下一個瀕於死境的少女，顯出自己的身手。他愛上了那少女，陪她囘到美國，但他的愛情得不到預期的報償。

　　這書任何人都可以看。

576.　　寶窟生還記　　（衆）　　一冊　262頁

　　　E.R.BURROUGHS 著
　　　　　　1931年　商務印書館版

　　這是人猿泰山故事的第九冊。他以一個大勇大義的騎士姿態，扶助弱者抵抗外來人，探險家，和阿剌伯商人。

　　大衆讀物。

577.　　結婚的愛　　（禁）　　一冊　183頁

　　　M.CARMICHAEL STOPES著　原名：「Married Love」
　　　Y.D.〔李小峯〕譯　　1929年　北新書局　十版

　　這書的大部份是講的婚姻問題。全書都是用醫學名辭寫成。

　　我們所以提到這本書，因爲它很流行，譯者是一個名家，並且有一個文藝社團支援它。據我們的意見，這書只能給有見解的醫師和倫理學家看。

　　其他一切讀者應禁讀。

578.　　處世奇術　　（衆）

　　　D.CARNEGIE著　原名：「How to win friends」
　　　李　木譯　　1939年　天津正文印刷局　三版

　　原書是美國出版的。著者是「詞令社交研究會」的會長。他在許多次演講裡，提倡人類社會彼此應接時，對於心理學原則應知道善爲利用。他的豐富經驗都羣集在這二百頁的篇幅裡。

　　書是道地的美國風味：多少都帶些投機，盡是些立刻可以變錢的公式，並舉着現實驚人的例子。

　　現在爲說明內容，特錄其綱目如下：

　　1.待人的根本技巧。

　　2.怎樣使人喜歡你。

　　3.怎樣博得他人贊同你。

　　4.怎樣批評人。

　　5.書信秘訣。

　　6.如何使家庭快樂。

　　總括本書的心理學定律，就是：要設法利用一般人生性裡潛伏着的深切希望受人重視的一點。因而積極方面，要對於所接觸的人，用一個公正的讚揚，表示出一種公正的欽佩；消極方面，切忌用一種不聰明的指摘，觸犯別人。

　　這書趣味濃郁。任何人讀過都可以得益。原本不到二年，重印了三十二版，共計八十三萬三千冊；中文譯本十個月以內重印到三版。因爲是一個唯理主義者的手筆，所以書中每每——雖然是很尊敬地——把基督和孔子，釋迦，相提並論。

　　在道德方面，我認爲這書幾乎是無可指摘的，最末一章講的是婚姻關係以內的性主活。

　　這書可以交到任何人手裡。

579.　　寄　生　草　　（限）　　三幕劇　一冊　114頁

　　　　A.H.DAVIS 著

　　　　　　　1930年　上海光華書局版

　　甲小姐，幼失怙恃，端正可人，在乙公館做家庭教師，乙家人把她看做自己人。乙太太是神經衰弱患者，不大理會丈夫，一切都託給甲小姐照管。甲小姐對她很忠誠，只有她一個人還能在乙公館裡散佈一點快樂。這時乙太太的兄弟丙忽來乙家，想無論如何把姐姐的病治好，然而白費氣力。他很歡喜甲小姐；把這心事告訴了姐夫乙先生。乙先生本人，見甲小姐有脫離他家的可能，忽然發覺離了她不能過。丙趁此時機，在姊姊腦際，鼓勵起對於丈夫行動的一種疑慮，使她精神刺激，這一來病反而好了。丙和甲小姐結了婚，劇情告終。

　　成熟的人可看。

580.　　波納爾之罪　　（衆）

　　　　A.FRANCE 著　　原名：「Le Crime de Sylvestre Bonnard」

　　　　　　　　現代書局版

　　這書是截然兩部合成的。第一部名爲：柴。叙一個愛書狂者波納爾久已熱盼到手的一部鈔本古書，突然發現。經過幾次曲折，這善本終由一位意大利的伯爵夫人白送給他。原來前幾年，那夫人剛死了前夫，在家守寡，冬天沒柴燒，波納爾送給過她一根柴。她這回以此爲報。

　　第二部名爲：約翰妮，亞歷桑德爾。波納爾在年輕時，對於一位女郎叫克蕾曼丁的有過一度熱烈而怯懦的單戀。現在在一座女學校發見了她的小女兒，約翰尼。那孩子被女校長嚴厲管束，她的監護人是個僞善者，甚至轉她的念頭，向他求愛。波納爾很關心她，知道了這些情形，心中十分悲憤，慫恿着那女孩子逃出學校，並沒想到這樣辦法，無形中自已得了略誘未成年女子的罪名。但最後，一切都順利解決。約翰尼和她的心上人結了婚，由她的新監護人波納爾厚加匯贈。

　　關於這書倒沒有什麼可議的地方，無論就道德方面，抑或是思想方面；但是看它時，頗覺瑣碎，因爲常有很多迂濶的發揮。

　　法朗士的書，在教廷禁書總目裏列入「全禁」一類，然而這一本却是極少數的一個例外。

　　有見解的人，甚至普通人都可以看。

〔附註〕　據公敎書評家白冷神父的意見，法朗士在一般當代作家中是比較最無信仰，最不道德的。但有定力的人，倒不妨看他作的：文選、靑年畫冊；也許能看蜜蜂（有穆木天譯本，泰東版）；友人之書（有金滿成譯本，北新版）。其他作品的中譯本都沒保證，像：金滿成譯現代出版的紅百合；（內容聖潔和淫穢雜然並陳，不成樣子）；顧維熊譯，商務出版的喬加斯突；徐蔚南譯，世界出版的女優泰綺思；（主旨：任何聖德的原料，都不外乎貪色，縱慾，以及靈與肉的不純潔）；李靑崖譯，商務出版的藝林外史；陳聘之譯，商務出版的白石上（專反對宗敎信仰）等。

581.　　沙　杜　南　　（衆）　　四幕劇

　　　　H.GRAJL 著　　原名：「Saturnin」

　　　　　　　1941年　天津工商學院公敎出版社

　　內容叙「公敎靑年勞工協會」會員用技巧在一個共產區發生了良好作用，發人深省。

很容易上演。公敎敎育機關和社團亟可一試。

582.　　福爾摩斯新探案大集成　　（衆）　　十二冊
　　　　　　1938年　上海武林書店　三版

偵探小說，譯自英文。

一般人不妨看。

583.　　狄　四　娘　　（限）　　四幕劇　39頁
　　　　　V.HUGO著
　　　　　　　　1940年　中國圖書雜誌公司版

一位省長愛上一個名叫狄四娘的坤伶。狄不愛他而愛着一個姓羅的。這姓羅的却愛着省長的太太。狄四娘有了醋意，想陷害他們，但在省長太太的房中，找到了自己母親昔日給自己的一個十字架，一轉念又把他們救了。她本人，被羅疑爲毒殺自己情婦的，反而死在羅手裏。

這劇本裡，沒有大膽的描寫，但因叙述到若干不合法的戀愛，非成熟的人不可看。

584.　　四　騎　士　　（限）　　一冊　399頁
　　　　　V.B.IBANEZ著　　原名：「Los Cuotro Jinetes del Apocalipsis」
　　　　　　　1936年　商務印書館版

故事發生於第一次世界大戰中。作者寫兩個家庭的對比，一個是法國的，一個是德國的，雙方又有戚誼。前者受過自由的敎育，後者經過一個規定範疇的陶鑄。

歐戰爆發了！德國「機械地」向前進，而法國則「民主地」，但强毅地，撼動起來。

書中男主人公，法國家庭裡的男兒，儒爾，和一個與丈夫分居的婦人有過一段情史，但當「責任」來了的時候，那婦人又自肅起來。她的丈夫臨陣受了重傷，她慷慨地溫情地看護他。

儒爾雖已入了阿根廷國籍，明白他自己應該替他父親的祖國做點事，于是就加入法軍。他的父親眼見到德人的侵入與敗退，遇見了他一個做德國軍官的外甥。書中主角戰死沙場，他家裡人去憑弔他的墳墓。他的妹妹和一個殘廢軍人結了婚，暗示在成長中的第二代是什麽樣的。

有幾處過於寫實的叙述。

限有閱歷的人可看。

585.　　海上夫人　　（限）　　一冊　194頁
　　　　　H.IBSEN著　　原名：「The Lady from the Sea」

這劇本討論和婚姻有關的問題。

1.婚姻是兩個人的生活，在這生活中，每一方應尋求共同的幸福。

2.婚姻生活的開始，應基於雙方當事人的自由意志。

3.夫婦之間每人都負着一種責任。

在這書裡，有足指摘的，就是作者居然認可一個結過婚的人，還有從新選擇對象的權利，並且他昧然於婚姻之神聖性。

內容大要如下：

一個名叫艾麗達的少女，孤身一人活着。王智爾大夫已屆中年，向她求婚。艾答應了，但不是出自誠意。她接受這個丈夫，只是希望結婚以後，可以生活優裕些。但結過了婚，她自覺在這家

和丈夫的女兒們中間，好像個外人。她很多時候一個人生活着，到海邊去游泳。王大夫看透了這一切，待她如同病人一樣。丈夫的這種態度，越來越讓艾難受。在一次談話裡，大夫女兒的一個男朋友提到一個人，她聽着好像說的是她昔日拒過婚的一個舊情人。忽然一天，那人找了她來，要求她跟自己走。艾麗達把自己的心情告訴了王大夫，要求准她自由選擇。王大夫慨然允諾。

那人來聽回信，艾麗達終於選定了…她的丈夫，因為她適才領略了他的良善，開始愛起他來了。

586.　　劊　子　手　　（衆）　　　一冊　282 頁
　　　　G. Q. JOHNSON 著
　　　　　　　1941年　上海西風社版

記述國外社會生活，而以美國為尤詳。這些筆記裡提到盜匪，特務警察，和各國司法制度。大衆讀物。

587.　　狂人與死女　　（衆）　　　一冊　176 頁
　　　　S. LAGERLOF 著　原名：「The Tale of a Manor」
　　　　　　　1935年　中華書局版

一個青年學生，太愛音樂，荒廢了自己的學業，不顧生產。為中興家業，不得已做些生意，可惜時運不濟，蝕了本，急瘋了。

另一幕：一個流浪女人受一個牧師收養；她病重了，大家認為她已死，就把她葬了。那瘋子把她從墳裡拉出來，而那流浪女子經過很多的耐心和愛撫，終於治好了他的瘋病。

大衆可看。

588.　　我是希脫拉的囚徒　　（衆）　　　一冊　468 頁
　　　　S. LORANT 著
　　　　　　　　上海棠棣社版

自作者英文原本譯成。作者本是一個匈牙利的新聞家，當希氏起事時，在慕民赫被捕，莫名其妙地被關了六個月。

大衆可看。

589.　　虎　齒　記　　（衆）　　　一冊　175 頁
　　　　（A. LUPIN 歷險記）
　　　　　　　　文藝書局版

一位富翁被人暗殺死了。照他的遺囑，他的家產想傳給他最近的親人。但這親人無從尋覓。

一個叫畢理納的偵探，被派去偵查兇手。經過很多引人入勝的艱險，很多人被猜疑，接着又判明無辜，畢氏終於捉到正兇送到檢察官那裡。

書的結局叙到偵探和他的女書記結婚。最後的最後，才發現那女郎就是死者的最近的親人。

愛看驚險故事的人可以一讀。

任何人都不妨看。

590. 飢 餓 （衆）

SEMENOV著 原名：「Famine」

1928年 上海北新書店版

是1919年 4 月 25 日至同年 12 月 7 日間，一個俄國少女的日記。內容描寫當時彼得格勒普遍的飢饉。她特別提到的是自己的家中，以及她對她自私的父親的感想；她恨他，但見他捱餓時又可憐他。

記事簡樸，尊嚴，逼眞。

591. 湯 姆 沙 亞 （衆） 一冊 244 頁

M.TWAIN著 原名 「Tom Sawyer」

啟明書局版

趣味盎然，想象豐富（巧計，藏寶，等）

大衆可看。

592. 少奶奶的扇子 （限） 一冊 118 頁

O.WILDE著 原名：「Lady Windermere's Fan」

上海大通圖書社版

舞台劇。一位少婦，結婚不久，拋棄了丈夫兒子，去度着一種不規律的生活。二十幾年以後，她又遇見那女孩子，新近才結婚。這女郎不知道她們間的關係…聽信了她的造謠，認定自己的丈夫和這破爛貨有情。經過一次啟示，她準備離開自己的丈夫跟另一個男人私奔。但最後一刹那，她母親仍不露身份，終於救了她，把她帶回給她丈夫。

成熟的人可讀。

593. 冬天的樂園及其他 （限）

原名：「The Legend of Christmas Rose and others stories」

1941年 廣學會 四版

共收 S.Lagerlof, Nodier 等所作聖誕故事六篇。

這些故事，不是任何公教徒都可以看的，因爲裡面有一篇，把和尙們的稱呼，和基督教的名稱混爲一談了。

594. 雯 娜 （衆） 一冊 295 頁

高葛大將著 1940年 華斌閣印刷局版

您若想認識一下寒帶國的風光，可以把這書看一過。

大衆可看。

595. 康 小 姐 （衆） 一冊 172 頁

1940年 廣學會版

一個女郎的罪行，是在香港上海間私運寶石，因讀了一段聖經而悔改了。

新教出版品，但並沒有特殊的宣傳意味。

大衆可看。

596. 無 敵 水 手 （衆）
新文書局版

一位小姐，在非洲的叔父給她寄來一個像猫樣子的小動物。一個富翁在某書裡看過，說這東西有某種神妙的本領，想買她的，情願出十萬金。然而家人中有一個當水手的，疑心這東西一定很寶貴，反對把牠出賣。富翁叫人把牠儷出來，但那動物從袋裡溜走，又回到這家…於是這富翁便約那水手去決鬥，竟被打敗…這水手要行手術開刀，刀子劃到他的皮上都折了…他帶着病，讓人把他抬到決鬥場，和世界第一拳師比賽，竟把那人打倒了。

大衆可看。

597. 世界名人特寫 （衆） 一冊 178 頁
1940年 中華書局版

這是現代著名人物的總傳：羅斯福，希特勒，達拉第等人都在內。看樣子像是從美國或聯盟各國的刊物裡選輯出來的。

大衆可讀。

598. 銀 匣 （限） 一冊 110 頁
GALSWORTHY 著
郭沫若譯 1927年

一個青年沉醉地回到自己家。女僕的丈夫，把他攙扶上床。那青年剛儷了一個少女的錢袋；他在房裏熟睡之際，那錢袋和一個銀煙盒不見了。大家疑心是那女僕儷的。果然在她房裏找到了那銀盒，就把她和她丈夫都拘捕住。男的承認有罪，被判了罰。他想接着說起那錢袋，但家中人阻攔不許他提，想顧全兒子的顏面。犯人見此光景，就咀咒社會不公，專懲罰弱小，而放縱無行的富豪。

因內容有過激色彩，限有見解的人才可以看。

599. 三 姊 妹 （限） 四幕劇 132 頁

寫一個相當悲觀的俄國智識份子的家庭。三姊妹之一已經結了婚，但不美滿，她追逐着另一個結過婚的男人。另一個即將結婚，並不是有愛情，而是想生活比較獨立。她的未婚夫和人決鬥喪了性命…

限有見識的人，才可以看。

600. 魔 術 殺 人 （衆） 一冊 159 頁
C.DOYLE著
1940年 大連實業印書館版

是一本偵探小說。全書相當支離。例如，後半部裡把前半部所發見的一個線索扔下不提了。一般人不妨看。

甲集書評完

譯　者　後　言

這本書終於譯完了，吐一口輕鬆之氣。

像被人揪着頭髮泅水般，閉着氣，閣着眼，很勉强地赴到這岸。又像走進一座木乃伊的殿堂，帮同原作者，半揭開若干綺麗與醜惡。

在文藝欣賞上，這是一個不可諱言的失敗；但在讀物的道德評價上，這似乎是一個大胆的創舉。倘或這冊子，對於若干神長，若干家長，若干作家，能有一點參考上的價值，這幾個月的業餘光陰，便算沒有白費。

附帶聲明一下：除去舊小說部份，稍加變通之外，其餘文字，都緊緊地跟着原作。一個對任何「想象作品」失掉興趣斷了聯繫的人，做這工作，只有這一種做法。

希望我國神職界，站上這方面更適宜於他們的崗位；不要袖手旁觀着這幾位異邦人士「喫力不討好」地在那裡掙扎。

一九四七，五，四

附　錄

作　家　小　傳

—— 燕 聲 ——

〔生平事蹟未詳者暫付闕如〕

1.　阿　英

原名錢杏邨，其他筆名尚有：方英，張若英，張鳳吾，阮无名，錢謙吾，魏如晦等。

安徽人。文藝批評家。曾以「死去了的阿Q時代」（1928 刊於「太陽月刊」）一文批評魯迅，而爲文壇所注意；其後陸續發表了許多文藝批評及論文。「現代中國文學作家」（1930，泰東）二卷，是他最重要的批評文字；其中所論到的作家有：魯迅，郭沫若，郁達夫，蔣光慈，張資平，徐志摩，茅盾等。

其他關於文藝批評方面的著作尚有：「創作與生活」（良友），「安特列夫評傳」（1931，文藝），「現代中國文學論」（合衆社），「文藝與社會傾向」（泰東），「文藝批評集」（1930，神州國光社），「作品論」，「力的文藝」（1929，泰東），「現代中國女作家」，「現代十六家小品」（1935，光明），「怎樣研究新興文學」（1930，南強），「中國新文壇秘錄」〔1933，南強），「小說閒談」（1936，良友），「中國新文學運動史資料」（1934，光明），「中國新文學大系 史料索引」（1936，良友）等。其中後兩部書是研究中國新文學所必須參考的。

文學史方面的作品有：「晚清小說史」（1937，商務）「彈詞小說評考」（1937，中華）等。

戲劇作品有：「羣鶯亂飛」，「滿城風雨」，「五姊妹」，「桃花源」，「夜上海」，「春風秋雨」，「不夜城」，及以晚明歷史所寫成之四部劇本：「海國英雄」，「楊娥傳」，「明末遺恨」，「碧血花」。

小說有：「義塚」，「一條鞭痕」，「餓人與飢鷹」，「革命的故事」等。

詩集有：「荒土」，「暴風雨的前夜」等

散文集有：「夜航集」（1935，良友），「海市集」（1936，北新）等。

錢氏作品無論爲批評，小說或戲劇，都顯著的在宣傳無產階級的革命文學。他對於作家的批評，着重點在於思想方面；而創作中所描寫的人物，大都是被壓迫的工人，勞動階級，貧民等。

寧漢分裂前，錢氏原在赤色武漢政府中服務，國共分裂後，始到上海，與楊邨人，蔣光慈合開春野書店，組織「太陽社」，出版「太陽月刊」（1928，一月一日創刊），以提倡革命文學，曾轟動一時，前後曾與「創造社」，「語絲社」展開激烈筆戰。加入「太陽社」的作家有：王藝鐘，徐迅雷，洪靈非，林伯修，樓建南，祝秀俠，戴平萬等。1928，八月，「太陽月刊」與「創造社」所出版之「創造月刊」都因爲思想過激，同遭勒令停刊的命運。

1930加入「中國左翼作家聯盟」。並主編「海風週報」。

錢氏曾任大同大學文學院長，兼中國文學系主任。並曾在上海創設「中國文化史料供應社」。

作品大都發表在「太陽月刊」，「海風週報」，及其他左傾刊物，如「拓荒者」，「現代小說」，「新星」等雜誌。

抗戰初期居上海租界中，努力寫作民族歷史劇本，風靡一時，並主編「文選」雜誌。1941，

十二月八日太平洋戰爭爆發，悄然離滬，不知所之。勝利後，始悉其流亡蘇北。

2.　　沙　　汀

原名楊同芳，其他筆名尚有：仲俊，晚紫等。

四川人。曾在成都第一師範學校讀書，與作家艾蕪為同學。

楊氏為小說作家，所作小說結集者有：「法律外的航線」（短篇小說集，1932，辛墾），「土餅」（短篇小說集，1936，文化生活出版社），「航線」（1937，文化生活出版社），「苦難」（短篇小說集，1937，文化生活出版社），「闖關」（1946，新羣出版社），「獸道」（1946，羣益出版社），「播種者」（1946，華夏），「淘金記」（長篇小說，1946，文化生活出版社）。

現在上海，任誠明文學院教授，時常發表作品於各文藝刊物。

3.　　史　　岩

原名史濟行，其他筆名尚有：彳亍，天行，岩，華嚴一丐，齊衍等。

小說作家，及藝術理論家。創作結集者有：「模型女」（中篇小說，1927，光華）「蛻集」（短篇小說集，1929，廣益）。藝術理論方面作品有：「東洋美術史」（1936，商務），「現代家庭裝飾」（1933，大東），「繪畫之理論與實際」（1935，商務）等。

4.　　施　蟄　存

（1903—）

原名施青萍，字安華，號裀尼，其他筆名尚有：江兼霞（戴克崇亦署江兼霞），李萬鶴等。

浙江杭州人。他在中學讀書時，就喜歡詩歌，曾讀了許多唐宋人的詩，而且自己也試驗着寫舊詩。1920胡適的「嘗試集」出版，他讀了之後，以為胡適的新詩寫得不好，只做到「詩的解放」，而並沒有建立起來詩歌的新形式。直到郭沫若的「女神」（1928）出版，他才覺得新詩有了發達的路向。於是他便寫詩寄給邵力子主編的民國日報副刊「覺悟」上去發表。這時革新的「小說月報」中刊載了許多漢譯的俄國小說，引起了他對小說的興趣；他便寫了許多短篇小說，但除了「覺悟」上面刊登一兩篇外，投到各處去的都被退回。可是那時他的發表慾很強，就寄到「禮拜六」，「星期」等雜誌上去登載。所以後來有人稱他為「鴛鴦蝴蝶派」作家。

中學畢業後，從之江大學，而上海大學，而大同大學，而震旦大學，五六年間，看了許多西洋的詩歌和小說。他曾給「創造週報」寄過稿子，因為該報不久就停刊了，所以未登，又在「現代評論」上發表過詩。

這時他和戴望舒，杜衡合辦「瓔珞」旬刊，但只出了四期。就在這刊物上，他發表了「上元燈」（原名「春燈」）及「周夫人」兩個短篇小說。但這刊物並未惹人注意。其後曾模仿夏丏尊譯的日本田山花袋的中篇「棉被」（刊於「東方雜誌」）寫成「絹子」，登在「小說月報」十九卷一號，施蟄存的名字才為世人所知。

大學畢業後，即在故鄉杭州做中學教師。這時劉吶鷗與戴望舒在上海開「第一線書店」，他們辦了一個「無軌列車」半月刊，施氏常在上面發表作品。

後來「第一線書店」改為「水沫書店」，他的第一本短篇小說集「上元燈」才在該店出版（1928）。這書出版以後，立刻引起了許多人的注意，他在文壇上因此得到一個相當的地位。

1929他和戴望舒，杜衡，劉吶鷗，楊邨人等，合編「新文藝」月刊，為「無軌列車」的後身。

這時普羅文學運動盛極一時，多數作家都轉變了，「新文藝月刊」也轉變，他自己也轉變，寫了「阿秀」及「花」二短篇小說，爲作者僅有的普羅文學作品。後來他發現沒有向這方向發展的可能，於是停止寫這類東西。

這時他運用弗洛伊德學說 (Freudism) 寫心理小說「巴黎大戲院」「魔道」，發表在「小說月報」上，而被認爲「新感覺主義」者。

其後他所寫的小說，大別可分爲三類：第一類是歷史小說，結集爲「將軍的頭」（1933，新中國）；第二類寫變態心理，怪異心理，結集爲「梅雨之夕」（1933，新中國）；第三類寫私人生活瑣事，及女子心理分析，結集爲「善女人的行品」（1933，良友）。

1932，五月創辦純文藝月刊「現代」，由「現代書局」出版，自任主編，撰稿者有：戴望舒，杜衡，陳雪帆，歐陽予倩，茅盾，魯彥，巴金，葉紹鈞，老舍，李金髮，張天翼，葉靈鳳，穆時英等。該刊不談主義，不分派別，容納各方面的稿件，在當時被認爲是「第三種人」的發言機關；但在文學雜誌中頗負聲望。其後並主編「文藝風景」月刊（光華書局出版）僅出二期，亦爲純文藝刊物，撰稿者仍爲「現代社」同人；又創辦「文飯小品」半月刊（上海雜誌公司發行）但不久亦停。

抗戰期間，施氏曾在香港「眞理學會」工作，譯有「轉變」等。後赴安徽之自由區工作。勝利後，於1946，一月返上海，轉赴徐州，在江蘇學院任教，不斷在各文學雜誌及各大報文學副刊上發表文章。

除了以上提到的作品外，施氏還著有：「李師師」（良友），「無相庵小品」，「雲絮詞」（自印），「娟子姑娘」（亞細亞），「燈下集」（1937，開明），「小珍集」（1936，良友）。編有：「域外文人日記抄」（1934，天馬），「晚明二十家小品」（1935，光明），譯有：「婦心三部曲」（奧 Schnitzler原著，1931，神州國光社），「今日之藝術」（美Herbert Reed原著，1935，商務），「波蘭短篇小說集」（1937，商務），「捷克短篇小說集」（商務），「匈加利短篇小說集」（商務）等。

5. 沈 櫻

原名陳鍈，其他筆名尚有：小鈴，沉櫻女士，非兆，陳塵英，陳因，陳沉櫻等。

女作家，以短篇小說見稱於世。作品結集者有：「夜闌」（短篇小說七篇，1929，光華），「喜筵之後」（短篇小說九篇，1929，北新），「某少女」（由五十八封信所組成的小說，北新），「女性」（1934，生活），「一個女作家」（1935，北新）等。

她所作的小說，內容多描寫青年男女的戀愛或婚姻生活。技巧很好，文字美麗，對於女性之心理尤有細膩之分析，且作品中充滿熱情。

後與戲劇家馬彥祥結婚。抗戰期間在內地，但很少寫作。勝利後回到上海，任劇校教授，曾翻譯了不少小品，但創作不多。現在復旦大學工作，時有文章發表於「文潮」月刊（正中書局出版）等雜誌。

6. 沈 起 予

(1904—)

筆名綺雨。四川人。曾肄業於日本東京帝國大學文學部哲學系。歸國後，參加「創造社」之文學運動，爲該社之重要人物。1936，「中國文藝家協會」在上海成立，被選爲理事。同年，與洪深合編「光明」。曾任光華大學教授。抗戰期間在內地，現仍在重慶，爲「文協」會員。

　　創作小說有：「殘碑」（1935，良友），「火線內」（1935，良友），「飛霧」，「出發之前」等。

　　翻譯小說有：「兩個野蠻人的戀愛」（法 Chateaubriand原著），「酒場」（法Emile Zola原著，1936，中華）等。

　　翻譯戲劇有：「狼」（法 Romain Rolland原著）等。

　　翻譯論文有：「藝術科學論」（法M.Ickowicz 原著，1931，現代），「歐洲文學發達史」（俄 V.M.Friche 原著，據日本外村史郎譯本重譯，1931，現代）等。

　　創作論文有：「怎樣閱讀文藝作品」（1936，生活）等。

　　其夫人李蘭女士，亦為文學家，譯有「偉大的戀愛」（柯倫泰原著），「夏娃日記」（美Mark Twain原著）等書。

7.　　沈　從　文

（1903—）

　　筆名小兵，懋琳，休芸芸，甲辰，璇若，紅黑舊人，芸芸，岳煥，季莄，若琳等。

　　生在湖南西部鳳凰城。那地方極其偏僻，與苗民雜處聚居，他一直到十五歲才離開那裡；所以他對於苗民的生活很熟習，以後常被他取為寫作的題材。

　　他祖父，父親，兄弟都在軍隊中作軍官；所以他十二歲時曾受過關於軍事的基礎訓練。十五歲時隨軍外出，曾做過下士。後到沅洲，為一城區屠宰收稅員。不久又以書記名義，隨某剿匪部隊在川，湘，鄂，黔四省邊上過放縱野蠻生活約三年。因年事漸長，遂決心到北京來求學。但到北京後，並未入學校，因經濟關係，開始向各報投稿，以便藉稿費維持生活。由於向京報的「民眾文藝」週刊投稿，而和該刊編輯胡也頻相識，更由胡的介紹，認識了丁玲，以後他們成了很好的朋友，曾共同辦過許多事業。

　　不久，任北京城西香山慈幼院編輯，香山教育圖書館職員；又曾在國立北京大學圖書館學習編目，因而遇到胡適，遂出所作小說就正，胡適極讚賞，並為介紹到各處去發表；自是胡沈遂處於師友之間。

　　後更與郁達夫，徐志摩，陳通伯等相識，時常發表作品於「晨報副刊」，「現代評論」兩刊物上。以後小說多登在「小說月報」及「新月雜誌」上面。

　　1928赴滬，與友人胡也頻，丁玲共編中央日報副刊「紅與黑」，並合辦「人間月刊」（僅出四期），「紅黑月刊」（僅出八期）。

　　1929任吳淞中國公學教員，1931任國立武漢大學教授，旋改任山東省立青島大學教授。

　　1934起，主編天津大公報「文藝」副刊。

　　抗戰期間，在昆明西南聯大任教；勝利後，隨該校復員北返，現在平，任國立北京大學教授，並主編天津益世報「文學週刊」。經常在各大雜誌，各大報文藝副刊中發表作品。

　　沈氏為當代多產作家，小說結集者有五十多種，茲舉其重要者如下：「鴨子」（1927，北新），「蜜柑」（1927，新月），「入伍後」（1928，北新），「老實人」（1928，現代），「阿麗思中國遊記」（1928，新月），「十四夜間」（1929，開明），「神巫之愛」（1929，光華），「沈從文甲集」（1930，神州國光社），「旅店及其他」（1930，中華），「從文子集」（1931，新月），「石子船」（1931，中華），「舊夢」（1931，商務），「虎雛」（1932，新中國），「一個女劇員的生活」（1932，大東），「都市一婦女」（1932，新中國），「泥塗」（1932，北平星雲堂），「沫沫集」（1934，大東），「游目集」（1934，大東），「如蕤集」（1934，

生活),「邊城」(1934,生活),「浮世繪」(1935,良友),「八駿圖」(1935,文化生活出版社),「新與舊」(1936,良友),「從文小說習作選」(1936,良友),「從文小說集」(1936,大光) 等。

沈氏除了寫小說外,也寫文藝批評文字;他以作家的眼光而發議論,故能批評得公允切當。如早年所作「論中國的創作小說」,「論汪靜之的蕙的風」,「論朱湘的詩」,「論焦菊隱的詩」等文字發表在「文藝月刊」上,顯示他精審的觀察與獨到的見解,被認爲文壇上稀有的作品。後來他主編大公報「文藝」副刊時曾回答文學青年許多封信,討論寫作的問題,很得青年們的信仰;1934結集爲「廢郵存底」,由上海文化生活出版社出版,(後半爲蕭乾著)。

他所寫的傳記文學有:「從文自傳」(1934,上海第一出版社),「記胡也頻」(1933,光華),「記丁玲」(1934,良友),「記丁玲續集」(1940,良友) 等。

8.　　沈　松　泉

筆名沈川。吳縣人。短篇小說及詩歌作家。初發表作品於創造社所編之「創造日」。後與張靜廬等創辦「光華書局」,出版新文藝書籍甚多;後張因故脫離光華,加入洪雪帆與盧芳合辦之現代書局,光華乃歸沈一人經營。所作短篇小說集有:「死灰」(1927,光華),「少女與婦人」(1928,光華),「醉吻」(光華) 等。

9.　　方　奈　何
(1909—)

北平人。北平華北大學政經系畢業。抗戰前在平任新聞記者。抗戰期間,赴內地,任新民報重慶成都各社主筆總編輯,兼「中國社會服務事業協進會」理事。勝利後,隨該報復員返平,任該報北平社總編輯。著作除小說「春風楊柳」外,尙有「社會服務理論及實施辦法」等。

10.　　廢　　名
(1901—)

原名馮文炳。湖北黃梅人。先在武昌做小學教員,1922考進國立北京大學預科,兩年後升入本科,讀英文系。1927張作霖入京,改辦京師大學校,失學一年,及北大恢復,乃復入學,故至1929始畢業。抗戰前,一直在北大國文系做講師。抗戰期間,隱居故鄉黃梅,教中小學生讀書。勝利後返平,仍任教北京大學。常有作品發表於大公報「星期文藝」。

廢名的文藝活動,大致可分爲幾期:(一)「努力週報」時代,(胡適主編,1922,五月七日創刊,1923,十月二十一日終刊,共印了七十五期),廢名的最初小說,就發表在那上面,後來結集爲「竹林的故事」(1925,北新),爲「新潮社」文藝叢書之一。(二)「語絲」時代,以「橋」爲代表。(三)「駱駝草」時代,以「莫須有先生傳」(1932,開明) 爲代表。以上都是小說。(四)「人間世」時代,以「讀論語」這一類文章爲主。(五)「明珠」時代,1936冬,林庚編北平世界日報副刊「明珠」,撰稿者有知堂,廢名,俞平伯等。

除了上面提到的作品外,他還著有「桃園」(1928,開明)。北平淪陷期間,爲「新民印書館」曾印行其在北大之講義「談新詩」(1944),及與沈啓无合著之詩集「水邊」(1944)。

11.　　豐　子　愷
(1898—)

浙江石門縣(現改爲崇德)人。幼孤,姊妹兄弟十人,均賴母鍾氏辛苦撫育以成。十歲入私

塾讀書；十三歲改入小學校；十七歲入杭州第一師範，遇藝術科教師李叔同（後入空門，號大慈山僧，弘一法師），子愷卽於此時對圖畫音樂發生熱烈愛好。二十二歲師範畢業，娶同邑徐芮蓀長女力民爲室。時有友人吳夢非，劉質平等在申創辦藝術學校，聘爲敎員。二十四歲赴日本東京，因無錢入美術學校，每朝在「洋畫研究會」習畫，下午讀日文；後又至「音樂研究會」習提琴；並輟日文，而習英語。有暇則做木炭畫，或參觀展覽會，圖書館，遊覽名勝，所得甚多。在日一年而返。二十五歲應第一師範敎師夏丏尊之邀，任上虞春暉中學藝術科敎員，約三年；其間埋首讀書，因得窺世界文學藝術之梗概。二十八歲改任上海立達學園藝術科敎員，並兼任上海大學，復旦中學，澄衷中學，松江女子中學圖畫，音樂及藝術理論敎員。後復供職於開明書店編譯所。三十三歲喪母，因憂傷過度，盡辭各職，於嘉興城隅陋巷中賃屋蟄居，約二年。其後在石門灣築「緣緣堂」成，還鄉，賣文鬻畫自給。抗戰期間，任浙江大學師範學院藝術哲學敎授，居廣西宜山。勝利後任杭州藝專敎授。

豐氏爲國內有數之美術家，尤擅長漫畫，出版有：「子愷畫集」（1927，開明），「子愷漫畫集」（1929開明），「子愷漫畫全集」，（1946，開明），「阿Q漫畫」，「護生畫集」（開明），「光明畫集」，（1931，蘇州弘化社）等。

氏對於文藝造詣亦深，「小說月報」，「文學週報」，「一般」等雜誌上，均可見到他的作品。文集有：「子愷小品集」（開明），「中學生小品」（開明），「隨筆二十篇」（1934，天馬）「車箱社會」（1935，良友），「緣緣堂隨筆」（1937，開明）等。譯有：「初戀」，（俄 I. Turgenev 原著，1931，開明），「自殺俱樂部」，（英 R. L. Stevenson 原著，1932，開明）。

藝術理論方面著作有：「西洋美術史」（1928，開明），「音樂入門」（1926，開明），「西洋音樂楔子」（1932開明），「洋琴彈奏法」（開明），「中文名歌五十曲」（與裘夢痕同編，1927，開明」，「世界大音樂家與名曲」（1931，亞東），「近世十大音樂家」（1930，開明），「音樂的常識」（1925，亞東），「音樂初步」（1930，北新），「開明音樂講義」（1934，開明），「西洋名畫巡禮」（1931，開明），「搆圖法 ABC」（1929世界），「少年美術故事」（1937，開明），「藝術趣味」（1934，開明），「開明圖畫講義」（1934，開明），「谷訶（Van Gogh）生活」（1929，世界），「藝術敎育」（1932大東），「現代藝術綱要」（1934，中華），「藝術漫談」（1936，人間），「藝術論集」（1935，中華），「藝術叢話」（1935，良友），「繪畫與文學」（1934，開明），「繪畫槪說」（1935，亞細亞）等。

譯有：「苦悶的象徵」（日本厨川白村原著），「藝術槪論」（日本黑田鵬信原著，1934，開明），「現代藝術十二講」（日本上田敏原著，1929，開明，「生活與音樂」（日本田邊尙雄原著，1929，大江），「音樂的聽法」（日本門馬直衞原著，1930，大江），「孩子們的音樂」日本田邊尙雄原著，（1928，開明）等。

12.　鳧　公

原名潘式，字伯鷹，號鳧公；其他筆名尙有：鳧工，孤雲，雲，悲慧等。氏於抗戰前，曾在天津大公報發表「人海微瀾」，「隱刑」等長篇小說，後由該報印行單行本。抗戰期間居重慶，於詩詞外，甚少著述。勝利後，曾爲北平經世日報撰長篇小說「海王星歷險記」。現居上海。

13.　柔　石
(1901—1931)

　　原名趙平復。浙江寧海縣人。幼家貧，十歲始開始讀書。1917入杭州師範學校；在校即對文學發生興趣，加入文學團體「杭州晨光社」。畢業後，在學校教書，暇時不斷寫小說及論文。

　　1923來北京，入北京大學讀書。二年後南返，任教於鎮海中學；因患肺病，遂輟教。1926被任命爲該地教育局長。1928至上海，專心從事文學生活，爲「語絲」寫稿。1930加入「中國左翼作家聯盟」，爲該團體中重要份子。同年代表「左聯」參加「全國蘇維埃區域代表大會」，不久發表「一個偉大的印象」。1931，一月十七日與作家胡也頻等同時被捕，二月七日處死。

　　著有：戲劇「人間的喜劇」。小說「舊時代的死」（二冊，北新），「希望」（1929，商務），「二月」，「三姊妹」等。並譯有俄國 Lunacharsky著「浮士德與城」（1930，神州國光社），及Gorky等人作品。

14.　夏丏尊
(1885—1946)

　　浙江上虞人。家世經商，父爲前清一秀才，生丏尊兄弟五人。幼讀「左傳」，「禮記」，「詩經」等書，習爲八股之文。十六歲中秀才。十七歲考入上海中西書院，讀半年，學費無着，乃輟學。購「華英進階」，「華英學典」，「代數備旨」等書以自修。十八歲入浙江紹興府學堂（即浙江第五中學），一學期後，又復輟學　於家中代父教授私館。未幾乃貸資五百元，赴日留學。抵日本後，初聘一日人教授日文，中途插入宏文學院之普通科。將畢業之前三月，復考入東京高等工業學校，習陶瓷工業。入校後，將及一年，尙未領得官費；乃又輟學回國。歸國後，歷任浙江兩級師範學堂，(辛亥革命後，改組爲浙江省立第一師範學校)，舍監及國文教員十餘年。五四運動時，第一師範爲東南新文化運動主要堡壘，校長經子淵終受反動派攻擊去職，丏尊先生同時離校。其後歷任湖南省立第一師範，浙江春暉中學等校國文教師。並與匡互生，劉薰宇，豐子愷諸氏，在上海創辦立達學園；兼任曁南大學國文教授。1926以後，專任開明書店編譯所主任；先後創辦「一般」及「中學生」雜誌。「八一三」全面抗戰後，蟄居上海，物質生活極爲貧困，文化漢奸及日本友人，常相糾纏，先生艱貞自守，絲毫不爲所動。1943冬，一度被日憲兵逮捕，羈囚十日。勝利後，仍居上海，主持開明書店。1945夏患肋膜炎，臥病數月；1946一月下半起，轉劇；延至四月二十三日逝世，享年六十一歲。

　　著有：「文藝論ABC」（1930，世界），「生活與文學」（北新），「現代世界文學大綱」（神州國光社），「文章作法」（與劉薰宇合著，1926，開明），「平屋雜文」（1935，開明），「文心」（與葉聖陶合著，1934開明），「文章講話」（與葉聖陶合著，開明）等。

　　譯有：「社會主義與進化論」（日本高畠素之原著，與李繼楨合譯，1922，商務），「近代的戀愛觀」（日本厨川白村原著，1928，開明），「近代日本小說集」（1928，開明），「蒲團」（日本田山花袋原著，開明），「國木田獨步集」（1928，開明）「棉被」（日本田山花袋原著，1927，商務），「芥川龍之介集」（與魯迅等合譯，開明），「愛的教育」（意 Amicis 原著，1927，開明），「續愛的教育」（意孟德格查原著，1931，開明）等。

　　1936開明書店創業十週年，夏氏邀請諸名作家執筆爲文，輯爲「十年」（1936，開明），及「十年續集」（1936，開明）二冊。

15.　　向　培　良
　　　　(1901—)

筆名鄉下人。戲劇家兼小說作家。湖南黔陽人。嘗爲「未名社」所出版之「莽原」，「未名」撰稿；後因韋素園扣發他的稿子，與友人高長虹，高長江等共組「狂飈社」，出版「狂飈週刊」，並創設「狂飈演劇部」。後與高氏弟兄分離，自創「紫歌劇隊」，赴廈門等處公演。旋又從事於「民族主義文學運動」，提倡「民族主義」戲劇。

曾主編「青春月刊」，但不久卽停刊。昔年作品多發表於「小說月報」「北新半月刊」上。抗戰期間在內地，率領「怒潮劇團」作旅行合演。

現返上海，趙景深主編之「青年界」上，時見其作品。

創作小說有：「飄渺的夢」（1926，北新）「我離開十字街頭」（1927，光華）等。

創作戲劇有：「不忠實的愛情」（1929，啓智），「繼母」（北新），「死城」（泰東），「光明的戲劇」（1929，光華），「沉悶的戲劇」（光華）等。

戲劇理論著作有：「中國戲劇概評」（泰東），「紫歌劇集」，「導演概論」，「戲劇導演術」（世界）等。

16.　　熊　佛　西
　　　　(1900—)

原名熊福禧。江西豐城人。辛亥革命時，隨父至漢口，入小學而中學。及五四運動，考入北京燕京大學，攻教育與文學。在校提倡戲劇甚爲努力，並倡辦「燕大週刊」，氏出力獨多。1923卒業於燕大，得文學學士位。是年秋赴美國留學，入哥倫比亞大學研究院研究戲劇。1926得文學碩士回國。歷任國立北平大學藝術學院戲劇系主任，燕京大學講師，1932任中華平民教育促進會河北定縣試驗區農民劇場主任。「七七」事變，隨定縣平教會撤退至漢口，後遷長沙。平教會結束，去重慶，任四川省立戲劇學校校長，並曾任三民主義青年團「中央青年劇社」社長。1942去桂林，創辦純文藝月刊「創作」。勝利後，返上海，擔任上海戲劇學校研究系主任。1947，二月，繼顧仲彝後爲該校長。並主持「人民世紀」週刊。

熊氏天性喜愛戲劇，爲我國提倡新劇最早之一人。在中學時代，已作劇本，並任劇中主角及導演。至1919始刊行「新聞記者」及「青春的悲哀」。其後歷年均有創作問世。其「賽金花」一劇，出演時頗爲成功。重要作品已結爲「熊佛西戲劇集」（1930—1932，商務），共出四冊。抗戰期間，曾寫劇本「袁世凱」，但在桂林被檢扣，此後，好久不寫戲劇，亦未從事舞台生活，僅寫小說，遊記，回憶錄及雜文。

熊氏除創作劇本外，復致力於戲劇理論之研究，曾著有「佛西論劇」（1928，北平樸社），「寫劇原理」（1923，中華）等書。戰前其所主編之「戲劇與文藝」雜誌，爲戲劇界有力之刊物。

17.　　許　欽　文
　　　　(1897—)

筆名田耳，湖山客等。浙江紹興人。原來家中境況頗優裕，惟許氏幼年時，因時代改變，家庭經濟破產，遂不得不向外謀出路。曾任鐵路職工學校教師，書記，小學教員，中學教員等職。後至北京，住紹興會館。時友人孫伏園正編輯「晨報副刊」，鼓勵許氏寫作，遂寫「離故鄉」一

文，此爲許氏處女集「故鄉」（1926，北新）之第一篇，亦爲其一切作品之發端。刊出後，頗獲好評，且稿費收入有助於生活，乃不斷創作小說，發表於「晨報副刊」，「小說月報」，「語絲」諸刊物。時魯迅正執教北大，許氏漸與之相熟，作品多受魯迅影響，並時經其指導。魯迅於許氏作品亦頗推崇，曾云：「寫青年心理，我不如許欽文」。如許氏初期作品「故鄉」，「趙先生底煩惱」（1926，北新）等集出版後，曾轟動一時，但後來却未寫出「描寫青年心理」作品，僅寫隨感錄，小品文而已。

後赴杭州，任杭州高級中學教員，爲期頗久。1932，畫家陶元慶之妹陶思瑾發生情殺事件，許氏受累入獄。出獄後寫「無妻之累」記其入獄經過，後刊於「宇宙風」。「八一三」全面抗戰，許氏自杭州赴嵊縣，輾轉赴內地。

現在福州，任協和大學教授。間有作品發表於趙景深所主編之「青年界」。

許氏作品，除以上所記之二種外，尚有：「回家」（1926，北新），「毛線襪」（1927，北新），「鼻涕阿二」（1927，北新），「幻象的殘象」（1928，北新），「若有其事」（1928，北新），「彷彿如此」（1928，北新），「蝴蝶」（1928，北新），「西湖之月」（北新），「一罎酒」（1930，北新），「兩條裙子」（1934，北新）等。

文藝理論方面著有：「寫給青年創作家」（文藝社），「創作三步法」（1933，開明）等。

傳記方面，有「欽文自傳」（1936，上海時代圖書公司）。

18.　　許　　傑

（1900—）

原名許竹君，字漢三，一字士仁；筆名張子三。浙江台州人。

日本留學，東京帝國大學畢業。文學研究會幹部。曾漫遊南洋，任南洋益羣報主筆。後歷任上海新華藝術大學教授，廣州中山大學講師，教授，院長，廣州國民新聞主筆，曁南大學教授等職。現在上海，爲「文藝青年聯誼會」顧問。各大文藝刊物上時見其作品。

著有「暮春」（1925，光華），「慘霧」（1926，商務），「椰子與留槤」（1930，現代），「飄浮」（1926，上海出版合作社），「火山口」（1930，樂華）等。

文藝理論著作有：「新興文藝短論」（明日書店），「明日的文學」等。

19.　　何　家　槐

筆名先河。浙江義烏人。短篇小說作家。著有：「竹布衫」（1933，黎明），「曖昧」（1933，良友），「懷舊集」（1935，天馬）「寒夜集」（1937，北新）等。

現在故鄉一私立中學執教，薪水極微，但工作極繁重，每週授課二十四小時，還有改作文及級任，同時還要擠出時間來寫作，因勞作及憂慮過度，在本年（1947）一月十七日，舊病「胃潰瘍」三次復發，嘔血達一二臉盆之多，昏迷數月，幾至不起。他本擬不久到南洋去，現因病不能成行。目前貧病煎迫，極度困苦。

20.　　洪　　深

（1893—）

字伯駿，一字淺哉。江蘇武進人。爲當代推進新劇運動最力者；戲劇界名人馬彥祥，鳳子皆出其門下。

清華大學畢業後，赴美留學，專攻戲劇，得哈佛大學碩士學位。歸國後歷任上海大夏大學戲

曲教授，國立暨南大學外國語言文學系主任，復旦大學英文文學及戲曲教授，山東國立青島大學教授，上海學藝研究所所長等職。

洪氏努力戲劇運動多年，先與應雲衞等組織「戲劇協社」，並領導「復旦劇社」在國內各地公演多次。後因思想轉變，乃參加「南國社」與田漢等共同努力開發左翼文學之戲劇部門，並主演「名優之死」，同時復參加各種革命文學運動。後因不容於當局，曾數次被捕，洪氏乃覺心灰，即捨去話劇運動，應明星影片公司之約，赴美考察有聲電影，遍歷好萊塢及美國諸大城，回國後任明星公司導演。

抗戰初期，曾帶領演劇隊下鄉做宣傳工作；政治部第三廳成立後，任戲劇科科長，共組織十三個演劇隊分發至各戰區工作(大部分至今仍存在)。三廳改組，調任中央文化工作委員會委員；其後又替政治部辦「教導劇團」，主辦戲劇幹部訓練班。且數年來從未間斷教授生活，前後在廣州中山大學，江蘇劇專，璧山社教學院，北碚復旦大學任教。

勝利後，返上海，除領導「上海實驗劇社」外，並任復旦大學教授，上海市立實驗戲劇學校電影科主任。

戰前洪氏所作劇本有：「洪深戲劇集」（內含「趙閻王」及「貧民慘劇」二種，（1932，現代），「五奎橋」（1933，現代）等；其他零星散劇均收入「戲劇協社叢刊」內。抗戰期間著有「女人女人」，「鷄鳴早看天」，「飛將軍」，「米」，「鶴頂紅」，「包得行」，「黃白丹青」諸劇本。

理論方面著有：「洪深戲劇論文集」（1934，天馬），「電影術語辭典「（1935，天馬），「電演戲劇表演術」（1935，生活），「電影戲劇的編劇方法」（1935，正中）。抗戰期間著有：「戲劇的念辭與朗誦」，「導演的基本技術」等。

此外，編有電影角本「申屠氏」，「刼後桃花」等。改譯「少奶奶的扇子」，原刊於「東方雜誌」，因按照本國風俗人情改譯，適合國內舞台表演，獲得極大成功。

21. 洪 靈 菲

筆名：李鐵郎，韓仲瀟等。廣東人。曾參加錢杏邨，蔣光慈等所組織之「太陽社」。1930後，爲「中國左翼作家聯盟」中之重要人物。曾與友人合辦曉山書店，出版「我們月刊」，未幾被封。

所著長篇小說有：「流亡」（1928，現代），「轉變」（1928，亞東）；短篇小說有：「歸家」（1929現代），「氣力出賣者」等。譯有：「地下室手記」（俄Dostoievsky原著，1931，湖風），「賭徒」（俄Dostoievsky原著，1933，湖風）等。

22. 胡 雲 翼

筆名：北海，胡南翔，拜蘋女士等。湖南人。小說作者，文學史作者。與劉大杰同爲武昌「藝林社」幹部。該社所編之「藝林」，發刊於1925暮春，停刊於是年冬。初爲旬刊，附於「晨報剧刊」印行；後改爲半月刊，由武昌時中合作書社印行。共計刊行二十四期，未及週年。

胡氏曾任無錫中學，及湖南各中學國文教員。

抗戰期間，曾在福建軍隊中服務。

著有小說「西冷橋畔」（北新），「中秋月」（1928，中華），「愛與愁」（亞細亞）等。文學史著作有：「中國文學史」（1933，北新），「中國詞史大綱」（1933，北新），「宋詞研究」（1929，中華），「詞學」（1930，世界），「詞選ABC」（1934，北新），「唐代的戰爭文

學」（1927，商務），「唐詩研究」，（1934，商務），「宋詩研究」（1934，商務）等。

23.　　胡　也　頻
　　　　　(1904—1931)

名崇軒，以字行；筆名沉默，何一平，紅笑等。

福建福州人。先肄業於山東煙台海軍預備學校；1920該校解散，與數友人流落北京。1926左右，因編輯京報「民衆文藝」週刊，而與投稿者沈從文相識。時胡寓某公寓，丁玲女士亦居其中，二人由結識進而同居。

胡氏早期作品多發表於「語絲」，「京報副刊」，「晨報副刊」等刊物。後赴上海，與丁玲，沈從文合編中央日報副刊「紅與黑」，人間書屋所出版之「人間月刊」，及「紅黑月刊」；但因營業競爭關係，陸續停刊。旋經陸侃如，馮沅君夫婦介紹，赴山東高級中學教書，因思想不合，去三月而赴。思想轉變後，專致力於社會運動及革命文學之提倡，並參加實際鬥爭。終於1931，一月被捕，二月七日與作家柔石，李偉森等同處死刑。

著有：「一個悲劇的寫實」（1930，中華），「三個不統一的人物」（1929，光華），「到莫斯科去」（1929，光華），「往何處去」（1928，第一線書店），「鬼與人心」（1928，開明），「詩稿」（1928，現代），「聖徒」（1927，新月），「也頻小說集」（1936，大光）等。

傳記資料有沈從文所著之「記胡也頻」（1933光華）。

24.　　一　峋　女　士
　　　　　(1900—)

原名褚雪松，其他筆名尙有：荻儂，張問鵑，褚問鵑等。

浙江嘉興人。當代中國女作家。蘇州女子師範畢業。曾任山西大同女子師範教員。前在北平與北大教授張競生結婚，後因思想分歧而離異。

創作有：「女陪審員」，「小江平遊滬記」（1932，新明）等。

25.　　倪　貽　德

浙江杭州人。小說作家，藝術理論家。日本留學。歸國後，加入「創造社」。善繪畫，曾爲王獨淸之「死前威尼市」作插畫。歷任廣州市立美術專科學校，上海美術專門學校，武昌藝術專門學校等校教授。抗戰期間留居上海，執教於美專。

作品多發表於「晨報副刊」及「創造月刊」。結集者有：「玄武湖之秋」（1924），「東海之濱」，「殘春」（1928，北新），「百合集」（1929，北新）等。

藝術理論著作有：「藝術漫談」（1930，光華），「水彩畫概論」（1929，光華），「西洋畫概論」（1933，現代），「現代繪畫概觀」（1934，商務），「畫人行腳」（1934，良友），「高中美術教本」（1934，北新）等。譯有：「現代繪畫概論」（日本外山卯三郎原著，1934，開明）等。

26.　　淦　女　士
　　　　　(1902—)

原名馮淑蘭，字德馥，一字沅君（本書書評497—500號即以此名著錄）；其他筆名尙有：易安，大琦等。河南沁源人，爲名哲學家馮友蘭之妹。畢業於北京大學研究所國學門，及師範大學

研究所。

歷任金陵大學，中法大學，暨南大學，復旦大學，持志大學，安徽大學等校教授。

1929，一月與國學家陸侃如在上海結婚。抗戰期間在雲南各大學中任教。

1924，始以「淦女士」之筆名，發表作品於「創造週報」，其「旅行」，「隔絕」等小說，以大胆暴露女性之戀愛心理，而轟動一時。小說結集者有：「卷葹」（1926，北新），「春痕」（1926，北新），「劫灰」（1929，北新）等。

學術作品，有與陸侃如合著之「中國詩史」等。

27. 耿 小 的

原名耿郁溪，字曉隄，筆名小的。

北平師範大學畢業。所作小說多發表於北平「小實報」，「新北京報」，及偽「新民報」等。

抗戰期間，曾任北平偽「新民報」編輯。

現仍發表小說於北平「北方日報」。

28. 靳 以

原名章方叙，又名章依，字正侯；其他筆名尚有陳涓等。

復旦大學商科畢業。在校讀書時，對教授及課程皆不感興趣，就讀文學作品。後發表短篇小說於「現代」等各大文學刊物，漸享盛名。曾與鄭振鐸等在北平共編「文學季刊」，後與巴金合編「文季月刊」，「文叢月刊」於上海。

抗戰期間任教於北碚復旦大學，勝利後復員返上海，仍在復旦執教。

創作結集者有：「聖型」（1933，現代，「群鴉」（1934，新中國），「蟲蝕」（1934，良友），「青的花」（1934，生活），「珠落集」（1935，文化生活出版社），「渡家」（1935，文化生活出版社），「秋花」（1936，文化生活出版社），「黃沙」（1936，文化生活出版社）「殘陽」（1936，開明），「貓與短簡」（1937，開明）等。

抗戰期間著有長篇小說「前夕」（曾連載於「文叢」月刊）等，由文化生活出版社出版。

29. 金 滿 成

筆名小江平。四川眉山人。法國留學生。歸國後，加入葉靈鳳，潘漢年所主持之「幻社」，為該社所出版之「幻洲」，「戈壁」等刊物撰稿。曾任南京新民報副刊編輯。1930在滬與復旦大學學生陳幻儂女士結婚。抗戰期間，在重慶，住江北香國寺。曾主編新蜀日報副刊；後因患骨節病，放棄寫作生活，經營商業。

創作結集者有：「林娟娟」（1928，現代），「友人之妻」（1931，光華），「愛慾」（1931，光華），「女孩兒們」（1929，樂群），「花柳病春」，「我的女朋友們」等。

譯有法國法郎士（A.France）所著之「友人之書」（1927，北新），「紅百合」等書。

30. 顧 明 道

舊體章回小說作家。江蘇吳縣人。已故。生前久居上海，作品多發表於上海新聞報。故時約五十餘歲。

31.　顧　仲　彝
(1904—)

名德隆，以字行；筆名焚玉。浙江嘉興人。國立東南大學文學士。1924加入「文學研究會」。歷任商務印書館編輯，暨南大學英文教授，復旦大學外國文學系教授，中法劇藝學校教授等職。曾與歐陽予倩合編「戲劇雜誌」月刊（1929，九月創刊，廣東戲劇研究所出版，上海神州國光社印行），在新劇運動史上佔重要地位。

抗戰勝利後，任上海市立戲劇學校校長。本年（1947）二月，以體弱多病辭職，由熊佛西繼任。

著有：「劉三爺」（1931，開明），「同胞姊妹」（1928，新月），「劇場」（1937，商務），「重見光明」（1944，世界），「八仙外傳」（1945，世界），「嫦娥」（1945，永祥）等。

譯有：「相鼠有皮」（英 J.Galsworthy 原著，1927，商務），「威尼斯商人」（英 W. Shakespeare 原著，1930，新月），「美利堅小說史」（美 J.Finnemore 原著，1927，商務），「哈代短篇小說選」（1930，開明），「富於想像的婦人」（英 T.Hardy 原著，1933，黎明）「梅蘗香」（美 E.Walker 原著，1927，開明），「戀愛與陰謀」（德 Schiller 原著，1943，光明）等。

32.　郭　源　新
(1898—)

原名鄭振鐸（本書書評389，390兩號，即以此名著錄），字西諦；其他筆名尚有：賓芬，C.T.文基等。

福建長樂縣人。北京交通大學畢業。任商務印書館編輯多年，兼任「共學社」編輯，中國第一種兒童刊物「兒童世界」創辦者。「五四運動」後，「文學研究會」在北京成立，氏為重要發起人之一。其後主編「小說月報」垂十年。曾往歐洲遊學。歷任暨南大學，復旦大學，清華大學，燕京大學等校教授。戰前氏所主編之「文學季刊」，「文學月刊」，及「世界文庫」，皆為當時文壇上之權威雜誌。

1937冬，上海淪為孤島，鄭氏適任國立暨南大學文學院院長，苦心孤詣，支持該校者四年之久，從未停課一日。1941．十二月八日太平洋戰爭爆發，始停課。鄭氏從此隱居上海，典賣度日，直至抗戰勝利。

現居上海，任大型文學刊物「文藝復興」編輯，並主編「民主」週刊。

創作結集者有：「山中雜記」（1927，開明），「家庭的故事」（1931，開明），「歐行日記」（1934，良友），「痴繆集」（1934，生活），「取火者的逮捕」（1934，生活），「桂公塘」（1937，商務）等。

文學史著作有：「文學大綱」四冊（商務），「插圖本中國文學史」四冊，（1932，樸社），「俄國文學史略」（1924，商務），「中國俗文學史」（1938，長沙商務）等。

譯有：「貧非罪」（俄Ostrovskii原著，1922，商務），「飛鳥集」（印度R. Tagore原著1922，商務），「血痕」（俄M.P.Artsybashev原著，1927，開明），「沙甯」（俄M.P.Artsybashev原著，1932，商務），「太戈爾戲曲集」（商務），「太戈爾詩」（商務），「高加索民間故事」（A.Dirr 原著，1928，商務），「俄國短篇小說譯叢」（1938，商務）等。

33.　郭　沫　若
（1893—）

原名開貞，號鼎堂；重要筆名有：易坎人，麥克昂，愛牟，石沱，杜衍，杜衍，杜桁，谷人，佐膝貞吉，藤子丈夫等。

四川嘉定（現名樂山）人。日本九州福岡帝國大學醫科畢業。在日本學醫時，卽愛好文學，曾與同在日本之友人成仿吾，郁達夫，張資平等，談到出版文學雜誌的計劃。這期間他寫了許多詩，後來都收在第一本詩集「女神」裏面。

1921回國，到上海後，任泰東書局編輯。1922，五月一日，他所主編的「創造季刊」第一期出版；同時，在中國新文學運動史上佔重要位置的「創造社」，也正式開始了她的團體活動。1923，五月，「創造季刊」發行的週年，「創造社」同人又出版了「創造週報」；同年七月，又爲中華新報編輯文學副刊「創造日」。「創造季刊」出到二卷二期（第六號）停刊；「創造週報」出了一週年五十二期停止；「創造日」則僅出了一百期，這時他們深感人力財力不足，又因爲和泰東書局鬧了意見，「創造社」的前期活動，遂到1924停止。

從日本留學到1924前半年，可以算做郭氏寫作生活的第一期。在這一時期中，他主張藝術至上，提倡發展個性的浪漫主義，和爲人生而藝術的「文學研究會」正好立在相反的地位。

1924五月三十日，上海發生慘案，他受到很深的刺激，乃由浪漫主義轉而提倡「革命文學」。1925赴廣州任中山大學文學院院長。1926「創造社」復活，並成立出版部，發行「創造月刊」。第三期會刊載郭氏「革命與文學」一文，顯示他思想的轉變。同時「創造社」出版部還刊行一種「洪水」半月刊，非純文藝的刊物，政治經濟論文都有，郭氏也是主持者之一。

1926國民革命軍出師北伐，郭氏投身軍中，先任蔣總司令部下政治部宣傳科科長，後任武漢政府政治部副主任。是時文學主張益趨左傾。1927寧漢分裂，郭氏脫離政治生涯，復歸上海，做左翼文學活動，這時「創造社」刊行「文化批判」，出發點純是唯物辯證法的。1929，二月七日「創造社」出版部遭封禁，至此「創造社」之團體活動，始告終結。郭氏也因國內不能存身，而亡命日本。其間曾一度返回上海，做左翼文學活動。1930，「中國左翼作家聯盟」在上海成立，郭氏加入。同年再逃亡日本，此後即潛心研究古代史，古代社會，甲骨文字等。直至1937，抗戰開始，始自日本返國。

1924的「五三慘案」是促成他思想改變的一大轉捩點，從此開始了他文學生活第二期。他在「革命與文學」（1926）一文裏說：「我們對於個人主義的自由主義要根本剷除，我們對於浪漫主義的文藝也要取一種徹底反抗的態度……我們所要求的文學是表同情於無產階級的社會主義的寫實主義的文學」。這是旗幟鮮明的喊出了他的主張。

1937抗戰軍興，國共再度聯合，郭逢大赦返國。首任大本營政治訓練部部長；武漢未陷落前，任政治部第三廳廳長。1938秋，到重慶，組織「文化工作運動委員會」，任主任委員，至1944該會被取消時爲止。1945春，應蘇聯之邀，赴蘇參加科學年會。抗戰勝利後，以無黨無派資格，出席政治協商會議，斡旋國共兩黨合作。現居上海，時有作品發表於各大雜誌。

著有長篇小說「落葉」（1928，創造社出版部），「黑貓」（現代）等。

短篇小說「塔」（光華），「橄欖」（1926，現代）等。

戲劇「女神及叛逆的女性」（光華）等。

詩歌「沫若詩集」（現代）等。

文藝理論有「文藝論集」（1925，光華）等。

雜集「水平線下」（現代）等。

翻譯小說有：「少年維特之煩惱」（德 Goethe 原著，1928，創造社出版部），「屠場」（美 U.Sinclair 原著，1929，南強），「煤油」（美 U.Sinclair 原著，1930，光華），「石炭王」（美 U.Sinclair 原著，1930，樂羣），「茵夢湖」（德 Storm 原著，1930，光華），「新時代」（俄 I.Turgenev 原著，商務），「戰爭與和平」（俄 L.Tolstoy 原著，新文藝）等。

翻譯戲劇有：「法網」（英 J.Galsworthy 原著，1927，創造社），「爭鬥」（英 J.Galsworthy 原著，商務），「銀匣」（英 J.Galsworthy 原著，1929，現代），「浮士德」（德 Goethe 原著，1932，現代），「異端」（德 Hauptmann 原著，商務），「約翰沁孤戲曲集」（英 J.Synge 原著，商務）等。

翻譯詩歌有：「沫若譯詩集」（創造出版部），「魯拜集」（波斯 Omar Khayyam 原著，1928，泰東），「德國詩選」（1928，創造社出版部），「雪萊詩選」（英 Shelley 原著，泰東），「新俄詩選」等。

抗戰勝利後，郭氏將近年著作輯爲「郭沫若文集」，交由上海群益出版社出版。第一輯十種，現已出書，其目如下：「十批判書」，「青銅時代」，「屈原研究」，「棠棣之花」，「屈原」，「虎符」，「筑」，「南冠草」，「孔雀胆」，「波」。文集第二輯亦陸續出版中。

評傳資料有：「郭沫若論」（黃人影編，1934，光華），「郭沫若評傳」（李霖編，1932，現代）等。

自傳有：「我的幼年」（1931，光華），「創造十年」（1932，現代），「創造十年續編」（1946，北新），「反正前後」（1932，現代），「北伐途次」（1936，文化生活出版社）等。

34.　老　　舍
(1897—)

原名舒慶春，字舍予。北京旗人。早年生活不詳，僅知其曾任教於天津南開中學，後在北平著名大學執教。執教數年後，奉派赴英牛津大學考察教育，於倫敦大學東方研究院講授中國語言與文學；時爲1924至1929。回國後，歷任北京大學，青島大學教授，山東齊魯大學文學院長。

抗戰軍興，離開華北，1938至武漢，後赴重慶。曾至西北旅行，到西安及蘭州，曾寫成兩首長詩，歌詠此次旅行，並寫四幕劇「國家至上」（與宋之的合著），促使回漢團結。

1938，中國文藝界成立「全國文藝界抗敵協會」，老舍被選爲理事之一，故抗戰期間彼不僅努力寫作，且從事於作家之團結工作，1944，六月爲其寫作二十週年，重慶友人爲其集會慶祝。

勝利後，應美國國務院之邀，於1946，三月，與戲劇家曹禺同船赴美講學。

老舍之處女作「老張的哲學」（1932，商務），著於英國倫敦，經許地山介紹刊於1926之「小說月報」，（時編者爲鄭振鐸）一時名大噪，後復發表「二馬」（1932，商務），「趙子曰」（1933，商務），遂奠定其在文壇上之地位。所作以深刻之諷刺及通俗之文筆見稱於時。其後陸續出版「離婚」（1933，良友），「趕集」（短篇小說集，1934，良友），「貓城記」（1935，現代），「櫻海集」（短篇小說集，1935，人間書屋），「小坡的生日」（1935，生活），「文博士」「老字號」，「牛天賜傳」，「駱駝祥子」（1937，文化生活出版社，該書已譯成英文，在美極暢銷），「蛤藻集」（短篇小說集，開明）等。

抗戰期間，寫作不斷。成「國家至上」，「面子問題」等二種劇本；「火葬」，「東海巴山集」，「貧血集」諸小說。尤以百萬字長篇巨構「四世同堂」（第一部「惶惑」，第二部「偸生」已出版，1946，晨光出版公司）最享盛名，被譽爲十年來中國文壇最偉大之收穫。

35.　老　　向

原名王向辰。以運用北平土語寫作見長，爲老舍之友。除寫小說外，多寫大鼓書詞，老戲角本，小唱本，歌謠等。

抗戰前作品多發表於幽默刊物「論語」，「人間世」，「宇宙風」等；結集者有：「庶務日記」（1934，上海時代圖書公司），「全家財」（宇宙風社），「黃土泥」（1936，人間書屋）。

1938秋，去四川，任職教育部編譯館，長川住在北碚。勝利後赴台灣，推進國語運動。

36.　雷　　妍

原名劉槙蓮。北平大學女子文理學院國文系畢業。曾任北平私立慕貞女中國文教員。

所作小說，多發表於北平淪陷時敵僞所出版之「中國文藝」，「中國文學」諸刊物，與梅娘同爲該時享名之女小說作者。著有「良田」（1943，大華印書局），「白馬的騎者」（1944，僞新民印書館）等。

37.　李　健　吾
　　　　（1906—）

筆名劉西渭。山西安邑人。北平清華大學西洋語言文學系畢業。畢業後，即任該系助教。曾赴法國巴黎留學。1936加入「中國文藝家協會」。抗戰前任暨南大學教授，中法劇藝學校教授。抗戰期間蟄居上海，從事著譯。曾改編巴金小說「秋」爲戲劇，並改編「費嘉樂的結婚」（法Beaumarchais 原著）爲「艷陽天」。譯福樓拜（Flaubert）所著之「情感教育」及「包法利夫人」，羅曼羅蘭（Romain Rolland）所著之「愛與死的搏鬥」。著有短篇小說集「使命」，散文集「希伯先生」。後曾爲日憲逮捕。勝利後，編輯大型文學刊物「文藝復興」，寫作頗勤奮。

作品除上記數種外，小說尚有：「西山之雲」（1928，北新），「罎子」（1931，開明）；「心病」（1933，開明）等。戲劇有「李健吾戲劇集」，由上海文化生活出版社出版，已出六種：（一）「這不過是春天」，（二）「以身作則」，（三）「母親的夢」，（四）「新學究」，（五）「黃花」，（六）「秋」。譯有：「委曲求全」（王文顯原著，1932，北平人文），「福樓拜短篇小說集」（1936，商務），「聖安東的誘惑」（法 Flaubert 著，1937，生活）等。

文學批評著作有：「福樓拜評傳」（1935，商務），「咀華集」（1936，文化生活出版社），「咀華二集」（1941，文化生活出版社）等。

近作戲劇「青春」已由「文藝復興」連載完畢。

38.　李　薰　風

舊體章回小說作者。久居北平，作品多發表於北平「小實報」，「新北京報」等。現仍在平。

所作小說多思揭發社會黑幕，故可名之爲黑幕小說派。

39.　黎　錦　明
　　　　（1906—）

筆名黎君亮。湖南湘潭人。爲國語專家黎錦熙之弟。早年曾打算做畫家，中學時代最優長的

是繪畫。十四歲進北京某美術專門學校，學圖案系；後來發現這學科不適於他個人的發展，兩年後離校。轉入某大學，漸對西洋文學發生熱烈愛好，開始寫作。1925，發表「四季」於「小說月報」第十六卷第三期，始爲人所知。其後，爲「語絲」撰稿，後復加入「創造社」。作品多發表於「東方雜誌」，「小說月報」，「語絲」，「文學週報」，「洪水」等刊物。曾任河北大學敎授，主講文藝批評及近代文學。

創作有：「烈火」（1926，開明），「塵影」（1927，開明），「破壘集」（1927，開明），「馬大少爺的奇蹟」（1928，現代），「瓊昭」（1929，北新），「戰煙」（1933，天馬），「失去的風情」（1933，現代），「獻身者」（1933，北平星雲堂），「夜遊人」（1936，北新），「大街的角落」（1936，北新）等。

理論著作有：「文藝批評淺說」（1934，北新），「新文藝批評談話」（1933，人文）等。

40.　　劉　雲　若

天津人。舊體章回小說作者。作品多發表平津諸報紙，及各黃色刊物。所作小說以文筆流利，情節曲折，頗受一般讀者歡迎，如「春風回夢記」，「紅杏出牆」等，且曾拍攝電影，風行一時，劉氏現仍在津，從事小說寫作。

41.　　劉　大　杰
（1904—）

筆名：修士，湘君等。湖南岳陽人。國立武昌大學畢業。爲郁達夫之學生。最早由郁介紹，發表「桃林寺」於「晨報副刊」，而開始其寫作生活，後受郭沫若鼓勵，赴日本，入早稻田大學研究院研究。歸國後，歷任無錫中學敎員，安徽大學敎授，廈門大學中國文學系主任，復旦大學敎授等職，並任大東書局「現代學生」編輯。曾與胡雲翼等，共組「藝林社」，出版「藝林旬刊」，後改半月刊，出二十四期而停。現在上海，任國立暨南大學敎授。

創作有：「支那女兒」（1928，北新），「盲詩人」（1929，啓智），「昨日之花」（1929，北新），「渺茫的西北風」（北新），「她病了」，「寒鴉集」（1929，啓智），「一個不幸的女子」（啓智），「山水小品集」（1934，北新），「三兒苦學記」（1935，北新）等。

譯有：「高加索的囚人」（俄 L. Tolstoy 原著，1930，中華），「兩朋友」（俄 I. Turgenev 原著，1931，亞東），「苦戀」（奧 A. Schnitzler 原著，1932，中華），「迷途」（俄國小說集，1934，中華），「野性的呼喚」（美 J. London 原著，1935，中華），「戀愛病患者」（日本菊池寬原著，北新），「三人」（俄 M. Gorky 原著），「白癡」（俄 F. Dostoievsky 原著）等。

文學理論著作有：「德國文學概論」（1928，北新），「德國文學大綱」，「表現主義文學論」，「易卜生研究」（1928，商務），「托爾斯泰」（1933，商務）。譯有「東西文學評論」（1934，中華）等。

42.　　劉　　復
（1889—1934）

原名劉壽彭，字半儂，後改半農，號曲庵；其他筆名尚有：伴儂，含星，海，寒星等。

江蘇江陰人。二十九歲出國，在英法居六年，得巴黎大學國家文學博士。回國後，歷任北京大學國文系敎授，兼研究所國學門導師，北平私立中法大學服爾德學院中國文學系主任，國立北

平大學女子文理學院院長，北平私立輔仁大學敎務長，及世界日報副刊編輯等。

　　1934赴綏遠考察方言，染病回平，歿於協和醫院，享年四十四歲。歿後，「人間世」半月刊第九期，曾出特輯紀念。

　　劉氏爲新文學運動初期，「新青年」時代之重要作家；所著「詩與小說精神上之革新」一文，發表於1917，七月之「新青年」上，於文學革命已提出具體方案，且親自參加白話詩之試驗工作。其後與錢玄同，黎錦熙等提倡國語統一運動，出力甚多。

　　著有新詩「揚鞭集」（1926，北新）及「瓦釜集」（1926，北新）二種，並輯有「初期白話詩稿」（1933，北平星雲堂）一種。

　　散文有「半農雜文」二冊（1934—35，良友）。

　　譯有：「茶花女劇本」（法 A. Dumas fils 原著，192 ，北新），「法國短篇小說集」（1927，北新）等。

43.　劉　大　白
（1880—1932）

　　名劉淸裔，字大白，號白屋；筆名漢冑。浙江紹興人。前淸擧人。民初在紹興主編「禹域春秋」。曾遊歷日本。歷任上海復旦大學中國文學系主任兼實驗中學主任，國民黨上海政治分會敎育委員會委員，浙江敎育廳秘書，國立浙江大學秘書長，國民政府敎育部次長等職。

　　氏爲新文學運動初期之詩人，作品大部發表於「覺悟」。所著詩集有：「舊夢」（1924，商務），「郵吻」（1926，開明），「賣布謠」（1929，開明），「丁寧」（1929，開明），「再造」（1929，開明），「秋之淚」（1930，開明），「白屋遺詩七種」（1935，開明）等。詩論有「舊詩新話」（1928，開明），「白屋說詩」（1929，大江）等。

44.　林　語　堂
（1894—）

　　原名林玉堂；筆名：毛驢，宰予，宰我，豈靑，薩天師等。

　　福建龍溪人。1916上海聖約翰大學畢業，遂在北京淸華大學任英文敎員三年；1919赴美，入哈佛大學，得碩士學位；後在德國萊比錫大學得博士學位。回國後，任國立北京大學英文敎授，北平女子師範大學敎務主任。1926與四十餘位敎授，因思想過激被通緝，遂離京赴廈門，任廈門大學文科主任，後轉任國民政府外交部秘書，上海東吳大學法律學院敎授，國立中央研究院外國語編輯等職。

　　抗戰期間，在美國從事著述，曾在中國駐美大使館中服務。現仍在美。

　　林氏先與魯迅等合作，共辦「語絲」（創刊於1924，十月）。1932在上海主編「論語」半月刊，提倡晚明小品及幽默文學，遂享大名，被稱爲「幽默大師」。近年喜用英文寫作，在美極獲盛譽。

　　著有：「剪拂集」（1928，北新），「大荒集」（1934，生活），「我的話」二冊（1934—36，時代圖書公司），「錦秀集」（1941，朔風），「女子與知識」（北新），及英文著作多種。

45.　凌　淑　華

　　筆名素心。廣東人。陳西瀅夫人。燕京大學畢業。1925在「現代評論」發表短篇小說「酒後」，始爲人注意。此後在「現代評論」，「新月月刊」，「晨報副刊」發表小說頻多。後集爲

「女人」（1930，商務），「花之寺」（1928，新月），「小孩」（商務）三部。1930後作品甚少。其創作之特色，在於描寫資產階級的知識婦女之生活與心理。

抗戰期間在樂山，任武漢大學教授。勝利後曾返平，後赴上海。1946，五月與馮玉祥等同船去美，轉赴英倫，預定一年後偕其外子陳西瀅自英返國。

46.　　落　華　生
（1893—1941）

原名許贊堃，字地山。福建龍溪人。1923畢業於燕京大學；是年秋與梁實秋，冰心女士等，同赴美國留學；得哥倫比亞大學文學碩士，又赴英國，得牛津大學文學學士。1926夏返國。歷任燕京大學教授，清華大學教授，北京大學教授，教育部國語統一籌備委員會委員等職。九一八後赴香港大學任教，1941冬太平洋戰爭爆發時，以心臟病逝於香港。

許氏爲新文學運動初期重要作家，在燕大讀書時，即提倡新文學，熊佛西等多受其鼓勵。爲「文學研究會」會員。後致力於語言學及印度文化之研究。

著有小說：「綴網撈珠」（商務），「無法投遞之郵件」（1928，北平文化學社），「解放者」（1933，北平星雲堂）等。詩集「空山靈雨」。學術著作有：「語體文法大綱」（1923，中華），「印度文學」，「道教史」（1934，商務）等。譯有「孟加拉民間故事」。

47.　　廬　隱
（1898—1934）

原名黃英。福建閩侯人。廬隱降生時，適逢其外祖母逝世，故其母以爲不祥而忌視之，寄養於乳姆家中。八歲時，父客死湖南，舉家來北京；後入慕貞學院讀書，卒業後，考入女子師範大學國文系，畢業後曾任上海工部局女子中學國文教員，師範大學附屬中學國文教員。廬隱一生反抗舊傳統，先與未婚夫林某解除婚約，與使君有婦之社會主義者郭夢良結婚，時郭在北平組織「奮鬥社」，出版「奮鬥」雜誌，竭力宣傳「無政府主義」，兩年後郭死；於1930與清華大學學生青年詩人李唯建由戀愛而結婚，度幸福生活者四年。1934年五月六日死於難產。享年三十七歲。

廬隱爲「文學研究會」會員，作品多發表於「小說月報」，其處女作「海濱故人」（1925，商務）爲其前半生之自傳。其後陸續刊行之小說有：「曼麗」（1927，北平文化學社），「歸雁」（1930，神州國光社），「靈海潮汐」（1931，開明），「玫瑰的刺」（中華），「女人的心」（1933，上海四社出版部），「象牙戒指」（1934，商務），「或人的悲哀」等。

散文有「東京小品」（1936，北新）。書信集有與其情人李唯建合著之，「海鷗情書集」（1931，神州國光社）。傳記有「廬隱自傳」（1934第一出版社）。

48.　　魯　迅
（1881—1936）

原名周樹人，字豫才；筆名甚多，重要者有巴人，公汗，令飛，吳謙，訊行，鄧當世，何家幹，豐之餘，隋洛文，唐俟，旅隼，神飛，索士，楮冠等。

浙江紹興人。幼時家道中落，十六歲父親死去，以至學費無着，乃於十八歲時考入南京水師學堂，得免費入學；半年後，又改入礦路學堂，習開礦。畢業後，被派赴日本留學。在東京預備學校畢業後，因鑒於新醫學對日本維新有莫大助力，乃入仙台醫學專門學校學醫。兩年後，適值日俄戰爭，彼於電影中見到一中國人因做偵探將被斬之情形，遂感覺中國還需先提倡新文藝；於是棄了學籍，決心從事文學活動。首先計劃辦雜誌「新生」未成功，又和乃弟作人合譯「域外小

說集」，開始介紹及翻譯歐洲文藝作品。

　　1910返國，時年二十九歲；在浙江杭州兩級師範學堂任化學及生理學教師，次年辭職。復任紹興中學堂教務長，任職一年又去職，不久辛亥革命，紹興光復後，任師範學校校長。臨時政府在南京成立後，應教育總長蔡元培之約，到部辦事。政府移北京，亦隨之來。除任教育部僉事外，復任北京大學，師範大學，女子師範大學等校教授。

　　魯迅自1912五月來北京，直至1926四月奉軍進京，始被迫離去，前後共住了十五年，其間工作可分兩期，以「新青年」撰文為界（1918），前者重在輯錄研究，後者重在創作。

　　1918四月，魯迅開始創作短篇小說，發表於同年五月號之「新青年」，適值「五四運動」之前一年。其第一篇為「狂人日記」，始用「魯迅」筆名。該篇主旨乃借精神迫害狂者來猛烈攻擊舊禮教。發表後，受到青年們熱烈歡迎。1921十二月，又以「巴人」筆名，於北京「晨報副刊」發表傑作「阿Q正傳」，遂奠定其在文壇上之地位。被譽為文學革命後之最大收穫，國語文學之劃時代的不朽作品。此篇意在揭發中華民族之劣根性，如自大，卑怯，善變，自欺等。曾譯成英，法，日，俄諸國文字。

　　其後陸續寫作短篇小說約十二篇，皆收入「吶喊」（1923，北新），「徬徨」（1926，北新）二集中。寫小說外，復寫雜感，後收入「熱風」（1925北新），「華蓋集」（1926，北新），「華蓋集續編」（1927，北新）諸集中。魯迅所作雜感，亦如其小說，以銳利之諷刺筆鋒，挖剔中華民族「國瘡」，於青年思想，影響甚大。

　　1925因女師大發生風潮，被教育總長章士釗免職。次年春執政府曾列出五十位思想過激教授的名單，准備通緝，魯迅為其中之一，遂被迫南下。至福建擔任廈門大學中國文學講座，僅四個月，因與學校當局意見不合，乃轉赴廣州，在中山大學講授文學論及中國文學史。但不久，因環境不適，終於離校。

　　1927返上海，編輯「奔流」月刊，一年而停。此時文藝界發生「革命文學」論戰，「語絲」派以魯迅為中心，與「創造社」對壘。1930辦「萌芽」雜誌，不久停刊。同年三月，加入「中國左翼作家聯盟」，從事普羅文學運動。此期間所作雜感最多，皆針對時弊；一方面提倡版畫，創辦「木刻講習會」，一方面努力於艱巨之翻譯工作。1936，十月十九日病逝上海。被尊為青年的導師，中華民族的靈魂。

　　魯迅一生著譯甚多，逝世後曾由「魯迅紀念委員會」刊行全集，計二十互冊。單行之書，除上文所記數種外，雜感集尚有：「而已集」（1927，北新），「三閒集」（1929，北新），「二心集」（1931，北新），「偽自由書」（1933，北新），「南腔北調集」（1933，北新），「准談風月」（1933，北新），「花邊文學」（1934，北新），「且介亭雜文」初編二編（1934—35）等。

　　歷史小說有「故事新編」（1936，文化生活出版社）。書信集有「兩地書」（與許廣平合著，1933，北新），「魯迅書簡」（1946，魯迅紀念委員會）。

　　學術論著及考證輯錄有，「中國小說史略」（1923，北新），「古小說鈎沉」，「唐宋傳奇集」（1928，北新），「小說舊聞鈔」（1926，北新）等。

　　翻譯戲劇有：「一個青年的夢」（日本武者小路實篤原著，1922，商務），「桃色的雲」（俄 V. Eroshenko 原著，1923，北京新潮社）等。

　　翻譯小說有：「工人綏惠略夫」（俄 M. Artzbashev原著，1921，商務），「愛羅先珂童話集」（1922，商務），「小約翰」（荷蘭 F. Van Eeden原著，1928，北新），「錶」（俄 L. Panteleev原著。1935，北新），「十月」（俄 H. Jakovlev原著，1930），「毀滅」（俄A.

A. Fadeev原著，1931），「豐琴」（俄國短篇小說集，1933，良友），「一天的工作」（俄國短篇小說集，1933，良友），「死魂靈」（俄 N. V. Gogol原著，1935，文化生活出版社）等。

翻譯論文有：「苦悶的象徵」（日本厨川白村原著，1924，北新），「出了象牙之塔」（日本厨川白村原著1926，北新），「藝術論」（俄 A .V. Lunacharsky原著，據日本昇曙夢譯本重譯，1929，大江），「藝術論」（俄 G. Plechanov原著，1930，光華）等。

評傳資料有：「魯迅論」（李何林編，1930，北新），「關於魯迅及其著作」（臺靜農編，1926，未名社），「魯迅在廣東」（鍾敬文編，1927，北新）「魯迅批判」（李長之編，1935，北新）「魯迅傳」（日本小田嶽夫著，范泉譯，1946，開明）。

49.　羅　　西
(1907—)

原名楊儀；其他筆名尚有歐陽山（本書書評 222—223 兩號即以此名著錄）等。廣州人。爲廣州文學會會員。幼時因家貧，隨父母各處漂蕩，故曾接觸各種社會的人物。1924寫「第一夜」小說，發表於「學生雜誌」，而開始其文學生活。 1927，出版第一本小說集「玫瑰殘了」（光華），漸爲人所知。其後所寫小說頗多，結集者有：「桃君的情人」（1928，光華），「愛的奔流」（1928，光華），「你去吧」（1928，光華），「蓮蓉月」（1928，現代），「蜜絲紅」（1929，光華），「流浪人的筆跡」（光華），「竹尺和鐵鎚」（正午），「人生的夢」（正午（，「人生底路」（正午），「光明」（南京拔堤書局），「鐘手」（南京拔堤書局），「七年忌」（1935，生活），「生底煩擾」（1936，文化生活出版社），「飢寒人」（1937，北新）等。散文及詩集有「雜碎集」，「世界走得這樣慢」（正午）等。

50.　羅黑芷

原名羅象陶，字晉思，號黑芷，一做黑子。湖南長沙人。日本慶應大學文科畢業。歸國後，曾任商務印書館編輯。爲「文學研究會」會員。1927病死於故鄉。作品僅三卷：「牽牛花」（小品文集，1926，長沙北門書屋），「醉里」（短篇小說集，1927，商務），「春日」（短篇小說集，1928，開明）。所作沉鬱有北歐風，李青崖評爲饒有柴斯脫夫斯基（Dostoievsky）神味。

51.　羅醊嵐

原名羅正晫；其他筆名尚有羅念生，溜子，山風大郎等。四川威遠人。清華大學畢業，美國Ohio 大學文學士。歸國後，任北京大學文學院講師。作品多發表於「詩刊」，「新詩」，大公報「文藝」副刊，「文學」，「小說月報」諸雜誌。著有「六月裡的杜鵑」（1926，現代），「招姐」（光華），「苦果」（1925發表於天津大公報，1928由該報印行單行本），「醇酒婦人詩歌」（1930，中華）等。譯有「兒子的抗議」（英T. Hardy原著，1934，神州國光社）等，「波斯王」（希臘 Æschylus 原著，1936，商務），「窩狄浦斯王」（希臘 Sophocles 原著，1936，商務）等。

52.　茅　　盾
(1896—)

原名沈德鴻，字雁冰，以茅盾筆名有聲於中國小說界；其他筆名尚有：方瑩，方璧，　止，

毛騰，玄，玄珠，未名，丙生，吉卜西，朱環，沈餘，形天，何典，東方未明，郎損，逃墨館主，惕若，終葵，蒲，蒲牢，德洪，M.D.等。

浙江桐鄉人。沈氏幼而聰穎，家庭人口頗多，乃父爲一學者，故小時即受到優良之敎育。十八歲於杭州安定中學畢業後，入北京大學預科，三年後因生活關係，由親戚介紹入商務印書館編譯所任職，時爲1916，亦即沈氏開始其文學生活之一年。

1921與鄭振鐸，周作人等共同組織「文學研究會」，爲國內最有力之文學團體。及「小說月報」歸「文學研究會」編輯，沈氏親任主編，努力於西文洋文學之介紹與翻譯，及推薦國內之優秀創作，厥功甚偉。

1924辭去「小說月報」主編職務，在滬從事實際革命工作。1926廣東革命軍出師北伐，加入軍中，武漢政府時代，曾任民國日報主筆。國共分裂後，乃捨棄政治生涯赴牯嶺養病。1927，八月返上海，潛心著述。

1927之前，沈氏未嘗從事於創作，其工作皆爲翻譯與介紹。1928始以「茅盾」筆名發表「三部曲」於「小說月報」，立時震動中國文壇，一躍而爲第一流之小說家。「三部曲」包含「幻滅」（1927，商務），「動搖」（1927，開明），「追求」（1928，開明）三小說（合稱「蝕」，後由開明出版），以小資產階級之知識青年爲中心人物，描寫彼等在大革命中之浮沉，有極濃厚之時代色彩。

「三部曲」發表後，備受時代青年之熱烈歡迎，認爲作者係表現小資產階級知識份子心理與生活之典型作家。同時，亦遭受左翼文壇之强烈攻擊；彼等以爲茅盾「三部曲」中，僅表現革命時期小資產階級知識青年之頹廢享樂生活，不含普羅意識。

其後曾赴日本小住，在東京寫「從牯嶺到東京」一文，說明其對於「革命文學」之主張，及寫作「三部曲」之態度，曾引起劇烈之論戰。

1930加入「中國左翼作家聯盟」，寫作益勤奮。連續出版長篇小說「虹」（1929，開明），短篇小說集「野薔薇」（1929，大江書舖），「宿莽」（1931，大江書舖）。後又以學生生活爲題材，寫成「三人行」（1931，開明）。「路」（1932，光華）

1933更發表劃時代之長篇巨構「子夜」，描寫中國實業界之內幕，被譽爲中國新文學革命運動以來，最偉大之收穫。

抗戰初期，由上海先至香港，在香港時，主編立報副刊「言林」，並爲廣州生活書店編「文藝陣地」。香港陷落後，即赴桂林，後去重慶。抗戰期間曾去新疆，任新疆大學文學院院長，兼中蘇文化協會新疆分會理事。曾任中央文化運動委員會委員，1945文運會改組，始解聘。抗戰期間所寫小說，有：「第一階段的故事」，「霜葉紅似二花月」，「腐蝕」，「刼後遺恨」等，並寫戲劇「清明前後」，皆負盛譽。

勝利後返滬，主編「文聯」。近應蘇聯對外文化協會之邀，赴蘇講演中國文學，已於1946，十二月五日由上海啓程去蘇。

沈氏爲當代中國重要作家，一生著譯甚多，除前記諸書外，創作尚有：「春蠶」（1933，開明），「話匣子」（1934，良友），「故鄉雜記」（1934，今代），「多角關係」（1934，生活），「泡沫」（1936，文學出版社），「煙雲集」（1937，良友）等。

譯有：「雪人」（1929，開明），「文遜」（俄 V.I.N.Dantchenko 原著，1932，現代），「阿富汗的戀歌」，「倍那文德戲曲集」，「太戈爾短篇小說集」，「世界文學名著」（1936，開明）等。

文學批評與介紹之著作有：「西洋文學通論」（1930，世界），「歐洲大戰與文學」（開

明），「歐洲六大文學家」（1929，世界），「西洋文學」（世界），「近代文學面面觀」（世界），「近代文學 ABC」（世界），「小說研究 ABC」（世界）「現代文藝雜論」（1929，世界），「作家論」（1936，文學出版社）等。

評傳資料有「茅盾論」（黃人影編，光華），「茅盾評傳」（伏志英編，1932，現代）等。

53.　梅　娘

原名孫嘉瑞，爲文化漢奸柳龍光之妻。北平淪陷期間，活躍一時，所作小說「魚」，「蟹」「第二代」等，皆由僞新民印書館出版。

54.　穆　時　英

筆名伐揚，匿名子等。上海人。上海光華大學中國文學系畢業，在校時即寫小說，其處女作「黑旋風」發表於施蟄存主編之「新文藝」月刊，其第二篇小說「南北極」，由施介紹，刊載於鄭振鐸主編之「小說月報」。第一部小說集「南北極」（1932，湖風）出版後，人目爲天才。後與施蟄存，杜衡等，共編「現代」雜誌。1939，汪兆銘政府成立，穆氏任汪派上海國民日報總編輯。後爲地下工作人員暗殺。作品尚有「空閑少佐」（良友），「上海的狐步舞」，「公墓」（1933，現代），「被當作消遣品的男子」（良友），「白金的女體塑像」（1934，現代），「聖處女的感情」（1935，良友）等。

55.　歐陽予倩
　　（1887—）

湖南瀏陽人。日本早稻田大學文科畢業。歸國後，1923，與洪深，谷劍塵，汪仲賢等，組織「上海戲劇協社」，推進戲劇運動。自作「潑婦」，且親飾主角，頗獲盛譽。1928，與田漢等創設「南國藝術學院」，提倡戲劇敎育。後與顧仲彝等合編「戲劇雜誌」月刊，創刊於1929，九月，由廣東戲劇研究所出版，上海神州國光社發行，內容多戲劇的創作與翻譯，有關戲劇之論文及消息亦復不少，爲國內有力之戲劇刊物。1933，曾參加福建革命。1936，任上海明星電影公司編劇主任兼監督。

歐陽氏不但於戲劇創作有相當成績，亦爲著名之戲劇理論家。所著「予之戲劇改良觀」，發表於「新青年」五卷四期（1918，十月十五日）戲劇改良專號，爲初期戲劇運動之重要文字。其後所著戲劇理論作品有「予倩論劇」（泰東），「自我演劇以來」（1933，神州國光社）等。

創作戲劇多刊於「戲劇雜誌」，舞台表演，亦獲相當成功。結集者有「潑婦」（1928，商務），「回家以後」（1928，商務）等，及「潘金蓮」（「新月雜誌」連載）。

56.　吳組緗

原名祖襄，安徽涇縣人。清華大學中國文學系畢業。在校時寫短篇小說「一千八百擔」，發表於「文學季刊」創刊號，一鳴驚人。作品結集爲有「西柳集」（1934，生活書店），「飯餘集」（1935，文化生活出版社）等。1946，九月初與馮玉祥同船赴美，任馮氏秘書。

57.　巴　金
　　（1905—）

原名李芾甘；以思想傾向無政府主義，故合巴枯寧及克魯泡特金首尾二字，而取名巴金；其

他筆名尚有：王文慧，巴比，余一，余七，余三，余五，歐陽鏡蓉等。

　　四川成都人。生長在一個舊官僚的大家庭裏。六歲時跟着他的做知縣的父親，在靠近陝西的一個小縣住過兩年，此外便常川在成都居住。1914喪母，1917又死父親，使他心中刻上悲哀的印痕。1923他離開成都，到上海南京去讀書，曾入南京東南附中。1926年底，赴巴黎留學初習生物學，不成，改事文學，他的處女作長篇小說「滅亡」，便是到巴黎的次年開始寫的。

　　寫「滅亡」之前，在他十六七歲的時候，曾寫過一兩篇小說，和十幾首小詩，投到「小說月報」，但都沒有被發表出來；以後一直沒寫什麼，直到1927，三月，才開始寫「滅亡」。

　　「滅亡」（1929，開明）在 1929 的「小說月報」上陸續發表的時候，立刻引起了文壇的注意，大家都認為出現了一位天才的新進作家，有人說「滅亡」是1929中國文壇上之僅有收穫。

　　巴金於1929回國，在上海從事翻譯及創作生活。1930寫長篇小說「死去的太陽」（1931，新中國）；1931出版了「復仇」（新中國），「光明」（新中國）兩個短篇小說集；1932又寫了「海底夢」（新中國），「春天裡的秋天」（開明），「沙丁」（開明）三中篇小說，及「電椅」（新中國）短篇小說集。

　　1932冬赴華北旅行，後曾往日本遊歷。中國新文學革命運動以來，最大的文學雜誌「文學季刊」，（創刊於1934春，北平立達書局出版）即為巴金與鄭振鐸等所主辦。後因與該刊編輯之一李長之發生意見，乃脫離，在上海與靳以合編「文季月刊」，並主持「文化生活出版社」。

　　抗戰期間在內地從事出版事業，組織「文化生活社」，發祥地為桂林，故常在桂林居住。八年來所寫小說，有長篇「火」，（曾連載於「文叢月刊」，三部，都四十萬言，「憩園」（短篇），「還魂草」等。

　　勝利後返上海，仍努力於出版事業，寫作不輟。曾在「文藝復興」連續發表其長篇小說「寒夜」及「第四病院」。

　　巴金為當代多產作家，一生著譯甚多，除上記數種外，創作小說尚有：「新生」（為「滅亡」續篇，1932，開明），「愛情三部曲」（包含「霧」，「雨」，「電」三小說，1936，良友），「激流三部曲」（包含「家」，「春」，「秋」三小說，開明），「神鬼人」（1935，文化生活出版社），「生之懺悔」（1936，商務），「雪」（1939，文化生活出版社）等。

　　散文有「海行雜記」（1935，開明），「點滴」（1935，開明），「短簡」（1938，良友），「夢與醉」（開明）等。

　　譯有「秋天裏的春天」（猶太巴基原著，自世界語譯出，開明）「屠格涅夫散文詩」（文化生活出版社），「草原故事」（俄M.Gorky原著，文化生活出版社），「父與子」（俄I.Turgenev原著，文化生活出版社），「處女地」（俄 I.Turgenev 原著，文化生活出版社），「遲開的薔薇」等。

58.　　潘　漢　年

　　筆名天長，愛仙，潑皮，潑皮男士等。

　　江蘇宜興人，為潘梓年之弟。前曾參加「創造社」。後與葉靈鳳等共組「幻社」，加入者有金滿成，嚴良才，滕剛等，發行「幻洲」半月刊（創刊於1926秋，光華書局出版），頗引起一般青年注意。該刊文字不避權勢，曾造成一時直言風氣；終為當局所禁而停刊。該社尚出有定期刊物「戈壁」，但不久亦停刊。

　　潘氏著作結集者有：「離婚」（1928，光華），「曼瑛姑娘」，「犧牲者」等。

59. 冰　心

(1897—)

　　原名謝婉瑩。福建閩侯人。父謝葆璋，曾任海軍部次長及其他海軍要職。在她幼小的時候，她的父母帶着她住在山東芝罘島的海邊上，海的美麗景色使她很早就養成愛海的心理，以後時常反映在她的作品裏。

　　從很小的時候，她就喜歡故事；開始讀書以後，更就讀小說。十一歲時，已經看完了全部「說部叢書」，「西遊記」，「水滸傳」，「天雨花」，「再生緣」，「兒女英雄傳」，「說岳」，「東周列國志」，「紅樓夢」，「封神演義」等。

　　辛亥革命起義時，她全家正在回南的路上。回到福州，曾在福州女子師範學校過了幾個月的學校生活。1913 她全家又來北京，她雖沒有上學，却獨自讀了許多本「婦女雜誌」，「小說月報」之類的刊物，又讀了許多首舊詞。她常把所念過的故事，雜湊起來，說給她的弟弟們聽；自己也作過些沒有結局的文言章回體小說。

　　1914的秋天，考入北京貝滿女中，在中學四年間，因功課緊嚴，所讀小說不多；但因基督教義的影響，潛隱的形成了她的愛的哲學。

　　五四運動的時候，她是協和女大——後併入燕京大學——的學生；那時她正陪着她二弟在德國醫院養病，被女校的學生會請回來當文書；同時又被女學界聯合會選為宣傳股股長。因為要將宣傳文字登在報紙上，便在她表兄劉放園所編輯的晨報的副刊上，得到發表白話文章的機會，用的是學名「謝婉瑩」。

　　此後她常常看「新潮」，「新青年」，「改造」等雜誌，得到很多新思想新知識。在書中認識了杜威，羅素，太戈爾，托爾斯泰等世界名人。於是鼓起她的創作勇氣來，寫了一篇小說「兩個家庭」，署名「冰心」，三天之後居然在「晨報副刊」上登了出來，他歡欣之下，又寫了「斯人獨憔悴」，「去國」，「莊鴻的姊妹」等。

　　1920到1921中間，所寫的小說有：「國旗」，「魚兒」，「一個不重要的兵」等；散文有：「無限之生的界線」，「答詞」等。

　　1921「文學研究會」主持「小說月報」，她的小說如「笑」，「超人」，「寂寞」等，便發表在這個雜誌上。自此她的文名大震，成了那時國內獨一無二的女作家。

　　1923的夏天，她從燕京大學畢業，秋天便同落華生等赴美國留學。在美國三年，得衛斯萊大學文學碩士。留美期間，曾用通訊體裁，寫成二十九封「寄小讀者」的信，陸續在「晨報副刊」上發表；所寫小說有：「悟」，「劇後」等。

　　1926自美歸來，任燕京大學文學教授。因課務繁忙，創作很少。1929六月，她與社會學家吳文藻博士結婚。因她母親的去世，傷心過度，這一年中只寫了「三年」，「第一次宴會」兩篇小說。

　　1930休息了一年。1931，二月，她的孩子「宗生」降生。這一年中只譯了一本「先知」（叙利亞 K.Gibran 原著，1931，新月），寫了一篇「分」，和一篇「南歸」為紀念她的母親。

　　後來一直住在燕京。1934，「文學季刊」於北平出版，應鄭振鐸之約，為該刊編輯委員，並寫小說。抗戰期間，去昆明，後到重慶，住在北碚。由蔣夫人推薦為參政員。曾任三民主義青年團幹事，又是婦女運動的中堅人物。八年間的作品有「關於女人」（開明）是化名「男士」的筆名寫的，和「續寄小讀者」。勝利後回北平燕大，近隨吳文藻赴日，預備寫「司徒雷登傳」。

　　冰心所作小說，結集者有：「超人」（1923，商務），「往事」（1930，開明），「南歸」

1931，北新），「姑姑」（1932，北新），「去國」（1933，北新），「閒情」（1933，北新），「冬兒姑娘」（1935，北新）等。書信集有「寄小讀者」（1929北新），遊記有「冰心遊記」（1935，北新）。詩集有「春水」（1923，北新）及「繁星」（1923，商務）。北新書局於1932至1933間，曾出版她的全集，分「冰心小說集」，「冰心詩集」，「冰心散文集」三集。

評傳資料有「冰心論」（李希同編，北新）。

60.　彭　家　煌
(1900—1933)

亦名介黃，號韞松；筆名彭芳草。湖南湘陰溪鄉人。小說作者。曾幫助其同鄉李石岑編輯「教育雜誌」及「民鐸雜誌」。1933，因有反動嫌疑，被當局逮捕，後證明無罪釋放，但不久即與世長辭。死後「現代」雜誌曾刊特輯以紀念之。

小說集印行者有：「慫恿」（1927，開明），「茶杯裏的風波」（1928，現代），「皮克的情書」（1928，現代），「管他呢」（1928，北新），「平淡的事」（1929，大東），「寒夜」（1930，神州國光社），「厄運」（1930，神州國光社），「落花曲」（1931，現代），「喜訊」（1933，現代），「出路」（1934，大東）等。

61.　蓬　　子

原名姚方仁，後改名姚杉尊；其他筆名尚有：丁愛，小瑩，姚夢生，慕容梓等。

浙江紹興人。為「中國左翼作家聯盟」中之重要人物。1931在上海主編「文藝生活」月刊（聯合書局出版）。1932與周起應等共編「文學月報」（光華書局出版）。

抗戰期間，主編「中華全國文藝界抗敵協會」之會刊「抗戰文藝」，並經營出版社「作家書屋」於重慶。勝利後移「作家書屋」於上海。

著有小說「剪影集」（1933，良友），「浮世畫」（良友）等。詩集「銀鈴」，「蓬子詩鈔」等。譯有：「結婚集」（瑞典 Strindberg 原著，1929，光華），「小天使」（俄 L.Andreev 著，1929，光華），「婦人之夢」（法 R.de Gourmont 原著，1930，光華），「沒有櫻花」（俄 P.S.Romanov 原著，1930，現代），「我的童年」（俄 M.Gorky 原著，商務）等。

2.　不　肖　生

原名向遴，字愷然；筆名不肖生，平江不肖生等。

氏為近代中國劍仙小說之創始者，所作「江湖奇俠傳」一書，風行南北，達數十年之久，最為少年讀者所愛讀。後由明星影片公司拍攝電影。

63.　蕭　　軍

原名田軍，東北人。於「九一八」後，逃往上海，與女作家蕭紅為夫婦。以長篇小說「八月的鄉村」成名。該書描寫淪陷東北之實況，最為人所稱讚。於1939，即銷到第十一版，後且譯成英文，在紐約出版。抗戰初期，先在成都主編「新民報」副刊，後赴延安。現仍在赤氏政府下服務。

小說結集者尚有：「羊」，「十月十五日」，「江上」，「綠葉的故事」，「第三代」等，皆由巴金所主持之「文化生活出版社」出版。

64.　謝　六　逸
(1906—？)

字宏徒，號無堂；筆名中牛。貴州貴陽人。日本早稻田大學文學上。歸國歷任商務印書館編輯，神州女校敎務主任，吳淞中國公學文理科學長，彙文學系主任；暨南大學敎授；復旦大學文學院中國文學系主任，彙新聞系主任；立報編輯等職。1937秋，滬戰爆發；返故鄉貴陽，除擔任大夏大學文學院課程外，並爲中央日報主編副刊。抗戰期間死於故鄉。

謝氏爲「文學研究會」幹部，作品多發表於「小說月報」，對於介紹日本文學甚爲努力，尤致力於童話及新聞學之硏究。曾爲中華書局編輯「兒童文學」月刊。

著有：「母親」（北新），「淸明節」（北新），「接吻」（大江），「紅葉」（聯合），「鸚鵡」（聯合），「范某的犯罪」（1929，現代），「水沫集」（1929，世界），「茶話集」（1931，新中國）等。

理論作品有：「文藝思潮史」（北新），「近代文學與社會改造」（商務）「西洋小說發達史」（1923，商務），「歐美文學史略」（大江），「小說槪論」（大江），「農民文學」（世界），「世界文學」（1935，世界），「兒童文學」（1935，中華），「日本文學」（1927，開明），「日本文學史」（1929，北新），「神話學ABC」（世界），「新聞學槪論」等。

譯有：「文藝與性愛」（日本松村武雄原著，開明），「伊利亞特故事」（1929，開明），「近代日本小品文選」（1929，大江），「志賀直哉集」（1935，中華）等。

65.　謝　冰　瑩
(1908—)

又名謝彬，小字鳳寶；筆名芙英，蘭如等。

湖南新化人。長沙第一女子師範，中央軍事政治學校畢業，北平女子師範大學肄業三年，曾留學日本。謝幼時，卽富於革命熱情，與頑固之封建家庭鬥爭。國民革命軍北伐時，入武昌中央軍事政治學校女生隊。武漢政府時期，曾親身參加軍隊，從事實際革命工作。同時將伊之軍中生活，以及所見所聞之事實，寫成「從軍日記」，一躍而爲名作家。

「從軍日記」（1929，春潮）初刊於武漢政府之中央日報，每逢星期三發表一次，同時由英語專家林語堂氏譯成英文，刊於中央日報英文副刊，故引起英美人之注意。其後汪德耀之法譯，以及俄譯，日譯亦相繼出版。謝氏遂成爲世界知名之女作家。

「從軍日記」譯成各國文字後，美國文豪高爾德，法國文豪羅曼羅蘭，讀後均爲之震驚，而與謝女士通信；日本無產作家藤枝丈夫並採此書爲敎本，其在國際間之榮譽可見。

謝氏曾在北平任大中中學，安徽中學等校國文敎員。1932，一月與顧鳳城在上海結婚，旋離異，後又與他人結婚。

抗戰期間在成都。勝利後，擔任漢口和平日報副刊編輯。最近來平，主編「文藝與生活」月刊。寫作不輟。

謝氏作品，除「從軍日記」外，尙有：「前路」（短篇小說集，1932，光明），「籜山集」（小品文集，1932，光明），「靑年王國材」（中篇小說，1933，開華），「偉大的女性」（長篇小說），「我的學生生活」，「湖南的風」（散文集），「軍中隨筆」，「血流」（短篇小說集），「一個女兵的自傳」（1936，良友），「在日本獄中」（1945，上海耕耘出版社），「生日」（散文集，1946，北新）等。

66.　　謝　人　堡

原名謝仁甫。瀋陽人。北平輔仁大學西洋語言文學系1940畢業。小說作者。作品結集者有：「葡萄園」（1942，唯一書店），「寒山夜雨」（1944，勵力出版社），「春滿園」（1944，馬德增書店），「月夜三重奏」（1944，馬德增書店），「逐流之歌」（1944）等。

67.　　徐　訏

氏以協助林語堂編輯幽默小品刊物「論語」，「人間世」而成名；後與陶亢德，及語堂之兄憾廬合編「宇宙風」，以承繼當年之「論語」等刊物。抗戰開始，該刊遷港出版。抗戰期間，氏居桂林甚久，旋赴美，於1946夏返國。所作小說結集者有：「荒謬的英法海峽」，「吉布賽的誘惑」，「海外的情調」，「一家」，「精神病患者的哀歌」，尤以曾在重慶掃蕩報連載之長篇「風蕭蕭」最享盛名。

68.　　徐　志　摩
　　　　(1896—1931)

筆名南湖，詩哲。浙江海寧人。上海滬江大學肄業，後轉北京大學畢業。留學美國，在哥倫比亞大學習銀行學，得碩士學位；後赴英國，在劍橋大學習政治經濟，再得碩士學位。但因性喜文學，課餘努力詩歌，在中國新詩史上佔重要位置。

1922返國，歷任北京大學，清華大學，平民大學等校教授。

1924印度詩哲太戈爾來華，徐氏及王統照任翻譯，伴遊北京，上海各地；又隨太氏漫遊歐洲。歸國後，主編北京晨報副刊，提倡新詩與戲劇。

1927南下，執教於上海光華大學，大夏大學，及南京中央大學，兼任中華文化教育基金委員會委員。

1928與胡適，梁實秋，聞一多，沈從文，羅隆基等共組「新月社」，出版「新月月刊」（新月書店發行），內容極充實。

1931，八月，乘飛機在濟南遇難，年僅三十六歲。

徐氏初與張君勱之妹張令儀女士在德國結婚，後因性情不合離異。不久在北平與陸小曼女士結婚，陸女士為畫家兼文學家，曾與徐氏合譯戲劇「卞昆崗」（1928，新月）。

徐氏著有詩集：「翡冷翠的一夜」（1927，新月），「志摩的詩」（1928，新月），「猛虎集」」（1931，新月）等。散文集有：「巴黎的鱗爪」（1927，新月），「自剖」（1928，新月），「落葉」（北新）等。

譯有：「曼殊斐爾小說集」（1927，北新），「瑪麗瑪麗」（英 Stephens原著，1927，北新），「戇弟德」（法Voltaire原著，1927，北新），「渦堤孩」（德F. H. K. Fongue，1931，商務）等。

死後情書集「愛眉小札」（1936，良友）始印行。

69.　　蘇　梅
　　　　(1897—)

原名蘇小梅，字雪林；筆名綠漪。安徽太平人。1927受洗為天主教信徒。北京女子師範大學畢業，1922赴法國留學，里昂大學畢業。返國後歷任上海滬江大學，蘇州東吳大學，安徽大學

校國文教授。女士於國學造詣極深，並善寫小品文字。作品初發表於「晨報副刊」，自留法歸來後，即在「現代評論」，「語絲」等刊物上發表作品。創作小說僅二集：「綠天」(1928，北新)，「棘心」(1929，北新)，後致力於文學史及文學批評之研究，著有：「李義山戀愛事蹟考」(1927，北新)，「鬻魚生活」(1929，眞美善)，「遼金元文學」(商務)，「唐詩槪論」(1934，商務)等。

戰前即任國立武漢大學敎授，以迄於今。抗戰期間隨武大遷至四川嘉定。因營養不良，加以敵機轟炸，時須奔避，遂屢爲病魔所困，但著作不輟。撰有關敎會之文章時，喜用「靈芬」筆名。曾爲昆明益世報「宗敎與文化」週刊撰「清末智識份子之宗敎熱」，重慶益世報，亦時有其作品發表。近年喜作中國古史研究，發現中國古時典籍，頗有與「舊約創世紀」暗合者；曾爲文多篇，刊於「東方雜誌」，「說文月刊」等。抗戰期間作品結集者有：「屠龍集」(1942，香港)，「南明英烈傳」(1942，重慶)等。

勝利後，隨武漢大學復員回武昌，仍任該校國文敎授。

70.　蘇　青

原名馮和儀。當代女性小說作者。於上海淪陷期間，曾主編小品文刊物「天地」，風行一時。氏以長篇小說「結婚十年」成名，該書大膽暴露女性之生活及心理，故能獲得一般讀者之歡迎。此外並著有：「濤」等。

71.　蘇　曼　殊
(1873—1918)

始名宗之助，其先日本人，父歿，依粵商蘇某爲養子，因改姓蘇，名玄瑛，後出家爲沙門法號曼殊。擅畫，並通英法文，精梵典。所作詩文小說極多。惜中年夭折，三十五歲即卒。

故後，柳亞子曾輯其著譯爲「蘇曼殊全集」，共五冊，1928—1931北新書局出版。

72.　臺　靜　農
(1902—)

安徽霍邱人。「未名社」幹部。國立北京大學畢業。曾任北平輔仁大學敎授。抗戰期間在重慶，任敎於國立復旦大學。

創作多發表於「未名社」所出版之「莽原」半月刊，及「未名」半月刊。結集者有．「地之子」(1928，未名社)，「建塔者」(1930，未名社)。輯有「關於魯迅及其著作」(1926，未名社)「淮南民歌集」等。

73.　張　天　翼

筆名：老傳，哈迷蚩，鐵池翰等。湖南人。小說作家。作品多發表於「文學月報」(光華書局出版，1932，六月創刊)，「現代」，(現代書局出版，1932，五月創刊)「文學」月刊(生活書店出版，1933，七月創刊)。

張氏曾在上海暨南大學講授「中國新文學運動史」。抗戰期間曾在長沙敎書。

創作結集者有：「從空虛到現實」(1931，聯合)，「小彼得」(1931，湖風)，「一年」(1933，良友)，「蜜蜂」(1933，現代)，「移行」(1934，良友)，「反攻」(1934，生

活），「團圓」（1935，文化生活出版社），「鬼土日記」（正午）等。

抗戰期間作品有「華威先生」，「新生」等。

74.　張　恨　水
(1895—)

安徽潛山縣人。蒙藏墾殖專門學校畢業。歷任各報新聞記者，南京人報社長兼總編輯，北平北華美術專科學校校長。抗戰期間，任新民報重慶社主筆及經理，兼全國文化運動會抗戰文協理事。勝利後，隨新民報復員返平，任該報北平社主筆及總經理。

氏爲當代舊體章回小說之巨擘，所作小說達一百零六種，約二千萬字，多發表於各報紙，出版單行本者，亦有五十餘部。如「啼笑姻緣」，「金粉世家」，「滿江紅」，「春明外史」等，已成家喻戶曉之一般讀物，且多已改編電影及戲劇。故抗戰期間，淪陷區之商賈，多用僞作，冠以張氏之名，以廣銷路。如本書書評中所論列者，即大半非張氏所作。

75.　張　資　平
(1895—)

廣東梅縣人。張氏自幼即嗜讀小說，十歲時讀「西遊」，「說岳」，「粉粧樓」，「薛仁貴征東」，「羅通掃北」等。十一歲讀「再生緣」彈詞，曾使之寢食俱廢。嗣後陸續讀「天雨花」，「紅樓夢」，「花月痕」，「今古奇觀」，「品花寶鑑」，「水滸」，「小五義」等。十二三歲時曾摸仿試作武俠及愛情之章回體小說。十七歲時始經友人介紹讀林譯「茶花女」，「迦茵小傳」等西洋小說。不久去日本留學，大學預科時，英法文教師始介紹閱讀歐美名著，並向學生講述歐洲文藝思潮。故張氏對於文學之有眞正的認識，乃在彼二十五歲前後數年間之日本高等學校時代。

高等學校四年間，曾寫小品及雜感頗多，並集有種種之文藝資料，故此時代可謂張氏創作慾最初發展之時期。其第一篇小說「約檀河之水」，即在高等學校三年級時開始寫作，然直至大學一年級之最後三日始告完成。「沖積期化石」（1922，泰東）則完成於大學三年級時（1921），乃應郭沫若之約，準備編入「創造叢書」。是年尚著有「愛之焦點」（1923，泰東），「一般冗員的生活」，及時事新報副刊所載之小品文字。

1922，五月畢業於日本帝國大學地質系。歸國後，除研究地質學，礦物學外，復致力於文學創作。1926，應武昌第四中山大學之聘，任地質系主任，在職二年，中大因政變改組，張氏乃於1928，三月辭職返上海。任曁南大學，大夏大學等校文學敎授並任「創造社」常年理事。同年開辦「樂羣書店」，主編「樂群月刊」，旋因營業不佳而停閉。又辦「環球圖書公司」，不久亦歇業。遂居上海，以寫作爲生活。

抗戰期間在上海，曾爲敵僞主持「東亞文化協議會」，並寫「紅鱗屑」小說，發表於僞天津庸報，及「新紅A字」刊載於日本「華文大版每日」。

張氏所寫小說甚多，大多以青年男女之三角或多角戀愛爲主題，創作印行者，除前記數種外，尙有：「飛絮」（1926，現代），「不平衡的偶力」（1926，商務），「苔莉」（1927，光華），「梅嶺之春」（1928，光華），「最後的幸福」（1928，現代），「愛力圈外」（1929，樂華），「長途」（1929，南強），「愛之渦流」（1930，光華），「紅霧」（1930，樂華），「跳躍着的人們」（1930文藝），「天孫之女」（1930，文藝），「上帝的兒女們」（1931，樂華），「脫了軌道的星球」（1931，現代），「北極圈裡的王國」（1931，現代），「群星亂飛」（1931，

光華），「柘榴花」（1931，樂羣），「明珠與黑炭」（1932，光明），「雪的除夕」（商務），
「青春」（現代），「齲齬」（樂羣），「戀愛錯綜」（文藝），「十字架上」（明月），「素
描種種」（光明），「植樹節」（教育社）等。張氏曾將其所著小說全部編爲「資平小說集」，
由氏所經營之「樂羣書店」出版。

翻譯小說有，「草叢中」（樂羣），「平地風波」（樂羣），「襯衣」（光華），「某女人
的犯罪」（樂羣），「壓迫」（新宇宙），「空虛」（新宇宙）等。

理論方面，著有：「歐洲文藝史大綱」（現代），「普羅文藝論」（創造社出版部）；譯有
「文藝新論」（日本籐森成吉原著，現代）等。

傳記及批評資料有「張資平評傳」（1933，現代），史秉慧編。

76.　張　秀　亞

筆名陳藍。河北滄縣人。初畢業於天津女子師範學校。抗戰前，不斷發表作品於天津大公報
「文藝」副刊，得該刊編者蕭乾之賞識。後入北平輔仁大學西洋語言文學系讀書，在校時編輯文
藝刊物「輔仁文苑」，發表詩歌，散文，小說頗多，並皈依天主教。1942畢業，潛往內地。曾在
重慶主編益世報文藝副刊，寫作不輟。後與于斌主教之弟子犂伯氏結婚。勝利後，返平，任輔仁
大學英文教員。

抗戰前張女士曾集其所作小說爲「在大龍河畔」（1936，天津海風出版社）一種。輔大讀書
時著有「幸福的泉源」（1941，山東兗州保祿印書館），及「皈依」（1941，山東兗州保祿印書
館）二小說。在重慶時著有「珂羅佐女神」及「北方的故事」，頗負盛譽。

77.　張　次　溪
(1908—)

原名張仲銳，亦名張江裁，字次溪，筆名：燕歸來簃主人。廣東東莞人。前孔教大學畢業。
國立北平研究院史學研究會編輯，在該會出版物「北平」內屢有論文發表。氏精於舊劇之批評及
掌故。

著有：「清代燕都梨園史料」三十八種，續編二十二種（1934—1937，）（松筠閣），「天津
遊覽志」（1936），「北平歲時志」（1936，國立北平研究院印本），「靈飛集」（1939，北京
印刷廠），「北平天橋志」（1936，國立北平研究院），「燕都風土叢書四種」（1938，松筠閣），
「京津風土叢書」十七種（1938，自印），「中國史蹟風土叢書」（1943，自印）等。

78.　趙　景　深
(1902—)

字旭初；筆名：卜朦朧，冷眼，陶明志，博董，愛絲女士，鄒嘯，鄒嘯，鮑芹村，露明等。
四川宜賓人。趙氏幼時，喜閱有圖畫之書籍，如「繪圖詩經」，「點石齋叢畫」，「兒童教
育畫」，「三問答」等，皆爲其良友。初入武昌四川旅鄂中學讀書，後赴天津，轉入南開中學。
中學畢業後，從未進大學，然以刻苦自修，不數年間，文名大著。對於歐美文學史及文藝論有
深刻研究。歷任嶽雲中學，長沙第一師範學校國文教員；復旦大學，中國公學，上海大學，藝術
大學等校教授；開明書店編輯，北新書局總編輯。曾主編「青年界」月刊（1931，三月創刊，北
新書局出版），「現代文學」月刊（1930，七月創刊，北新書局出版）及「文學週報」（開明書
店出版）等雜誌。

抗戰初期留居淪陷之上海，後以形勢轉惡。夫人又被捕，氏不堪壓迫，乃轉赴安徽自由區。

現在上海，任復旦大學文學系敎授，上海實驗戲劇學校敎授兼北新書局總編輯，主編「靑年界」及大晚報「通俗文學」週刊，中央日報「俗文學」週刊。寫作不斷。

趙氏爲「文學研究會」幹部，其在文學之貢獻爲多方面的。著有詩集「荷花」（1928，開明）；短篇小說集「梔子花球」（1928，北新）；散文集「小妹」（1933，北新），「瑣憶集」（1936，北新）「海上集」（北新），「銀字集」（1946，北新），等。文學理論及文學史著作有：「中國文學小史」（1928，光華），「文學槪論」（1932，世界），「文學槪論講話」（1933，北新），「文學講話」（1936，中國文化服務社），「現代文學雜論」（光明），「作品與作家」（1929，北新），郁達夫論（1933，北新），「現代世界文壇鳥瞰」，「現代世界文學」（1932，現代），「一九二九年的世界文學」（1930，神州國光社），「一九三〇年的世界文學」（1931，神州國光社），「一九三一年的世界文學」（1932，亞細亞），「俄國三大文豪」（亞細亞），「童話槪要」（1927，北新），「童話學ABC」（1929，世界），「童話論集」（1929，開明），「小說閒話」（1937，北新），「小說學」，「小說原理」（1932，商務），「大鼓研究」（1937，商務），「民間故事研究」，「民間故事叢話」，「文藝論集」（1933，廣益）「中國文學史新編」（1936，北新），「世界文學史綱」與李菊休合著，（1933，亞細亞），「讀曲隨筆」（1936，北新）「彈詞考證」（1939，商務），「文人剪影」（1936，北新），「文人印象」（1946，北新）等。

譯有：「羅亭」（俄 I. Turgenev原著，（1928，商務），「柴霍甫短篇傑作集」共八卷（1930，開明），「蘆管」（雜譯世界短篇小說，1930，神州國光社），「月的話」（丹麥 H. C. Andersen 原著，1929，開明），「皇帝的新衣」（丹麥H. C. Andersen原著，開明），「柳下」（（丹麥 H. C. Andersen原著，1933，開明），「格列姆童話集」等。

79.　趙　宗　濂

筆名蘆沙。山東人。國立北京大學歷史系肄業，未畢業卽逢蘆溝橋事變，遂入輔仁大學借讀，畢業後，入輔仁大學史學研究所繼續研究。曾在輔仁大學所附設之「東方人類學博物館」中任職，並編輯文藝刊物「輔仁文苑」。1943秋以腸胃病逝於北平。作品印行者僅「在草原上」短篇小說集一種，（1940，北平輔仁文苑社出版），其他零星短論，小說等，多發表於「輔仁文苑」，「藝術與生活」等刊物。

80.　陳　愼　言
　　　　（1892—）

福建閩侯人。海軍學校畢業，曾任海軍部秘書，交通部秘書，等職。著有社會小說「說不得」，「斷送京華記」，「故都秘錄」等四十餘種，多發表於北平各報紙。現仍在平。

81.　陳　銓
　　　　（1905—）

字濤西。四川富順人。國立淸華大學文學院西洋語言文學系畢業。美國奧伯林大學 (Oberlin College)學士及碩士，後赴德國專攻文學。返國後，任武漢大學文學院敎授，淸華大學西語系德文講師。著有小說，「天問」（1928，新月），「革命前的一幕」（1934，良友），「彷徨中的冷靜」（1935，商務），「死灰」（1935，天津大公報館）等。

抗戰期間在重慶，曾任中央政治學校教授。著有小說「狂飈」（正中），及戲劇「野玫瑰」（商務），「藍蝴蝶」等，在內地極風行。

勝利後返上海，久未發表著作。

82.　陳　　綿
（1901—）

字伯早。福建閩侯人。國立北京大學文學士，法國巴黎大學文學博士。曾任法國東方語言學校助教，巴黎大學文學院講師，法國國立東方博物院顧問。歸國後，任北京大學文學院外國語文系講師，中法大學教授。抗戰期間居北平，任僞北京女子師範學院法文講師，僞北京藝術專科學校教員。

陳氏性喜戲劇，在法國讀書時曾徧觀諸名劇之演出。歸國後，以導演話劇享名，抗戰前唐槐秋父女所領導之「中國旅行劇團」所演諸戲，皆爲陳氏導演。

譯有「昂朶馬格」（法 J.B.Racine 原著，1936，商務），「牛大王」（法 G.Delances 原著，1937，商務）「熙德」（法 P.Corneille 原著，1936，商務）「茶花女劇本」（法 Dumas fils 原著，1937，商務）；自著劇本有「半夜」（1944，華北文化書局），「候光」（1943，中國公論社）。

83.　周　信　華
（1906 –）

浙江鄞縣人。清光緒三十三年生於河北保定東關。及宣統二年南旋。寓居江蘇上海。1921入浙江寧波增爵修院。1926升入當地之保祿總修院。1931晉升鐸品，即執教於增爵母院。1945因體弱北返養疴。最近應北平上智編譯館之聘，從事編譯工作。

84.　周　作　人
（1885—）

字啓明：筆名：知堂，智堂，藥堂，苦雨老人，苦雨翁，苦茶，豈明，苦雨，子榮，山叔，王遐壽，不知，仲密，何曾亮，知，周遐，槃山，茶菴，豈，淳于，粥尊，萍雲，開明，凱明，尊，愷明，樽，獨應，難明，難知，藥，藥廬，醴敬等。

浙江紹興人。魯迅之弟。十二歲喪父，在家讀五經四書後，十七歲考入江南水師學堂管輪班。在校五年考取出洋留學，因眼病改習土木工程，1906赴日本。初入法政大學，後改入立敎大學。在日讀書時，曾與乃兄魯迅合譯「域外小說集」，開始介紹西洋文學。

辛亥革命自日返國。民元充任浙江敎育司省視察半年，後任浙江省立第四中學敎員四年。1917至北京，任北京大學附屬「國史編纂處」編纂員半年，是年七月，任北京大學文科敎授，1922兼任燕京大學副敎授，後復兼任北平大學女子文理學院，中法大學等校敎授。

抗戰期間任僞北京大學校長，僞華北政務委員會敎育總署督辦。勝利後，經首都高等法院判處有期徒刑十四年。

周氏爲五四前後新文學運動之前鋒，其「人的文學」（載「新靑年」第五卷第六期，1918，十二月十五日出版）一文，爲該時重要論文之一。周氏散文造詣甚深，胡適譽爲新文學運動以來，白話文學中之最大收穫。其於外國文學之介紹工作，厥功甚偉。「文學研究會」初創時，得氏提倡之力甚多。五卅以後與乃兄魯迅合編「語絲」，歷數年之久，精神不懈。1930更與北平「沈

「鐘社」徐祖正等共編「駱駝草」雜誌。晚年以意志不堅，竟靦顏事敵，誠足令人惋惜。

　　所著詩集有「過去的生命」（1922.北新），散文集有：「自己的園地」（北新），「談龍集」（1927，開明），「澤瀉集」（1927，北新），「永日集」（1929，北新），「雨天的書」（1930，北新），「談虎集」（1934，北新），「看雲集」（1932，北新），「夜讀抄」（1934，北新），「藝術與生活」（1931，羣益），「風雨談」（1936，北新），「苦竹雜記」（1936，良友），「瓜豆集」（1937，宇宙風社），「苦茶隨筆」（1935，北新），「秉燭談」（1944，僞新民印書館），「秉燭後談」（1944，僞新民印書館），「書房一角」（1944，僞新民印書館），「藥堂雜文」（1944，僞新民印書館），「藥味集」（1942，僞新民印書館）等。

　　文學史著作有：「歐洲文學史」（1918，商務），「中國新文學的源流」（1932，北平人文），「兒童文學」（北新）等。

　　譯有：「點滴」（1920，北京大學出版部），「現代小說譯叢」（1922，商務），「現代日本小說集」（商務），「兩條血痕」（1927，開明），「瑪加爾的夢」（俄V. G. Korolenko原著，1927，北新），「狂言十番」（北新），「炭畫」（北新），「冥土旅行」（希臘Lukianos原著，1927，北新），「空大鼓」（1928，開明），「黃薔薇」（匈加利M. Jokai原著，1931，商務），「希臘擬曲」（1934，商務）等。

85.　周　毓　英

　　筆名：玉道，鄭菊華等。江蘇宜興人。小說作家。曾任樂羣書店編輯。創作有：「鄉村」（1934，民族書局），「最後勝利」，「在牢中」等，理論著作有‥「新興文藝論集」（1930，上海勝利書局）等。作品多發表於「創造社」出版之「洪水」，及葉靈鳳，潘漢年所編之「幻洲」。

86.　周　全　平

　　筆名：霆聲，駱駝等。江蘇宜興人。爲郭沫若之學生。初任職伊文思圖書公司，後因嗜好文學，乃於1926，參加「創造社」主編震動一時之「洪水」半月刊。後曾至北方哈爾濱等處墾荒數年。值上海「革命文學」運動興起，乃返申，除參加文學運動外，復主辦「出版月刊」，創立「書報郵售社」，組織新興書店。後又因事去申，各種事業皆停辦。

　　創作結集者有：「夢裏的微笑」（1925，光華），「苦笑」（1927，光華），「箬船」（光華），「煩惱的網」，「樓頭的煩惱」（1930，光華）等。散文集有「殘兵」（1929，現代）。理論著作有「文藝批評淺說」（1935，商務）。

87.　川　島
　　　（1903—）

　　原名章廷謙，字矛塵；其他筆名尚有侔塵等。浙江紹興人，爲魯迅之同鄉。北京大學畢業。1924冬，與周氏弟兄合辦「語絲」，「川島」之名始爲世人所知。1931任北京大學校長室祕書，1936任北平大學女子文理學院文史學系講師。抗戰期間赴內地，任西南聯大祕書。作品有「月夜」（1924，北大新潮社）。

88.　朱　肇　洛

　　筆名蕭人。北平燕京大學畢業，在校時，先學西洋語言文學，後改入國文系。曾任輔仁大學

教授，北平經世日報副刊編輯。作品偏重文藝理論及戲劇論文。曾輯有「近代獨幕劇選」（1941，北平文化學社），「戲劇論集」（1931，北平文化學社）等。

89.　　朱 炳 蓀

女作家。北平燕京大學畢業。於1946，與十一戰區外事處處長胡鍾京在平結婚。

90.　　田　漢
(1899—)

字壽昌；筆名：伯鴻，明高，春夫，張堃，陳瑜，漢仙，漱人，鐵端章等。

湖南人。田氏幼時即嗜京戲。辛亥革命時，曾參加學生軍，但不久南北議和，遂退出。考入長沙師範，不時投稿於報紙雜誌。因嗜京戲之故，其最初劇作即取京戲之形式。長沙日報曾刊載其劇本「新教子」，即由京戲「三娘教子」改編而成，寫一漢陽之役陣亡軍人之寡妻，訓其子善繼父志效忠國家之故事。其後該校同學自編雜誌「青年」，田氏曾於其中發表論文，及劇本二篇，亦由京戲改作。

袁世凱進行稱帝時，田氏曾寫「新桃花扇」劇本譏刺時政，乃據曲本「桃花扇」改編而成，刊於上海神州日報。

旋赴日本留學，到東京後，適逢島村抱月及名女優松井須磨子之「藝術座運動」之盛期，上山草人及山川浦路之「近代劇協會」亦甚活躍，加以「五四運動」所引起之新文學運動狂潮復澎湃於國內外，田氏乃開始眞正的戲劇文學之研究。其第一篇話劇嘗試作爲「環珴璘與薔薇」，卽寫於在東京時，刊於「少年中國」月刊，曾引起巨大之反響。

經此鼓勵，乃繼續寫以李初梨之經歷爲題材之「咖啡店之一夜」，此篇後來成爲田氏戲曲集中之處女作，從此始走上戲劇創作之康莊大道。

於東京高等師範學校畢業後，返國，曾參加「創造社」。旋因與成仿吾意見不合，「創造季刊」出至第四期時退出。與其妻易漱瑜女士發起「南國社」，從事新劇運動，先主編「南國半月刊」，除田氏夫婦二人之稿件外，並有郭沫若及郁達夫等之通信，自第二期起，附刊「南國新聞」，注重電影，戲劇，以及出版物之批評。出至第四期，以人力物力艱難，且其妻之心臟病發，須護送歸鄉休養，半月刊遂停止出版。

返湘三月，其妻病故。1924夏歸滬，終日與葉鼎洛等縱飲酒肆間；後以老友左舜生之勸，於左主編之「醒獅週報」上附刊「南國特刊」，但終以政治見解不同，與左氏脫離，而復刊之「南國特刊」亦告停止。

繼「南國特刊」停刊後，田氏又與「新少年影片公司」主人姚唐二君合作，將其在「少年中國」月刊上所發表之「環珴璘與薔薇」拍爲電影，同時更另組「南國電影劇社」，推動中國電影之普及與改革。

其後田氏悟及欲作眞正之運動，非先切實訓練人材不可，乃依黎錦暉之請，主持上海藝術大學文科。後更與徐悲鴻等共組「南國藝術學院」於上海，作育人材甚多。所惜未能持久，半年卽告結束。

後遂改組「南國電影劇社」爲「南國社」，擴大範圍，爲文學，繪畫，音樂，戲劇，電影五部，社員亦較前增多，由1928起，繼續在上海，南京等地公演，獲得非常成功，直至1930春始告解體。自1931後，田氏卽不復從事於社團之組織。

除以上之經歷外，田氏曾任中華書局編輯，暨南大學，大夏大學，復旦大學等校戲劇教授。

抗戰軍興，曾於1938一度任政治部第三廳藝術處處長，其後卽在西南各省流動，以全部時間

與精力從事於地方劇之改革。話劇著有「秋聲賦」，此外，曾爲楚劇（湖北花鼓戲），湘劇，川劇，桂劇及京劇。抗戰期後之二年，領導「四維劇團」，赴各地公演改良京劇，曾爲該劇團寫「江漢漁歌」，「情探」，「武松與潘金蓮」等。勝利後，該劇團曾由瀋陽來平公演，極博好評。田氏現在上海。

田氏所作戲劇甚多，除上文所記數種外，尚有：「獲虎之夜」，「午飯之前」，「暴風雨中的七個女性」，「薔薇之路」，「南歸」，「一致」，「蘇州夜話」，「湖上的悲劇」，「名優之死」，「生之意志」，「古潭里的聲音」，「火之跳舞」，「孫中山之死」，「第五號病室」，「卡門」等；1930至1933，現代書局出版「田漢戲劇集」，共五集。

電影劇本則有「三個摩登女性」（聯華公司），「母性之光」（聯華公司），「到民間去」（南國電影劇社）等。

理論著作有「文學概論」（1927，中華）等。

散文集有：「田漢散文集」（1936，今代），「銀色的夢」（良友）等。

翻譯劇本有「檀泰棋兒之死」（比M.Maeterlink原著，現代），「哈夢雷特」（英 W.Shake-speare 原著，1930，中華），「羅密歐與朱麗葉」（英 W.Shakes peare 原著，1930，中華），「圍着棺的人們」（日本秋田雨雀原著，亞東），「復活」（俄 L. Tolstoi 原著，1936，上海雜誌公司）「父歸」（日本菊池寬原著），「沙樂美」（英 O.W ilde 原著）「日本現代劇三種」（東南），「日本現代劇選」（中華）等。

翻譯理論有「戲劇概論」（日本岸田國士原著，1933，中華）等。

91.　丁　玲
(1907—)

原名蔣煒，一名冰之；其他筆名尚有：丁冰之，冰姿，何笈，雪貞，彬之，彬芷，賓芷，叢喧，L.L.等。

湖南臨澧人。其家原頗富有，祖父曾居宦，然以家中人口過多，只知享受，不務生產，及丁玲出生時，已漸衰落。幼年喪父，隨寡母居常德讀書。十七歲後入長沙嶽雲中學求學，曾率領女同學多人，向學校建議男女同學，竟爲該校當局所允許，是爲當時該地之創舉。但未在該校畢業，即獨自去北京。到北京後，並未入學校，住一公寓內，因而與同公寓所住之福建人海軍退伍生胡也頻相識，更由胡之介紹，得結識文學青年沈從文，高長虹等。曾與胡共編京報，「民衆文藝」週刊，旋因與家中交涉婚事（目的爲胡也頻），返湖南原籍。不久「民衆文藝」停刊，胡也頻尋丁玲於湖南。二人歸來後，即同居於西山碧雲寺下某處。後因經濟不支，乃移居北京城內北河沿某公寓。1925，因遠方懷母及生活問題，同返湖南長沙，不久又返平。1926後丁玲「在黑暗中」（1928開明）集內之諸小說，陸續登載於「小說月報」，漸享盛名。

1927，二月赴滬，與胡也頻，沈從文共編中央日報副刊「紅與黑」，後又合編「人間月刊」（人間書店出版），不久更辦「紅黑月刊」。「人間月刊」出至四期而止，「紅黑月刊」出至八期，皆因營業競爭失敗。

旋經陸侃如，馮沅君夫婦介紹胡也頻赴山東高級中學教書，丁玲隨往。僅三月，以思想不合，又共返上海。後致力於革命文學。翌年丁玲產一小兒。1930加入「中國左翼作家聯盟」，1931一月，胡也頻被處死後，丁玲因悲傷過度，曾回湘，但不久返滬，主編「左聯」刊物，「北斗」，發表名作「水」（1933，新中國）於第一，二，三期，但該刊不久被禁。「一二八」時曾加入前線慰勞隊。1933夏以失蹤聞。抗日戰爭爆發後，於1938自西安入延安，在赤色政府下作政治

工作，並參加軍事活動。著有「我在霞村的時候」等。

丁玲作品多發表於「小說月報」，「婦女雜誌」，「現代」，「北斗」，「文學月報」等雜誌。作品結集者，除前記數種外，尚有：「自殺日記」（1929，光華），「一個女人」（1930，中華），「韋護」（1930，大江），「法網」（1931，良友），「一個人的誕生」（1931，新月），「夜會」（1933，現代），「母親」（1933，良友）等。

傳記資料有沈從文所著之「記丁玲」初集（1934，良友），「記丁玲」續集（1940，良友），張云白編「丁玲評傳」（春光），張惟夫輯「關於丁玲」（1933）等。

92.　端木蕻良

原名曹之林，或曹京平。以「雪夜」及「鷺鷥湖的憂鬱」發表於「文學」月刊而享名，極得茅盾稱讚。抗戰期間在桂林甚活躍，現在漢口，時發表作品於范泉所編之「文藝春秋」月刊。

所作長篇小說「大地的海」，抗戰初期曾風行一時。此外，並著有「風陵渡」（上海雜誌公司），「科爾沁旗草原」（1939，開明），「憎恨」（短篇小說集，1946，文化生活出版社），「新都花絮」（1946，知識出版社）等。

93.　杜　衡
（1907—）

原名戴克崇；其他筆名尚有蘇汶，蘇文，文木，白冷，江彙霞，（施蟄存亦署江彙霞）老頭兒，李今等。

江蘇人。上海震旦大學畢業，與戴望舒，施蟄存為好友，合辦事業甚多。曾任河南大學教授。

氏少年時沉湎於桐城派古文，十七歲始對新文學發生興趣。是年氏由故鄉初來上海，得讀郁達夫著「沉淪」及潘家洵譯「易卜生集」二書，所受影響甚大，乃與過去勇敢決絕，並嘗試創作小說與戲劇，然皆為幼稚之習作。

二十歲後，寫抒情詩及戀愛小說。詩未發表，小說則收入「石榴花」集，由戴望舒與劉吶鷗所開辦之「第一線書店」出版。

氏曾與戴望舒，合辦「瓔珞」旬刊，僅出四期而止。後又共編「無軌列車」半月刊（第一線書店發行）。

1927返鄉，譯竣「道連格雷畫像」（英 O.Wilde 原著，1928，金屋書店），及「黛絲」（法 A.France 原著，1928，開明），並經戴望舒介紹，開始發表小說於葉聖陶主編之「小說月報」。

1928普羅文學運動興起時，曾寫「黑寡婦街」及「機器沉默的時候」二小說，以「蘇汶」筆名發表於「無軌列車」，氏所寫之普羅文學作品僅此二篇。

1929與戴望舒，施蟄存，劉吶鷗，楊邨人等，合編「新文藝」月刊（水沫書店出版），為「無軌列車」之後身。

1932，五月應施蟄存之約，共編純文藝雜誌「現代」月刊（現代書局出版）。曾以「文藝創作自由問題」，與左翼作家展開激烈筆戰。氏曾編輯雙方論爭文字為「文藝自由論辯集」（1933，現代）一種。「現代」出至六卷二期時，氏與施蟄存同時脫離，由汪馥泉接辦，不久停刊。

抗戰期間，曾在香港領洗，聖名「多明我」。香港淪陷後入川，任南方印書館總編輯，中央日報主筆等職。曾重譯教宗良第十三及教宗庇護第十二關於社會問題之通諭，由「光啟出版社」出版，書名為「社會秩序的重建」。

作品除上文所記者外，尚有：「懷鄉集」（短篇小說集，1933，現代），「叛徒」（長篇小說，1936，今代），「漩渦裏外」（長篇小說，1937，良友）等。譯有：「結婚集」（瑞典 Strindberg 原著，1929，光華），「哨兵」（波蘭 Boleslaw 原著，1930，光華），「統治者」（英 T.Hardy 著，1937，商務）等。

94. 曾 今 可

筆名：君荷，金凱荷等。詩歌及小說作者。作品多發表於「語絲」，「馬來亞」半月刊（為上海馬來亞書店出版之一種文藝刊物，該書店為南洋華僑集資創辦，目的在溝通南洋與中國之文化。創刊號於1931春出版，主編者為朱梅子，撰稿者除曾氏外，尚有巴金等人）。曾主編「新時代」月刊（1939八月一日創刊，上海新時代書局印行），為純文藝性質，撰稿者有巴金，沉櫻，顧仲彝等。

現任國立台灣大學教授，兼「正氣出版社」總編輯，主編「正氣半月刊」，「正氣日報」及「正氣叢書」等。

作品結集者有：「小鳥集」（1933，新時代）。「一個商人與賊」（1933，新時代），「玲玲的日記」（1933，兒童書局），「愛的三部曲」（長詩，馬來亞書店），「法公園之夜」（馬來亞書店），「決絕之書」（現代），「兩顆星」（新時代），「愛的逃避」（新時代），「死」（新時代）等。

95. 曾 樸

(1871—1935)

初字太樸，改字孟樸，又字小木，號籀齋；筆名喜用東亞病夫。江蘇常熟人。為清代辛卯科舉人。曾任江蘇清理官產處處長，江蘇財政廳長，政務廳長等職。後退隱上海，創辦「真美善書店」，與子虛白共度文學生涯。

著作極富，有詩集六部，文集二部，札記五種，曲本一種，考證四種，小說二種。後由真美善書店陸續刊行全集。

曾氏震動一時之著作為「孽海花」（前三回為金天翮所寫，金字松岑，號愛自由者，吳江人）及「魯男子」二部長篇小說。前者為有清末葉最偉大之小說，後者李青崖評為兼得「紅樓夢」與福樓拜（G. Flaubert）「波華荔夫人傳」之長。

氏於雨果（V. Hugo）等劇作之介紹，亦甚努力。計譯有「呂克蘭斯鮑夏」（1927，真美善），「呂伯蘭」（1927，真美善），「歐那尼」（1927，真美善），「肉與死」（法 P.Louys 原著，1929，真美善）等。

96. 蔣 光 慈

(1901—1931)

原名蔣光赤，嗣因嫌疑為當局注意，遂改名光慈；筆名：伯川，陳儔華，華西理，華希祖，華希理，華維素，維素，魏敦夫等。

安徽霍邱人，俄國留學。在俄時著新詩集，「新夢」（1925上海書店），歸國後續成詩集「哀中國」（1925，新青年社）「鄉情」（1928）二種。1925後開始發表小說於「創造社」諸刊物，並努力介紹俄國文學，「十月革命與俄國文學」（載「創造月刊」第三，四，七，八各期，1926—1927）一文，當時十分引人注意。其初期小說「少年飄泊者」（ 1925 亞東），「鴨綠江上」

（1927，亞東），「野祭」（1927，創造社），「蒴芬」（刊於「創造月刊」第十期，1927）等，曾獲得無數青年之熱烈歡迎。

國民革命軍出師北伐，氏赴廣東參加實際革命工作，寧漢分裂前，在赤色武漢政府中服務。1927赤色政府解體，由武漢回上海。與錢杏邨，楊邨人等，合開春野書店，組織「太陽社」，出版「太陽月刊」（1928，一月一日創刊），積極提倡革命文學。1928八月，「太陽月刊」與「創造社」所刊行之「創造月刊」，皆因思想過激，同遭勒令停刊之命運。

1929蔣氏爲現代書局主編「新流月報」爲純文藝刊物，提倡普羅文學，出四期而停。遂赴日本養病，著「異鄉與故國」（1930，現代）。1930春再爲現代書局主編「拓荒者」，仍鼓吹普羅文學。撰稿者有馮乃超，錢杏邨，華漢，葉靈鳳，殷夫，洪靈菲，戴平萬，森堡，成紹宗，龔冰廬等。出至一卷五期亦被禁停刊。

蔣氏身體素弱，且有肺病，時犯時愈。1931肺病復發，八月病故於上海同仁醫院。享年三十一歲。

創作小說除上文所記者外，尚有：「短袴黨」（1928），「最後的微笑」（1929，現代），「麗莎的哀怨」（1929，現代），「衝出雲圍的月亮」（1930，北新），「三對愛人兒」（1932月明書店），「田野的風」（即「咆哮了的大地」，1932，湖風）等。詩集有：「哭訴」（1929），「戰鼓」（1930，北新，合「新夢」及「哀中國」二集而成）等。散文有「紀念碑」等。理論著作有「俄羅斯文學」（1927，創造社）等。

譯有：「一週間」（新俄里別金斯基原著），「冬天的春笑」（新俄小說選集），「愛的分野」（新俄羅曼諾夫原著）等。

97. 曹 禺
（1905—）

原名萬家寶。湖北潛江人。當代中國最享盛名之戲劇作家。1926至1930間，爲「南開劇社」社員，曾譯述若干西洋現代名劇，向中國劇壇介紹，並充當演員，導演，及舞台工作者，故舞台經驗極豐富。某次出演易卜生（Ibsen）名劇「傀儡家庭」，曾飾女主角「娜拉」。

1934畢業於北平清華大學西洋語言文學系，更在理論方面加以研究，始開始寫作劇本。1934發表處女作「雷雨」（1936，文化生活出版社）於「文學季刊」第二期，立時震動文壇，被譽爲中國新文學運動以來，戲劇作品中之最大收穫，出演時更獲得極大成功。及第二部劇作「日出」（1936，文化生活出版社）問世後，天津大公報「文藝」副刊，曾爲之發刊「集體批評」專葉，聲名益振。其後更著「原野」（1937，文化生活出版社），併以上二種，合稱爲「曹禺三部曲」。

抗戰前，曾任天津女子師範學院教授，南京國立戲劇學校校長。1937中日戰爭爆發時，任清華教授。是年八月赴內地，不久任重慶國立戲劇學校校長。1944起，應聘參與中央電影攝製工作。

抗戰期間所作劇本有「北京人」，「蛻變」，「家」，（根據巴金小說「家」改編而成），「黑字二十八」（與宋之的合編）等。並譯有「柔密歐與幽麗葉」（英W. Shakespeare）原著）。

氏所作諸劇，大都譯成英文，故氏已爲世界作家。勝利後，應美國國務院之聘，赴美考察並講學，於1946三月與名作家老舍同船赴美。現已返上海。任上海市立實驗戲劇學校教授。

勝利後新作「橋」，已於鄭振鐸，李健吾合編之「文藝復興」中連載完畢。

98.　王　統　照

字劍三，筆名：提西，緊者，黴山等。

山東諸城人。中國大學畢業。所著長篇小說「一葉」（1922，商務），及「黃昏」（1925，商務），初發表於「小說月報」，爲世所注目，時氏猶爲大學生。後加入「文學研究會」，爲該會幹部作家。

1924，印度詩人太戈爾（Tagore）來華時，與徐志摩，瞿世英共任招待翻譯等事。

曾主編北京晨報副刊之「文學旬刊」，並助編「小說月報」，「文學週報」及「語絲」諸刊物。1936春，繼傅東華後，主編「文學」月刊。

所作長篇小說，除上記二種外，尚有「秋實」，「春花」（1936，良友）等。短篇小說集有：「春雨之夜」（1924，商務），「霜痕」（I931，新中國），「王統照短篇小說集」（開明）等。劇本有「死後的勝利」（1925，商務）等。散文集有「片雲集」（1934，生活），「青紗帳」（1936，生活）等。詩集有「童心」（1925，商務），「這時代」，「山雨」（開明），「夜行集」（1936，生活）等。

99.　王　任　叔

字碧珊，筆名趙冷，屈軼等。

浙江奉化人。曾任教員多年。初期所作新詩及短篇小說，多刊載於「小說月報」。該刊爲「文學研究會」所主編，故不久王氏得以加入「文學研究會」爲會員。時該會與「創造社」正展開「革命文學」之激烈筆戰，王氏以會員之資格，亦加入此次論爭，所寫有關「革命文學」之文章甚多，後編爲「革命文學論文集」一書。

其後，作品多發表於孫伏園所編之「晨報副刊」。曾主編「山雨半月刊」，並未引人注意，不久即停。之後，所作小說甚多，登載於「申報月刊」，「新生週刊」，及「文學」月刊等雜誌。

抗戰初期，留居上海，任申報「自由談」編輯，曾以「巴人」筆名，寫過不少有聲有色的文章。1941春去南洋，該年八月初抵新加坡，在陳嘉庚所創辦之「南僑師範」任國文教員，並發表文章於「南洋商報」副刊「獅聲」及星期副刊「新南洋」上。此外閩僑總會的會刊「民潮」（由詩人楊騷主編）上，亦常見其作品。馬來亞抗日戰爭爆發，氏任「華僑抗敵後援會」宣傳股秘書（主任爲胡愈之），並領導「文化界抗敵工作團」及「青年幹部訓練班」。僅二月，馬來亞全部陷落，氏逃往蘇門答臘外圍小島石叻班讓。蟄居二月，後因日軍佔領蘇島，遂至鄉村避居，寫長篇小說「中國的悲劇」，已成十萬字，置友人處，竟因日人搜查，付之一炬，遂未完篇。旋赴蘇島首都棉蘭，組織秘密團體「蘇門答臘華僑反法西斯同盟」，出版油印報紙，進行抗敵宣傳。約一年，爲敵破獲，株連者達八九十人，氏僅以身免。乃蟄居鄉間，從事農耕。敵人投降後，重回棉蘭，將同盟改名爲「蘇島華僑民主同盟」，出版機關刊物「前進」週刊，並舉辦多種有關華僑福利，教育及團結之事業。1946春寫四幕劇「五祖廟」，用力甚大，曾在棉蘭演出，效果頗佳。現仍在棉蘭。

作品結集者有「監獄」（1927，光華），「殉」（1929，泰東），「阿貴流浪記」（光華），「在沒落中」（光華），「捉鬼篇」（1936，新城），「常識以下」（1936，多樣社），「證章」（1936，文學出版社）等。

100.　王　余　杞

四川自流井人。1928出版長篇小說「惜分飛」（春潮），郁達夫爲作序，稱爲中國文藝界之力

作。繼又刊行長篇小說「浮沉」（1933，北平星雲堂），「朋友與敵人」（1933，天津現代社會月刊社）等。

抗戰期間，返自流井故鄉，任新聞記者。勝利後，北返。先任職於長春鐵路局，現任天津市政府主任秘書。時常發表作品於天津大公報，益世報。

101.　王　魯　彥
（？—1945）

原名王忘我；筆名王魯彥，王魯顏，魯彥等。

浙江鎮海人。父爲一商人，世居鎮海。氏於寧波某中學畢業後，經上海一遠親之介紹，入某商店爲學徒。不久去北京，因考北大不成，乃入某機關爲書記。適逢北京開辦世界語學校，氏遂以菱微收入攻習世界語。暇時赴圖書館研讀羣籍，孜孜不倦者數年之久，終使其於文學上樹立良好深厚之基礎。後來，氏所譯之小說，多屬冷僻民族之作品，槪皆由世界語轉譯而來者。而氏於創作小說上之成就，即爲其在圖書館中廣泛閱覽之結果。

國民革命軍北伐前，氏曾在長沙敎書；其處女作「柚子」（1926，北新），即在長沙時所寫。初期作品多發表於「晨報副刊」，旣而「柚子」一篇刊載於「小說月報」，名大噪。後發表作品於「語絲」諸刊物。茅盾極推重其作品，曾在「小說月報」第十八卷發表「王魯彥論」一文，稱爲近代中國之典型作家。

其後加入「文學硏究會」爲會員，陸續出版短篇小說集「黃金」（1928，新生命），「童年的悲哀」（1931，亞東）諸作。1930赴福建同安集美師範學校任敎，後轉赴泉州黎明中學，因學校當局對學生措施不當，氏同情學生無自由發展之機會，心懷不平，憤而辭職。後曾在福建莆田涵江鎭任敎。1935，執敎於陝西郃陽。

1936，在上海埋首寫作長篇小說「野火」（1937，良友）。抗戰軍興，自上海返故鄉鎭海，轉赴桂林，曾在桂林主編「文藝雜誌」，銷路甚佳。1945，以肺病逝於桂林。

所作小說，除上文所記之數種外，尚有：「屋頂下」（1934，現代），「小小的心」（1934，天馬），「驢子和騾子」（1935，生活），「雀鼠集」（1935，生活），「河邊」（1936，（良友），「鄉下」（1936，文學出版社），「旅人的心」（1937，文化生活出版社），「王魯彥短篇小說集」（開明）等。

譯有：「波蘭小說集」，「猶太小說集」（1927，開明），「顯克微茲小說集」（1928北新），「世界短篇小說集」（1929，亞東），「在世界的盡頭」（1930，神州國光社），「懺悔」（M. Pogaeie 原著，1931亞東），「肖像」（俄 Gogol 原著），「苦海」（先夫什伐斯基原著），「花束」等。

102.　汪　仲　賢

筆名優遊。中國新文運動初期之戲劇家。曾與陳大悲，蒲伯英，歐陽予倩，宋春舫，徐半梅等，於1921春在上海組織「民衆戲劇社」，其宗旨爲「以非營業的性質，提倡藝術的新劇」；彼等之工作，一方面爲翻譯或改編世界各國劇本，以作實驗的上演，另一方面則從事自我創作劇本，並爲藝術的新劇宣傳。爲新文學運動初期，難能可貴之戲劇團體。該社曾出版「戲劇」月刊一種，汪氏爲編輯之一。該雜誌創刊於1921五月末，於1922，四月末停刊，共出十期（半年爲一卷，計六期，出至二卷四期，曾有二月未出）。該刊內容充實惜乎未滿一年而停。

其後，氏再與蒲陳諸人合組「新中華戲劇社」於上海，繼續努力新劇運動。氏與歐陽予倩

，洪深等戲劇家交情甚篤。所作「好兒子」等劇，於1924年在上海公演時，曾獲好評。此外並著有「惱人春色」（萬象）等。其他零星論文，散見「戲劇」等刊物。

103. 魏 金 枝

氏擅寫我國古老農村之社會情形，故被稱爲農民小說作家。作品多發表於魯迅所編之「奔流」月刊（1928，六月創刊，至二卷五期停止，北新書局出版），「萌芽月刊」（1930春創刊，僅出六期，被禁停刊），光華書局出版）等雜誌上。

作品結集者有：「七封書信的自傳」（1928，人間書屋），「奶媽」（1930，現代），「白旗手」（1933，現代）等。

現在上海，主編「文壇」月刊，時有作品發表於「文藝春秋」等刊物。近作結集者有：「新生篇」（1946，上海中國文化投資公司）等。

104. 聞 國 新

浙江紹興人。北平大學法商學院畢業。曾任北平中法大學附屬溫泉中學國文敎員。抗戰期間，曾一度赴安徽充司法官，後在平任僞北京大學訓育員。

初投稿於徐志摩所主編之「晨報副刊」，時爲1925至1926間。其後作品多發表於「語絲」，「文學季刊」，「太白」，及北平華北日報「每日文藝」諸刊物。作品結集者有：「生之細流」（北平文化學社），「蓉蓉」（1943，華北文化書局），「落花時節」（1944，僞新民印書館）等。

105. 楊 振 聲
(1890—)

字今甫。山東蓬萊人。北京大學畢業，後曾在美國哈佛大學及哥倫北亞大學肄業。歸國後，歷任國立北京大學，武昌大學，廣州中山大學，北平燕京大學文學敎授，北平國立淸華大學文學院院長，兼中國文學系主任，山東國立齊魯大學校長。抗戰期間任西南聯大中國文學系敎授兼秘書主任。勝利後，隨北大復員返乎，現任該校中國文學系主任。並主編經世日報「文藝週刊」。

氏於1921，開始發表作品於「新潮」，時猶爲北大學生，因校課忙碌，寫作不多。1924，十二月「現代評論」出版，氏發表長篇小說「玉君」（1925，樸社）於該刊上，頗受歡迎。其後即未見有何長篇鉅製發表。

106. 葉 紹 鈞
(1893—)

字聖陶，筆名：秉丞。柳山，桂山，郢，郢生，華秉丞等。

江蘇吳縣人。學歷僅至中學畢業，然對文學造詣甚深。初任小學敎員十年之久，故所作小說中，多有以小學敎員爲其描寫對象者。1921，始任中學國文敎員。後在上海任各中學國文敎員，及大學敎授。

氏爲「文學研究會」幹部作家。曾任商務印書館編輯，主編該館刊行之「婦女雜誌」，及「小說月報」。並曾與劉延陵合編「詩」雜誌（中華書局出版）。曾任開明書店編輯，主編「中學生」等刊物。作品亦發表於「文學週報」，「北斗」，「文學月報」等諸大雜誌。

1938初，至重慶，十月執敎於樂山武漢大學；1940夏，去成都，任職於敎育科學館國文科。19

42夏重任開明書店編輯。勝利後，返上海，爲開明書店編「中學生」，「國文月刊」。寫作不輟。

其第一本小說集「隔膜」（1922，商務）出版後，極受歡迎，及長篇小說「倪煥之」（1930，開明）問世，茅盾譽之爲「扛鼎的工作」，氏在文壇上之地位遂得以確定。氏所著短篇小說集尙有：「未厭集」（1929，商務），「城中」（1926，開明），「火災」（商務），「線下」（商務），「平常的故事」，「一個青年」，「脚步集」（新中國）等。散文集有：「劍鞘」（與兪平伯合著，1924，樸社）等。戲劇有「懇親會」等。童話有「稻草人」（商務），「古代英雄的石像」，「牧羊兒」等。論文集有「作文論」（開明），「文心」（與夏丏尊合著，1934，開明），「文章講話」（與夏丏尊合著，開明），「國文教學」（與朱自清合編，開明）等。

抗戰期間著有「西川集」，由開明書店出版。

107.　葉　靈　鳳

原名葉韞璞；筆名：佐木華，雨品巫，亞靈，秦靜聞，曇華等。

江蘇南京人。曾肄業上海美術專科學校，繼參加後期「創造社」，在「洪水」等雜誌中發表作品。氏擅長繪畫，「創造社」出版之書籍，封面多爲葉氏所作。後與潘漢年等共組「幻社」，出版「幻州」（1926秋創刊，光華書局印行）半月刊，以思想過激爲當局所禁。該社尙出版有定期刊物「戈壁」，但不久亦停刊。後更主編純小說月刊「現代小說」（創刊於1928一月，現代書局出版），仍提倡革命文學，至1930三月，爲當局禁止而停刊。抗戰期間，在香港，主編立報文藝副刊「言林」。現仍在香港，除編輯國民日報副刊外，又自辦「萬人週刊」，以刊載翻譯爲主。

創作結集者有：「女媧氏的遺孽」（1927，光華），「白葉雜記」，「菊子夫人」（1927，光華，「鳩綠媚」（1928，光華），「處女的夢」（1929，現代），「紅的天使」（1930，現代），「永久的女性」（1936，大光），「未完成的懺悔錄」（1936，今代），「天竹」（散文集，現代）等。譯有：「九月的玫瑰」，「夢地加羅」（波蘭 Sienkiewicz 原著），「新俄短篇小說集」（1928，光華），「白利與露西」（法 R.Rolland 原著）等。

108.　郁　達　夫
（1896—1945）

名文，以字行。浙江富陽人。東京帝國大學經濟學部畢業。肄業杭州貢院第一中學時，已開始嗜讀小說，惟只限於「花月痕」，「西湖佳話」之類。在日本東京第一高等學校讀書時，始先後讀到俄，德，英，法，日諸國文學作品；據郁氏自述，在該校四年間，所讀東西洋文學作品，約有千部左右。

入帝大後，對於文學之嗜好，更加熱烈。即在此期間，發表其第一本創作集「沉淪」（1921，泰東），其中坦白的剖析青年之憂鬱病，以及現代人因靈與肉之衝突所產生之苦悶，出版以後，轟動一時，且引起極大之爭論。

1922返國，與郭沫若，成仿吾，張資平等，共同編輯「創造社」諸刊物，發表文章甚多，頗受國內青年讀者歡迎。1923爲其作品產量最多之一年，所作長短小說，議論雜文，總計約四十餘篇。同年九月，受北京大學之聘，任文學教授。到北京後，因環境變遷，及預備講義忙碌，於1924一年中，寫作不多。1925任武昌大學教授，是年郁氏生活最爲苦悶，心緒亦極端惡劣，故未執筆。後赴廣州中山大學任文學教授。1926，重返上海，專心著作。1927授課於上海法科大學並

經理「創造社」事。後致力於革命文學。1928與魯迅合編「奔流」月刊（北新書局印行）。1923主編「大衆文藝」月刊（現代書局印行），因提倡革命文學，後爲當局禁止而停刊。1930，「中國左翼作家聯盟」於上海成立，郁氏參加。

「七七」抗戰前，任福建省政府諮議官。1938末，遠走南洋，任新加坡「星州日報」總編輯。太平洋戰爭爆發，逃往蘇門答臘，更名「趙廉」，經商爲生，隱居該島者，四年之久。1945，八月，勝利後不久，終爲日憲兵隊所殘殺。

郁氏所作短篇小說，小品及論文等，皆收入達夫全集（1928—1931，北新）內，全集共出六集：第一集包含短篇小說十一篇；第二集包含短篇小說八篇；第三集包含短篇小說及小品文字等十八篇；第四集包含文藝論文，小品文及譯文等數十篇；第五集包含藝術雜論及批評介紹等數篇；第六集包含短篇小說五篇。除此之外，長篇小說有「迷羊」，「她是一個弱女子」等。日記有「日記九種」（1927，北新）。理論著作有：「文學概說」（1927商務），「小說論」（1926，光華），「戲劇論」（1926，商務），「文藝論集」（1926，光華），「奇零集」（北新）等。譯有：「拜金藝術」（美 U. Sinclair原著，文學理論作品，北新），「小家之伍」（歐美小說選譯，北新）等。

批評及傳記資料有：「郁達夫評傳」（素雅編，1932，現代），「郁達夫論」（鄒嘯即趙景深編，1933，北新），「郁達夫論」（賀玉波著，光華）等。

109.　予　且

原名潘序祖；其「予且」筆名，概從「序祖」名中取出。抗戰前曾任中華書局編輯，上海光華附中歷史教員，所作小說及隨筆結集者有：「小菊」（長篇小說），「雞冠集」（1934，四社出版部），「妻的藝術」，「如意珠」，「兩閒房」（1937，中華）等。

抗戰期間在上海，時常發表作品於「雜誌」等刊物，曾集爲「予且短篇小說集」（1943，上海太平書局）一冊。

110.　裳　匪

(1919—)

瀋陽人。「九一八」後，逃出東北，來北平。1936曾在北平藝文中學讀書，爲批評家常風之學生；後轉入東北中學。「七七」事變後，回東北，做地下工作，1938秋，爲日憲逮捕。1940初始被釋出獄。開始寫小說「泥沼」（1940，文選刊行會），內中說明日人統治下，我國青年與一般民衆之情緒。1941多來北平，欲赴內地未果。乃寫小說，以長篇「貝殼」（1943，僞新民印書館），及其續篇「面紗」（1944，僞新民印書館）最享名。短篇小說集有「森林的寂寞」（1943，僞華北文化書局）等。

勝利後，曾主辦純文藝刊物「糧」，僅出一期。後赴長春。

著者索引

書 名 索 引

〔書名排列，先按每字筆劃多寡，後按每字起筆、一丨丿四種筆順，號碼代表書評號次〕

十 二 畫

文 藝 月 旦 （原名：說部甄評）

善秉仁原著　　　景　明　譯
　　　　　　　　燕　聲補傳

民國三十六年六月初版

北平太平倉　普愛堂發行

北　平　獨立出版社承印

版權所有　　不許翻印

CUM　APPROBATIONE　ECCLESIASTICA

史地傳記類　PC0141

文藝月旦甲集

主　　編 / 謝泳、蔡登山

數位重製・印刷 / 秀威資訊科技股份有限公司
　　　　　　　http://www.showwe.com.tw
　　　　　　　114 台北市內湖區瑞光路 76 巷 65 號 1 樓
　　　　　　　電話：+886-2-2796-3638
　　　　　　　傳真：+886-2-2796-1377
劃撥帳號 / 19563868　戶名：秀威資訊科技股份有限公司
　　　　　　　讀者服務信箱：service@showwe.com.tw
網路訂購 / 秀威網路書店：https://store.showwe.tw
　　　　　　　網路訂購：order@showwe.com.tw

2011 年 3 月
精裝印製工本費：1200 元

Printed in Taiwan

國家圖書館出版品預行編目

文藝月旦甲集 / 謝泳、蔡登山編.
-- 一版. -- 臺北市：秀威資訊科技, 2011.03
面；　公分. -- (史地傳記類；PC0141)
BOD 版
ISBN 978-986-221-705-4(精裝)

1.中國當代文學　2.中國文學史　3.文學史料學

820.908　　　　　　　　　　　　100000961

讀者回函卡

感謝您購買本書，為提升服務品質，請填妥以下資料，將讀者回函卡直接寄回或傳真本公司，收到您的寶貴意見後，我們會收藏記錄及檢討，謝謝！
如您需要了解本公司最新出版書目、購書優惠或企劃活動，歡迎您上網查詢或下載相關資料：http:// www.showwe.com.tw

您購買的書名：_____

出生日期：_____年_____月_____日

學歷：□高中 (含) 以下　　□大專　　□研究所 (含) 以上

職業：□製造業　□金融業　□資訊業　□軍警　□傳播業　□自由業
　　　□服務業　□公務員　□教職　　□學生　□家管　　□其它_____

購書地點：□網路書店　□實體書店　□書展　□郵購　□贈閱　□其他

您從何得知本書的消息？

　□網路書店　□實體書店　□網路搜尋　□電子報　□書訊　□雜誌
　□傳播媒體　□親友推薦　□網站推薦　□部落格　□其他_____

您對本書的評價：(請填代號　1.非常滿意　2.滿意　3.尚可　4.再改進)

　封面設計____　版面編排____　內容____　文／譯筆____　價格____

讀完書後您覺得：

　□很有收穫　□有收穫　□收穫不多　□沒收穫

對我們的建議：_____

_____

_____

_____

11466
台北市內湖區瑞光路 76 巷 65 號 1 樓

秀威資訊科技股份有限公司　　　收

BOD 數位出版事業部

⋯⋯⋯⋯⋯⋯⋯⋯⋯⋯⋯⋯⋯⋯⋯⋯⋯⋯⋯⋯⋯⋯⋯⋯⋯⋯⋯⋯⋯⋯⋯⋯⋯

（請沿線對折寄回，謝謝！）

姓　　名：_____　年齡：_____　性別：□女　□男

郵遞區號：□□□□□

地　　址：_____

聯絡電話：(日) _____　(夜) _____

E-mail：_____